Perigo para um inglês

Título original: *The Day of the Duchess*

Publicado originalmente nos Estados Unidos pela Avon, um selo da HarperCollins Publishers.

EDITORA
Silvia Tocci Masini

EDITORAS ASSISTENTES
Carol Christo
Nilce Xavier

ASSISTENTE EDITORIAL
Andresa Vidal Vilchenski

PREPARAÇÃO
Andresa Vidal Vilchenski

REVISÃO FINAL
Sabrina Inserra

CAPA
Carol Oliveira (sobre imagens de Shutterstock)

DIAGRAMAÇÃO
Larissa Carvalho Mazzoni

Dados Internacionais de Catalogação na Publicação (CIP)
Câmara Brasileira do Livro, SP, Brasil

MacLean, Sarah

Perigo para um inglês / Sarah MacLean ; tradução A C Reis. -- 1. ed.; 2. reimp. -- Belo Horizonte : Editora Gutenberg, 2019. -- (Série Escândalos e Canalhas ; 3)

Título original: *The Day of the Duchess.*

ISBN 978-85-8235-512-1

1. Ficção histórica 2. Romance norte-americano I. Título II. Série.

18-13717 CDD-813

Índices para catálogo sistemático:

1. Romances históricos : Literatura norte-americana 813

A **GUTENBERG** É UMA EDITORA DO **GRUPO AUTÊNTICA** 

São Paulo
Av. Paulista, 2.073, Conjunto Nacional, Horsa I
23° andar . Conj. 2310-2312 Cerqueira César .
01311-940 São Paulo . SP
Tel.: (55 11) 3034 4468

Belo Horizonte
Rua Carlos Turner, 420
Silveira . 31140-520
Belo Horizonte . MG
Tel.: (55 31) 3465 4500

www.editoragutenberg.com.br

Série Escândalos e Canalhas - 3

Sarah MacLean

Perigo para um inglês

2ª reimpressão

Tradução: A C Reis

GUTENBERG

— Tenha cuidado, marido, ou vai fazer com que as línguas ferinas entrem em ação. A mãe da sua futura esposa pode não gostar se parecer que continuamos... tendo relações amigáveis.

— Não ligo para o que elas pensam.

— Bobagem. Você sempre ligou para o que os outros pensam.

Ele ergueu a mão e Sera prendeu a respiração na expectativa do toque. E então ele a tocou, seus dedos quentes encontrando a face dela, como se ali fosse o lugar deles.

— Eu ligava — ele admitiu, a voz trêmula como rodas no cascalho. — Eu já liguei demais para o que os outros pensavam. E agora parece que não ligo nem um pouco. Parece que só ligo para o que *você* pensa.

Não era verdade, mas ela percebeu que já não se importava. Foi a vez de Sera levantar a mão. A vez de encostar a palma no rosto dele. A vez de causar devastação.

E foi o que ela fez, sentindo-se mais poderosa do que nunca quando ele exalou, adorando o toque da respiração em seus lábios, como uma lembrança. Como se ela o tivesse queimado. E talvez tivesse mesmo. Os dois sempre foram óleo e chama. Por que não deixar acontecer? Só uma vez? Só por um momento? Só para ver se a combustão ainda acontecia?

Ela se aproximou dele. Ou ele dela. Não importava...

Para soldados em anáguas, do passado e do presente.

Escândalos & Canalhas

Vol. 3 / Edição 113 | Agosto de 1836

DUQUESA DESAPARECIDA É ENCONTRADA!

FOFOCA EMANOU do Parlamento hoje quando Seraphina, a desaparecida **Duquesa de Haven**, retornou de sua *jornada escandalosa* para surpreender a Sociedade e enfrentar seu marido no meio da Câmara dos Lordes.

A petição parlamentar da lady há muito tempo sumida?

DIVÓRCIO!

Pelo que soubemos, o LUDIBRIADO HAVEN correu para casa, cedendo a palavra (mas não desistindo da guerra) a sua antes amada lady, uma das IRMÃS PERIGOSAS e duquesa desprezada... agora cônjuge relutante! Contudo, a senhora *não aceitará* ser ignorada. Ela continuou, furiosa, jurando terminar o casamento por qualquer meio necessário. Existe **algo mais indecente** do que um escândalo de verão?

MAIS NOTÍCIAS EM BREVE.

O DUQUE REPUDIADO RENEGA!

* * *

Câmara dos Lordes, Parlamento

Ela o tinha deixado há exatamente dois anos e sete meses.

Malcolm Marcus Bevingstoke, Duque de Haven, observava o calendário de madeira sobre a escrivaninha em seu gabinete particular na Câmara dos Lordes.

19 de agosto de 1836. O último dia da atual sessão parlamentar, cheio de pompa e ócio. E lembranças persistentes. Ele girou a roda do calendário com o seis gravado. Cinco. Quatro. Inspirou fundo.

Vá embora. Ele ouviu suas próprias palavras, frias e furiosas com a traição, retumbando com a ameaça implícita. *Não volte nunca mais.*

Ele tocou a roda mais uma vez. Agosto se tornou julho. Maio. Março.

19 de janeiro de 1834. *O dia em que ela o deixou.*

Seus dedos se moveram sozinhos, encontrando consolo nos estalidos familiares das rodas.

17 de abril de 1833.

O modo como você faz eu me sentir... Desta vez, palavras dela – doces e tentadoras. *Nunca senti nada parecido com isto.*

Ele também não havia sentido. Como se luz, ar e esperança tivessem inundado o ambiente, preenchendo todos os espaços escuros. Preenchendo os pulmões e o coração dele. E tudo por causa dela.

Até que ele descobriu a verdade. A verdade que teve tanta importância no início até deixar de ter mais nenhuma. *Aonde ela tinha ido?*

O relógio no canto do gabinete continuou seu tique-taque, contando os segundos até chegar o momento em que Haven deveria ocupar seu assento no venerável salão principal da Câmara dos Lordes, onde homens com paixões e objetivos maiores se sentaram antes dele durante gerações. Seus dedos brincavam com o pequeno calendário como um virtuose, como se ele já tivesse feito aquele joguinho centenas de vezes. Milhares. E tinha feito.

Primeiro de março de 1833. O dia em que se conheceram.

Então, agora eles deixam qualquer um virar duque, é isso? Nenhum respeito. Provocação, charme e beleza pura, imaculada.

Se você acha que os duques estão ruins, imagine só quem eles aceitam como duquesas.

Aquele sorriso. Como se nunca tivesse encontrado outro homem. Como se nunca quisesse encontrar outro. Ele se tornou dela no momento em que viu aquele sorriso. Antes disso.

Imagine, mesmo.

Então, tudo desmoronou. Ele perdeu tudo, e então a perdeu. Ou talvez tenha sido o contrário. Ou, quem sabe, foi ao mesmo tempo. Chegaria o dia em que ele pararia de pensar nela? Existiria alguma data que não o lembrasse dela? Do tempo que parecia se estender uma eternidade desde que ela o tinha deixado?

Aonde ela teria ido? O relógio chegou às 11 horas e o carrilhão ressoou no gabinete, encontrando eco em uma dúzia de relógios que badalavam ao longo do extenso corredor de carvalho além de sua porta, convocando homens com nomes estabelecidos há muito tempo para o dever que era deles desde antes de nascerem.

Após girar as rodas do calendário com força, deixou que ficassem onde pararam. 37 de novembro de 3842. Uma ótima data, sem nenhuma chance de fazer com que ele pensasse nela.

Ele levantou, dirigindo-se ao lugar em que ficavam seus robes vermelhos – trajes espessos, pesados, que deveriam representar o peso da responsabilidade que recaía sobre os membros da Câmara. Ele colocou o traje sobre os ombros e o calor do veludo o oprimiu quase que de imediato, deixando-o enjoado e sufocado. Isso antes de pegar a peruca empoada, que lhe provocou uma careta de desgosto quando a colocou sobre a cabeça, o rabo de cavalo lhe açoitando a nuca antes de repousar, imóvel e desconfortável, como uma punição por seus pecados do passado.

Ignorando o sentimento, o Duque de Haven abriu a porta do gabinete e trilhou pelos corredores, agora silenciosos, até a entrada do salão principal da Câmara dos Lordes. Ao entrar, ele inspirou fundo, do que se lamentou de imediato. Era agosto e estava quente como o inferno no Parlamento. O ar fedia a suor e perfume. As janelas estavam abertas para permitir que uma brisa entrasse no salão, um movimento de ar quase imperceptível, que apenas exacerbava o fedor e acrescentava o ar pestilento do Tâmisa ao já horrendo cheiro do ambiente.

Na casa dele, o rio corria fresco e límpido, ainda não maculado pela sujeira de Londres. Em casa o ar era limpo, trazendo a promessa de um idílio de verão e algo mais. No futuro. Pelo menos tinha sido assim. Até que seu lar começou a desmoronar, cair em pedaços, e ele ficou sozinho, sem ela. Agora, a propriedade não parecia ser nada além de terra. Um lar necessitava de mais do que um rio e colinas verdejantes. Um lar precisava dela. Então, neste verão, ele faria o que vinha fazendo em todos os instantes em que se afastava de Londres nos últimos dois anos e sete meses. Ele procuraria por Seraphina.

Ela não tinha estado na França nem na Espanha, para onde ele foi no verão anterior, procurando mulheres inglesas em busca de diversão. Ela não era nenhuma das falsas viúvas que encontrou na Escócia, nem a governanta da imponente mansão no País de Gales; tampouco a mulher que ele encontrou em Constantinopla um mês depois que Seraphina o deixou, uma charlatã fingindo ser uma aristocrata. E depois teve aquela mulher de Boston – sobre quem ele tinha tanta certeza –, que chamavam de A Pomba.

Não era Sera. Nunca era. Ela tinha desaparecido, como se jamais tivesse existido. Num momento ela estava ali, no seguinte, não mais, dispondo de dinheiro suficiente para desaparecer. E justo quando ele percebeu o quanto a queria. Mas o dinheiro dela uma hora iria acabar, e ela não teria escolha se não parar de fugir. Ele, por outro lado, era um homem com poder e privilégio, com uma fortuna exorbitante, suficiente para encontrá-la no momento em que ela parasse. E ele iria encontrá-la.

Haven se sentou em um dos longos bancos que rodeavam o piso da Câmara, onde o Lorde Chanceler já tinha começado a falar.

— Meus lordes, se não existir mais nenhum assunto formal, iremos encerrar a temporada parlamentar deste ano.

Um coro de aprovação – com punhos batendo nos assentos em todo o salão – ecoou pela câmara.

Haven suspirou e resistiu ao impulso de coçar a peruca, sabendo que, se cedesse ao desejo, aquele desconforto em sua cabeça o consumiria.

— Meus lordes! — gritou o Lorde Chanceler. — Não existe, de fato, mais nenhum assunto formal na sessão atual?

— Não! — ressoou em uníssono no salão. Parecia que a Câmara dos Lordes estava cheia de estudantes desesperados por uma tarde no lago, em vez de quase duzentos aristocratas pomposos ávidos por irem se encontrar com suas amantes.

O Lorde Chanceler sorriu, seu rosto corado brilhando com suor enquanto ele espalmava as manzorras sobre o amplo abdome.

— Muito bem, então! São os reais desejo e alegria de Sua Majestade...

As enormes portas do salão abriram-se num estrondo, o som ecoando pela câmara silenciosa, competindo com a voz do chanceler. As cabeças se viraram, menos a de Haven; ele estava ansioso demais para deixar Londres e sua peruca para trás, de modo que não se preocupou com o que estava acontecendo.

O Lorde Chanceler se recompôs, pigarreou e continuou:

— ...que este Parlamento seja suspenso até sexta-feira, no dia sete de outubro próximo...

Um coro de exclamações de reprovação ecoou assim que as portas se fecharam com um estrondo. Nesse momento, Haven olhou, seguindo o olhar dos homens reunidos até a porta da câmara. Ele não entendeu qual era o problema.

O Lorde Chanceler pigarreou, o som carregado de reprovação, antes que ele renovasse seu compromisso de encerrar a sessão. Graças a Deus por isso.

— *...sexta-feira, no sétimo dia de outubro próximo.*

— Antes de Vossa Excelência encerrar, meu Lorde Chanceler?

Haven ficou rígido.

As palavras soaram fortes e ao mesmo tempo suaves e melodiosas, e lindamente femininas – tão estranhas na Câmara dos Lordes, um local além dos limites do chamado "sexo frágil". Deve ter sido por isso que Haven prendeu a respiração. Sem dúvida foi por isso que seu coração disparou. O motivo pelo qual, de repente, ele se pôs de pé em meio a um coro de homens afrontados.

Não foi por causa da voz em si.

— O que significa isso? — trovejou o chanceler.

Haven conseguiu ver, enfim, a causa de tamanha comoção. Uma mulher. Mais alta do que qualquer mulher que ele conheceu, com o mais belo vestido cor-de-lavanda que ele já tinha visto, perfeitamente arrumada, como se ela entrasse em sessões parlamentares com regularidade. Como se ela fosse a própria primeira-ministra. Como se ela fosse até mais do que isso. Como se fosse da realeza.

A única mulher que ele tinha amado. A única mulher que ele tinha odiado. A mesma, e ainda assim, totalmente diferente.

Haven ficou congelado onde estava.

— Confesso — ela disse, como se estivesse num chá da tarde, adentrando a câmara — que eu temia que a sessão já estivesse encerrada. Mas fico feliz por ter conseguido me infiltrar antes que todos pudessem fugir para onde quer que vocês cavalheiros vão em busca de... prazer. — Ela sorriu para um conde idoso, que corou sob o calor do olhar dela e se virou para o lado. — De qualquer modo, disseram-me que aquilo que estou buscando exige um Ato do Parlamento. E vocês são... como bem sabem... o Parlamento.

O olhar dela encontrou o dele. Seus olhos eram exatamente como ele lembrava, azuis como o mar de verão, mas agora estavam, de algum modo, diferentes. Se uma vez foram francos e honestos, agora estavam protegidos. Reservados.

Cristo. Ela estava ali. Ali. Quase três anos procurando por ela, que agora estava ali, como se tivessem se passado algumas poucas horas. O choque se misturou a uma raiva que ele não estava esperando, mas essas emoções não eram nada se comparadas ao terceiro sentimento. O prazer imenso e insuportável.

Ela estava ali. Finalmente. De novo.

Ele fez todo o possível para não se mexer. Para não pegá-la e carregá-la dali. Para segurá-la perto de si. Reconquistá-la. Começar de novo. Só que ela não parecia estar ali para isso.

Ela o observou por um longo momento, o olhar inflexível, antes de declarar:

— Eu sou Seraphina Bevingstoke, Duquesa de Haven. E solicito um divórcio.

Escândalos & Canalhas

Capítulo 2 **Janeiro de 1834**

DUQUESA DESAPARECE, DUQUE ESTÁ DEVASTADO

* * *

Dois anos e sete meses antes. Menos três dias.
Mansão Highley

Se ela não batesse, iria morrer.

Ela não deveria ter vindo. Tinha sido irresponsável além da medida. Tomou a decisão em um instante insuportavelmente emotivo, desesperada por algum tipo de controle naquele que era o momento menos controlável de sua vida.

Se não estivesse com tanto frio, ela teria rido da loucura que era aquela ideia, de que um dia poderia voltar a ter algum controle sobre sua vida.

Mas a única coisa que Seraphina Bevingstoke, Duquesa de Haven, podia fazer, era lamentar sua decisão idiota de contratar um carro de aluguel, pagar uma fortuna ao cocheiro para levá-la em uma jornada longa e aterradora em meio à chuva gelada de uma noite fria de janeiro, e ir parar ali, em Highley, a mansão da qual ela era – em nome – senhora. Contudo, nome não conferia direitos. Não para mulheres. Por direito, ela não era nada além de uma visitante. Nem mesmo uma convidada. Ainda não. Talvez nunca.

A carruagem desapareceu na chuva, que ameaçava ficar torrencial e vir acompanhada de neve, e Sera olhou para a imensa porta da casa sombria, considerando sua próxima ação. Era tarde da noite, a criadagem já estava recolhida, mas ela não tinha alternativa se não acordar alguém. Não podia continuar do lado de fora. Se permanecesse ali, estaria morta antes do amanhecer.

Uma onda de dor assustadora a sacudiu. Ela levou a mão ao abdome. *Eles* estariam.

A dor cedeu e ela recuperou o fôlego, levantando a elaborada aldrava de ferro forjado, em formato de B, presa à porta. Deixando-a cair com um baque, o som do machado de um carrasco, sombrio e ominoso, trazendo uma enxurrada de preocupação. E se ninguém atendesse? Pior, e se ela tivesse ido até lá, desafiando a lógica, para encontrar uma casa vazia?

Essas preocupações eram infundadas. Highley era o assento do Ducado de Haven, com a criadagem completa. A porta foi aberta e surgiu um jovem criado de uniforme, com olhos expressando cansaço, sua curiosidade imediatamente dando lugar ao choque enquanto a dor sacudiu Sera mais uma vez.

Antes que ele pudesse falar ou que a trancasse para fora, Sera entrou, arquejante, com uma mão na barriga e a outra no batente da porta.

— Haven. — O nome foi tudo que ela conseguiu dizer antes de se dobrar de dor.

— Ele... — O garoto parou. — Sua Graça, quer dizer... ele não está na residência.

Ela conseguiu fitar o garoto, seus olhos encontrando os dele na pouca luz do ambiente.

— Você me conhece?

Ele baixou os olhos para o abdome dela. E então subiu o olhar.

Ela abriu a mão sobre a criança que trazia ali.

— O herdeiro.

O garoto concordou e ela sentiu alívio, uma onda de calor. Sera cambaleou e ele arregalou os olhos jovens, atraídos para o chão entre eles. Não era alívio, mas sangue.

— Oh... — ele começou, o restante de suas palavras roubadas pelo choque.

Sera cambaleou na entrada, tentando se segurar no garoto, praticamente uma criança, que tinha tido tanto azar em seu posto nessa noite. Ele a pegou pela mão.

— Ele está aqui — ele sussurrou. — No andar de cima.

Ele estava lá. Forte o bastante para dobrar o sol se fosse seu desejo.

Sera poderia ter sentido gratidão, não fosse a dor. Poderia ter felicidade, não fosse o medo. E poderia haver vida, não fosse o que, de repente, ela soube que viria.

Vá embora. Ela ouviu as palavras. Viu o olhar frio quando ele a baniu meses antes. E então, de algum modo...

Venha cá. Aquele olhar de novo, mas dessa vez com as pálpebras pesadas. Quente como o sol. E então vieram os sussurros lindos e suaves junto à orelha dela. *Você foi feita para mim. Nós fomos feitos um para o outro.*

A dor devolveu Sera ao presente, uma dor aguda e excruciante, anunciando que algo estava terrivelmente errado. Como se o sangue que tingia suas saias e o chão de mármore não fosse alerta suficiente. Ela gritou, mais alto do que percebeu. De repente, apareceu mais alguém, uma mulher.

Eles conversaram, mas Sera não conseguiu ouvir as palavras. Então a mulher sumiu e ela foi deixada na escuridão, com seus erros e o garoto, o querido e doce garoto, que se agarrou nela. Ou foi ela quem se agarrou nele.

— Ela foi buscá-lo.

Era tarde demais, claro. De muitas maneiras. Não deveria ter ido até lá.

Sera caiu de joelhos, arfando em meio à dor. Tristeza além do imaginável. Ela jamais conheceria o filho deles. De cabelo castanho e sorriso largo, inteligente como o pai. Solitário como este, também. Se pelo menos ela sobrevivesse, poderia amá-los o bastante. Mas ela iria morrer ali, naquele lugar. A poucos metros do único homem que amou na vida. Sem nunca ter dito para ele. Sera se perguntou se ele sofreria quando ela morresse, e a resposta a aterrorizou mais do que tudo, porque ela soube, sem dúvida, que essa resposta a perseguiria no além.

Ela apertou a mão do garoto.

— Diga-me seu nome.

— Vossa Graça?

Ela apertou mais.

— Sera — sussurrou. Ela iria morrer, e queria que alguém dissesse seu nome, não o título. Algo real. Algo que parecesse ser dela. — Meu nome é Seraphina.

O querido garoto a segurou. Concordou. O nó na garganta estreita demais pulsou com o nervosismo dele.

— Daniel — ele disse. — O que eu devo fazer?

— Meu filho — ela sussurrou. — Dele.

O garoto concordou com a cabeça, de repente sábio demais para sua idade.

— Existe algo que você queira?

— Mal — ela disse, incapaz de conter a verdade. Incapaz de evitar que a verdade a consumisse por inteiro. Só mais uma vez. Só o bastante para acertar tudo. — Eu quero Malcolm.

* * *

O Duque de Haven escancarou a porta do quarto em que Sera estava deitada, silenciosa, imóvel e pálida; a porta de carvalho ricocheteou com força na parede, assustando quem estava lá dentro. Uma criada jovem soltou um gritinho de susto e a governanta levantou os olhos de onde estava, mantendo um pano sobre a testa de Sera. Mas o Duque não queria nada com as duas mulheres. Ele estava concentrado no médico ao lado de sua esposa.

— Ela vive — Haven rosnou, as palavras carregadas de uma emoção que ele não sabia ser capaz de sentir. Mas Seraphina sempre o fez sentir. Mesmo quando ele estava desesperado para não sentir nada.

O cirurgião concordou.

— Por um fio, Vossa Graça. É provável que ela morra antes de anoitecer.

As palavras entraram nele, curtas e frias, como se o médico estivesse discutindo o clima ou as notícias matinais, e Malcolm ficou imóvel, sentindo o peso daquela declaração que tentava derrubá-lo. Menos de uma hora antes, segurara sua filha perdida, tão pequena que nem chegava a lhe encher as mãos, tão preciosa que ele não conseguiu devolvê-la à criada que a trouxe.

Ele mandou a criada embora e ficou sentando em silêncio, segurando o corpo quase sem peso da filha, lamentando sua morte. E sua vida. Todas as coisas que ela poderia ter sido.

Sabendo que, apesar de sua fortuna, sua condição e seu poder, praticamente ilimitados, ele não conseguiria trazê-la de volta. E quando conseguiu pensar além da tristeza, Malcolm pôde encontrar consolo na fúria.

Ele não perderia as duas.

Malcolm fixou o olhar no médico.

— Você me entendeu mal. — Ele se aproximou do homem. Levantando-o pelas lapelas do casaco, o duque trovejou no homem menor, mais velho, mais fraco. — Está me ouvindo? Ela vive! — O médico gaguejou e uma fúria inundou Malcolm, que sacudiu o homem. — *Minha mulher vai viver.*

— E-eu não posso salvá-la se ela não quiser ser salva.

Malcolm o soltou, sem se importar com o fato de que o médico cambaleou quando seus pés tocaram o chão. Ele já estava indo até Sera, ajoelhando-se ao lado da cama, pegando a mão dela na sua, detestando a frieza ao toque, apertando mais, desejando que ela esquentasse. Ele se demorou um momento admirando-a – ela esteve longe por tanto tempo, e, antes disso, ele a detestara demais. Antes de tudo, ainda, Malcolm estava desesperado demais para notar o que, exatamente, desejava dela.

Por que ele tinha demorado até aquele momento – quando Sera estava pálida, imóvel e à beira da morte – para que percebesse como ela era linda?

As maçãs do rosto altas, aqueles lábios cheios e os cílios pretos como carvão, impossivelmente longos, descansando sobre a pele de porcelana.

O que ele daria para que ela levantasse aqueles cílios e olhasse para ele com os olhos que nunca deixavam de lhe roubar o fôlego, azuis como o céu de verão. Ele os aceitaria como viessem... cheios de alegria. Tristeza. Ódio.

Ele já tinha dado tanto. E ela também. O que mais ele possuía? Que sacrifício mais poderia oferecer? Nenhum. Então, nesse caso, aceitaria sem oferecer pagamento. Fechou os olhos e colou os lábios nos dedos frios e inertes dela.

— Você vai sobreviver, Sera. Mesmo que eu tenha que puxar você de volta do céu. Você vai sobreviver.

— Vossa Graça.

Ele congelou ao ouvir as palavras claras e impassíveis, faladas da porta do quarto. Não se virou para encarar a mulher que estava lá; não conseguiu encontrar paciência para tanto.

As saias de sua mãe farfalharam quando ela se aproximou.

— Haven.

Uma onda de fúria o agitou ao ouvir seu título ali, naquele momento. Sempre um duque, nunca um homem. Com que frequência ela o lembrava de sua posição? De seu propósito? Dos sacrifícios que ela tinha feito para garantir tudo isso para ele? Sacrifícios que a tinham tornado uma das mulheres mais temidas da Grã-Bretanha. Uma censura da Duquesa de Haven poderia arruinar uma garota antes que ela tivesse qualquer chance.

Duquesa, não. Viúva do duque.

Malcolm se levantou, virando-se para encarar a mãe, impedindo-a de ver Seraphina. De repente, ele a queria para fora do quarto. Longe de sua mulher.

Haven passou pela mãe e pelo médico, abrindo caminho até o corredor do lado de fora, tirando as criadas de seu torpor com as cabeças baixas e as preces sussurradas. Ele engoliu o impulso de gritar com elas. De ir contra décadas de treinamento em título e condição social.

— Você está sendo dramático — a mãe disse. O maior de todos os pecados.

O coração dele começou a martelar.

— Minha filha está morta. Minha mulher, quase. — O olhar dela não se aqueceu. Ele não deveria se surpreender com esse fato, porém mesmo assim isso o fez querer ter um acesso de fúria. Mas duques não têm acessos. Em vez disso, ele encarou os frios olhos azuis dela e disse: — Sua neta está morta.

— Uma menina.

Uma onda de calor o sacudiu.

— Uma filha.

— Não um herdeiro — a mãe observou, com pouco caso. — Agora, se tiver sorte, você pode recomeçar.

O calor se tornou chamas, queimando-o por dentro. Fechando sua garganta. Sufocando-o.

— Se eu tiver sorte?

— Se a garota Talbot morrer. O médico diz que, se ela viver, vai ficar estéril, não vai ter nenhuma utilidade. Você pode encontrar outra. Conseguir um herdeiro. Um com melhor *pedigree*.

Ele cerrou os olhos, sentindo dificuldade para entender aquelas palavras com o rugido que troava em seus ouvidos.

— Ela é a Duquesa de Haven.

— O título não significa nada se ela não pode ter o próximo duque. Foi por isso que se casou com ela, não é mesmo? Ela e a mãe armaram uma arapuca. Pegaram você. Seguraram-no com a promessa de um herdeiro. E agora acabou. Eu não seria uma boa mãe se não desejasse vê-lo livre dessa mulher vulgar.

Ele escolheu as palavras com cuidado.

— Neste momento, você não poderia ser uma mãe pior. Você é uma puta fria e sem coração. E quero que você esteja longe desta casa quando eu voltar.

A mãe arqueou uma sobrancelha bem definida.

— Emoção não lhe cai bem.

Ele saiu de perto da mãe então, porque não confiava em si o bastante para saber que não extravasaria suas emoções inconvenientes sobre ela.

Malcolm deixou sua mãe e foi enterrar a filha no chão frio de janeiro, enquanto rezava para que sua mulher sobrevivesse.

* * *

Quando acordou, Seraphina estava sozinha, em um quarto invadido por uma luz ofuscante. Ela sentia dor em tudo – nos ossos, nos músculos e em lugares cujo nome não sabia. E também no lugar que há pouco tempo estava tão lindamente cheio de algo maior que esperança, mas que agora jazia devastadoramente vazio.

Ela passou a mão pela coberta, seus dedos marcando o tecido delicado sobre o abdome dolorido, inchado e desocupado. Uma lágrima escorreu, descendo pela têmpora, deixando um rastro de solidão ao entrar em seu cabelo e desaparecer. Imaginou aquela gota levando sua última reserva de felicidade.

Além da janela, um céu azul brilhante, sem ser obscurecido por nada a não ser o vidro grosso. Um galho de árvore sem folhas, à distância, parecia malformado, com grandes manchas pretas. Não era malformação. Eram corvos.

Um para tristeza. Dois para alegria – ela lembrou do poema infantil.

Sua respiração ficou presa na garganta.

— Lágrimas não vão trazê-la de volta.

Sera se virou para a voz, temendo o que encontraria. Não o marido, mas a sogra, que parecia ter o hábito de aparecer em ambientes onde não era bem-vinda. De fato, a Duquesa Viúva de Haven costumava estar presente nos piores aposentos. Aqueles que eram palco da destruição de sonhos. A mulher era um arauto do sofrimento. Mesmo que Sera não soubesse, em sua alma, que a criança tinha morrido, a presença da viúva bastaria para provar a tragédia.

Sera desviou o olhar para a janela, para o céu além, brilhante e carregado de uma promessa roubada. Ela olhou para os corvos.

Três para um casamento. Quatro para um nascimento.

Ela não falou. Não conseguiu encontrar as palavras, e mesmo que conseguisse, não estava interessada em dividi-las com a sogra. Contudo, a viúva encontrou palavras suficientes para elas duas, aproximando-se, como se estivesse falando sobre o clima.

— Você pode não gostar de mim, Seraphina, mas faria bem em me escutar.

Sera não se mexeu.

— Não somos assim tão diferentes, você e eu — disse a velha. — Nós duas cometemos o erro de forçar um homem a se casar. A diferença é que meu filho sobreviveu. — Ela fez uma pausa e Sera desejou que a outra saísse do quarto, de repente sentindo-se exausta pela simples presença da viúva. — Se não tivesse sobrevivido, eu teria fugido.

Fugir era uma ideia magnífica. Ela conseguiria fugir? Da tristeza? Da dor? Conseguiria deixar tudo para trás?

— Não havia amor no nosso casamento. Assim como não há no seu.

Ela estava errada, claro. O casamento de Sera era todo baseado no amor. Mas então, deitada sozinha naquela cama ofuscante de tão branca, naquele quarto igualmente branco, naquela casa intimidadora, ela soube que seu casamento nunca iria recuperar o amor perdido.

Porque não haveria mais amor. Não para Malcolm. Não para a filha deles. Não para ela mesma. Ela estava sozinha naquele quarto e na vida. Se pelo menos pudesse fugir. Mas ele roubou sua liberdade do mesmo modo que tinha roubado seu coração, sua felicidade e seu futuro.

— Você ficou estéril.

Sera não sentiu nada ao ouvir aquilo, algo sem significado no momento. Não estava interessada em notícias do futuro ou filhos imaginários, só lhe interessava a criança que tinha perdido. A criança que *eles* tinham perdido.

— Ele vai precisar de um herdeiro.

Ele não queria um. Não tinha deixado isso claro? Ou a mãe dele não sabia, ou não se importava.

— Você não é capaz de dar um para ele. Outra mulher pode.

Ela desviou o olhar.

— Se você quiser, eu posso ajudá-la.

Sera olhou para a sogra, para aqueles olhos azuis frios como a alma da mulher. Ela não fingiu que não entendia. Sabia que seu desaparecimento era tudo que essa mulher odiosa sempre quis. A viúva odiou Sera desde o início, odiou as circunstâncias do nascimento da nora – o pai de Sera, um plebeu que comprou sua entrada na aristocracia, e a mãe, disposta a fazer qualquer coisa para subir na Sociedade, que gabava-se para quem quisesse ouvir de que sua filha mais velha tinha agarrado um duque.

É claro que Sera acreditava que o tinha agarrado. Acreditava que ele fosse dela. Desejava isso mais do que tudo. Mas essa mulher – essa idosa fria e cruel – tinha garantido que isso nunca aconteceria. Apesar da promessa de um filho. Por causa disso.

Até esse momento, Sera tinha planejado ficar. Conquistar o perdão do marido. Desafiar a fúria da viúva. Mas isso foi antes. Quando ela pensou que eles poderiam ser uma família, algum dia. Quando ela ainda possuía sonhos de felicidade. Agora sabia que não era mais possível.

Saias pesadas farfalharam quando a sogra se aproximou.

— Você pode fugir. Começar de novo. Deixar que ele faça o mesmo.

Era loucura. Ainda assim ela não conseguiu evitar de perguntar:

— E o nosso casamento?

Seraphina viu o canto do lábio da viúva erguer levemente, como se sentisse a proximidade do triunfo.

— O dinheiro compra tudo. Até uma anulação.

Sera olhou para os corvos lá fora. *Cinco para prata. Seis para ouro.*

A viúva continuou:

— A ausência de filhos facilitará tudo.

As palavras eram uma tortura fria e silenciosa. A ausência nunca seria fácil.

— Diga seu preço — a viúva sussurrou.

Sera ficou em silêncio, olhando para a porta atrás da sogra, desejando que se abrisse. Desejando que seu marido voltasse, carregando a mesma tristeza dolorosa que a consumia. Desesperado para lamentar a filha deles. O passado. O futuro. Disposto a perdoá-la. Disposto a pedir perdão.

A porta de mogno continuou fechada. Ele não desejava nada disso, então por que ela desejaria? Por que ela própria não podia fechar uma porta? Por que não podia escolher um novo caminho?

Quanto custaria fazer isso? Quanto por um futuro? Quanto para fugir? Quanto por uma vida sozinha, sem graça, em comparação à que lhe tinham prometido? Uma vida sozinha, mas *dela*.

Ela sussurrou o número exorbitante. Suficiente para partir. Mas não para esquecer.

Sete para um segredo que nunca será revelado.

Escândalos & Canalhas

Capítulo 3 **19 de agosto de 1836**

DUQUESA DIFÍCIL EXIGE DIVÓRCIO!

* * *

Câmara dos Lordes, Parlamento

Ele estava mais lindo do que nunca. Ela não sabia dizer por que tinha imaginado o contrário – fazia três anos, não trinta —, mas tinha. Ou talvez não imaginado, mas esperado. Ela nutria um sonho secreto de que ele estaria menos perfeito. Menos atraente. Menos em tudo.

Mas ele não estava menos. Ele estava ainda mais...

O rosto mais definido, o olhar mais envolvente. Estava até mais alto do que ela lembrava. E mais bonito, mesmo quando andou na direção dela, vestido com o antigo traje parlamentar e a estúpida peruca empoada, coisas que deveriam ter feito com que ele parecesse uma criança brincando de se vestir, mas que, na verdade, fizeram-no parecer um homem com propósito.

Um de seus propósitos certamente era removê-la da Câmara dos Lordes.

Ele abriu caminho em meio aos outros parlamentares igualmente vestidos, como se abrisse um mar de veludo vermelho, encorajado pelos apupos dos aristocratas reunidos, cujo desdém Seraphina conhecia muito bem da vida que levava antes de sumir. Homens que podiam arruinar uma mulher num instante. Destruindo família e futuro. E tudo isso sem pensar duas vezes.

Ela os odiava; e ele mais que todos. *Mas não por muito tempo.*

Sera planejava deixar o ódio para trás, agora que tinha voltado, pronta para esquecê-lo. Ela tinha imaginado esse momento durante meses, desde antes de seu retorno à Grã-Bretanha, o plano todo pensado para enfurecê-lo a ponto de concordar com a dissolução do casamento. Pois se havia algo que Haven detestava mais que tudo era ser feito de bobo. Não tinha sido essa a maldição deles desde o início?

Ele se aproximou, a câmara imensa perdendo importância. Ela tinha sido assombrada pelos olhos dele, que não eram castanhos, nem verdes, nem dourados, nem cinzentos, mas de algum modo, todas essas cores ao mesmo tempo. Fascinantes e cheios de segredos. O tipo de olhos que poderiam roubar a sanidade de uma mulher se ela não tomasse cuidado. Sera tomava cuidado, agora.

Ela era cuidadosa e inteligente. Resistiu ao impulso de se afastar, ao mesmo tempo receosa do que poderia acontecer se ele a tocasse, e determinada a nunca se amedrontar diante de Malcolm. A nunca mais fugir dele.

Sera não era a mesma mulher de quando tinha partido. Tinha voltado com uma promessa singular para si mesma: quando o deixasse desta vez, o faria com orgulho. Com propósito. Com um futuro certo. Ela tinha planos. E aqueles homens não a deteriam.

E foi assim que os mais poderosos de Londres, reunidos para o último dia da sessão parlamentar, testemunharam o sorriso irresistível de Seraphina, Duquesa de Haven, quando esta encarou o duque de mesmo nome pela primeira vez em dois anos e sete meses. Exatamente.

— Marido.

Outra mulher talvez não percebesse o leve estreitamento dos olhos, a dilatação quase imperceptível das narinas, o aperto discreto do maxilar definido. Mas Sera tinha passado a maior parte de um ano fascinada pelo modo como aquele homem altivo, imperturbável, se revelava nos detalhes mínimos. Ele estava com raiva. Ótimo.

— Então você se lembra de mim. — As palavras saíram baixas e agudas. É claro que ela se lembrava. Não importava o quanto tentasse, Sera parecia incapaz de esquecê-lo. E como tinha tentado.

Ela levantou o queixo, extremamente ciente da plateia, e disparou sua flecha:

— Não tema, querido. Prevejo que não precisaremos nos lembrar um do outro por muito tempo.

— Você está dando um espetáculo.

— Você diz isso como se fosse algo ruim. — Ela permitiu que seu sorriso ficasse mais largo.

O duque arqueou uma sobrancelha, mais superior do que nunca.

— Você está me transformando em parte do espetáculo.

Ela não fraquejou.

— Você diz *isso* como se não merecesse.

Sera não esperava que ele fosse tocá-la, ou estaria preparada para o que aconteceu quando os dedos dele envolveram seu cotovelo, firmes, quentes e, de algum modo, inesperadamente delicados. Ela teria se preparado pelo assalto de lembranças muito distantes.

Eu nunca senti nada assim. Ela resistiu à lembrança e retirou o braço da mão dele com uma força elegante que ele pôde sentir, mas ninguém que assistia a eles percebeu. O duque não teve escolha a não ser soltá-la. Quando ele baixou a voz e falou, as palavras mal saíram.

— Quem é você?

— Não me reconhece? — Dessa vez, foi a sobrancelha dela que subiu.

— Esta encarnação de você, não.

Encarnação. Não era a palavra errada, pois ela tinha mesmo reencarnado. Era isso o que acontecia com aqueles que morriam e voltavam. A sensação tinha sido de morte, assim como esta manhã, neste lugar, com todo o calor e fedor detestável do ambiente piorado pela reunião de masculinidade pomposa, por incrível que pudesse ser, parecia-se de novo com a vida.

— Antes eu não conseguia saborear a liberdade.

Ele apertou os lábios. Antes que ele pudesse responder, um homem gritou do meio da assembleia:

— Ei, Haven! A garota não pode ficar aqui!

Sera se virou para o homem.

— Conde, meu Lorde, acredito que pretendia se dirigir a mim como Duquesa.

Os homens reunidos soltaram exclamações de indignação e o conde em questão – agora com orelhas escarlates – dirigiu-se a Haven:

— Controle sua mulher.

Sera voltou sua atenção para o marido, mas não baixou a voz.

— É impressionante que ele acredite que você é capaz de algo assim.

Os olhos de Haven se estreitaram e o coração de Sera começou a martelar seu peito. Ela reconheceu o olhar. Uma fera desafiada.

Que ele tentasse. Ela também tinha dentes.

— Meu gabinete. Agora.

— Se eu recusar? — Ela viu que ele se deu conta do poder dela. Quantas outras esposas aguentariam ficar ali, diante de Deus, do marido e da Câmara dos Lordes, e manter sua posição sem medo das repercussões?

Esse era o segredo, claro. Se a pessoa não temesse a ruína, não poderia ser ameaçada com isso. Como Sera tinha visto a ruína em todas as suas formas, encarando-a e sobrevivendo, ela não a temia, e, portanto, a ruína não podia lhe fazer mal. Sera tinha sumido de Londres por quase três anos, e sua reputação já estava em frangalhos muito antes de ela subir na carruagem que a levou da propriedade Haven naquele distante dia de inverno. É notável o poder que se tem quando não há nada a se perder. Ou, pelo menos, quando alguém *pensa* que não tem nada a perder.

E assim ela ficou diante do grupo mais poderoso da Grã-Bretanha, frente a frente com o marido, que sempre teve tanta influência sobre ela. Sobre seu coração... e sua mão, seu corpo, sua identidade. Iguais, afinal. E ela esperou que ele desse o próximo passo. O que não esperava era um sorriso irônico dele.

— Você não pode recusar.

— Por que não? — Sera perguntou, sentindo a insegurança crescer, mas de modo algum demonstraria o sentimento.

— Porque se você quer o divórcio, vai precisar da minha ajuda.

O coração dela acelerou. Ele lhe daria o divórcio? A liberdade? Poderia ser simples assim? A empolgação cresceu. E a sensação de triunfo veio. E algo mais, a respeito do que ela não quis refletir. Ela apenas acenou com o braço, usando um floreio exagerado.

— Por favor, Vossa Graça. Vá na frente.

Eles saíram do salão principal da Câmara dos Lordes debaixo de uma cacofonia de crítica e desaprovação. No corredor silencioso adiante, Haven se virou para ela.

— Valeu a pena o constrangimento? — ele perguntou, a voz suave. — A cena?

— Você me julga mal se acredita que a opinião desses homens me deixa envergonhada — ela respondeu. — Já sofri com isso antes e vou sofrer de novo.

— E de novo e de novo se conseguir o que deseja.

Ele falava do divórcio. De que ela nunca mais seria aceita na Sociedade. Ele não conseguia ver que ela não se importava com isso.

— Você quis dizer *quando eu conseguir.*

Ele parou diante de uma porta imensa, feita para impressionar, e a abriu, revelando o magnífico gabinete, do tipo reservado para duques que decidiam se instalar na Câmara dos Lordes. A sala era grande e impressionante, toda em mogno, couro e ouro, com todas as superfícies marcadas por privilégio e poder.

Ela entrou, incapaz de evitar roçar nele, detestando o modo como o toque quase inexistente provocou tanta agitação dentro dela. E isso foi antes que as lembranças viessem.

Sera tinha estado ali. Às escondidas, disfarçada e misteriosa, para surpreendê-lo. Assim como o tinha surpreendido hoje.

Naquele dia, ela tinha vindo por amor... Ignorou o pensamento e deu meia-volta para encará-lo, pouco à vontade quando a porta foi fechada, o estalido discreto parecendo um disparo de pistola. Ele arrancou a peruca da cabeça, jogando-a sobre uma cadeira próxima com tal descuido que traía seu exterior tranquilo. Ele começou a soltar os fechos do traje pesado e Sera se viu incapaz de desviar os olhos daquela mão grande e decidida, bronzeada e marcada por elegância e força. Com a tarefa completa, ele tirou a vestimenta de sobre os ombros e a ondulação escarlate a despertou, puxando seu olhar para o dele, onde uma sobrancelha castanha se arqueou com um entendimento perturbador.

Com o robe pendurado em seu lugar junto à porta, ele veio para o meio do gabinete.

— Por onde você andou?

Ela caminhou até a imensa janela com vista para o leste, onde a cúpula de St. Paul reluzia à distância. Cruzando os braços sobre o peito, demonstrando indiferença, ela respondeu:

— Isso importa?

— Já que você fugiu de mim, e metade de Londres acredita que sou culpado de algum plano nefasto, sim, importa.

— Achavam que eu estava morta?

— Ninguém disse isso, mas imagino que sim. Suas irmãs não ajudam, fuzilando-me com o olhar sempre que nossos caminhos se cruzam.

Sera inspirou fundo, odiando o modo como seu peito apertou quando ele se referiu às quatro irmãs mais novas dela. Mais amor perdido.

— E a outra metade de Londres? O que pensa?

— Provavelmente a mesma coisa, mas não me culpam por isso.

— Acham que eu fiz por merecer. É claro. — Ele não respondeu, mas ela entendeu o raciocínio. Ela mereceu por ter feito uma armadilha para o pobre duque, ótimo partido, para se casar com ela, sem ter a decência de lhe dar um herdeiro. Ignorando a pontada de injustiça que veio com o pensamento, ela disse:

— E aqui estou eu, vivíssima. Imagino que isso vai agitar todos os fofoqueiros.

— Aonde você foi? — A pergunta foi delicada, e se não soubesse da verdade, Sera teria pensado que a questão expressava algo além de frustração.

A atenção dela foi chamada por uma fileira de corvos empoleirados no teto da ala oposta do edifício, os pássaros pretos cintilando no calor de agosto. Ela se demorou um instante, contando-os antes de responder. *Sete.*

— Para longe.

— Essa é a melhor resposta que vou receber? Eu... — a réplica, furiosa, ficou pela metade, mas foi a hesitação que chamou a atenção dela.

— Você? — Ela se virou.

Por um momento pareceu que Malcolm iria dizer algo mais. Mas ele apenas meneou a cabeça.

— Então você está de volta.

— Estou sempre causando problemas, não é mesmo? — Ele se apoiou na grande escrivaninha de carvalho, em mangas de camisa, colete e calças, cruzando as longas pernas musculosas nos tornozelos, um copo de cristal pendurado em seus dedos como se ele não tivesse nenhuma preocupação no mundo. Ela ignorou o aperto no peito que aquela cena lhe causava e levantou uma sobrancelha. — Você não vai oferecer um drinque à sua esposa?

Ele inclinou a cabeça um pouco, a única evidência de sua surpresa antes de se endireitar e ir até uma mesa próxima que sustentava uma garrafa e três copos de cristal. Sera observou-o servir dois dedos do líquido âmbar. Malcolm se movia do mesmo modo de sempre, confiante e cheio de elegância ao erguer e lhe entregar o copo com o braço estendido.

Sera deu um gole e eles ficaram em silêncio pelo que pareceu uma eternidade, até ela não aguentar mais.

— Você deveria estar feliz com a minha volta.

— Deveria?

Ela daria qualquer coisa para saber o que ele estava pensando.

— Divórcio vai lhe dar tudo o que você sempre quis.

Ele bebeu.

— Como você descobriu que eu desejava ser manchete de todos os jornais de Londres?

— Vossa Graça se casou com uma irmã Talbot. — Cinco garotas famosas nos jornais de fofocas de Londres, que as alcunharam de Irmãs Perigosas, filhas do Conde de Wight, antigo mineiro de carvão com talento para encontrar valiosas jazidas do mineral – talento suficiente para que pudesse comprar um título. Com ou sem condado, o restante da aristocracia não tinha estômago para aguentar a família, odiando-a por sua incrível capacidade de ascensão social, rotulando-a de buscar a fama apenas pelo gosto de ser famosa. A ironia, claro, era que o pai das irmãs tinha trabalhado para conquistar seu dinheiro, e não nascido em berço de ouro. Como os valores do mundo estavam invertidos.

— Meu destino, então, por ter me casado com uma das Irmãs Perigosas.

Sera segurou a vontade de se encolher ao ouvir o apelido – que ela tinha conquistado para todas as irmãs.

Você me enredou.

É mesmo.

Vá embora.

— Não uma Irmã qualquer — ela disse, recusando-se a ceder. — A *mais* perigosa.

Ele a observou por um momento, como se pudesse ler seus pensamentos. Sera resistiu ao impulso de se remexer.

— Se não vai me dizer onde esteve, talvez esteja disposta a me contar por que decidiu retornar?

Ela bebeu, considerando a mentira que teria que contar.

— Eu não fui clara?

— Você acha que obter um divórcio é fácil?

— Eu sei que não é, mas você preferiria... isto?

Ele não desviou o olhar, aquele olhar tão perturbador, que parecia enxergar tudo, ao mesmo tempo que não revelava nada.

— Não seríamos os primeiros a sofrer em um casamento sem amor.

Nem sempre eles viveram sem amor.

— Já sofri o bastante. — Ela abriu as mãos. — E ao contrário do resto da aristocracia, não tenho nenhum motivo para não encerrar nossa infeliz união. Não tenho nada a perder.

Ele a encarou.

— Todo mundo tem algo a perder.

Ela sustentou o olhar dele.

— Você esqueceu, marido. Eu já perdi tudo.

— Não esqueci. — Ele olhou para o lado e bebeu. Sera observou os músculos da mão dele ficarem tensos e apertarem o copo, e uma parte secreta e escondida dela se perguntou o porquê.

Aquela parte dela podia continuar escondida. Não se importava com o que ele lembrava. Sera se importava apenas com o fato de que ele era um homem poderoso, que dispunha de recursos formidáveis, e que a dissolução do casamento deles era essencial para a vida que ela tinha escolhido para si. A vida que ela tinha construído a partir das cinzas deixadas para trás.

— Deixe-me ser bem clara, Haven — ela disse, forçando a formalidade. — Esta é a única chance para nos livrarmos um do outro. Para nos livrarmos do passado. — Ela fez uma pausa. — Ou você tem outro plano para exorcizar os demônios do nosso casamento?

Ele expirou e se levantou, dirigindo-se à escrivaninha, como se estivesse farto da conversa. Ela o observou, pensando naquela ação. Imaginando o que ele estaria pensando.

— Você tem? — ela insistiu.

— Na verdade, eu tenho.

A surpresa a acometeu. Havia apenas três modos de se dissolver um casamento. O proposto por ela era um. Os outros...

— Anulação não é possível — ela disse, detestando o fio de tristeza trazido pelas palavras. Pela ideia de que ele poderia ter pensado nisso. Mas houve uma... *Houve uma filha.*

Ele a encarou.

— Anulação, não.

— Então você pretendia me declarar morta. — Essa ideia tinha ocorrido a Seraphina, claro. À noite, quando ela pensava na possibilidade de ele querer um herdeiro. Quando pensava que o duque pudesse mudar de ideia e desejar ter outra mulher, outra família.

Só havia um modo de conseguir um herdeiro. Com a exceção do fato de que ela não estava morta.

— Mais quatro anos? — ela perguntou. A lei exigia que sete anos se passassem antes que uma pessoa pudesse ser declarada morta. Ele olhou para o lado. — Ah, mas você tem dinheiro e poder para contornar pequenos detalhes, como a passagem do tempo, não tem, duque?

Ele estreitou os olhos.

— Você diz isso como se não planejasse usar os mesmos recursos para convencer o Parlamento a nos dar o divórcio, algo tão exorbitantemente dispendioso que houve quantos, 250 divórcios autorizados? Na história?

— Trezentos e catorze — Sera respondeu. — E, pelo menos, na conclusão do meu plano nós dois estamos vivos. Eu iria morrer em breve? Tenho sorte por ter chegado antes do recesso de verão e não depois? Quando o Parlamento voltaria do idílio de verão descansado e pronto para desaparecer com uma duquesa, abrindo caminho para outra?

— Não importa mais, não é? — ele disse, a voz calma o suficiente para enfurecê-la.

Não deveria importar. Ela tinha um objetivo. A Cotovia Canora, sua taverna. E com ela dinheiro, liberdade e futuro. Nada disso seria dela até Sera cortar as rédeas.

— Então vamos lá, Sera. Qual a razão para a dissolução da nossa outrora legendária união? Existem motivos limitados para um divórcio. O que vai ser? Vai dizer para meus colegas que sou intoleravelmente cruel? Que tal declarar para toda Londres que sou um lunático? Quem sabe você foi forçada a casar comigo? Não — ele bufou —, todo mundo sabe que você veio muito bem-disposta. Quase tropeçou ao entrar na igreja, ansiosa para se amarrar a mim.

— Que garota tola eu era — ela retrucou. — Isso foi antes de eu saber a verdade.

— E qual verdade é essa? — ele perguntou, semicerrando os olhos.

A verdade é que você nunca me quis. Que sempre se importou mais com seu título do que com seu futuro. Que nós nunca fomos mais do que um momento fugaz, passageiro. Que você não se importou quando nossa família se tornou uma impossibilidade.

— Não importa — ela respondeu.

— Eu nunca menti — ele afirmou.

Era um eco de anos atrás. *Você mentiu.* Ela ainda podia ouvir as palavras, como se tivessem sido pronunciadas ontem, não três anos antes, quando ele se recusou a escutar. Quando se recusou a acreditar. Porque ela não tinha mentido. Não quando era importante. Sera levantou o queixo, desafiadora e na defensiva.

— Agora sim, *marido*, você se esqueceu de algo.

Ele colocou o copo sobre a escrivaninha com um baque ominoso, pontuando seu movimento ao se aproximar dela, o músculo tremendo em sua face era o único indício de sua irritação.

Sera procurou controlar a respiração e acalmar o coração. Ela pretendia mesmo enfurecê-lo. Queria levá-lo ao limite. Fazê-lo desejar que ela desaparecesse, para lhe dar o que queria. Para libertá-la. Ela tinha planejado isso. Irritá-lo. Fazê-lo passar o verão com o gosto mais amargo na boca. Ela só não esperava se ver aprisionada pela lembrança dele.

— Eu não me esqueço, Seraphina. Não me esqueço de nenhum momento. E você também não. — Ele se aproximou e ela não conseguiu evitar dar um passo para trás, na direção da janela debruçada sobre Londres – a cidade que se curvava para ele como ela já tinha se curvado. Sera inspirou fundo, recusando-se a deixar que ele a intimidasse. E ele não a intimidou. Fez algo muito pior. Malcolm estendeu a mão para ela, os dedos tocando seu pescoço de leve, um toque quase imperceptível que ela deveria ter sido capaz de ignorar.

— Você acha que eu não me lembro de você bem o bastante para conseguir ver? Você acha que não vi como as lembranças a atacaram quando você passou pela porta e entrou nesta sala? Você acha que não tive as mesmas lembranças, da última vez em que você esteve aqui, nesta mesma sala?

Ela engoliu em seco, não gostando do modo como ele se aproximou dela.

— Não me lembro de ter estado aqui antes — ela disse.

— Pode mentir para o resto do mundo, Sera — ele disse, os dedos provocando os ombros dela. *Ela não recuaria. Não deixaria que ele vencesse.* — Pode até mentir para mim. Sobre seu passado e seus planos para o futuro. Sobre onde você esteve e o que planeja fazer. Mas nunca, jamais pense que eu não conheço a verdade sobre as suas lembranças.

O movimento dele se inverteu, voltando ao pescoço dela, dessa vez ganhando tração, os dedos quentes e decididos se curvando, o polegar forte e familiar acariciando o maxilar dela, inclinando o rosto de Sera para ele. Marcando-a com o passado. Com suas palavras, suaves como seda.

— Nunca, jamais, imagine que eu não sei que você me observou tirando aquele robe enquanto pensava, o tempo todo, na grossura dele. Na maciez dele em sua pele. No modo como se deitou nua sobre ele neste mesmo chão. No modo como me deitei sobre ele com você.

Malcolm estava tão perto, perto o bastante para ela sentir o cheiro dele – couro e terra, como se tivesse vindo do campo em vez das Casas do Parlamento –, inebriante em sua proximidade, mesmo com aquelas palavras ferinas. Mesmo com Sera dizendo para si mesma que não se importava.

— Eu me lembro, Sera. Lembro do seu gosto... como luz do sol e paz. Lembro do seu toque... calor e seda. Lembro do modo como você arfava, roubando meu suspiro para si. Roubando-me. O modo como você se ofereceu, como um prêmio. Fazendo com que eu acreditasse em você. Em nós. Antes de eu cair e você triunfar.

A insinuação de que ela os tinha arruinado e o que eles poderiam ter tido não deveria surpreender Sera, mas ainda assim surpreendeu, fazendo-a procurar as palavras e desferir seu próprio golpe.

— Nunca foi um triunfo. Foi o pior erro da minha vida.

Ela atingiu o alvo. Ele a soltou. *Graças aos céus.*

— Você recebeu seu título, não foi? E suas irmãs conseguiram o impulso de que precisavam para escalar o muro da aristocracia. Sua mãe pôde anunciar o triunfo dela para o mundo. A filha mais velha agarrou um duque.

Só porque eu nunca quis nada como quis você.

Ela sacudiu a cabeça, odiando-o por estar tão perto. Odiando-se por desejá-lo ainda que não quisesse nada com ele.

— Não quero mais isso.

Ele se aproximou, os olhos fixos nela, forçando-a a inclinar a cabeça para trás para sustentar o olhar dele.

— Você deveria ter pensado nisso antes de ter alcançado seu objetivo. — Malcolm estava mais perto ainda, até Sera sentir o calor suave da respiração dele em sua pele. Em seus lábios. — Você acha que não arruinou este lugar para mim? Este lugar que é para homens com um propósito? Para fazer história? Para estabelecer a ordem? Você acha que este lugar não me lembra constantemente de você? Do futuro que poderíamos ter tido?

Era uma mentira, claro. Ele não pensava no futuro deles. Se pensava nela de algum modo, era com raiva e nada mais. Mesmo naquele momento, ele brincava com ela, tentando emocioná-la. Ela sempre foi um brinquedo para ele. Nunca a considerou uma igual. Sera sacudiu a cabeça, recusando-se a ser envolvida por ele. Recusando-se a se afastar de seu objetivo.

— Chega — ela disse. — É um passado distante.

Ele deu uma risadinha destituída de graça ao ouvir o comentário.

— O passado é prólogo, meu anjo. *Eu penso nisso todos os dias.*

Os lábios de Sera se entreabriram em uma exclamação silenciosa. Ele estava perto o bastante para beijá-la, e de repente ela também conseguiu lembrar. O toque dele. O sabor. O modo como ele a fazia pulsar de desejo.

Só que ela não era mais aquela garota boba, estúpida. Sera colocou as mãos espalmadas sobre o peito dele, sobre aquelas linhas fortes e definidas sob a camisa, que ficaram tensas com o movimento, que arrepiaram quando ela arrastou as mãos até os ombros dele, provocando a pele quente do pescoço com os dedos, tentando-o.

Ele se inclinou um pouco, um movimento quase imperceptível. Mas foi percebido. Sera sentiu a vitória. E seu sussurro ecoou na sala.

— Sua memória está falha se pensa que eu criei toda a devastação sozinha, marido. Havia dois de nós sobre aquele robe. Dois de nós em Highley no dia em que eu o agarrei. Dois de nós em Londres no dia em que lhe implorei para me libertar... o dia em que você jurou se vingar dos meus pecados negando-me a única coisa que eu queria. — Ela sentiu orgulho da rigidez em suas palavras. De como conseguiu pronunciá-las sem deixar sua voz fraquejar. Sem evocar a lembrança da filha que ela tinha perdido, da esperança que perdeu no mesmo instante.

Orgulhosa o bastante para manter seu objetivo e entregar sua mensagem.

— Mas talvez você não se lembre tão bem dos detalhes como pensa — ela continuou. — Claro que deve ser difícil para você se lembrar de todas as vezes em que esteve comigo, já que foram tantas as mulheres desde então.

Ela se deliciou com a própria resposta, o modo como ele ergueu a cabeça de repente, os olhos – aqueles olhos lindos e misteriosos – procurando os dela. Ele a observou, a raiva evidente, e Sera esperou pela próxima jogada dele. Ansiava por ela, ainda que se odiasse por agir assim.

Foi sempre assim. Intensos e de igual para igual. Provocação além de qualquer medida, mesmo quando doía.

— E então chegamos ao ponto. Adultério. — Ele massageou a nuca e desviou o olhar, soltando uma risada suave. — Infelizmente, estamos na Londres de 1836, e embora você possa se achar uma verdadeira Boadicea, a rainha dos celtas, a lei não a vê dessa forma. Minhas ações fora do nosso quarto não constituem base para um divórcio. Você precisa estudar mais.

Ela retirou uma sujeira invisível da própria manga, fingindo tédio.

— Não tema, duque. Existe a questão da impotência.

Malcolm apertou os lábios em uma linha fina enquanto Sera passava por ele em direção à porta, sentindo o coração martelar devido à proximidade do marido, às lembranças, ao pânico a algo mais que ela não quis identificar. Ela soltou o fôlego que vinha segurando em um suspiro longo quando alcançou a maçaneta.

Seraphina se virou para encontrá-lo olhando fixamente pela janela, para os telhados de Londres, o sol dourado e líquido escorrendo ao redor dele como um halo, marcando seus ombros largos, sua coluna reta, seus braços fortes e quadris estreitos. Ela se odiou por reparar nisso. Por lembrar das sensações. Por pensar no calor dele.

— Malcolm — ela disse, já virando a maçaneta. Ele ficou tenso ao ouvir seu primeiro nome, mas não olhou para ela, nem mesmo quando Seraphina disse, em alto e bom som: — Sinto que devo lembrá-lo de que, embora as infidelidades de um marido não sejam motivo para divórcio, as da *esposa* são totalmente diferentes.

Com esse último ataque, a Duquesa de Haven saiu das Casas do Parlamento, deixando um escândalo em seu rastro.

Escândalo e um marido tão irado que Sera imaginou que o divórcio seria rápido e sem hesitação.

Escândalos & Canalhas

Capítulo 4 | 1º de março de 1833

SERAPHINA GENTE FINA! DUQUE ENCANTADOR ENCONTRA SEU PAR

* * *

Três anos, quatro meses e duas semanas antes
Mayfair, Londres

— Com certeza não existe nada pior em todo o mundo do que o primeiro baile da Temporada. — Haven abriu caminho até o pequeno terraço da Casa Worthington, grato pelo ar frio de março, um alívio bem-vindo do calor sufocante e do fedor do salão de festas, cheio de mais aristocratas do que ele poderia ter imaginado – todos desesperados para retomar a vida na cidade depois de meses no campo, consumidos pelo tédio.

— Não é assim tão ruim — respondeu o Marquês de Mayweather, fechando a porta atrás de si.

Haven deu um olhar cético para o amigo.

— É impossível se mover com todas essas debutantes e casamenteiras lá dentro. Estão correndo atrás de nós como se fôssemos pedaços de carne.

Mayweather deu um sorriso irônico.

— São o quê, meia dúzia de títulos para serem laçados esta Temporada? Quero dizer, títulos jovens e sadios. Um marquês e um duque à beira da meia-idade são cortes de primeira, Haven.

— Trinta anos não é meia-idade.

O marquês foi até a balaustrada do terraço, apoiando ali sua bebida e olhando para o extenso jardim dos fundos da Casa Worthington.

— É idade o bastante para pensarmos em casamento.

Metade dos homens da aristocracia esperava até seus 30 anos para casar. Muitos esperavam até quase os 40. Haven não era tolo, ele sabia que seus dias de solteiro estavam contados. Precisaria se casar e conseguir um herdeiro em breve, mas Deus sabia que ele não tinha nenhum interesse em bailes e longas caminhadas no Hyde Park para conseguir o que precisava.

A ideia era ridícula. Quantas vezes Haven ouviu o próprio Mayweather afirmar que herdeiros podiam ser paridos a qualquer momento? A menos que...

— Jesus — Haven disse em voz baixa na escuridão. — Você foi laçado. — Ele teria visto o amigo *corar*? — Laçado e abatido por completo.

O marquês olhou para o lado.

— Você não precisa fazer parecer que estamos falando de gado.

— Você disse que nossos títulos nos transformam em pedaços de carne.

— Ela não pensa desse modo.

Haven podia apostar tudo que tinha que essa mulher pensava exatamente assim. Ele arqueou a sobrancelha.

— Não, estou certo de que não. Tenho certeza de que o seu casamento será por amor.

Mayweather fez uma careta.

— Você não precisava fazer parecer tão improvável.

Improvável, não. Impossível. Talvez fosse razoável que outros homens acreditassem que suas esposas os procurassem por amor. Por desejo. Por algo mais. Mas se isso fosse verdade, era para homens com sorte. Para homens nascidos sem o jugo do título, da fortuna e da responsabilidade. Cocheiros de aluguel, varredores de rua e marinheiros podiam se casar por paixão e até amor. Mas homens como ele e Mayweather? Duques e marqueses jovens, ricos e nobres? Para eles não existia essa coisa de amor.

Existia apenas dever, e este exigia casamento, mas se Haven sabia de algo, era isto: os homens precisavam entrar no casamento com os olhos bem abertos, cientes da decepção que essa instituição, sem dúvida, provocaria neles.

Malcolm, Duque de Haven, sabia disso sem qualquer dúvida, pois era produto dessa decepção. Quantas vezes seu pai o fitou, com fracasso e algo pior no olhar? Não era arrependimento, embora isso também estivesse presente. Era mais como ódio, como se estivesse disposto a apagar alegremente o filho da existência se isso lhe devolvesse a vida que um dia teve. Malcolm sempre imaginou que seu pai ficou grato quando a morte chegou para ele, e com ela a liberdade da realidade horrorosa que tinha lhe sido imposta.

Havia, também, a mulher conferida ao duque. A mãe de Haven. Nascida sem título nem fortuna, chegou à posição mais elevada possível. Duquesa. E o modo como ela olhava para o filho, fria e distante, com um toque de orgulho – não pela criança que deu à luz, nem pelo modo como o criou, mas por sua própria artimanha, por seu triunfo legendário. Pelo título que tinha roubado.

Então, não. Haven conhecia muito bem sua própria vida para acreditar que poderia ser diferente com os outros. E ele encarava seu futuro sabendo que se esperasse ser decepcionado, não poderia se decepcionar.

Ele se aproximou do amigo, apoiando as costas na balaustrada e observando a luz dourada na casa à sua frente.

— Só estou dizendo que amor é uma grande falácia — ele disse. — As mulheres procuram segurança e conforto, nada mais. Se uma delas está flertando com você, meu amigo, é porque está atrás do seu título. Não tenha dúvida.

Mayweather se voltou para fitá-lo.

— É verdade o que dizem de você, sabe.

— O quê?

— Que você é um canalha sem coração.

Haven concordou e bebeu um grande gole.

— Isso não faz com que eu esteja errado.

— Não, mas faz com que seja um cretino. — A afirmação clara e decidida veio da escada escura de pedra que descia até o jardim, como se a mulher que a pronunciou tivesse o hábito de ficar à espreita de homens aristocráticos, para rebater algo que dissessem.

Mayweather não conseguiu conter sua risada de surpresa.

— Da escuridão, a verdade — ele disse.

— Se um dos meus amigos me dissesse algo assim, meu lorde, eu faria o possível para arrumar outro amigo. Um com melhores modos — ela respondeu para o marquês.

— Não é uma má ideia. — Mayweather sorriu para Haven, que firmou o olhar nas sombras, quase não conseguindo distinguir a silhueta feminina ali, parada no meio da escada, encostada no exterior da casa. Há quanto tempo ela estava escutando?

— Considerando que você está se escondendo nas sombras, espionando conversas para as quais não foi convidada, não sei se é possível confiar na sua avaliação dos meus modos.

— Eu não estava espionando.

— Não?

— Não. Eu estava ouvindo. E não me escondia nas sombras. Eu apenas tomava um ar, e o fato de você ter escolhido esse exato momento para se retirar da festa e fazer seu discurso – não solicitado, devo acrescentar – a respeito da maldade da mulher, é culpa do meu puro azar. Posso lhe garantir, meu senhor, que apenas por estar viva eu já testemunho bastante difamação da metade feminina da população. Não preciso parar para escutar esse tipo de coisa.

Haven teve que se esforçar para não ficar de boca aberta. Quando foi a última vez que uma mulher tinha falado com ele desse modo? Quando foi a última vez que *qualquer um* tinha falado assim com ele?

Mayweather riu.

— Seja quem você for, conseguiu deixá-lo sem palavras. E preciso dizer que pensava que isso fosse impossível.

— Uma pena. — Ela saiu das sombras. — Eu esperava que ele continuasse com essa dissertação tão edificante: *Manipuladoras e mercenárias, uma reflexão sobre o papel das mulheres no mundo.* É decididamente Wollstonecraftiana.

Finalmente, Haven encontrou sua voz:

— Os homens de Londres estariam muito melhores se prestassem atenção aos meus pontos de vista nessa questão em particular.

— Sem dúvida isso é verdade — ela o provocou e Haven percebeu que gostava do calor que as palavras dela provocavam nele. — Por favor, diga-me, bom senhor, o que o tornou um especialista tão grande em... como foi que você disse? Ser laçado e abatido?

Por um instante ele considerou a ideia de ser laçado por aquela mulher... ter as unhas dela em sua pele. Dentes e lábios. Haven afastou o pensamento. Nem a tinha visto, não precisava de fantasias com uma mulher na escuridão.

— Experiência — ele respondeu, dando seu olhar mais desdenhoso na direção dela.

Ela riu, e o som o envolveu como um pecado. Haven se endireitou. Quem era ela?

— Você é tão desejado, não é mesmo? Que pode identificar uma ladra de títulos a trinta passos de distância?

A mulher se moveu enquanto falava, subindo a escada. Aproximando-se. Ela não estava a trinta passos. No máximo a dez. Cinco, se ele alongasse suas passadas. O coração dele disparou. E isso foi antes de ela entrar na luz, cintilando como uma maldita deusa.

Ele se afastou da balaustrada sem pensar, como um cachorro obediente preso na guia. Não a reconheceu, o que lhe pareceu impossível, pois ela era morena com a pele clara e olhos azuis como safiras. Era difícil acreditar que uma mulher perfeita como aquela – e tão espirituosa – passaria despercebida na Sociedade.

A mulher misteriosa ficou pairando ali, no círculo dourado do candeeiro, seu olhar caindo em Mayweather, o que fez Haven desejar que o amigo sumisse. E que o deixou com uma inveja dos diabos.

— Meu lorde, se me permite dizer, não deveria escutar seu amigo insensível. Se a mulher diz que gosta de você, acredite nela.

Mayweather esqueceu o conhaque sobre a balaustrada e se aproximou dela.

— Ela diz que gosta.

— E você, como se sente?

— Eu gosto dela — ele respondeu, com tal candura que Haven se perguntou se o amigo teria ingerido algo venenoso.

Ela concordou com convicção.

— Muito bem, então. Amor é o que basta. — Então ela sorriu, e Haven sentiu dificuldade para respirar.

Mayweather não pareceu ter a mesma dificuldade com a respiração. Ao contrário, ele soltou um suspiro longo, dramático e ridículo.

— É o que dizem.

— Nem todo mundo. Seu amigo aí acredita que todas as mulheres estão no mercado para roubar um título.

Mayweather deu um sorriso constrangido.

— Ele tem mesmo um título muito desejado.

Aquele olhar cerúleo, abundante em curiosidade e carente de reconhecimento, caiu em Haven, e pareceu honestamente que ela o estivesse vendo pela primeira vez.

— Tem mesmo? Bem, então que uma jovem vaqueira de sorte o lace bem laçado.

Com isso, ela virou de costas para Haven, como se ele não existisse, e seguiu na direção da porta, como se não desse a menor importância para ele. Como se não o reconhecesse.

Era impossível, claro. Ela estava fazendo algum tipo de jogo para provocá-lo. E apesar de saber disso, ainda assim ele se sentiu provocado.

— Devo acreditar que você não me conhece?

Ela parou e se voltou, com humor temperando suas palavras, deixando-o sem jeito.

— Correndo o risco de parecer rude, meu lorde, não tenho nenhum interesse especial no que você acredita ou deixa de acreditar. Como nunca nos encontramos, não sei como eu poderia conhecê-lo.

Mayweather soltou uma risada e Haven sentiu o claro impulso de empurrar o amigo por sobre a balaustrada para a cerca-viva abaixo.

— Ela o pegou — Mayweather disse.

Ela não o *pegou* coisa nenhuma. Ele não seria pego.

— Vossa Graça — Haven disse.

— Perdão? — ela perguntou, arregalando os olhos.

— Você me chamou de "meu lorde". O correto é "Vossa Graça".

Ela abriu um sorriso irônico.

— Como sabe que as mulheres simplesmente adoram ser corrigidas pelos homens? Ainda mais em questões de tratamento. É mesmo um grande espanto que nenhuma de nós tenha se apaixonado por você. — Ela fez uma pequena mesura, e o movimento o fez se sentir pior que um cocô de cavalo. — Adeus, cavalheiros.

Ainda assim, ele não conseguiu se segurar.

— Espere.

Ela se voltou, linda e tranquila.

— Cuidado, *duque*. Estou começando a pensar que você está tentando *me* laçar.

A ideia era absurda. Não era?

— Suas amigas.

A mulher arqueou as sobrancelhas.

— O que tem elas?

— Você nunca falou sobre mim com elas? — Seria mesmo honestamente possível que ela não fizesse ideia de quem ele era?

Ela retorceu os lábios, parecendo se divertir. Estava fazendo-o de bobo. Não, ele estava fazendo isso sozinho. Como um imbecil. Por causa dela.

— Não tenho amigas, tenho irmãs. E eu continuo sem saber por que elas deveriam saber ou se importar com quem você é.

Mayweather soltou uma exclamação quando ela terminou de falar; era evidente que ele se divertia vendo Haven fazer papel de tolo. Mesmo assim, o duque parecia incapaz de se conter. Ele abriu os braços.

— Sou Haven.

— Ora, você com certeza tem uma ótima opinião de si mesmo, para se chamar de *Reino*.

Mayweather riu e Malcolm ficou irritado.

— É *Haven*. "Duque de Haven".

A resposta dela não demonstrou nenhum reconhecimento.

— Muito bem. Então eu retiro tudo que disse. Sem dúvida um espécime masculino jovem e razoavelmente atraente como você, possuidor de um título que parece ser respeitável, precisa ter cuidado. As mulheres devem mesmo *afluir*.

Pronto. Até que enfim ela tinha entendido. *Espere*. Ele arregalou os olhos. *Razoavelmente atraente?*

Quem era ela? Além de ser a mulher mais irritante de toda a cristandade. Ela se voltou para Mayweather mais uma vez, ignorando Malcolm.

— Boa noite, meu lorde. E posso lhe desejar boa sorte?

O marquês fez uma reverência caprichada.

— Obrigado, Srta... — ele parou de falar e Haven pensou que, afinal, Mayweather não era tão ruim... quer dizer, se pelo menos ele descobrisse o nome da garota.

Um sorriso iluminou o rosto dela e Malcolm sentiu como se o sol brilhasse sobre ele.

— Estou chocada. Parece que *vocês* também não sabem quem *eu* sou.

— Deveríamos saber? — perguntou, arregalando os olhos.

— Não — ela retrucou. — Afinal, não sou nenhum *reino*...

Só que ela parecia mesmo ser um reino. O reino dos céus. Mas a desconhecida já estava virando a maçaneta. Ela iria deixá-lo.

— Pare! — ele exclamou, detestando o desespero em sua voz. Ele praticamente ouviu a cabeça de Mayweather virando na sua direção, mas Haven não deu a mínima importância para isso. Porque tudo que importava era que ela parasse. — Você não pode ir embora sem nos dizer quem é.

O olhar dela refletia o candeeiro.

— Oh, eu acho que posso.

— Está enganada — Malcolm insistiu. — Como o infeliz do Mayweather vai conseguir encontrar você se as coisas derem errado com Heloise?

— Helen — Mayweather o corrigiu.

Haven fez um gesto de pouco caso com a mão.

— Certo. Ela parece um amor. Boa demais para este imbecil. Ele vai precisar dos seus conselhos se quiser ficar com ela.

— Como é? — o marquês protestou, mas não importava. Porque a mulher riu; alegre, atrevida e linda, e tudo que Malcolm queria era se deleitar com aquele som. Com o calor que aquele riso provocava nele.

Ao invés disso, ele deu seu sorriso mais encantador e disse:

— Vamos começar de novo. Meu nome é Malcolm.

Nem se a vida dele dependesse disso, Haven não saberia explicar por que achou necessário dizer seu primeiro nome, que ninguém usava há vinte anos.

Ela arqueou as sobrancelhas.

— Não sei por que pensa que eu me importo com o primeiro nome de Vossa Graça, pois sou uma mulher e, portanto, já tenho todas as informações relevantes a seu respeito. — Então ela disse, num sussurro espantado: — *Você é um duque!*

De novo, a provocação. E ele adorou. Ela era incrível.

— De qualquer modo, é costume que as mulheres se apresentem para os homens que pretendem laçar.

Ela inclinou a cabeça.

— Devo admitir que nem sempre circulei na alta roda, mas tenho certeza de que não é costume nenhum que uma mulher se apresente para dois estranhos em um terraço deserto.

— Não somos nem um pouco estranhos — Malcolm disse. — Bem, talvez Mayweather seja, com essa obsessão que tem por Hester.

— Helen! — Mayweather disse, extraindo outro sorriso da linda mulher.

— Parece que nós dois temos o mesmo desinteresse por primeiros nomes — ela disse.

— Se acha melhor, irei me lembrar de tudo a respeito dela — ele prometeu. — Mayweather, conte-me algo sobre a sua Helen.

— Ela tem gatos.

Haven se virou para o amigo.

— No plural?

— Seis bichanos — ele confirmou.

— Bom Deus. Acredito que nunca vou me esquecer disso.

— Eu gosto de gatos — disse a mulher em forma de anjo. — Eu os considero inteligentes e reconfortantes.

— Assim como Helen. — Mayweather sorriu.

— Ela parece ser um amor. — A desconhecida retribuiu o sorriso.

— É mesmo. Na verdade...

Não. Chega de Helen.

— Na verdade, você deveria procurá-la para lhe dizer isso. — Haven interrompeu o amigo. Ele fez uma pausa, ouvindo a música que emanava do salão de festas para o terraço. — E dançar com ela. Mulheres gostam de dançar. — O anjo arqueou as sobrancelhas, parecendo se divertir, quando ele insistiu: — Vá, Mayweather.

Pela primeira vez na vida, o Marquês de Mayweather entendeu as entrelinhas e, enfim, deixou os dois sozinhos. Haven estava envolto pela escuridão e pelo frio, mas de algum modo ela o deixava quente como o sol.

Haven se aproximou dela, sem querer nada se não estar perto.

— Você está com frio? — ele perguntou com a voz baixa e grave, querendo provocá-la como ela o provocava. Querendo que ela o desejasse como ele a desejava. Mas, principalmente, querendo que ela não fosse embora.

Ela engoliu em seco. Ele viu o movimento no pescoço dela e ficou com água na boca, sentindo o desejo de encostar os lábios ali para sentir se o pulso dela estava tão rápido quanto o dele. Para saborear a pele salgada e doce. Quando ele procurou os olhos dela, viu que talvez ela permitisse, que não estava indiferente.

— Está na hora de eu ir — ela sussurrou.

A ideia de que ela iria embora, e ele talvez nunca mais a veria, nunca a conheceria, produziu sensações em Malcolm que ele não gostou. Então o duque perguntou, em voz baixa:

— Você gosta?

— Eu gosto? — Ela inclinou a cabeça.

— De dançar?

— Sim. — Ela concordou. — Gosto muito, na verdade.

— Você gostaria de dançar comigo?

Ela exibiu os dentes perfeitos e brancos. Claro que os dentes dela só podiam ser perfeitos. Tudo nela era perfeito.

— Nós não podemos dançar. Não fomos apresentados formalmente.

— Então dance comigo aqui. Em segredo.

— Não. — Era um jogo. Ele sentia isso em seu peito, na falta de ar.

— Por quê?

— Se fôssemos pegos, eu estaria arruinada.

Ele se aproximou, perto o suficiente para puxá-la para seus braços.

— Eu nunca arruinaria você.

Aquilo deveria ter sido um flerte. Uma provocação vazia. Algo que os homens dizem para as mulheres para atraí-las para o perigo. Mas não... foi uma promessa. E, mais do que isso, foi a verdade. Ele nunca a arruinaria. Não seria ruína quando ele se casasse com ela. Haven congelou. *Cristo.* Ele se casaria com ela. *Ele iria casar com aquela mulher.*

Essa constatação deveria tê-lo horrorizado. Não fazia dez minutos que ele tinha atacado a instituição do casamento, sugerindo que todas as mulheres eram oportunistas, e que os homens que não entendiam isso eram imbecis. Mas, naquele momento, ele não foi tomado pelo terror. Foi tomado por algo completamente diferente. Por algo parecido com alegria. *Esperança.*

Na sequência dessa epifania, ele de fato a puxou para seus braços, a mulher cujo nome ainda não sabia. Ela soltou uma breve exclamação e Malcolm se deliciou com o som, que foi igual ao dele próprio quando descobriu o que era abraçar a mulher para a qual estava destinado.

Eles começaram a se mover com a música, distante e baixa, que os envolvia com intimidade.

— Lembro-me de ter recusado a dançar, duque.

— Malcolm — ele disse, a voz suave junto à orelha dela, adorando seu estremecimento ao ouvir o nome dele. — Recuse de novo, agora que está em meus braços, agora que estou nos seus, e eu paro.

Ele não sabia como faria isso, mas daria um jeito.

Ela suspirou, seus lábios curvando-se em um sorriso contido e encantador.

— Você é muito difícil.

Ele poderia viver naquele sorriso.

— Já me disseram isso.

— Pensei que aristocratas deveriam ser mais ajuizados.

— Não os duques. Você não ouviu falar que somos os piores?

— Hoje em dia deixam qualquer um virar duque, não é?

Ele a virou para a luz, revelando seu lindo rosto.

— Se você acha que duques são ruins, meu anjo, imagine o que aceitam como duquesas.

Ela arregalou os olhos ao ouvir aquilo e seus lábios se abriram num sorriso completo e maravilhoso, cheio de segredos e pecado.

— Imagine, mesmo. — E ele não conseguiu se conter. Não quis fazê-lo. Afinal, iria se casar com ela. Os dois passariam a vida se beijando, por que não começar agora? *Só para experimentar.*

Ela suspirou quando ele encurtou a distância, e Malcolm ouviu seus pensamentos nos lábios dela.

— Só para experimentar.

Ela era perfeita. Ele encostou os lábios nos dela e o fogo se espalhou por seu corpo quando ela prendeu a respiração, depois suspirou, suave e docemente, enquanto ele lambia com delicadeza aquele lábio inferior; carnudo, macio e doce o suficiente para fazê-lo sofrer.

— Só para experimentar — ele prometeu para si mesmo. Para ela. — Abra os lábios para mim, amor.

E ela abriu, deixando-o entrar, os lábios macios e a boca quente e acolhedora, a língua indo ao encontro da dele, experimentando, saboreando, provocando-a com perfeição, como se os dois fossem feitos para aquilo. Como se eles tivessem vivido apenas para se encontrar ali, no terraço escuro, e um incendiar o outro.

Não havia nenhuma hesitação naquela mulher linda, nada tímido ou acanhado. Ela era cheia de fogo e paixão, e quando ficou na ponta dos pés e levou a mão enluvada até a nuca dele, puxando-o para si, para mais perto, oferecendo-se a ele, Malcolm reconheceu que não era ela quem estava arruinada. Era ele.

Malcolm levantou os lábios ao pensar nisso, virando o rosto dela para a luz, admirando aqueles olhos fechados, os lábios entreabertos, o rubor nas faces que descia pelo pescoço até a elevação pálida dos seios. Ela era o retrato do prazer.

Os longos cílios escuros se ergueram, e o que ele viu ali, misturado ao desejo e à surpresa, foi seu futuro. Sua esposa.

Escândalos & Canalhas

Capítulo 5 21 de agosto de 1836.

SERAPHINA REAPARECE ACOMPANHADA DE AMERICANO!

* * *

A Cotovia Canora
Covent Garden

— Então, só para deixar claro, você disse para ele que estava tendo um caso.

Sera largou a caixa de velas e olhou para o americano apoiado no bar da Cotovia Canora, a mais nova taverna de Covent Garden. Ela tinha encontrado Caleb Calhoun em uma taverna semelhante, em Boston, Massachusetts, algumas horas depois que seu navio, vindo de Londres, atracou.

Ela estava procurando comida de verdade, quente – algo que fosse melhor do que a carne seca e os picles que tinham desempenhado o papel de alimento durante o mês que durou sua viagem transatlântica –, e lhe indicaram a taverna O Sineiro, três casas adiante do lugar que ela alugou para ficar enquanto pensava no que fazer com sua vida.

O americano levantou de sua cadeira quando ela entrou, erguendo-se bem acima de um punhado de outros homens, menos imponentes e mais perigosos, o que fez dele o protetor de Sera naquele dia. E no seguinte. E no próximo.

E logo ele não era apenas um americano, mas seu empregador. Depois, seu sócio. E então, o amigo mais querido que ela já teve. Não demorou para ele ser a única pessoa no mundo que sabia tudo a respeito dela, e também a única que não exigia nada de Seraphina.

Ele também era o único que a obrigava a ser sempre sincera, e essa era uma das desvantagens de Caleb, naquele momento em particular.

— Eu não contei isso para ele — ela insistiu.

Sera não gostou do modo como Caleb a encarou, com seu olhar verde e franco, como se ela tivesse dado uma resposta inaceitável para uma pergunta muito simples.

— Não contei! — ela insistiu. — Não de verdade.

— Não de verdade — Caleb repetiu. — Sera, não gosto da ideia de ser assassinado sem aviso por algum aristocrata.

— Você acha que alguém gosta da ideia de ser assassinado?

Caleb olhou torto para ela – do modo que os irmãos reservavam para suas irmãs mais exasperantes.

— Há dias em que não me oponho à sua ideia. Ainda mais se o seu duque apaixonado vier atrás de mim.

— Posso lhe garantir que ele não está apaixonado. — Malcolm tinha parecido o oposto disso três dias antes. O duque pareceu não se emocionar nem um pouco com o retorno dela.

Caleb grunhiu. Sera ignorou a discordância tácita.

— Não foi como se eu tivesse lhe fornecido um nome e uma descrição física do homem com quem eu estaria tendo um caso. Apenas sugeri que, se ele quisesse se divorciar de mim com base em adultério, eu não me oporia à essa solução.

— É o tipo de argumento semântico que uma inglesa gosta de usar.

Ela deu um olhar enviesado para Caleb.

— Eu *sou* uma inglesa.

— Ninguém disse que você não podia se esforçar um pouco mais para se livrar do cabresto, querida.

— Por favor. Todo mundo sabe que metade dos divórcios concedidos pelo Parlamento só saem quando maridos e esposas agem em conluio. Ficarei feliz em bancar a adúltera se isso permitir que eu fique com este lugar.

E permitiria. No momento em que o casamento fosse desfeito, A Cotovia Canora seria dela, e Seraphina poderia recomeçar sua vida. Sem o passado e seus fantasmas para assombrá-la.

— Tudo que eles precisam fazer é vê-la tomando uma ou duas bebidas e vão acreditar que você se perdeu de verdade — Caleb comentou.

— Uma garota pode sonhar. — Ela fez um brinde a ele e bebeu. — Não sou uma duquesa muito boa, sou?

— Não entendo muito de duquesas, mas o que posso lhe dizer é que você não se parece em nada com a garota que vagava pelas ruas como um carneirinho perdido, então ainda tenho esperanças — ele disse, cruzando os braços à frente do peito largo. — Mas retornando ao assunto em questão, você sugeriu que estava tendo um caso.

— Não sugeri nada. Eu simplesmente declarei um fato da lei inglesa. Se ele *inferiu* algo assim...

Caleb riu.

— Então Haven simplesmente deduziu o que você queria. E quando ele descobrir quem desembarcou ao seu lado... vou ser alvo da ira de um duque. E então teremos que lutar. E então... — ele fez um gesto dramático — ...não teremos escolha senão entrarmos em guerra novamente.

— Você tem consciência de que não é nenhum tipo de embaixador, certo? — Sera pegou a caixa de velas e saiu andando entre as mesas da taverna vazia, arrumando as cadeiras. — Não posso ser responsável pelo que ele pensa, Caleb — ela disse, as palavras altas o bastante para viajarem pelo ambiente vazio. — O que eu posso fazer é dizer que ele não se importa o suficiente com minhas ações nos últimos três anos para nos causar problemas.

Caleb bufou, descrente.

— Isso é bobagem e você sabe.

— Se ele ficar bravo, não será por sua causa — ela retrucou. — Mas sim porque eu arruinei o precioso legado dele. Mais uma vez. Se fosse você, não me preocuparia com seu rosto, que nem é assim tão atraente — ela o provocou. — Ninguém gosta de um nariz quebrado.

— Toda mulher gosta de um nariz quebrado, linda. Além do mais, eu posso acabar com qualquer almofadinha que quiser me enfrentar. — Sera sorriu ao ouvir aquilo, diante da qualificação de seu marido que, apesar de ser o homem mais aristocrático que tinha conhecido, com toda certeza não tinha nada de almofadinha. Caleb continuou a falar enquanto ela subia os degraus até o pequeno palco na extremidade do salão. — Na verdade, eu bem que gostaria de encontrar esse canalha. Adoraria ensinar uma lição para ele.

Sera se esticou para retirar os restos de velas de um dos enormes candelabros que ficavam ao redor do palco.

— Infelizmente, Sr. Calhoun, duvido muito que você tenha a oportunidade de conhecê-lo.

— Ele virá procurar você.

— Quer apostar? — ela provocou. — Aposto cinquenta dólares que ele saiu da cidade com o resto de Londres, e que eu terei que ir atrás dele para conseguir minha taverna.

— Eu acho que você quer dizer o resto de Londres mimado e endinheirado. — Caleb abriu um compartimento secreto no balcão e pegou uma caixa de tabaco e papéis, fazendo um espetáculo do ato de enrolar um cigarro. — Os senhores dos casarões estão voltando para inspecionar seus servos?

— Algo assim. — Sera riu baixo. — Embora fugir do fedor de Londres seja uma descrição mais precisa do que acontece.

— Bah. — Caleb fez um gesto de pouco caso. — O fedor da cidade é o que nos faz saber que está viva.

Ela atravessou o palco para substituir as velas nos candelabros do outro lado.

— Você seria um membro horrível da aristocracia.

A risada dele ecoou no ambiente vazio.

— Não duvido disso, amor. Aceito sua aposta. Cinquenta dólares que seu homem vai entrar por aquela porta até o fim da semana.

Ela não gostou da certeza que percebeu na voz do amigo. Como se ele já tivesse ganhado a aposta. Sera gostou menos ainda da próxima observação dele.

— De qualquer modo, duquesa, está na hora de começarmos a trabalhar, não acha? Você precisa fazer o homem concordar com sua proposta e precisa que este lugar seja o melhor que Covent Garden já viu, para que no momento em que se tornar seu, se torne legendário. Então, como vai conseguir que ele concorde?

Ela teria que vê-lo outra vez, mesmo que não quisesse fazer isso. Mesmo que não quisesse encarar aquele homem, lindo como sempre e, de algum modo, totalmente mudado.

— Estamos aqui há sete semanas e já estou me coçando para voltar ao solo americano — Caleb acrescentou.

Ela olhou para ele, forçando a vista na escuridão.

— Você sabe que pode ir. Não precisa...

Ela foi parando de falar, sem saber como concluir. Caleb tinha feito tanto por ela. Ele a protegeu quando a conheceu, desamparada e sozinha em uma cidade – um país... um continente – que não conhecia. Ele a ajudou a se reerguer; a ficar forte. Ele lhe deu motivos para sorrir de novo. E então Caleb lhe deu um objetivo. E quando ela decidiu que estava na hora de voltar para a Inglaterra e recomeçar, Caleb fez as malas sem hesitar.

— Você não precisa. — Sera se repetiu, meneando a cabeça.

Ele levantou o cigarro e a ponta vermelha brilhou no espaço pouco iluminado.

— Mesmo assim, aqui estou eu. Um homem notável, não acha?

— Um modelo de modéstia, com certeza — ela disse, arqueando uma sobrancelha.

— Então, quando é que vamos acabar com aquele idiota do seu marido?

Ela riu ao ouvir aquelas palavras, ditas com uma alegria autêntica.

— Eu receio que você não terá essa oportunidade.

— Você acha que ele não vai lhe dar o divórcio? — Seraphina viu Caleb franzir a testa larga mesmo à distância, no escuro. — Então volte comigo e recomece a vida em Boston.

Se pelo menos fosse assim tão simples. Se pelo menos ela se sentisse ligada àquela cidade do outro lado do Atlântico, que fervilhava de novos ideais, com as expectativas de um país jovem. Sera tinha aprendido a amar Boston por sua gente, por Caleb e pela esperança que representava. Mas Boston não era Londres. Ela nunca se sentiu em casa ali.

Seraphina extraiu o pavio do toco grosso de vela em sua mão e o enrolou com o polegar e o indicador, observando o algodão carbonizado marcar sua pele de preto.

— Ele vai me dar o divórcio — ela disse, sabendo que provavelmente Malcolm não queria outra coisa que não se livrar dela. — Mas imagino que só vai fazer isso depois que me castigar o suficiente.

Então Caleb abandonou o balcão, andando na direção dela, com o maxilar e os ombros largos que denunciavam sua criação na colônia muito antes de abrir a boca e revelar seu sotaque inculto. Ele era um animal enjaulado em Londres, um mundo que, na melhor das hipóteses, considerava vazio, e, na pior, imoral.

— Você não merece ser castigada.

Ela arqueou uma sobrancelha.

— Eu o deixei, Caleb.

— Ele a deixou primeiro.

— Não de um modo que importasse — ela disse, sorrindo.

— De um modo que teve *toda* a importância. — Ele bufou.

Sera suspirou.

— Duquesas não abandonam os duques — ela explicou pela duodécima vez. Pela centésima. — Com certeza não sem antes fornecer um herdeiro.

Nem mesmo quando um herdeiro era impossível.

— Elas deveriam poder ir embora quando seus maridos as exilam — ele retrucou. — Ficar é bobagem.

— Não, é britânico.

Ele soltou uma imprecação violenta.

— Outra razão pela qual vocês, ingleses, fizeram por merecer a surra que nós lhes demos.

— Você deveria comprar uma passagem no próximo navio. Precisa retomar sua vida. — Ela tentou fazer graça. — Você não está ficando mais novo, amigo. Está na hora de encontrar uma mulher que o suporte.

— Como se isso fosse acontecer algum dia. — É claro que aconteceria. Caleb Calhoun era um dos homens mais encantadores que Seraphina já tinha conhecido. Ele parou na beira do palco e olhou para ela, os olhos verdes carregados de seriedade. — Vou manter minha promessa, querida. Vou ficar com você até o divórcio. Vou garantir que você e este lugar tenham sucesso. Só então irei embora, aceitando com alegria minha participação nos lucros mensais.

Ela sorriu.

— Vou dormir melhor sabendo que meu dinheiro vai lhe fornecer conforto.

— *Nosso* dinheiro, sócia.

Após se conhecerem por um mês, Sera e Caleb compraram um *pub* em Boston, depois outro e mais outro. Com o instinto dele para a localização e o dela para tornar uma taverna um lugar impossível de sair, eles fizeram com que vários pubs há muito estabelecidos em Boston fechassem as portas. Depois, decidiram que Londres seria a próxima conquista.

Eles compraram a taverna menos de 48 horas depois de desembarcar na margem do Tâmisa, após avistarem Covent Garden – um bairro dominado por uma dupla de irmãos e repleto de tavernas obscuras de baixo nível, que diziam abrigar uma rede de lutas ilegais. Embora Sera e Caleb não tivessem nenhum interesse em competir com um clube de lutas, eles viram a oportunidade de abrir um pub na região. Um estabelecimento parecido com os pubs que estavam se popularizando em Boston e Nova York. Um lugar com entretenimento.

A Cotovia Canora era a resposta óbvia. Uma sociedade dividida por igual entre os dois, ou o mais igual que poderia ser enquanto Sera fosse casada. Porque nesse momento era uma sociedade dividida por igual entre Caleb e o marido de Sera, embora o Duque de Haven, abençoadamente, não fizesse ideia da posse dessa propriedade. Sob a lei britânica, contudo, mulheres casadas não podiam possuir propriedades nem negócios. Seus maridos eram os donos de tudo, inclusive delas.

Divórcio era o único modo pelo qual Seraphina poderia ser dona do seu próprio negócio, que era a única coisa com que ela se importava em quase três anos; a chave para sua autossuficiência. Para sua liberdade. O único modo com o qual ela conseguiria recuperar a vida que ele tinha roubado dela. A vida da qual ele a expulsou. *Vá embora.*

As lágrimas vieram de surpresa. Indesejáveis. Quantas vezes ela tinha se lembrado das palavras dele – o repúdio cruel contido nelas, o desdém frio, como se ela não fosse nada para ele – e retirado sua força delas? Quantas vezes tinha jurado ser dona do seu próprio futuro, mesmo Haven sendo dono de seu passado?

Mas bastou meia hora na companhia dele para apagar toda força que ela tinha reunido. Sera inspirou fundo e olhou para o lado, para um canto escuro da taverna.

— Não vou permitir que ele me enfraqueça de novo.

Caleb não hesitou. Ele nunca hesitava. Era um defeito de ser americano.

— Ele só pode enfraquecê-la se você permitir. — Caleb a encarou. — Continue forte e lembre-se por que está aqui. E se ele a castigar, você o castiga também. Mas vou lhe dizer uma coisa: se Haven é como você o descreveu, vai resistir a lhe dar o divórcio.

Por mais que o amigo soubesse do passado dela, não o tinha testemunhado. Ela meneou a cabeça.

— Ele me odeia. — As palavras foram sinceras e reais; palavras às quais ela se apegou em todas as vezes que duvidou de si mesma nos últimos três anos. O que era frequente.

— Isso não significa que ele não a deseje.

As lembranças vieram; os dedos de Malcolm deslizando em sua pele no começo da semana, o arrepio de expectativa que veio com o toque, o modo com que Sera quis se entregar. A lembrança do toque. Do modo como aqueles dedos um dia a fizeram cantar. Do modo como ele a fez se sentir pela primeira vez em anos. Não que ela tivesse interesse em sentir.

— Desejo não vale todo o trabalho.

— Deus sabe que isso é verdade — Caleb disse, a voz seca como areia. — Mas ninguém disse que homens se importam com a verdade. — Embora ele disfarçasse bem, Caleb também tinha um coração partido. Um amor perdido que nunca seria recuperado. — Não sei de muita coisa, querida, mas sei que você merece mais do que um aristocrata almofadinha.

Caleb era um homem tão bom. Decente e altivo, com um coração maior do que qualquer outro que ela já tinha conhecido. Ela suspirou.

— Por que não podia ter sido você?

Ele deu de ombros e soltou mais uma longa baforada do cigarro.

— Faltou sincronismo.

— Se pelo menos você estivesse aqui há três anos. — Ela sorriu.

Ele soltou uma risadinha.

— Você teria me feito bem cinco anos atrás.

Sera esticou a mão até o rosto do amigo, tocando-o no rosto barbado, levantando o queixo dele até seus olhares se encontrarem.

— Se você pudesse apagar tudo da sua vida, tudo que diz respeito a ela, você apagaria?

Ele não hesitou.

— Claro que sim, diabos. Você não?

Ele cobriu a mão dela em seu rosto enquanto Seraphina ponderava a pergunta. Ela tinha perdido tanta coisa. Seu amor, sua vida, a promessa de um futuro. Tanta perda que seu coração doía só de pensar em tudo isso. Se fosse possível voltar atrás, ela voltaria. Sem dúvida.

Caleb viu a resposta nos olhos dela e apertou a mão de Sera num gesto de camaradagem. Ele apontou o queixo na direção do centro do palco.

— Mostre-me como funciona ali, minha cotovia.

Ela se virou lentamente no palco, tentando afastar os eventos do dia anterior de sua cabeça, querendo se soltar ali.

— Não estou pintada. — Ela nunca cantava sem seu disfarce. Mesmo em Covent Garden alguém poderia reconhecer uma Irmã Perigosa.

— Não tem público.

— Outro motivo para eu não cantar.

— Bah! — ele exclamou. — Você não precisa de público.

— Mas ajuda. — Ela sorriu.

— Cante para mim, então.

— Na verdade, tenho uma música excelente para você. — Colocando uma mão fechada na cintura e inclinando o corpo para o lado, ela soltou os versos roucos de uma canção que tinha aprendido com os marinheiros no navio que a trouxe de volta a Londres. — *Que todo homem aqui possa beber sua caneca. Que todo homem aqui possa beber seu copo cheio.*

Ela parou, mas Caleb não riu. Ele apenas esperou, de braços cruzados, que ela terminasse. Sera se endireitou.

— E deixe-nos sermos alegres, e afogarmos a melancolia, bebendo à saúde de cada garota linda e sincera.

Ele concordou.

— Você vai conquistar os corações de Londres em poucas semanas. O que mais você sabe?

Ela não tinha planejado cantar. Não mesmo. Não com o coração. Mas então ela começou a cantar, abandonando a música dos marujos para outra melodia, menos divertida, mais lenta, cheia da melancolia que ela tinha jurado afogar.

— *Quando na noite tranquila, antes de a corrente do sono me prender, lembranças queridas trazem a luz de outros dias ao meu redor.*

Essa música era uma das favoritas de Caleb e também dela – um tributo à memória, à infância, ao amor e à perda. E quando Sera a cantava, ela sempre pensava na vida que poderia ter tido se as coisas fossem diferentes. A vida na qual ela se permitia pensar apenas nos sonhos.

Havia poucos lugares melhores para se cantar do que uma taverna vazia e escura, onde as notas eram bem audíveis no ambiente silencioso, sem terem que competir com o tilintar de copos, a conversa animada e o arrastar de cadeiras. Sera imaginou a melodia encontrando abrigo nos cantos escuros do salão, transformando-se em suspiros, virando lembrança nas paredes, para ser evocada por estranhos.

Ela fechou os olhos e se deixou ocupar o salão. E por uns poucos e curtos instantes, ficou livre. Ela era a cotovia.

Caleb não a aplaudiu quando Sera terminou. Ele apenas esperou que ela voltasse ao presente, e então disse:

— É melhor que os vagabundos que escrevem essas merdas tenham amado e perdido o amor, em vez de nunca terem sabido o que é isso.

Ela riu diante das palavras rudes e se aproximou dele.

— Vamos beber a isso?

— Com prazer. — Ele colocou as mãos na cintura dela e a desceu do palco.

Os pés dela mal tinham tocado o chão quando a porta principal da taverna foi aberta, deixando entrar a luz do fim de tarde, revelando uma figura imponente na entrada. Ela ficou sem fôlego quando a silhueta enorme grunhiu:

— Tire as mãos da minha mulher.

CALHOUN CAPRICHA; ALMOFADINHA É EXPULSO DA TAVERNA

* * *

Um ano e sete meses antes
Boston, Massachusetts

O Duque de Haven mal tinha colocado os pés em solo americano e já se pôs a caminho da fileira de tavernas de frente para o atracadouro. O ar da noite carregava maresia e frio, que se agarravam à lã desconfortável do sobretudo pesado, assim como os aromas que grudaram em seu corpo durante as semanas no mar.

Houve um tempo em que ele teria ido para uma estalagem após noites intermináveis em um catre desconfortável a bordo, incapaz de encontrar o sono. Ele passara as noites no convés da embarcação, fitando o mar negro interminável e o céu iluminado pelas estrelas, acompanhado do frio congelante.

Houve um tempo em que ele teria desembarcado e ido diretamente em busca de um banho quente, uma lareira e cama. Mas isso foi antes de ele começar a procurar por ela. Antes que passasse meses vasculhando as cidades do norte da Europa logo depois que Sera partiu, certo de que ela tinha fugido de Highley em um navio para Copenhagen, acreditando nas irmãs dela, que sugeriram Oslo, Amsterdã ou Bruges como destinos possíveis.

Ele tinha se esquecido de que, por mais que sua mulher o odiasse, as irmãs dela o odiavam muito mais. Até que a irmã que ele quase arruinou ficou com pena e lhe disse a verdade:

— Ela pode ter nos deixado, duque, mas deixou você primeiro. E iremos honrar a vontade dela acima de tudo.

Malditas mulheres e sua lealdade. Elas não queriam encontrar a irmã? Não viam que ela podia estar em perigo? Não viam o que a fuga dela poderia resultar? Sera poderia estar...

Ele interrompeu o pensamento. Ela não estava morta. Se estivesse, ele saberia. Mesmo naquele momento, depois de tudo que tinha acontecido, depois do pesar e do ódio, Malcolm saberia se ela estivesse morta. Mas desaparecida era quase a mesma coisa. Pior, talvez, por causa da expectativa tênue que existia e persistia. Por causa da lembrança que essa expectativa trazia, impossível de ser esquecida. Ele não conseguia esquecer de nenhum instante que tinha passado com ela. Não desde a noite em que saiu de um salão de festas lotado para o terraço, em busca de ar puro. E encontrou Seraphina. Como se ela estivesse à espera dele. E estava mesmo.

Não foi uma armadilha. Foi tudo real.

As palavras dela ecoaram no vento frio. Ele não acreditou nela. E agora não se importava se ela tinha estado à espera dele naquele terraço. Malcolm só podia esperar que, no momento presente, ela estivesse esperando por ele. Ali, na América.

Fazia um ano que ela tinha partido, e ele descobriu que, conforme o tempo passava, se tornava mais obstinado em sua busca por ela. Não importava que o aniversário da partida dela marcava uma data diferente – uma que provocava tal dor em seu peito que não podia ser aplacada. Uma dor que ele sabia que Sera também sentia. Haven não podia trazer a filha deles de volta, sabia disso, assim como sabia que nunca poderia haver outra. Mas ele poderia amá-la de verdade. Poderia consertar o que tinha quebrado. E talvez isso fosse suficiente.

Seria. Tinha fé de que seria o suficiente.

Ele demorou mais do que deveria para encontrar a taverna que procurava, O Sineiro, pelas ruas tortuosas e labirínticas da cidade desconhecida. Não ajudou que seu sotaque e suas roupas revelassem seu país de origem; parecia que muitos americanos não tinham interesse nenhum em ajudar um inglês – e Haven ficou grato por eles não terem identificado seu título de imediato.

Malcolm tinha viajado meio mundo atrás dela – por países mais antigos, mais veneráveis e mais poderosos. Ele não deixaria que a América o impedisse de chegar até ela.

Haven entrou na taverna fumacenta e se defrontou de imediato com o ambiente escuro e o alarido dos homens mergulhando em seus copos. Não apenas homens. Havia mulheres, também, rindo e virando suas canecas. Ele as observou com olhos ávidos, procurando uma mulher em particular. Sua esposa.

O salão estava cheio e mal iluminado, e ele não pôde se certificar de imediato que ela não estava lá. Havia uma mulher, disseram-lhe, com a voz como a de um pássaro canoro. Cabelos escuros e um rosto perfeito. Havia boatos de que ela fosse francesa – não eram francesas todas as mulheres bonitas? –, mas era possível que fosse inglesa. Ela tinha aparecido do nada três meses depois que Seraphina o deixou. Eles a chamavam de A Pomba.

Ele a tinha imaginado logo além da porta, sozinha, congelada no tempo e no espaço. Perto o bastante para que ele a pegasse pela cintura, jogasse sobre o ombro e voltasse com ela para o barco, para depois passar a viagem inteira para casa desculpando-se. Reconquistando-a. Amando-a acima de tudo.

Mas sonhos não são realidade. Seraphina não estava ali. Haven comprou uma cerveja e, encostando-se no balcão, estudou o público. O tempo passava. Talvez ele estivesse desesperado. Talvez estivesse louco. Mas o tempo passava e tudo parecia se encaixar. Seraphina era morena e linda, alta e elegante, e cantava como um anjo.

O olhar dele parou em uma das portas nos fundos do salão, que sugeria mais espaço, prometendo mais gente. Prometendo Sera. Ele foi na direção da porta. E teria chegado lá, não fosse pela mão pesada que o segurou pelo ombro.

— Você parece perdido, almofadinha.

Usando o ombro, Haven empurrou a mão e se virou, fechando o punho ao lado do corpo, pronto para lutar. Um americano estava bem perto dele, e era de dois a cinco centímetros mais baixo que Haven, mas mais largo na mesma medida. Fazia alguns anos que Haven não derrubava alguém desse tamanho, mas ele tinha sido um dos melhores lutadores de Oxford e imaginava que sua habilidade retornaria se necessário. Antes que ele pudesse falar, o americano acrescentou:

— Você não é bem-vindo aqui.

Haven arqueou as sobrancelhas.

— Você não quer a presença de homens com dinheiro para beber?

Algo se inflamou no olhar do americano. Algo como reconhecimento, que contrastava com o que parecia ser ódio.

— Eu desaprovo ingleses que não sabem qual é o lugar deles. — O americano inclinou a cabeça para a porta. — Encontre outro lugar para beber.

Haven esvaziou sua caneca e a colocou sobre o balcão, depois retirou várias moedas da bolsa.

— Preciso de cinco minutos na outra sala — ele disse, estendendo as moedas para o americano. — Não vou quebrar nada.

O americano olhou demoradamente para as moedas antes de pegá-las. Haven resistiu à vontade de sorrir. Todo homem tem seu preço, e parecia que o daquele era bem baixo. O americano exibiu os dentes brancos.

— Bem... já que você vai pagar. O que está procurando?

— Uma mulher — Haven respondeu olhando para a porta.

— Aqui não é um bordel — o americano grunhiu.

— Estou procurando por uma mulher específica — Haven explicou. — Uma cantora. Disseram-me que ela canta aqui.

— Você está falando da Pomba. — O outro concordou. — Ela está aqui.

As palavras vieram com uma onda de alívio. O coração de Haven bateu mais forte e rápido. Era ela. Ele soube, sem qualquer dúvida. Malcolm se virou para a porta, só pensando em chegar até ela.

Mas a mão surgiu, de novo, no mesmo ombro. Agora mais firme. Dessa vez, Haven a afastou com força, voltando-se para o outro.

— Se me tocar de novo, vou devolver o toque.

— Com essa reação, não vou deixá-lo chegar perto dela.

Malcolm inspirou fundo, procurando se acalmar. Não conseguiu.

— Onde ela está?

— O que você quer com ela?

— Eu quero... — Ele se interrompeu. Levá-la para casa. Começar de novo. Reencontrar o que já tiveram. Encontrar algo mais. — Conversar.

— Quem é você?

Sou o marido dela. Há quanto tempo ele não dizia essas palavras? Ela parecia inconveniente, de certo modo, até que Sera lhe permitisse usá-la de novo. Ele hesitou para responder. Mas o americano não hesitou:

— O gato comeu sua língua, Vermelho?

Um coro de risos acompanhou as palavras, e Haven imaginou ter sido insultado, como se não fizesse meio século que os casacos-vermelhos tinham lutado em Boston.

Eu sou um duque!, ele quis gritar, mas sabia que isso não o ajudaria em nada. Havia poucas portas que essa declaração não abriria na Grã-Bretanha, mas ali, provavelmente, só iria piorar a situação.

— Sou amigo dela.

O americano estreitou os olhos verdes.

— Essa é a maior mentira que eu já ouvi.

As palavras foram ditas em um tom bem baixo, para que não fossem ouvidas por ninguém além de Haven, mas pareceu que elas conseguiram silenciar a taverna. E foi quando ele a ouviu.

— *Quando me lembro de todos os amigos, reunidos ao meu redor, caindo como folhas no inverno; eu me sinto andando sozinha.*

Ele reconheceria aquela voz em qualquer lugar. A maneira como ocupava o salão, parecendo fumaça, triste e entregue, tocando corações e mentes, fazendo com que os homens prestassem atenção e suspirassem. Ele se lembrou do passado, de quando Sera cantava em seus braços. Antes que ela o traísse. Antes que ele a traísse.

Ele encarou o americano, cujos olhos verdes se desviaram no mesmo instante para um ponto além de Haven, para a porta nos fundos do salão. Malcolm percebeu o nervosismo nesse olhar, ao mesmo tempo que notava o menear quase imperceptível da cabeça do outro. *Ela estava lá.* E se necessário, ele derrubaria aquele lugar para encontrá-la.

Praguejando, Haven se virou e se dirigiu àquela porta, a multidão de repente parecendo mais densa e menos fluida. Ele foi usando ombros e cotovelos para tirar os homens do caminho.

— Espere! — o americano gritou à suas costas, pegando-o pela manga, depois pelo braço, deixando-lhe sem escolha.

Haven se virou, com o soco já em movimento. Pousando com um baque sinistro; o nariz do outro cedendo sob seu punho.

— Cristo! — O americano cambaleou, levando a mão até o nariz, o sangue cobrindo seus dedos.

Haven o tinha quebrado, mas não se arrependia. Que outro morresse, no que dependia dele. Sacudindo a mão dolorida, ele disse, alto o bastante para que o salão inteiro o escutasse:

— Quem ficar no meu caminho vai receber o mesmo.

Ele deu meia-volta e o caminho até a sala dos fundos se abriu, os corpos ansiosos para lhe dar passagem. Malcolm tinha que chegar até ela. Ele se desculparia. Faria com que Sera acreditasse nele. Faria com que ela acreditasse que poderiam recomeçar. Mas ele tinha que chegar até ela.

Haven passou pelo vão da porta, ajustando os olhos à iluminação mais fraca, encontrando o palco mal iluminado na outra ponta da sala enquanto aplausos e assobios zuniam em seus ouvidos. Ele precisou de um momento para identificar a mulher que recebia os aplausos – bonita e loira, com um sorriso grande e simpático. Não era Seraphina.

A mulher acenou na direção de um homem que estava do outro lado do palco, com um violino, e ele começou a tocar uma música animada. Ela levantou as saias mostrando os tornozelos com meias vermelhas, para o deleite da multidão reunida.

Haven assistiu ao espetáculo pelo que lhe pareceu uma eternidade, sem acreditar. Ele poderia ter jurado que a tinha ouvido. Reconheceria aquela voz em qualquer lugar. Uma garota passou por ele, a bandeja carregada de cerveja. Ele a deteve com um toque.

— Essa mulher. A dançarina. Quem é?

O olhar dela acompanhou o dele.

— A Pomba.

A resposta, tão desinteressada e direta, foi uma faca no coração dele. A Pomba não era Seraphina. Nunca foi sua Sera.

Capítulo 7

A COTOVIA CANTA PARA AS ALMAS DA CIDADE

* * *

Ela tinha estado em Boston. Haven tinha viajado para o outro lado do mundo para encontrá-la, e o eco daquela música o sacudiu naquela taverna deprimente, naquela cidade deprimente; um lembrete doloroso do fracasso dele.

O arrependimento o acertou em cheio. Ele deveria ter procurado mais. Deveria ter posto aquele lugar maldito abaixo. Mas a decepção foi imensa, e ele se sentiu sobrepujado pela futilidade da busca, pela própria raiva – de Sera, por se esconder tão bem, das irmãs dela e de sua própria mãe, por a terem ajudado com tanta eficiência. E dele mesmo, por sua incapacidade de encontrá-la.

Mas ele a tinha encontrado. Era ela o tempo todo. E era aquele maldito americano, também.

O olhar de Haven parou no nariz agora torto do outro. O prazer que ele poderia ter sentido em ser o instrumento da transformação nas feições do americano foi sobrepujado pela fúria de ver aquele homem tocando Sera – toda sorridente, feliz da vida. Tranquila e confiante.

Quando foi a última vez em que ele a viu assim? Quantas vezes ele lembrou dela assim?

Inúmeras vezes. Sempre que se lembrava do modo como Sera cantava – agora tão deslocada nessa taverna escura e vazia em uma viela tenebrosa de Covent Garden. Porque ela cantava como um anjo, dolorosamente maravilhosa, cheia de tristeza, anseio e verdade. E parado na entrada, observando-a, Haven sentiu a dor voltar, como se de fato nunca tivesse ido embora. Ele sofria por ela há anos.

Sera o preenchia, sufocava, tirava-lhe o fôlego, marcando o peito dele com aquela canção triste, cadenciada, como uma sereia, como se tivesse pegado uma lâmina e gravado na pele dele o sentimento, extraindo sangue.

E então ela se virou, entregando toda essa beleza para outro homem e riu – o som livre, leve e... diabos... perfeito –, um golpe mais duro que a música. Haven lembrou de todas as vezes em que Sera riu com ele, fazendo com que se sentisse duas vezes o homem que era. Dez vezes. Fazendo-o se sentir como um rei. Um deus.

Não havia nada no mundo como a risada de sua esposa. Ele odiou que ela a desse para outro.

E então o americano pôs as mãos nela. Tirou-a do palco com tal desenvoltura que não restou dúvida de que já tinha feito isso antes. De que já a tinha tocado antes. De que tinha acesso a ela.

O ciúme devastou Haven, trazendo a fúria em seu rastro. De jeito nenhum ela iria deixá-lo para ficar com um americano. De jeito nenhum ela iria deixá-lo e ponto final – mas o americano piorava a situação. Ainda mais quando Haven considerou o fato desse homem ser mais forte, mais impetuoso e, quem sabe, mais atraente do que ele – tirando o nariz quebrado.

Não que isso tudo importasse. Ela era a esposa dele. E Haven não iria ficar parado enquanto outro homem a tocava. De fato, se o maldito americano não retirasse as patas dela com a velocidade necessária, Haven poderia muito bem lembrar seu oponente de como ele era bom em quebrar narizes. Assim que ele passasse pelas mesas e cadeiras para chegar até eles.

Como se ouvisse o pensamento dele, Sera se colocou na frente do outro, e Haven tentou ignorar como a ação doeu nele, sacudindo-o de ciúme – ver sua mulher protegendo outro homem. Um homem que continuava a tocá-la com tal certeza que só podia significar uma coisa: posse.

Ele sabia que ela estava ali com um americano. Ele estava preparado para a ideia de que os dois fossem amantes. Mas vê-los juntos foi um golpe cruel.

— Ah! — o americano exclamou. — O duque chegou.

— O *marido* chegou — Haven retrucou, incapaz de conter a raiva em sua voz. E então se dirigiu à esposa: — Ainda estamos casados, Seraphina.

Como ela permanecia tão calma?

— Não de um modo que tenha importância.

De todos os modos que importam, diabos!

— As leis estúpidas desta terra podem me tornar sua propriedade, duque — ela acrescentou. — Mas nunca vou desempenhar esse papel. Eu imaginava que os três últimos anos tivessem deixado isso claro.

Ele resistiu ao impulso de pegá-la nos braços para lhe mostrar como ainda era sua. Para fazer amor com ela até Sera gritar que era dele. Para prendê-la e mostrar-lhe que o papel de esposa lhe caía bem.

Em vez disso, ele se sentou na cadeira mais próxima, em uma mesa baixa no canto escuro, sabendo que ela não conseguiria vê-lo tão bem quanto ele a via. Desesperado para controlar a situação, ele se esforçou para acalmar a voz. Para aquietar os músculos. Mesmo que não quisesse outra coisa que não colocar a taverna abaixo.

— Eu não vou fazer papel de corno — Haven declarou.

Ela endireitou a coluna.

— Se pelo menos eu pudesse dizer o mesmo.

A vergonha então veio, quente e desagradável. Mas ele resistiu, redobrando sua convicção, dirigindo o olhar ao americano.

— Tire suas mãos dela.

Por um instante ele não teve certeza de que o outro fosse reagir de outra forma a não ser encará-lo com ar de superioridade, um ar que Haven imaginava ser ensinado a todos os jovens das colônias que odiassem o rei. Depois de vários segundos, contudo, ele soltou Sera, abrindo as mãos com uma risada alta demais.

— Que Deus me proteja da fúria de um marido desprezado.

— A porta deveria estar trancada — ela disse ao ser solta pelo amante. Sera foi até o bar, na extremidade da taverna, parecendo não estar interessada na atitude masculina que Haven parecia não conseguir evitar de adotar. Como se fosse um homem muito mais novo. Muito mais estúpido.

Nem tão estúpido.

Ele dirigiu seu escárnio ao outro homem, que tocava sua esposa com tal desenvoltura que não deixava dúvida quanto à intimidade entre eles.

Ela tinha lhe sido infiel. Haven não deveria ligar para isso. Não deveria ficar surpreso. Afinal, anos tinham se passado. *E ele também tinha sido infiel.* Uma vez. E não assim. Não com emoção.

Mentira. Houve emoção. A ação foi repleta de raiva. Repleta de castigo. Tudo direcionado a Seraphina. Ela foi a única mulher que tomou posse de seus sentimentos. Não que ela fosse acreditar nisso. Não que ela ligasse para isso.

— Não se preocupe, Caleb — ela disse. — Malcolm não acredita que foi desprezado. Para tanto, ele primeiro teria que ter desejado o casamento.

Ele tinha desejado o casamento. Ele a tinha desejado.

Haven ficou em silêncio enquanto ela se colocava atrás do balcão para pegar um copo pequeno e servir uma dose de bebida.

— Como você nos encontrou?

Malcolm odiou aquele "*nos*". O modo como a palavra a ligava a outro homem. Em vez de lhe responder, ele fez uma pergunta:

— Que diabos você está fazendo aqui?

— Aqui em Londres? — Ela arqueou a sobrancelha.

Houve um tempo em que Haven gostava quando ela bancava a ingênua. Quando isso o fazia se sentir mais homem. Já não era assim.

— Aqui, neste maldito pub.

— Nós preferimos a palavra *taverna*.

Nós.

— Chame do jeito que quiser, mas é um pub no centro de Covent Garden, habitado por uma duquesa com a recém-descoberta habilidade de beber.

O americano gargalhou e Malcolm o odiou um pouco mais.

— Deveríamos ter batizado este lugar de A Duquesa Bêbada!

E então Sera começou a rir e Malcolm sentiu a vontade real de colocar fogo no lugar.

— Eu estou falando sério, Seraphina. Por que está aqui?

Ela se encostou na parede distante, os braços cruzados à frente do peito, uma das mãos segurando o copo.

— Eu nasci aqui.

— Não nasceu, não.

Ela ergueu um ombro. Deixou-o cair.

— Eu nasci em uma cidade carvoeira no norte do país, e renasci em Boston. Covent Garden é um bom lugar para completar o trio, não acha?

Malcolm olhou duro para ela.

— Você é filha de um conde.

Ela lhe deu um sorriso irônico.

— E pensar que Vossa Graça insistia tanto que o título do meu pai não valia nada. Um título que foi ganhado nas cartas não produz sangue azul, nem mesmo quando recebido do próprio Príncipe.

As palavras trouxeram uma lembrança dolorosa.

— Eu nunca...

Ela interrompeu a mentira com um movimento do copo.

— O mais importante, Haven, é por que *você* está aqui?

Para resgatar você.

Outra mentira. Aquela mulher não precisava dele. Durante o tempo todo em que procurou por ela, Haven a imaginou temerosa. Fraca. Arruinada. Essa mulher não era nada disso. Ao contrário, ela era o retrato da força.

Ela não era nada da mulher que ele conheceu naquela noite distante, no baile Worthington. Só que... ela era. Aquela mulher era ousada e impetuosa. Ela o tinha enfrentado. Tinha o atraído como uma chama quente na noite fria. Nas semanas seguintes, a vivacidade dela o atraiu tanto quanto aquele corpo quente. E então ele descobriu a verdade, que nada do envolvimento deles era real, e ela mudou. Aquietou-se. Apagou. Empalideceu. Ela se tornou outra pessoa por completo. Por causa dele.

E agora, ali, com anos separando os dois, aquela noiva quieta e tímida tinha sumido, dando lugar à mulher impetuosa que ela já tinha sido. Mais forte. Mais impetuosa. Mais linda. Não por causa dele. Apesar dele.

Ali, na taverna escura, observando-a cantar, observando-a beber, observando-a enfrentá-lo, a verdade sussurrou para ele. Malcolm podia ter passado três anos tentando encontrá-la e salvá-la, mas ela não precisava ser salva.

Por que você está aqui? A resposta era bem simples.

— Nós ainda não terminamos.

As sobrancelhas dela subiram de repente, revelando uma surpresa que se opunha diretamente à calma em sua voz.

— Terminamos sim. Nós terminamos há dois anos e sete meses. Antes disso. Ou não se lembra de me dar as costas no momento em que pronunciamos nossos votos? Preciso lembrar você? Preciso lembrá-lo do modo como fez isso de novo, em frente à multidão naquela festa? Ou o que você fez depois disso? Com outra mulher?

É claro que ele lembrava. Ele lembrava todas as noites, enquanto lutava para dormir, desesperado para voltar no tempo. Para dizer a verdade a ela, no lugar da mentira engendrada por seu orgulho. Se ele tivesse feito isso, seria diferente? Eles seriam felizes agora?

— Como você soube onde me encontrar, Haven?

— Eu não soube — ele disse.

— Você estava vasculhando todas as tavernas de Londres? E então simplesmente topou comigo?

— Você não pode acreditar que o mundo iria ignorar o espetáculo que você deu no Parlamento. Você foi vista deixando a Câmara dos Lordes em uma carruagem de propriedade de um americano. — Ele levantou, mostrando uma calma que não sentia há três dias, e se aproximou, olhando de lado para o homem em questão. — Caleb Calhoun, de Boston. Conhecido por ser dono de pubs e por viver na jogatina. No geral, um canalha.

Cretino que era, o americano fez uma reverência.

— Gosto de pensar em mim como um tipo específico de canalha.

Malcolm arqueou a sobrancelha.

— E que tipo seria esse?

— O tipo que as mulheres adoram.

Malcolm crispou os punhos, coçando-se para acertar de novo o rosto do americano.

— Cuidado, Calhoun, ou vai acabar com outra parte do corpo quebrada, além do nariz.

A verdade transpareceu no olhar do americano, que voou para Sera e voltou para Haven. Este, então, entendeu. Sera não sabia que ele a tinha procurado. O americano nunca contou para ela. Se tivesse contado, ela o teria recebido? Teria deixado que ele a reconquistasse?

Haven abriu a boca, preparado para dizer tudo isso para ela. Para conquistá-la ali mesmo. Mas então ela chamou o americano pelo nome:

— Caleb. — A palavra saiu como uma carícia, a voz dela carregando o pior tipo de repreensão: o tipo que é dito com amor.

Arrependimento e dúvida sacudiram Malcolm. Ela não podia amar aquele americano. Não quando já o tinha amado. Sera o amou no passado, não?

Ele afastou o pensamento, odiando a si mesmo e também o modo como fez com que fraquejasse. Haven mudou de assunto.

— Calhoun tem duas propriedades em Londres. Uma delas é a residência. Fui lá primeiro, onde ouvi que a duquesa não estava em casa. — Ele olhou para o americano, observando-o de braços cruzados, com um sorriso convencido. — A propósito, ela não vai mais viver com outro homem.

O americano levantou as sobrancelhas, seu olhar procurando Sera, que tomava calmamente seu drinque.

— É engraçado o fato de achar que você ou Caleb tem algum direito de dar palpite no que eu faço.

— A outra propriedade é uma taverna nova, aberta há poucas semanas, já elogiada pelo entretenimento noturno que oferece, seja lá o que isso significa. Ele passa os dias aqui com uma mulher, me disseram. Alta, morena, linda. — Ele se aproximou, odiando-se por ter ido até lá. Desejando ser capaz de deixá-la. Desejando poder levá-la consigo. — Você. Espero que use uma máscara.

— Por quê? Tem medo de que eu arruíne sua reputação? — Ela fez uma pausa, então continuou: — Vá para casa, duque. Não existe motivo para você estar aqui.

Nenhum motivo além do fato de ele não conseguir respirar direito há dois anos e sete meses, mas agora o ar tinha retornado, fresco e benfazejo. E tudo que ele queria era inspirar esse ar.

— É natural que eu esteja preocupado.

Ela o encarou.

— Com certeza vai compreender se eu não acreditar, nem por um instante, que você estava mesmo preocupado.

O americano soltou um grunhido de encorajamento e Haven apertou o maxilar. Irritado com a plateia, ele se aproximou ainda mais dela, quase tocando o balcão estreito que os isolava.

— Nós ainda não terminamos, Sera — ele repetiu com suavidade.

— Caleb — ela disse, olhando por sobre o ombro.

Ele detestou ouvir o nome do outro na boca de Sera, odiou a confiança na palavra sussurrada. A fé. Fé que nunca depositou nele.

Fé que ele nunca fez por merecer.

Haven se virou para o americano, ciente de que outros homens estivessem dispostos a matar por Sera. Mas o americano não se moveu. Ele permaneceu à distância, mãos nos quadris. Um soldado pronto para atacar.

— Deixe-nos a sós — Seraphina pediu.

Por um momento, Haven pensou que ela falava com ele, que deveria mesmo ir embora. Seria o melhor para os dois. Porém, de repente, ele se viu pronto para a batalha.

Mas é claro que não haveria batalha nenhuma, porque ela estava olhando para Calhoun, o americano calmo que parecia disposto a dar tudo que Sera pedisse. Assim como Malcolm também já tivera a mesma disposição.

O americano arqueou as sobrancelhas. Ela concordou. E foi o suficiente. Calhoun se virou e se pôs na direção da porta como um tolo. Não. Como um tolo, não. Como um rei. Porque quando decidiu sair sem olhar para trás, havia uma quantidade imensurável de confiança, nascida do conhecimento de que quando voltasse, ela estaria ali, esperando por ele.

Outra coisa que um dia já fora verdade a respeito de Malcolm.

Calhoun saiu da sala, e a cortina ainda balançava atrás dele quando Malcolm falou:

— Então o americano é seu cachorrinho? Faz tudo o que você manda?

— Ele confia em mim — ela disse. — Algo maravilhoso em um homem.

As palavras ao mesmo tempo o envergonharam e o enfureceram.

— O que você quer? — Sera continuou. — Covent Garden nunca foi seu lugar. E mesmo que fosse, você sempre fez esforços impressionantes para evitar lugares em que eu pudesse aparecer.

— Isso não é verdade — ele disse, desejando que estivessem em qualquer outro lugar. — Lembro de algumas vezes em que eu não queria outra coisa que não estar com você.

— Isso foi antes de você decidir que não queria nada comigo — ela retrucou.

Você mentiu, ele quis dizer. *Você mentiu e foi embora.* Mas não era assim, tão simples. A verdade terminava com *eu a fiz ir embora.*

Ele deveria deixá-la. Deveriam dar liberdade um para o outro. Quantas vezes ele disse a si mesmo que deveria parar de procurar por Sera? Quantas vezes ele foi incapaz de fazê-lo?

E agora que ele a tinha encontrado, sabia que nunca conseguiria deixá-la.

— Por que está aqui, Malcolm?

Ouvir seu nome fez com que ele estremecesse. Ela era a única mulher que já o tinha chamado pelo primeiro nome. Ele não foi Malcolm nem para a própria mãe, para quem apenas representava seu triunfo: o futuro duque. Mas Sera nunca pareceu interessada no título. Mesmo quando parecia que o título era tudo que lhe interessava.

E agora, ouvindo seu nome nos lábios dela pela primeira vez em anos, ficou imediatamente desesperado por aquele som – pelo homem que tinha desejado ser ao ouvi-lo – e enfurecido pelo modo como ela o empregava: suave, cadenciado e íntimo demais. Como se ela fosse sua esposa de verdade.

Ele cerrou os dentes e respondeu a pergunta:

— Estou aqui para buscar você.

— Não quero que você me *busque* — ela disse.

— Então não deveria ter voltado.

— Eu voltei para libertar nós dois. — Ela tomou mais um gole, bebendo todo o líquido âmbar no copo pequeno e pesado. — Eu tenho planos. Uma vida para viver. Eu poderia ter desaparecido para sempre.

— E por que não desapareceu?

Por um instante ele pensou que ela fosse responder. A verdade estava ali, de repente, estampada no rosto dela. Mas ele não conseguiu compreendê-la como fazia antes.

— Acho que eu pensei que você merecia coisa melhor — ela disse, depois de uma pausa.

Era mentira. Ele não merecia coisa melhor; merecia algo muito, muito pior. O que só podia significar uma coisa: ela estava escondendo algo.

Ele a fitou.

— Melhor como? Constrangimento público no papel de traído? Uma esposa que me odeia tanto que considera o divórcio mais palatável do que um ducado?

Ela deu um sorriso triste.

— Você fala como se eu tivesse algum direito ao ducado. Você deixou muito claro que eu não era bem-vinda no seu mundo, Vossa Graça.

— Você foi embora antes... — ele não concluiu o pensamento.

Um longo momento se passou, e o rosto dela não demonstrou nenhuma emoção.

— Fui embora antes que você me dispensasse como um objeto indesejado.

— Eu não teria...

— É claro que teria. E eu não queria passar por isso. Não queria a raiva. Eu mesma já tinha raiva suficiente. E não queria o arrependimento. Também já tinha o bastante disso. E o que mais restava? Piedade? Não, muito obrigada. Eu desejava um futuro livre disso tudo. E você deveria querer o mesmo.

As palavras o atingiram. Malcolm não quis mandá-la embora. Ele queria mantê-la para sempre. Ele ficou de luto por ela, maldição. Durante anos. Ele ficou de luto pelo que os dois poderiam ter tido. E quando Sera partiu, ele ficou com pena de si mesmo – embora nunca tenha admitido para ninguém.

Ela pegou uma pederneira e deu a volta no balcão, dirigindo-se ao palco.

— Nós terminamos aqui, duque. Vá para sua mansão e planeje seu futuro brilhante. Deixe-me com o meu e pense na sorte que você tem por estar recebendo uma segunda chance. Encontrar uma nova duquesa! — ela sugeriu, como se a ideia fosse excelente. — E quando outubro chegar, apresente a petição de divórcio ao Parlamento. Posso passar por uma adúltera. Vamos acabar logo com isso.

Maldição, ele não queria outro futuro. Queria o futuro que tinha lhe sido oferecido anos atrás. O dela. Deles. Malcolm a tinha procurado pelo mundo todo. Ele quis gritar a verdade para ela. Quis dizer que ele tinha estado em Boston, que vasculhou o continente, que não dormia há dois anos e sete meses e que tudo que ele queria era ela. E ele teria gritado tudo isso, se não fosse evidente que ela não queria nada com ele.

— Você deseja que seu adultério seja tornado público? — Sera disse e Malcolm ficou maravilhado pela elegância com que ela acendia as velas no palco. — Com certeza a Câmara dos Lordes não vai permitir a dissolução do nosso casamento baseada no que quer que você tenha feito. E eu não seria a primeira mulher a carregar essa culpa para obter o que deseja.

Mas não era o que desejava. Queria o oposto. Um casamento de verdade.

— Os poderosos conspiram, duque. Fazem conluios e esquemas para conseguir o que querem. — Ela olhou para ele, inescrutável. — E a prova disso é como desconfiam uns dos outros.

Ele não ligava se ela tivesse conspirado. Não mais.

— Eu quero o divórcio — ela afirmou. — Tenho um futuro diante de mim.

— Com seu americano?

Ela não respondeu, e ele a observou acendendo as velas, as luzes douradas se espalhando como estrelas pelas madeixas castanho-avermelhadas dela, suas palavras ecoando dentro dele.

Malcolm queria ser o futuro dela. Isso significava que ele teria que reconquistá-la. *Encontrar uma nova duquesa.* Ele se aproximou de Sera de novo, ziguezagueando entre as mesas. Ela o encarou, resoluta. Altiva.

— Vá embora, Haven. Caleb não ficará nada contente se você estiver aqui quando abrirmos. Não existe nada pior para os negócios do que um duque.

Encontrar uma nova duquesa.

— Vou embora com uma condição — ele disse, as palavras saindo com a mesma velocidade com que os pensamentos se formavam. Ela arqueou uma sobrancelha. — Venha comigo.

Ela riu, um som baixo e demorado, aparentando saber o que Malcolm iria fazer antes dele próprio. Mas sempre tinha sido assim entre eles.

— E depois o quê?

— Venha para o campo comigo. Você me dá seis semanas. Até o Parlamento reabrir a sessão.

Ela se voltou para as velas.

— O que é isso, algum plano grandioso para me reconquistar? Como se estivéssemos em algum tipo de história romântica?

Sim, ele pensou, mas foi esperto o bastante para ficar quieto.

— Não estamos em uma história romântica, Haven. Esta não é uma história de amor.

— Diz isso por que já está vivendo uma com seu americano?

— Digo isso porque não desejo fazer parte de uma história de amor. De novo, não.

De novo, não. Ele pensaria nessas palavras em outro momento. Acalentaria essa ideia mais tarde.

— Tudo bem — ele respondeu. — Mas você está casada comigo e jurou me obedecer.

— E você jurou me honrar. — Ela o encarou.

— Essa é a minha oferta. Seis semanas, ao cabo das quais você conseguirá seu divórcio. — Era mentira, mas ele trataria disso quando chegasse a hora.

Ela semicerrou os olhos.

— O que você pretende fazer durante seis semanas na minha companhia?

— Pretendo usar bem esse tempo — ele disse, pensando na resposta enquanto falava. — Quero que você encontre sua substituta.

Ele a ouviu inspirando fundo, e foi a vez dele se sentir satisfeito. Sentir como se tivesse vencido. Sua vez de dar um sorriso irônico.

— O que isso significa? — ela perguntou.

— O que eu acabei de falar — ele respondeu. — Você virá para o campo comigo e passará as próximas seis semanas procurando sua substituta.

— Você quer que eu banque a casamenteira para você.

Ele gostou da descrença na voz dela, o modo como isso o ajudou a recuperar o equilíbrio.

— Você tem que admitir que isso me pouparia muito esforço.

— Não acha que esse arranjo seria... inviável?

— De modo algum.

— Ah, não. Estou certa de que não seria nem um pouco constrangedor para as pobres bonequinhas, doidas pela atenção de um duque, ficarem presas em uma casa de campo brincando de jogos de salão com sua primeira mulher... de quem está para se divorciar.

— Acho mais provável que elas fiquem aliviadas. Afinal, se formos capazes de coexistir, talvez eu possa evitar o pior do divórcio.

Ela levantou uma das sobrancelhas.

— Não acha que seu ducado será um bálsamo à sua reputação desgraçada?

— Eu gostaria que elas fossem testemunhas de que não maltrato você.

— Maus-tratos não são apenas externos.

A culpa o sacudiu, pontuada pela lembrança do som da porta da carruagem batendo quando ele a mandou embora. Do som das lágrimas dela no dia em que voltou. Do som do silêncio que veio quando ela foi embora em definitivo. Não em definitivo, contudo. Sera tinha voltado. Ele engoliu a emoção e a encarou.

— Você quer o divórcio, não quer?

Ela o observou enquanto parecia estar refletindo sobre suas palavras.

— Sim — ela disse, afinal, absolutamente calma.

— Encontre sua substituta, Sera. E terá seu divórcio.

Era um plano maluco. Idiota. Malcolm não teria ficado surpreso se ela lhe tivesse dito exatamente isso. Mesmo assim, prendeu o fôlego, esperando pela resposta dela, observando o modo como a luz das velas tremeluzia sobre a pele de Sera, jogando-a em luz e sombra, uma beleza admirável.

Mas ela não respondeu, apenas concordou com a cabeça.

— Agora vá embora.

Ele fez o que ela pedia e partiu sem dizer nada, pensando no que faria para cortejar sua esposa.

O ESCÂNDALO MAIS LENTO DA TEMPORADA: O TEMPO PASSA PARA TIQUE-TAQUE TALBOT!

* * *

Três anos e quatro meses antes

— Beethoven?

Seraphina levantou os olhos do piano e viu sua irmã Sophie do outro lado do conservatório, com uma partitura na mão e um olhar de expectativa no rosto.

— Empolado demais — Sera respondeu, franzindo o nariz.

Sophie voltou à pilha de partituras.

— Hinos?

— Religiosos demais.

— Cantigas infantis?

Sera negou com a cabeça.

— Mozart?

— É... Mozart demais. — Sera suspirou.

Sophie lançou um olhar torto para a irmã.

— Ah, é. Ninguém gosta de Mozart.

Sera riu e brincou com as teclas do piano, tocando de improviso.

— Thomas Moore.

Sophie revirou os olhos.

— É sempre Thomas Moore com você. Honestamente, se eu não soubesse, pensaria que quer se casar com ele. — Ela pegou uma partitura bem gasta e a carregou através da sala, sentando ao lado de Sera no pequeno banco estofado e colocando a partitura na estante de música.

Sera estendeu a mão para alisar o papel com carinho.

— Se ele não tivesse o dobro da minha idade e já estivesse casado com uma atriz, juro que me casaria com ele. — Ela dedilhou as teclas, buscando as notas de abertura, adorando o modo como a música a envolvia. Ela não precisava da partitura. Não para aquela peça, nem para qualquer outra de Thomas Moore.

Sera fechou os olhos e tocou enquanto a irmã respondia:

— Bobagem. Você nunca desistiria do seu duque perfeito.

Sera corou com o comentário da irmã e errou uma nota.

— Ele não é o *meu* duque.

Só que ela pensava que ele era. Mesmo que não pensasse nele como duque. Ele não era um duque. Era Malcolm. O Malcolm *dela*. Todo sorrisos, carinhos e beijos em forma de promessa. E tudo isso para ela. Os dois tinham se visto dezenas de vezes nas seis semanas desde que se conheceram, em público e em particular. Todas as vezes os dois sentiam como se estivessem a sós. Como por mágica.

— Eu gostaria que ele fosse meu duque — ela concluiu em voz baixa.

— Então ele vai ser. — Sophie virou a página da partitura, embora Sera não precisasse ler as notas ao se deixar levar pela música.

— *Esta é a última rosa do verão, florescendo sozinha; todas as suas companheiras murcharam e sumiram...* — ela cantou. Essa música sempre a emocionava. — *Nenhuma flor do seu tipo, nenhum botão por perto, para refletir sua cor, ou retribuir seus suspiros.*

— Lady Seraphina Eleanor Talbot!

Ela parou de tocar. Sophie olhou para a irmã.

— Parece que você está com algum problema.

A porta do conservatório foi escancarada, voando até bater na parede, revelando a Condessa de Wight, antiga Sra. Talbot. Mãe delas.

A condessa brandia um jornal em uma das mãos, segurando-o acima da cabeça como se fosse um estandarte heráldico, embora o pânico em seus olhos indicasse que o estandarte em questão não anunciava nenhum triunfo.

As outras três irmãs de Sera vieram logo atrás da condessa, e a expressão de expectativa no olhar de todas indicava com clareza que algo tinha acontecido, algo que não era bom. Sesily, a irmã mais próxima em idade de Seraphina, meneava a cabeça dramaticamente atrás do ombro direito da mãe, enquanto Seleste e Seline, números três e quatro do quinteto, pareciam tentar transmitir algo com os olhos. Embora Sera não soubesse dizer, nem com a ajuda de Deus, o que aqueles olhares queriam dizer.

Então a condessa falou, tão ultrajada que as palavras saíram dela aos trancos.

— Ele a possuiu?

Sera ficou boquiaberta com a pergunta grosseira.

— O quê?

Seline e Seleste exclamaram, chocadas, e Seline arregalou os olhos. Por sua vez, Sophie endireitou as costas, imediatamente segurando a mão de Sera.

— Mãe!

A condessa nem olhou para a filha mais nova, concentrada que estava na primogênita.

— Esta não é hora para melindres. Responda a pergunta.

Sera ficou sem fala.

Sesily – a querida e leal Sesily – se jogou na batalha.

— Você enlouqueceu, mãe? De quem está falando?

A condessa não hesitou:

— Do Duque de Haven. E agora que isso está claro, vou perguntar de novo, e é melhor você me responder, Seraphina. Ele a possuiu?

— Não — ela disse e fechou a boca.

A condessa observou a filha em silêncio, durante um momento interminável, até que Sophie se levantou.

— Eles estão apaixonados.

A condessa deu uma risada alta, estridente e desagradável.

— Ele disse isso? — A pergunta acertou-a como um golpe. Sera apertou os lábios e a mãe leu a resposta sem que esta precisasse ser dita. — É claro que não.

A condessa se virou bruscamente para o outro lado.

— Droga, Sera. O que você fez?

— Nada! — Ela sacudiu a cabeça.

A mãe olhou por sobre o ombro, e o sol da manhã que entrava pela janela realçou sua decepção.

— Você acha que eu não fui jovem um dia? Acha que não consigo ver que está mentindo?

Sera levantou, os punhos fechados dos lados do corpo.

— Ele gosta de mim.

— Ele gosta do que você está dando para ele.

— Mãe — foi a vez de Seline dizer. — Não precisa ser cruel.

— Parece que preciso, sim — disse a condessa. — Porque nunca lhes ocorreu que alguém poderia querer se aproveitar de vocês. — Ela se voltou para Sera, cruzando a sala, rápida e furiosa. — Metade da Temporada já passou e ele não está cortejando você.

Claro que estava. Ou não? Antes que ela pudesse se defender, a mãe continuou:

— Ele não falou com seu pai.

Sera ficou de boca aberta.

— Mas vai falar — ela disse.

— Não, Sera. Não vai. Ele teve seis semanas para isso. Ele teve seis *anos*. Você espera que eu acredite que, após seis Temporadas sendo desdenhada por aristocratas pomposos com mais dinheiro do que o próprio paraíso, mendigando convites e implorando atenção, o *Duque de Haven*, de repente, se interessou por uma Cinderela Borralheira?

Sim.

Não importava que todas elas tinham se esforçado para encontrar pretendentes que não fossem nobres empobrecidos nem plebeus. Não importava que ela e Malcolm nunca tivessem discutido um futuro em comum. Ele tinha lhe prometido, naquela primeira noite no terraço, que não a arruinaria.

Ele a queria. Ela sabia disso. *Ela o queria.*

— É verdade.

A condessa meneou a cabeça e, por um instante, Sera viu tristeza no olhar da mãe. Tristeza e algo parecido com pena.

— Não, Sera. Ninguém tem tanta sorte. — Uma pausa. Então: — Os jornais dizem que você foi indiscreta.

— Não fui. Não fomos.

Só que eles tinham sido. Teve aquela vez na carruagem. E os momentos roubados no Baile Beaufetheringstone. E a vez em que ela invadiu o gabinete dele no Parlamento. Mas nada tinha acontecido. Bem, nada sério. Nada irreversível.

A mãe não acreditou.

— Deixe-me ser clara. Você ainda é virgem?

As irmãs soltaram uma exclamação em uníssono.

— Mamãe! — Sera disse.

— Guarde seu choque para outro momento, Seraphina. Ainda é?

— Sim.

— Mas ele chegou perto — a condessa afirmou e Sera hesitou, até a mãe insistir: — Seraphina!

— Sim! — ela estrilou, virando-se para a mãe. — Sim. E eu queria que ele tivesse ido até o fim. Eu queria não ser mais virgem.

Lady Wight arregalou os olhos e as irmãs de Sera exclamaram, chocadas.

— Ele não vai casar com você.

— Por que não?

— Porque vocês cinco foram apresentadas há anos, e nenhuma de vocês chegou perto de um duque. Eles nos consideram *vulgares*. Pensam que não merecemos os nomes e títulos deles. — Ela acenou para as outras filhas. — Seleste talvez se torne a Condessa de Clare, mas só porque o conde está praticamente falido e o dinheiro do seu pai vale mais do que a vergonha que causaremos ao título. Mas guarde minhas palavras: nenhuma delas vai casar se você permitir que esse duque a arruíne.

Seleste ficou transtornada com essa observação da mãe, e Sera odiou a condessa naquele momento. Ainda mais quando ela continuou:

— Haven é como uma estrela no céu, você pode tentar pegá-lo, mas nunca vai conseguir. A Temporada já tem seis semanas e você o viu quanto, uma dúzia de vezes?

Vinte e seis vezes. Mas Sera permaneceu quieta. Ela não precisava falar.

— Provavelmente mais do que isso, do jeito que vocês, garotas, ficam se esgueirando por aí enquanto eu olho para o outro lado. — A condessa brandiu o jornal acima da cabeça. — Os jornais de fofocas não olham para o outro lado, Seraphina. Você sabe o que estão dizendo de você?

O coração de Sera estava disparado.

— Eles não têm nada a dizer — ela afirmou. — Eu tomo cuidado.

A condessa riu, um som sem qualquer humor.

— Não está tomando cuidado suficiente, Tique-taque Talbot.

Ela colocou o jornal na estante de música, cobrindo a partitura.

Sonhos de ducado destinados à decepção... O tempo passa apressado, apesar dos múltiplos eventos aristocráticos... Tique-taque Talbot sem esperança de agarrar Haven... Embora tenha permitido uma prova (de sua tortinha, talvez)!

As faces de Sera estavam queimando.

Eles não tinham tomado cuidado. Houve centenas de olhares atravessando salões lotados, as piscadas do duque e os sorrisos insinuantes de Sera, e todos os segredos que eles compartilhavam sem falar. Houve também dezenas de pequenos toques, roçadelas no cotovelo de Sera, dedos percorrendo seu braço quando podiam se cumprimentar em público. Na semana passada, quando caminhavam no Hyde Park, ele a ajudou a ultrapassar cada pedra e graveto, seu toque um pecado contido.

Eles não tinham tomado cuidado.

— Tortinha — a mãe explicou, como se Sera não tivesse entendido o insulto. — Eles a chamam de torta. E isso não é o pior.

Era com certeza o pior, Sera deveria ter dito. Mas não conseguiu encontrar a própria voz. Porém, a mãe não perdeu a dela:

— O pior é esse apelido horrível.

— Cinderela Borralheira?! — Sesily exclamou de seu lugar no canto. — Isso vem do papai. Do carvão. Não tem nada a ver com Sera.

— Tem tudo a ver com ela agora. Mas não é desse que estou falando. — As palavras da mãe soaram distantes por trás do alarido nos ouvidos de Seraphina. Por trás do choque, da raiva e do constrangimento. — Sera sabe de qual estou falando.

— Tique-taque — Sera sussurrou, aquiescendo.

— Estão debochando de você. O modo como você espera por ele, com o tempo passando, outra temporada pela metade, sem nem olhar para homens casadouros. Homens que poderiam ficar com você. Tique-taque Talbot. — A condessa jogou as mãos para cima. — E acham que você já entregou tudo para ele.

— Nem tudo. — Sera olhou para a mãe.

— Oh, Seraphina — a condessa disse, sua exasperação evidente. — Não importa se você entregou ou não. Eles acham que sim. Você está arruinada, garota. E ele é um dos duques mais ricos da Grã-Bretanha.

— Nós... — Ela engoliu em seco. — Ele me quer.

— Não tenho dúvida disso. — A mãe meneou a cabeça, abrandando as palavras. — Mas se ele planejasse casar com você, querida, teria falado com seu pai. Em vez disso, se aproveitou de você. Ele colou um apelido horroroso em você, e arruinou suas irmãs por associação. — Ela fez uma pausa antes de concluir. — *Você* as arruinou.

Sera olhou para as irmãs... as Borralheiras. Nunca aceitas na Sociedade, sempre sujeitas ao escárnio e à especulação. Seleste e seu conde empobrecido. Seline, inteligente demais para seu próprio bem. Sesily, impertinente demais para ser uma verdadeira lady aristocrática. E Sophie, pobre e discreta. Sophie, que o mundo todo achava sem graça. Quem se importaria com elas?

A condessa interrompeu seus pensamentos.

— Existe outro homem. Um que está disposto a casar com você. A tirá-la dessa situação horrível. Talvez, se você casar logo com ele, esqueçam dessa história de Tique-taque Talbot. O apelido de Cinderelas Borralheiras será esquecido. Talvez, se você casar com ele, poderá salvar suas irmãs desse constrangimento.

— Esse não pode ser o único modo — Sesily ponderou.

— Não! — Seline exclamou.

— Mãe... — Sophie disse. — Sera não deveria ter que se casar por causa de nós.

A única que permaneceu em silêncio foi Seleste, que estava sendo cortejada por um conde empobrecido. O melhor título que as irmãs Talbot poderiam esperar. Muito abaixo de um duque rico e perfeito. Um duque rico que nunca disse nada a respeito de casamento.

A mãe falou de novo, fria e séria, apenas para Sera:

— Você irá parar com esse caso constrangedor. E irá encontrar um homem que se case com você, para garantir o futuro das suas irmãs e o seu próprio. Nesta Temporada, antes que a fofoca a arruíne para sempre. Porque é através do casamento que as mulheres vencem. — Ela se virou para o restante das filhas. — Está na hora de vocês entenderem isso. O título do seu pai nunca irá lhes conseguir o respeito que merecem. E vocês não têm um irmão para protegê-las. Um dia seu pai vai morrer e vocês terão que se virar sozinhas. Para isso, vão ter que estar casadas. E o único modo de conseguirem é se a irmã de vocês arrumar a trapalhada que fez.

Ela tinha feito mesmo uma trapalhada? Era verdade? Sera olhou de uma irmã para outra, todas de olhos arregalados, carregando tristeza e algo mais. Algo assustadoramente parecido com medo. Como ela odiava o mundo e a maneira como abusava das mulheres.

As lágrimas vieram, quentes e raivosas, e ela as odiou também, pela fraqueza que evidenciavam. Por que a raiva dos homens aparecia na forma de socos, enquanto a das mulheres vinha como lágrimas?

A condessa a observou por um longo momento, sem olhar para as filhas quando falou de novo:

— Agora saiam, todas vocês. Deixem-nos.

As irmãs hesitaram, benditas fossem, todas olhando para Sera, esperando que esta concordasse com a partida delas. Sera concordou, amando-as, sabendo o que faria. Preparada para se afastar do homem que amava por elas. Preparada para, como disse a mãe, arrumar a trapalhada que tinha feito.

Sophie fechou a porta atrás de si, deixando Sera e a condessa sozinhas. Depois de um longo instante de silêncio, Seraphina enxugou as lágrimas e colocou uma mão no piano, como se pudesse tirar força do instrumento. Ela inspirou fundo.

— Quem é o homem com quem você quer me casar?

O silêncio continuou entre elas enquanto a mãe se aproximava, estendendo a mão para tocar o rosto da filha, a pele macia como uma promessa firme.

— Eu queria que se casasse com o homem que você quer, Sera. Mas esse duque...

As lágrimas voltaram e Sera não conseguiu mais segurá-las.

— Não me importa que ele seja um duque. Isso nunca foi importante.

— Eu sei.

— Ele é o Malcolm. Eu quero o Malcolm.

A condessa meneou a cabeça.

— Mas Malcolm é Haven antes de tudo, minha querida.

Sera fechou os olhos e tudo ficou repentina, assustadora e dolorosamente claro.

— Ele não vai casar comigo, vai?

— Não — a mãe disse, e Sera abriu os olhos, encarando o olhar castanho da condessa. — Ele não vai.

Quanto mais tempo ela resistisse à verdade, mais iria expor as irmãs ao perigo. Sem casamento, todas estariam perdidas. Era dever dela, como filha mais velha, garantir que isso nunca acontecesse.

Então sua mãe disse em voz baixa:

— A menos que...

O coração de Sera deu um pulo. Ela faria o que quer que fosse. Se a conclusão do plano da mãe fosse as irmãs em segurança e Malcolm com ela, Sera faria.

Escândalos & Canalhas

Capítulo 9

O CERCO DE VERÃO DAS CINDERELAS BORRALHEIRAS!

* * *

— Graças a Deus. Ela trouxe comida.

Seraphina tirou os olhos da janela da carruagem quando sua irmã mais nova, Sophie, Marquesa de Eversley, anunciou a chegada à casa onde elas passaram a infância. Ela sorriu ao ouvir a declaração – Sophie sempre gostou de comida – e foi bom saber que algumas coisas não mudavam.

— São só duas horas até Highley, Sophie.

— Cuidado nunca é demais — a irmã respondeu quando a porta foi aberta, revelando a irmã do meio, Sesily, que trazia uma cesta de vime. — Você trouxe tortas?

— Na verdade, não — Sesily disse, colocando a cesta no chão da carruagem e empurrando-a para o meio antes de levantar as saias e subir o degrau. — Apertem-se aí, garotas.

Sera se aproximou da outra lateral da maior carruagem de Caleb, que a emprestou para que ela e as irmãs fossem conduzidas até o campo. Até Haven.

Ela tinha adiado a viagem por vários dias, imaginando, quem sabe, que ele pudesse esquecer do acordo. Teria adiado por mais tempo, se possível, mas Haven mandou um recado à Cotovia Canora dizendo que, se ela não chegasse hoje – dez dias após sua *performance parlamentar*, como ele se referia ao evento –, ele mesmo iria até lá para pegá-la.

Havia muitas coisas que Seraphina Bevingstoke tinha jurado nunca mais fazer, e com certeza ser conduzida publicamente à força por um homem era uma das principais. E assim ela falou com Caleb e tomou providências para se afastar da Cotovia por várias semanas. Então fez as malas. Não sem antes convocar reforços.

— Ai! — Seleste reclamou e deu uma cotovelada. — Não tem mais espaço, Sesily!

Parecia que a maior carruagem que elas puderam encontrar não possibilitava mais uma viagem confortável. Mesmo com as janelas abertas para aliviar o calor.

— Nós temos que abrir espaço. Sesily tem que caber.

— Faça-a sentar no chão — Seline, a quarta das cinco irmãs, sugeriu do banco oposto da carruagem, abanando furiosamente um leque. — A última a chegar senta com as baratas, não?

Sera riu com a lembrança da regra imposta pelo pai delas para as viagens da infância. Era improvável que dois pais e cinco filhas conseguissem se deslocar com conforto, mas a família conseguia.

— Há dois problemas com essa linha de raciocínio. Primeiro, nós somos bem maiores do que éramos quando crianças, quando alguém conseguia se encaixar no chão. E...

— E o traseiro de Sesily é bem maior do que já foi um dia? — Seleste brincou.

Enquanto todas riam, Sesily arregalou os olhos e falou:

— Raramente ouço reclamações quanto ao tamanho do meu traseiro.

Sera acreditava nisso. Sesily era, de longe, a irmã mais voluptuosa das cinco, e também a mais cobiçada. Mas Sesily adorava um escândalo mais que todas as outras juntas; falava e fazia o que bem queria, e continuava solteira por causa disso – apesar de ter sempre homens correndo atrás dela.

— Sem dúvida os homens de Londres não se importariam de que você sentasse neles. Sente-se lá — Seleste respondeu, apontando para Sophie e Seline.

— Não. Sophie precisa de espaço. Ela está crescendo.

— Eu sei que escolhi bem — Seline se gabou do seu assento.

— Ela não vai crescer nas próximas três horas! — Seleste exclamou, empurrando Sera para mais perto da porta.

— Nós não podemos ter certeza disso!

Sera inspirou fundo, tentando se encolher e, mesmo assim, não conseguiu se sentir desconfortável. Se havia alguma coisa em todo o mundo que conseguia fazer com que ela evitasse pensar nas próximas seis semanas de sua vida, eram as quatro ligeiramente loucas, inteiramente enlouquecedoras, absolutamente maravilhosas que ela chamava de irmãs.

Com um último empurrão, que extraiu um grunhido frustrado de Seleste, Sesily gritou para o criado do lado de fora:

— Feche a porta, William! Rápido, antes que uma de nós exploda e dê um vexame.

— Ah, sim — Seline disse, seca como areia. — Porque ninguém espera isso de nós.

Depois que a porta foi fechada, todas na carruagem soltaram um longo suspiro. Seleste perguntou:

— É possível ser esmagada até a morte em três horas?

— Ah, por favor. Você é do tamanho de um graveto — Sesily disse. — É impossível esmagar você. Vá mais para lá.

— Não. Tem. Mais. Lugar! — Seleste protestou.

Sesily suspirou.

— Preciso lembrá-la do que acontece quando não estou confortável em uma carruagem?

Um gemido coletivo ergueu-se do resto das viajantes e Sera riu.

— Esse era o segundo problema pelo qual ela não pode viajar no chão — Sera disse.

— Se você vomitar em mim... — Seleste começou.

— Só estou dizendo que seria bom se você lembrasse de que sua gentileza pode fazer diferença na trajetória. E Sophie estando grávida... nunca se sabe qual pode ser a reação empática dela à minha... devolutiva.

Seline franziu o nariz e olhou para Sophie.

— Não se atreva.

Sophie deu de ombros, com um brilho nos olhos, abanando o leque.

— Nunca se sabe.

Seleste grunhiu.

— Alguém pode me lembrar por que estamos todas apertadas nesta carruagem quando todas temos maridos e nossas próprias carruagens?

Quando Sophie, Seline e Sesily falaram, foi em uníssono:

— Por Sera.

— As coisas que fazemos pelas irmãs. — Seleste concordou e suspirou.

Sera olhou pela janela, incapaz de falar devido ao nó que se formou em sua garganta ao ouvir aquilo. Ela tinha sumido durante três anos. Partiu sem dizer nada, sem parar para contar à sua família – que ela sempre amou acima de tudo – o que tinha acontecido. Escreveu um bilhete apressado no porto de Bristol que dizia: *Ela não sobreviveu. Vou para a América.*

Depois que chegou a Boston, Sera não escreveu, com medo do que poderia provocar nela o ato de encostar a pena no papel. Tristeza. Luto. Arrependimento. Ela se manteve afastada e as irmãs viveram suas vidas.

Mas quando Sera voltou, as outras não hesitaram. Retomaram a afeição leal, como se a irmã nunca tivesse partido.

Mesmo tendo Sera perdido tanta coisa. Dois casamentos. Quatro nascimentos. Aniversários, bailes, escândalos e tantas coisas que pareciam ao mesmo tempo pouco e infinitamente importantes. Ela sentiu o peito apertar de emoção e inspirou fundo na carruagem silenciosa, nada a não ser o ruído das rodas rolando contra os paralelepípedos para cobrir o som.

Sophie se inclinou para frente, esticando a mão para apoiá-la na perna de Seraphina.

— Sera.

Esta meneou a cabeça, incapaz de encontrar palavras.

— Você não precisa dizer nada — Sophie afirmou. — Estamos com você.

Sera olhou para a irmã, que se lembrava de segurar quando Sophie ainda era um bebê. Querida Sophie, que sempre foi a mais quieta. A tímida. Deslocada. Só que nunca tímida de verdade. Quando era hora de demonstrar lealdade, era Sophie quem estava sempre disposta a lutar.

Foi Sophie quem empurrou Haven para dentro de um laguinho, onde caiu sentado, quando as duas o encontraram com outra mulher em uma festa. Quando ele acreditava que Sera o tinha traído. Quando ele acreditava que ela tinha mentido, e não apenas omitido.

Foi Sophie quem a defendeu, mesmo não tendo defendido a si mesma.

Ações que arruinaram sumariamente a reputação de Sophie. Não se briga com um duque sem que haja consequências... nem mesmo se o duque em questão for seu parente. Ainda assim, Sophie não hesitou.

E, para falar a verdade, a imagem de Haven sentado no laguinho com água pela cintura não tinha sido indesejável nas noites mais sombrias de Sera.

Mas Sophie estava errada. Sera tinha sim que falar nesse momento. Mesmo que apenas para dizer:

— Estou muito feliz de estar de volta... — Ela perdeu a voz, sem saber como terminar a frase. Pareceu possível que terminasse com "ao lar".

Com certeza, uma situação como aquela, amontoada em uma carruagem com as irmãs – que no passado a conheciam melhor que qualquer um –, passava a sensação de lar. Mas as coisas tinham mudado. E houve um tempo – breve e desastroso – em que seu lar era onde quer que Haven estivesse. Então veio de novo a esperança de um lar, perdida com a criança que parecia trazer tanta promessa. Nesse momento, veio a verdade: lar era uma coisa estranha, efêmera. Seria possível que ninguém soubesse de verdade o que era um lar?

Não. Não era a sensação de lar que a deixava feliz naquele momento.

Sera forçou um sorriso e olhou para cada uma das irmãs.

— Estou muito feliz de estar com vocês.

Isso era verdade. Mesmo que elas estivessem a caminho de Highley, onde Sera iria escolher outra mulher para seu marido. Como se encontrar uma substituta fosse algo perfeitamente comum. Como se não doesse perceber que ele tinha estado o tempo todo planejando substituí-la.

Não que isso tivesse importância. E não tinha. Não de verdade. Era só orgulho. Era isso.

Ela olhou de novo pela janela.

— Então... — Sesily começou e Sera se preparou para a pergunta, sabendo, sem dúvida, que tinha aberto a comporta para um dilúvio. Mas era justo, não? Elas estavam ali, amontoadas em uma carruagem sem praticamente nenhuma informação sobre como e porquê, apenas porque Sera tinha pedido. Elas mereciam algumas respostas.

Seraphina olhou para Sesily que, era de se esperar, foi a primeira a aproveitar a brecha. Nunca, em toda sua vida, Sesily ficou quieta quando havia algo importante a ser dito.

— Sim? — Sera disse.

— Caleb é muito bonito?

Houve uma pausa enquanto a pergunta se espalhava pela carruagem, surpreendendo todas. Seleste sorriu.

— Você se cansou dos homens da Inglaterra, então? Agora prefere os americanos?

— Não vou desconsiderar essa possibilidade.

— Mamãe vai ficar furiosa se você se casar com um americano! — Sophie disse. — Lembra como ela ficou furiosa quando Seline casou com "aquele criador de cavalos"?

— Primeiro — Seline começou sua resposta exasperada —, Mark não é qualquer criador de cavalos. Ele é mais rico que metade da aristocracia.

— O que não quer dizer nada — Sesily interveio. — Todo mundo sabe que metade da aristocracia é pobre como ratos de igreja.

— Segundo... — Seline continuou —, mamãe bem sabe que não deve se intrometer em outro casamento. Não deu muito certo no passado. Pelo amor de Deus, nós estamos indo para o interior para conseguir o divórcio de Sera. — Era difícil rebater esse argumento. — O que me leva ao terceiro ponto: mamãe vai ficar encantada ao ver Sera casada com *qualquer um*. Até mesmo um *taverneiro*. Da *América*. — A última palavra foi dita da maneira que se pronuncia uma doença letal. *Peste negra*. Ou *lepra*.

— Não exatamente um *taverneiro* — Sera disse em voz baixa. Ainda assim, todas a ouviram, mas o grande sorriso de Sesily foi o único indício de que as irmãs estavam ansiosas pela resposta dela.

— O que me faz voltar à importante questão do momento — Sesily continuou.

— Proprietário de pub, então — Seline falou ao mesmo tempo que a irmã.

— Nós preferimos taverna — Sera disse.

— *Nós* — Sophie disse, inclinando-se para frente de novo e olhando para as outras. — Ela disse *nós*.

— Bobagem — Sesily disse, estendendo a mão para a janela entreaberta na lateral da carruagem e abrindo-a ao máximo. Infelizmente, não o bastante para fazer o ar circular dentro do veículo. — Imagino que a pergunta mais importante não é se o sr. Calhoun é bonito, mas se você já o conquistou.

— Não — Sera respondeu, sacudindo a cabeça.

— Não é bonito? — Sesily provocou. — Que pena.

— Não o conquistei. — Sera riu, gostando da sensação, rara e bem-vinda. — Ele é muito bonito, na verdade.

— Excelente! — Os olhos de Sesily se acenderam.

— Você tem certeza de que não o conquistou? — Seline perguntou, pensativa. — Você não...

— Eu não. — Sera negou com a cabeça.

— Nada? — Seline insistiu, descrente.

— Nada.

— Você sabe que nenhuma de nós a julgaria se você tivesse tido algo com ele — Seleste se apressou em dizer. — É claro que não. Pois Haven deve ter sido tão horrível que... — Seleste se interrompeu antes de terminar a frase, intimidada pelos olhares enviesados de todas as irmãs. — Deixe para lá.

Só que ele não tinha sido horrível.

Ela não pronunciou essas palavras. Detestou o simples fato de tê-las pensado. Mas em todos os anos em que ela esteve longe dele, Sera não teve nenhum amante. E pensar em Haven foi o motivo disso.

— Bem — Sesily disse. — Ele é grande e abrutalhado? Do tamanho do Warnick? Eu não rejeitaria alguém do tamanho do Warnick.

As exclamações ultrajadas e risadinhas em toda a carruagem tiraram Sera de seus pensamentos.

— O Duque de Warnick? — Se ela lembrava corretamente, o escocês tinha herdado um ducado anos atrás, mas nunca tinha ido a Londres. — Ele frequenta a Sociedade agora?

— Raramente. É o amigo mais querido de Rei — Sophie disse, referindo-se ao marido pelo apelido. — Está casado com uma de nossas amigas mais próximas. Você vai conhecer Lily em breve. Ela prometeu que vai estar em Londres no outono.

— Oh! — Sera exclamou, incapaz de encontrar palavras. Detestando o fato de que uma pessoa nova tinha entrado na vida das irmãs enquanto ela esteve fora. Foi um pensamento tolo, é claro. Sem dúvida isso tinha acontecido com dezenas de pessoas. Além do mais, ela tinha Caleb, não?

— Você irá adorá-la — Sesily disse. — Todo mundo adora.

— Todo mundo acha que ela é o escândalo em pessoa — Seline disse, olhando para Sera. — Ela posou nua para uma pintura enquanto você estava longe. Isso põe no chinelo qualquer drama de Sesily.

— Bem. *Nós* a adoramos. Nós adoramos qualquer pessoa com um passado escandaloso. — Sesily sorriu. — É por isso que gostamos tanto de *você*, Sera. Agora, ao que interessa. Ele é grande?

— Muito. — Sera sorriu.

Mas não tão alto quanto Haven. Ela ignorou o pensamento.

— Ótimo.

— E muito petulante. Detesta os homens ingleses.

Sesily fez uma careta debochada.

— Então ele irá odiar Haven.

— Já odeia. — Ela fez uma pausa, então acrescentou: — Ele é um bom amigo.

Sesily observou a irmã por um longo momento.

— Você merece um amigo assim.

Contudo, Sera não tinha certeza de que merecia.

— Nós vamos nos dar bem com ele, então — Sesily disse. — Ele vai se encontrar conosco lá?

— Não — Sera respondeu, rápido demais, quase revelando a mentira na verdade. Caleb não iria se encontrar com elas, mas permanecer em Londres para terminar de preparar a Cotovia Canora. Isso não significava que Sera fosse abandonar a taverna por completo. — Não vai.

— Sera, nós acreditamos que você *não o pegou.* — Sesily produziu um gesto excessivamente óbvio com a mão, que provocou várias risadinhas. — Mas é possível que você... *deseje* pegar?

Todo mundo tão interessado em suas aventuras sexuais. Mas ninguém entendia que essas aventuras não existiam. Que Sera não as queria. Nunca mais.

— Não é uma possibilidade. Caleb não irá ficar comigo lá. Vocês vão. E é só isso.

Outra pausa. E então:

— Haven sabe que *nós* vamos ficar com você?

Sera hesitou, e o silêncio pesou dentro da carruagem.

— Não... exatamente?

— Bem. Aí está — Sophie disse com naturalidade. — Eu me perguntava mesmo por que ele estava tão disposto a me receber. Levando em conta...

Seline riu.

— Levando em conta que, na última vez em que ele a viu, você o jogou dentro de um lago.

— Era um laguinho — Sophie corrigiu a irmã. — Um laguinho *dentro* da estufa.

— Ah, sim. Dessa forma é muito melhor — Seleste afirmou.

Sophie ignorou as brincadeiras e olhou para Sera.

— Então quer dizer que talvez nós tenhamos que voltar assim que chegarmos lá?

— Não vou passar nem um minuto além do necessário nesta carruagem — Sesily gemeu. — Aqui está quente, um sofrimento.

Seleste se aproximou de Sera.

— Oh, não.

— Estou começando a ficar enjoada — Sesily declarou.

— Não preciso nem olhar pela janela para saber que saímos da cidade, então. É só uma questão de tempo até Sesily devolver o café da manhã. — Seleste se virou para Sera. — Alguém disse ao cocheiro que talvez nós precisemos parar e jogar ela para fora?

— Não fui tão indelicada assim, mas eu disse.

— Indelicada. Ela é uma mulher adulta que não pode andar de carruagem sem ficar doente.

Sesily gemeu e, para Sera, a irmã parecia estar ficando verde.

— Não sei como seu conde a aguenta.

Seleste sorriu.

— Ele gosta de um desafio.

— Não olhe pela janela, Sesily — Sera sugeriu.

— Argh.

— Sinceramente, Ses... — Sophie tentou mudar de assunto, abaixando-se para mexer na cesta que Sesily tinha trazido com ela. — Se não são tortinhas, o que há na cesta?

— Não é comida.

Sophie suspirou.

— Você não tomou café da manhã? — Seline perguntou.

— Tomei. Mas já deve estar na hora do almoço.

— São nove e meia.

— Oh.

— Bom Deus. Sua gravidez a deixou com mais fome que o normal, não é?

Sophie concordou e estendeu a mão para a cesta.

— Estou comendo por dois. Tem certeza de que não tem comida aqui? Frutas? Pão? *Oooh. Tem queijo?*

— Argh. Não fale em queijo.

— Deixe para lá. Eu mesma olho. — Ignorando o gemido de Sesily, Sophie abriu o fecho da cesta.

Sesily se endireitou.

— Espere, não...

Um uivo desesperado saiu da cesta, seguido imediatamente pelo gritinho de surpresa de Sophie, que pulou para trás quando uma grande bola branca de pelos saltou no colo de Seleste. Esta também gritou, levantando os braços para proteger o rosto enquanto o animal escalava seu tronco para chegar ao encosto do banco, arqueando as costas e agarrando-se ao local estreito.

— O que é isso? O que é isso? — Seleste gritou de seu lugar entre Seline e Sophie, cobrindo os olhos com uma mão, provocando um coro de desaprovação das duas irmãs, antes sentadas confortavelmente.

— Pelo amor de Deus, Seleste! — Seline exclamou. — Pare de gritar.

Seleste parou de gritar.

— Bem — Sophie reencontrou a voz —, isso não é queijo.

O gato soltou um ronco baixo.

— Agora nós não vamos mais conseguir recolocá-lo na cesta — Sesily choramingou.

Sera começou a rir. A risada foi longa e bem-vinda, saindo em grandes golfadas. Seline foi contagiada, e logo em seguida, Sophie. Não demorou e as três não conseguiam parar, com cada surto de risos logo superado por outro, e outro, até que perderam o autocontrole por completo.

— Não tem graça! — Seleste protestou. — A coisa me atacou.

A coisa em questão sibilou.

A carruagem diminuiu de velocidade e elas ouviram uma batida no teto.

— Minhas ladies? Está tudo bem?

— E agora o cocheiro pensa que ficamos loucas!

Sera conseguiu tomar fôlego bastante para responder:

— Está tudo bem, obrigada! — E então Seline e Sophie desabaram em risos mais uma vez, levando Sera com elas.

Quando a tempestade amainou, Sesily falou, a mão ainda sobre os olhos.

— Se eu não me sentisse prestes a colocar tudo para fora, tenho certeza de que acharia tudo isso terrivelmente divertido.

Sera engoliu uma gargalhada inconveniente. O enjoo de Sesily não tinha nada de engraçado.

— Sesily — ela disse, tentando se recompor —, por que você trouxe um... — ela riu, incapaz de se segurar — ...um gato?

— Por que não? As pessoas levam animais para o interior — ela disse com um gesto da mão.

— Que loucura! — Seleste exclamou. — As pessoas levam animais, como cavalos e cães de caça! Não gatos!

— Por que não gatos? — Sesily perguntou.

— Porque não dá para selar um gato e sair cavalgando à tarde, nem jogar um graveto para ele ir buscar. Gatos são antissociais.

— Não o Brummell. — Todas arregalaram os olhos quando o enorme gato acinzentado miou e encostou a cabeça no queixo de Sesily. — Brummell é um fofo.

— Ah, sim. Esse é o melhor adjetivo que eu usaria para ele.

Brummell estreitou os olhos amarelos para Seleste e miou de um modo que só poderia ser descrito como um insulto felino.

— Brummell — Sera disse.

— Isso mesmo.

— Eu acredito que ele faça justiça a seu homônimo — Sophie afirmou.

— Obrigada — Sesily disse. — Vendo que cada uma de vocês tem seu par, pensei que seria correto eu também ter um cavalheiro me acompanhando.

— Nenhuma de nós está com seu par — Seleste observou.

— Não neste momento, mas no restante do tempo parecem uns pombinhos grasnindo.

— Pombos arrulham — Sophie notou.

— Tanto faz — Sesily fez um gesto de pouco caso. — Vocês têm seus pares perfeitos. Como numa droga de pintura a óleo.

— Parece uma pintura muito chata para mim — Seline disse.

— Chega. Você *sabe* o que eu quero dizer.

Sera sabia.

— Eu não tenho um par.

Sesily olhou para ela.

— Então por que estamos indo nos encontrar com seu marido?

— Porque ele está me forçando a ir para lá.

— Assim como ele a forçou a voltar para Londres? Como ele a forçou a invadir o Parlamento e exigir um divórcio?

— Sesily — Sophie falou; um alerta delicado que foi ignorado.

— Assim como ele a forçou a ir embora?

Na defensiva, Sera estreitou os olhos para a irmã.

— O que você está dizendo?

Por um instante pareceu que Sesily fosse responder com franqueza. Como se ela fosse dizer todas as coisas que devia estar pensando. Que todas elas deviam estar pensando. Mas ela apenas suspirou e recostou a cabeça no assento. Brummell aproveitou o momento para descer de seu poleiro e se aninhar no colo dela.

— Parece que você está indo cutucar um urso, Seraphina. Por que ir armada até os dentes?

— Não estou armada!

— Como é que uma Irmã Perigosa se arma? —Sophie falou. — Com as irmãs.

Com isso, o momento de descontração se foi e Sera retornou ao presente. Ao fato de que ela não estava saindo para uma viagem de verão. Ao fato de que ela estava indo para o interior, para o lugar que um dia amou tanto quanto seu dono. O lugar em que ela tinha se perdido. Onde tinha ficado. O lugar do qual fugiu para começar de novo.

— E um gato, ao que parece — Seleste acrescentou.

Sera ignorou a tentativa de aliviar a tensão.

— Eu devo tantas respostas a vocês.

Sophie meneou a cabeça.

— Você não nos deve nada. Mas se quiser nos contar o que pretende com isto, estamos aqui para ajudá-la a conseguir.

Só que as irmãs não podiam lhe dar o que ela desejava. Elas não podiam devolvê-la ao passado nem lançá-la no futuro. Não podiam restituir o que Sera tinha perdido, nem lhe dar a única coisa que, ela imaginava, poderia curar suas feridas. Nem fazê-la esquecer que um dia tinha sido casada.

O irônico era que a única pessoa que poderia fazer isso era seu marido. E assim ela seguia na direção dele. Para encontrar sua substituta e conseguir seu divórcio.

Ela conquistaria sua liberdade. Seria a proprietária da Cotovia. Cantaria e viveria uma nova vida. E então seguiria em frente.

Seraphina não negava que a tarefa parecia mais fácil com as irmãs ao lado, por causa da lealdade delas. E ali, na carruagem barulhenta e balouçante, imersa no calor que as sufocava, na companhia de um gato mal-humorado, ela resolveu contar a verdade.

— Eu não estou ficando com Caleb. — Só Deus sabia por que ela tinha começado por aí. Mas parecia uma questão importante. — Não fiquei com ninguém desde que...

As irmãs assentiram, entendendo. Elas não entenderam, é óbvio. Mas Sera admirou o esforço.

— Bem — Seleste começou —, depois que conseguir seu divórcio, você vai encontrar outro companheiro e construir uma vida. Marido, filhos, o pacote completo.

Elas não sabiam. Esse era um segredo que ela guardava para si. O segredo do qual tinha fugido e nunca esqueceria.

— Quando eu fugi, o dia em que fugi... — ela perdeu a voz. Tentou recomeçar: — Não posso ter outro filho.

O silêncio na carruagem foi ensurdecedor, e Sera o detestou. Detestou que suas irmãs, que pareciam nunca estar sem palavras, não conseguiram encontrá-las.

Ela levantou o rosto, recusando-se a se acovardar. Os olhos de Sophie cintilavam. A boca de Seleste estava entreaberta, seu choque evidente. Mesmo Seline, a menos emotiva de todas, parecia horrorizada pela confissão. Sera meneou a cabeça.

— Agora vocês sabem. Meu futuro... não é uma família. — Um silêncio entorpecido reinou. Sera olhou para Sesily, buscando um confronto que só uma irmã poderia lhe dar. — Ora vamos, Ses. Nem você consegue encontrar algo para dizer?

Sesily a encarou sem hesitar.

— Você não merecia nada disso.

Cinco palavras que, por algum motivo, ninguém nunca tinha dito. Sera nunca pensou nelas. E ali estavam, um ferimento perfeito, bem-vindo, que lhe roubou o fôlego. Ela apertou os lábios, recompondo-se.

— Ninguém merece.

— Deus sabe que isso é verdade — Sesily concordou. — Mas você não merecia. E eu acho que devia saber disso.

Sem responder, Sera olhou pela janela, surpresa ao ver as chaminés de Highley surgirem no horizonte.

— Estamos quase lá. — Seu coração começou a bater mais forte.

Na última vez em que ela esteve numa carruagem que se aproximava de Highley, Sera mal notou a casa, o modo como se eleva, magnífica e majestosa, anunciando a venerabilidade do ducado a que pertence. Era uma residência imensa – uma mansão esparramada sobre um terreno com centenas de hectares de campo verde e luxuriante.

A casa era projetada para impressionar. Intimidar. Separar a elite da ralé. Ela já tinha amado e odiado o lugar, porque foi ali que seu marido nasceu, como se não tivesse saído de uma mulher, mas da mansão.

Quando seduziu Malcolm ali, Sera se sentiu mais poderosa do que em qualquer momento de sua vida.

Ela encostou os dedos na janela, olhando na direção da propriedade, imaginando que podia sentir o cheiro doce da terra. Imaginando que podia recuperar o passado. O futuro que lhe tinha sido prometido.

Ela sacudiu a cabeça. Aquele futuro não era possível. Mas isso não significava que um novo não era.

Um novo, no qual ela seria livre. Quando cuidaria de si mesma. Quando teria sucesso por seus próprios méritos e não devido à vontade de seu marido aristocrata. Não importava o quanto ele parecia diferente. E ele parecia mesmo diferente, embora Sera não conseguisse dizer de que modo.

Ela pensou que também devia estar diferente. Diferente o bastante para saber que devia se manter no curso.

A carruagem virou para entrar na trilha de quilômetros até a casa, oscilando muito naquele chão menos batido, e Sera voltou sua atenção para as irmãs, todas esperando sua reação, uma companhia de soldados de espartilho e anáguas aguardando suas ordens.

Ela foi olhando de uma para outra, todas altivas e preparadas. Sera não conseguiu segurar o sorriso.

— Ele vai ficar furioso quando todas nós sairmos da carruagem.

— Ótimo — Sophie disse e Sera ficou maravilhada com sua irmã mais nova, forte e determinada. Com o modo como ela tinha crescido e desabrochado. — Eu nunca tornei a vida do Duque de Haven mais agradável e não pretendo começar agora. Ele tem uma dívida imensa para pagar.

A casa surgiu à vista e ela o viu no mesmo instante, parado sozinho no alto dos degraus que levavam à entrada principal. Ela ficou rígida e Sophie espiou pela janela.

— Bom Deus. Ele está esperando por você?

— Sem dúvida receava que eu não obedecesse à convocação dele.

— Ele é mesmo horroroso — Seline disse.

— Ainda há tempo para a carruagem dar meia-volta — Seleste sugeriu.

Por um instante, Sera pensou em fazer isso.

— Vocês acham que ele ficou aí a manhã toda? — Sophie perguntou.

— É possível — Sesily grunhiu. — Não tenho dúvida de que ele fez um acordo com o diabo para ter uma energia interminável.

Seraphina poderia ter pensado em agradecer aos céus por suas irmãs leais, cada uma mais disposta a matar Haven que a outra. Mas ela estava hipnotizada pelo homem.

Parecia, de algum modo, razoável que ele estivesse parado naquele degrau a manhã toda, imóvel e forte – envergando com perfeição calças e casaco imaculados, botas polidas como um espelho. Parecia que ele poderia continuar ali até o anoitecer. Mais, até, se necessário. Sera odiou a calma que ele ostentava, como se fosse perfeitamente normal para um duque permanecer na entrada de sua casa à espera de seus convidados.

Convidados, não. Sua esposa. A senhora da casa.

Houve um tempo em que ele esperava ali por uma razão diferente. Porque não conseguia suportar nem mais um minuto sem ela. Sera não conseguiu evitar a risada que escapou com o pensamento.

A carruagem entrou no pátio circular e seu olhar encontrou o dele através da janela pequena e suja. Ela resistiu ao instinto de desviar os olhos. Quando o veículo parou, ele se aproximou e Sera franziu a testa. Qual era o jogo dele? Onde estava o obrigatório criado uniformizado que se aproximava depressa e abria a porta com um floreio aristocrático? O Haven que ela conhecia nunca sonharia em fazer o trabalho de um criado.

Não é verdade. Ele realizou essa mesma tarefa antes.

Ela arqueou as sobrancelhas, em dúvida, e ele levantou uma sobrancelha insolente, como se perguntasse: *Você ousa me questionar?*

Sera mudou de ideia. Aquele homem não era tão diferente do Haven que ela tinha conhecido. Não podia esperar para ver a reação dele quando a porta abrisse e Haven se deparasse com todas as cinco Cinderelas Borralheiras. Não. Ele nunca as chamou assim. Ele sempre usou o outro nome. O pior. Irmãs Perigosas.

— Sera — Sesily chamou.

— Hum? — Sera não desviou o olhar dele. Não conseguiu. Ele sempre ficava mais atraente no campo, droga.

Ela não gostava de estar desequilibrada. Não gostava da sensação de que tudo aquilo estava a ponto de ir para o brejo.

— Haven gosta de gatos?

Ela olhou para Sesily, que já se colocava na beira do assento, Brummell nos braços, como se estivesse preparada para a batalha. Sesily era, com frequência, a primeira a se lançar em combate, mesmo quando estava verde de enjoo.

— Não sei, mas eu duvido.

— Ótimo — Sesily disse.

Haven abriu a porta e Sesily irrompeu da carruagem, colocando o gato assustado nos braços do duque.

— Segure isto!

O surpreendente foi que ele segurou, de algum modo controlando seu próprio choque, embora não conseguisse controlar o animal, que enlouqueceu no mesmo instante, sibilando, arranhando, lutando para se libertar.

Enquanto isso, Sesily vomitou o café da manhã nas botas antes perfeitamente polidas do duque.

Sera cobriu a boca com a mão, como se pudesse segurar sua própria exclamação de espanto. Como se pudesse esconder o prazer que o som revelava. Ela não conseguiu.

Ele virou a cabeça ao ouvi-la, encarando-a, ao mesmo tempo furioso e chocado, sem palavras. Sera baixou a mão, revelando seu imenso sorriso irônico ao perceber que, de fato, tudo tinha ido para o brejo.

Para ele.

Escândalos & Canalhas

Capítulo 10 | Abril de 1833

IRMÃ PERIGOSA ARMA PARA O DUQUE!

* * *

Três anos e quatro meses antes
Mansão Highley

Malcolm não conseguia acreditar na própria sorte. Ela estava lá. Malcolm tinha lhe pedido que viesse e Sera tinha vindo.

Ele desceu os degraus até a carruagem, ignorando o vento frio de abril, olhando para o cocheiro que abria a porta e puxava a escadinha.

— Vocês não foram seguidos, foram?

Se ela tivesse sido seguida, estaria arruinada. E ele não a queria arruinada. Só a desejava para si. Com privacidade. E não havia privacidade possível durante a Temporada em Londres.

— Não, Vossa Graça — o cocheiro disse, quase mostrando-se ofendido. — Segui suas instruções à risca.

Haven já estava olhando dentro da carruagem, segurando a respiração quando viu as saias, um tom profundo de framboesa, a cor do desejo. Do pecado. Do amor. A cor do amor.

Ele estendeu as mãos para as dela, enluvadas com a mesma cor sensual, desaparecendo em uma capa de viagem cinza de corte perfeito, abotoada até o pescoço, totalmente decorosa. Malcolm detestou aquela capa, e jurou tirá-la assim que Sera estivesse dentro da casa. Assim que ela estivesse em terra firme – a terra que logo seria deles. Assim que ele a pedisse em casamento.

— Espero que compreenda o quanto eu confio em Vossa Graça — ela disse, sorrindo para ele. — Algumas pessoas poderiam dizer que aceitar fazer uma viagem de carruagem de horas até Deus sabe onde, sozinha, é uma péssima ideia.

Ele levou a mão enluvada dela até os lábios, desejando que o tecido sumisse. Desejando a pele quente dela na sua. *Em breve.*

— Sua confiança é apreciada acima de qualquer coisa, minha lady.

O olhar dela encontrou a mansão atrás dele.

— Este é um chalezinho impressionante.

Ele não se virou para observar a estrutura imensa, as pedras frias, com centenas de anos de idade, que viram passar gerações de duques antes dele. Malcolm baixou a voz para um sussurro, mal se reconhecendo quando disse:

— Eu queria que fosse um chalezinho.

Os olhos dela se iluminaram com um prazer provocante.

— O quê? Você, um humilde pastor? Eu, uma leiteira de faces rosadas?

Apoiando a mão dela na curva de seu braço, ele a conduziu pelos degraus de pedra e através da imensa entrada, sem nenhum criado à vista. Haven tinha dado o dia de folga para a criadagem, assim tomando-o para si. Ele não teria que bancar o duque. Nunca o faria com Seraphina. Ele falou baixo junto à orelha dela:

— Você gostaria disso?

Ela levantou os olhos para ele.

— Pastor, carpinteiro, açougueiro, caçador de ratos. O que você escolher, eu vou gostar.

Ele acreditou nela. Algum dia houve alguém que quis o homem antes do título? Nenhuma das mulheres que o perseguiam nos bailes em toda Londres... nenhum dos homens que ansiavam por sua amizade e seu apoio financeiro... nem mesmo sua mãe.

Na verdade, a mãe dele sempre quis apenas o título. O filho necessário para garanti-lo era uma consequência obrigatória. Mas Seraphina, ela queria o homem. Não o título.

Ele a levou até seu escritório particular – o único cômodo da casa em que ele se sentia realmente à vontade –, onde o fogo crepitava na lareira.

— Caçador de ratos? — ele perguntou, virando-a para si assim que fechou a porta atrás deles, a proximidade dela relaxando-o, aquecendo-o.

— São profissionais incrivelmente úteis. — Ela sorriu.

— E quanto a você? — Ele a puxou para perto.

As mãos dela subiram, envolvendo o pescoço dele, entrelaçando os dedos em seu cabelo, e Malcolm resistiu ao desejo de fechar os olhos e se deleitar com o toque.

— O que você gostaria que eu fosse? — ela perguntou, seus lindos olhos azuis fitando os dele, enxergando dentro de Malcolm.

Ele não queria uma versão fantasiosa dela. Não precisava disso. Ela era a fantasia. Com o coração disparado, ele sacudiu a cabeça.

— O que você quiser ser — ele sussurrou. — O que a deixar feliz.

— Costureira, então — ela murmurou, seu olhar descendo para o casaco dele, uma mão deslizando para tocar o tecido. — Consertando roupas à luz de velas, cantando junto à janela, esperando você voltar para casa.

Ele aceitaria essa vida. Trocaria tudo por ela. Por qualquer vida que ela quisesse com ele. Mas ele não precisaria fazer nada disso.

— O que você estaria cantando?

Ela sorriu. Então, que Deus o ajudasse, Sera cantou. Como um anjo.

— *Aqui jaz o coração, o sorriso e o amor; aqui jaz o lobo, o anjo e a pomba. Ela pôs de lado os sonhos, ela pôs de lado os brinquedos, e nasceu nesse dia, no coração de um garoto.*

Ele a puxou para mais perto, incapaz de fazer outra coisa. Incapaz de olhar para qualquer coisa que não os lindos olhos azuis dela, incapaz de pensar em qualquer coisa que não os sons dela. O cheiro. O toque.

— Eu não sabia que você cantava.

Ela corou.

— Todas as jovens ladies têm que saber.

Não daquele modo. Ele apertou os braços ao redor dela.

— Mas você não é uma lady. É uma costureira na janela. Com a voz mais linda que já ouvi.

Ela suspirou ao ouvir isso.

— Só nos meus sonhos.

— Experimente outro sonho — ele disse, meneando a cabeça.

Ela riu e o som o preencheu de luz, como sempre acontecia.

— Parece que sou péssima nesse jogo.

— Não — ele disse, levando a mão ao queixo dela, inclinando-o para si. — Você é muito boa. Mas tenho um cenário melhor para você pintar.

— Tem mesmo? — Ela arqueou as sobrancelhas.

— Você é uma duquesa. — Ela arregalou os olhos ao ouvi-lo, e Malcolm enxergou o desejo. Não pelo título, mas por ele. Ela o queria.

Ele continuou:

— Você é perfeita e está tão além do meu alcance que não ouso nem olhar para você. — Mas ele olhou para ela, é claro. — Não ouso nem pensar em você. —Sera ficou corada e Malcolm passou o polegar na pele rosada das faces dela. — Mas certamente eu não deveria tocá-la. — Os lábios dela se entreabriram e ele não conseguiu resistir, aproximando-se, agradecendo a Deus por estarem a sós. — E com toda certeza não deveria beijá-la.

— Bobagem — ela disse, pondo-se na ponta dos pés. — Qual a vantagem de eu ser uma duquesa se não puder insistir em beijá-lo? — Sera diminuiu a distância entre eles e Malcolm gemeu de prazer quando ela se entregou, macia, doce e perfeita, com sabor de menta. Ela sempre tinha gosto de menta, como se estivesse sempre pronta para ele.

Ele a beijou além dos lábios, mergulhando em sua boca, deslizando, tocando e provando até ela se entregar a ele, ao momento, à ilicitude daquilo. E então ela o acompanhou, a cada toque, e Malcolm começou a soltar a capa, o mais rápido que podia, puxando-a dos ombros dela, pelos braços. Sera não hesitou em ajudá-lo, e ele considerou um milagre ter conseguido recuar, deixando os dois ofegantes.

— Malcolm? — Ela arregalou os olhos para ele.

Ele fechou os olhos ao ouvir seu nome, ao prazer que se agitou dentro dele quando ela o pronunciou. Ele meneou a cabeça.

— Eu não pretendia que isso...

— Mas eu sim. — Ela sorriu.

As palavras ousadas, impetuosas, foram demais. Quem era aquela mulher? Como podia ser tão corajosa? Tão decidida? Como ela conseguia controlá-lo tão bem? Como ele podia querer tanto ser controlado?

— Não temos muito tempo — ela sussurrou, então.

Sera estava certa. Ela precisava retornar a Londres dentro de poucas horas. Ele a tinha levado até lá para ter um momento com ela, sem olhos curiosos e fofocas clamorosas. Não para possuí-la, mas para pedi-la.

Ele deveria ter procurado o pai dela. Pedido da forma correta. Ele era um duque, droga. Havia um processo para pedir uma mão em casamento. Mas ele não queria outras pessoas envolvidas nisso. Queria apenas ela, sozinha. Sincera. Dele, não por causa de títulos, negócios, finanças, terras ou porque o pai dela tivesse ordenado. Não importava o que um velho queria. Importava apenas o que ela quisesse. O que ela escolhesse. E Sera estava escolhendo ele. Ela era a única pessoa que o escolhia com sinceridade.

Havia tempo suficiente para pedi-la ao pai dela. Ele não recusaria. Ninguém recusaria um ducado. *Mas e se ela recusasse?*

O coração dele acelerou quando ela sorriu, curiosa, e estendeu para ele uma mão enluvada de vermelho, que deslizou por seu braço, deixando um rastro de fogo.

— Malcolm?

Ele segurou aquela mão.

— O que você disse para sua mãe? Para suas irmãs? Como conseguiu fugir delas?

Mais tarde, a hesitação dela o consumiria. Mas no momento, ele mal a notou.

— Eu disse para elas que iria visitar uma amiga doente e que ficaria fora a tarde toda.

Ele concordou. Essa desculpa não era perfeita, mas também não era horrível. Isso lhes dava uma hora. Duas, talvez. Tempo suficiente para que ele a pedisse em casamento. Tempo suficiente para que Malcolm a fizesse dizer sim.

Mas e se ela não dissesse sim?

Ele passou a mão pelo cabelo, agitado de repente. Dúvida não era uma emoção que ele conhecia bem.

— Você nunca esteve na minha casa — ela disse, tirando-o de seus pensamentos.

— Eu... — Ele parou, sem saber o que dizer.

— Não tem importância. — Ela meneou a cabeça.

Malcolm teve a nítida impressão de que importava. Não queria se sentar em um sofá desconfortável e sofrer com os sorrisos e olhares da mãe e das irmãs dela, que viam nele nada mais que um título. Os mesmos olhares e sorrisos que ele enfrentava sempre que estava em público – um duque solteiro, um touro no mercado. Ele encarou os olhos de Sera e lhe disse a verdade:

— Sou muito egoísta com você — ele disse. — Eu a quero só para mim, apenas. Eu quero ser seu, somente seu.

Houve uma pausa, silenciosa e pensativa enquanto o olhar sério dela o estudava. Pareceu que ela conseguia enxergar dentro dele. Sera inspirou fundo, então, e soltou o ar, como se tivesse tomado uma decisão. E tinha tomado mesmo.

— Bem — ela disse séria, com delicadeza. — Eu estou aqui. Desacompanhada. Como pedido.

Ele não tinha o direito de fazer esse pedido. Ela nunca deveria ter concordado. Mas Sera queria Malcolm tanto quanto ele a queria. Malcolm tinha certeza disso sempre que a encarava, sempre que capturava o olhar dela através de um salão de festas, com centenas de pessoas entre os dois.

Ele soube, naquele momento, quando ela estendeu a mão livre até o rosto dele, a luva bloqueando o encontro da pele... fazendo-o desejar que ela não estivesse usando nada nas mãos.

— Sou sua — ela sussurrou. — Pastor, duque, caçador de ratos... — Ela meneou a cabeça com um sorriso. — O que você quiser ser.

Ele encostou a testa na dela.

— Sou sua para você fazer o que quiser — ela sussurrou.

A respiração dele saiu numa onda de prazer. *Ela diria sim.* Mas se ele fizesse amor com ela, Sera teria que dizer sim.

Então os lábios dele desceram sobre os dela e ela se tornou dele. Em seus braços, enquanto seus dedos abriam os fechos do espartilho, abrindo caminho para o toque deles, e Malcolm se deleitou com os pequenos suspiros e gemidos que ela lhe oferecia – cada um deles um presente só para ele. Privado.

Cristo, ele adorava a privacidade daquilo. A ideia de que ninguém sabia que ela era dele. De que ninguém imaginava esse momento. De que mesmo depois, quando todo o mundo soubesse que eles se casariam, essa tarde seria só deles. Não seria compartilhada com ninguém.

E então o espartilho dela se abriu e Sera se desnudou para ele; os dedos dela – droga de dedos enluvados – o orientaram, e ele começou a provar a pele quente e macia, seu nome nos lábios dela como uma oração.

Era assim que aquilo seria para sempre. Nada de títulos. Nada de exigências. Nada a não ser eles, juntos. Felizes. Desejados. *Amados.*

Ele deslizou a mão até a barra da saia dela, encontrando por baixo a pele impossivelmente macia da perna de Sera. Ela não estava usando meias, era magnífica. Malcolm passou os dentes na pele do seio, sabendo, de algum modo, que isso a faria pegar fogo. A exclamação dela o colocou em movimento, fazendo-o se abaixar enquanto levantava as saias dela, cujas coxas se abriram sem hesitação, como se ela soubesse o que ele planejava. Como se quisesse aquilo até mais do que ele.

E ela queria. Ele soube – deliciou-se quando ela arqueou o corpo, oferecendo-se para ele, entregando-se para ele. E Malcolm aceitou sem hesitação. Sem culpa nem vergonha.

Ela estava ali, os dois sozinhos, e aquilo era para eles, ninguém mais. Não para os pais dela, que sem dúvida anunciariam esse casamento para todo o mundo, nem para os jornais de fofocas que passariam a acompanhar cada movimento deles.

Ninguém soube o que ela lhe permitiu saborear nessa tarde, em seu escritório particular, com somente as paredes de testemunhas. Ninguém soube o que ela permitiu que ele tocasse, que possuísse. Ninguém ouviu o gritinho de dor que ela soltou, os suspiros de prazer que vieram em seguida, o modo como ela se desfez, um momento antes de ele a acompanhar, dissolvendo-se no prazer do amor secreto e perfeito dos dois.

Assim como ele não ouviu a porta do escritório ser aberta. Nem ouviu os murmúrios chocados das mulheres reunidas ali. Ou não percebeu o que tinha acontecido até Seraphina ficar rígida sob seu toque, empurrando-o de cima dela, recuando apressada, tentando se cobrir sem sucesso.

Até a Condessa de Wight gritar, horrorizada:

— Seraphina! — Para então se dirigir a ele. — Seu bruto! Tire suas mãos de cima dela *imediatamente*!

Ele retirou. No mesmo instante. Sem saber que seria a última vez que a tocaria com total confiança. Sem compreender ainda toda a abrangência da situação.

— Minha lady — ele disse, tirando o casaco para cobrir Seraphina, para protegê-la. Sera primeiro. Sempre. — A senhora não está entendendo.

— Entendo que você é um salafrário, Haven. Do pior tipo de mulherengo.

— Não do pior tipo — ele se defendeu. — Eu pretendo casar com sua filha.

Mesmo com os acontecimentos desastrosos da tarde, aquelas palavras o aliviaram. Com certeza a condessa impetuosa se acalmaria ao ouvir isso. As circunstâncias não eram as mais ideais, e ele e Sera provavelmente não poderiam se ver em particular até o dia do casamento, mas eles iriam rir disso no futuro, tarde da noite, com um bando de crianças dormindo nos quartos do andar de cima. Ele olhou para Sera.

— Nós vamos nos casar.

Contudo, não foi felicidade que brilhou nos olhos dela. Foi outra coisa. Parecida com... *Culpa*.

Ele ficou confuso e passou os olhos pelo escritório, surpreso ao encontrar outra mulher ali, parada à porta. Outro par de olhos, estes cheios de pesar, e do desdém sempre presente... A mãe dele. A mãe, que deveria estar em Londres.

— O que você está fazendo aqui?

Ela não respondeu, mas Haven não precisava que ela dissesse. Ele sabia. Quando olhou para a Condessa de Wight, tudo se confirmou. Não havia pesar nos olhos da mulher. Nem culpa. Nem raiva. Apenas triunfo.

Ele não demorou para entender tudo – era a mesma velha história. A condessa pegou sua mãe e seguiu a filha até lá, até Highley. Não por causa de algum impressionante instinto maternal de proteção, mas porque ela sabia o que iria acontecer. Porque elas tinham conspirado para pegá-lo.

— Não. — Ele olhou para Seraphina. Para a mulher que amava. E quis que ela negasse. — *Não*.

Ele resistiu ao fato, mesmo sabendo que devia ser verdade. E então ela assentiu e o mundo dele desmoronou. Malcolm não era o caçador. Ele era o rato.

INVASÃO DAS TALBOT; HAVEN HORRORIZADO!

* * *

Ele deveria saber que ela levaria reforços. Podia até ter imaginado que Sera levaria algumas das irmãs. Mas nunca lhe ocorreu que ela levaria *todas* elas. Contudo, ela as tinha levado, e eram reforços potentes, pois não havia quatro pessoas no mundo que odiassem Haven mais do que suas cunhadas.

Mais tarde, depois que recuperasse a sanidade mental, ele não conseguiria culpá-la. Afinal, esse era o lugar onde ele tinha prometido ser o santuário dela. O lugar que deveria ter sido o lar de Seraphina, onde a família dela não apenas era bem-vinda, mas onde deveria se desenvolver. E, ao contrário, transformou-se em um lugar que não proporcionou nada a ela se não dor e raiva. Um lugar de onde ela fugiu. Reforços devem ter parecido uma necessidade.

Ele logo compreenderia. Mas, naquele momento, Haven não ficou contente. E isso foi antes que a mais ultrajante delas colocasse o que parecia ser um gato selvagem em seus braços, para depois vomitar em suas botas.

Haven gostava de pensar que era um homem inteligente, mas não teve ideia do que fazer a partir daqueles acontecimentos iniciais, a não ser olhar feio para as quatro mulheres que permaneceram na carruagem, todas obviamente resistindo à vontade de rir.

Corrigindo. *Três* delas resistiam à vontade de rir. Sua mulher *estava* rindo. Com o que parecia ser imenso prazer, e, droga, ele gostou do som – um de seus favoritos. Mesmo que não gostasse da situação que inspirou o riso.

Haven ajustou a pegada no animal selvagem em seus braços, colocando uma mão firme sobre o corpo que se contorcia, querendo dominá-lo.

— Agora chega, fera — ele disse para se mostrar, enviando em silêncio um *Vamos lá, gato, me dê essa chance* para qualquer que fosse a entidade superior que controlasse os felinos.

O incrível, e abençoado, é que a entidade em questão atendeu ao seu pedido, o que permitiu que Haven se virasse para a dona do gato e perguntasse:

— Posso ajudá-la, Lady Sesily?

Sesily se levantou e o encarou com frieza.

— Um cavalheiro decente já teria oferecido seu lenço.

Ela nunca tinha gostado dele. Nenhuma delas tinha. *Não que ele merecesse a boa vontade delas.*

— Eu não gostaria de lhe dar razão para me achar insuficiente, mas... — Não havia muito que ele pudesse fazer com uma fera selvagem nas mãos.

— Não precisa se preocupar, Haven — Sesily disse, sua disposição evidentemente restaurada. — Eu o considero imensamente insuficiente sem qualquer razão adicional.

Ele arregalou os olhos.

— Fico contente em saber que está se sentindo tão melhor.

— Saber que eu arruinei suas botas também ajuda.

— Vejo que você continua encantadora como sempre — ele disse, seco, erguendo o animal que tinha em mãos. — E com ainda mais gatos.

O gato protestou com um uivo poderoso. *Acabou a boa vontade dos deuses felinos.*

Sesily estendeu a mão para o animal.

— Apenas um monstro puniria um gato por causa de um erro inevitável de sua dona.

— Oh, pelo amor de Deus — Haven disse. — Não estou punindo a droga do gato. Se você segurá-lo, vou lhe providenciar um lenço.

— Não. Ninguém vai pegar o gato. Ele vai voltar para a cesta até Sesily ter um quarto. — Sera desceu da carruagem, com a cesta na mão, seguindo na direção dos dois. — E tomar um banho.

Com isso, as outras mulheres pareceram desbotar, diminuídas por Seraphina – linda e alta, com seus olhos azuis e calma, mesmo devendo estar pensando sobre as mesmas coisas que ele pensava a respeito daquele lugar. Ela era a perfeição em pessoa, mesmo com o suor que cobria a ponte de seu nariz e grande extensão de pele acima do corpete de seu vestido. Não que ele estivesse reparando na pele dali. A curva dos seios. Ele só estava notando que a carruagem devia estar quente, pelo modo como a pele corada dela subia e descia. Apertando-se contra o tecido cinzento da roupa. Estava quase apertada demais para ela. Talvez Sera devesse tirá-la. Para seu próprio conforto.

Ele pigarreou.

— Vossa Graça.

Haven engoliu em seco e seu olhar concentrou-se de imediato no dela. Sera parecia estar esperando que ele agisse. Ela tinha dito algo? Ele abriu a boca, desejando que as palavras saíssem.

— Ahn — foi o que saiu. O que nem era uma palavra.

Uma sobrancelha preta perfeita se ergueu.

Ele pigarreou de novo, mas se recusou a falar e assim fazer papel de bobo outra vez. Silêncio não podia ser criticado.

A irmã Talbot mais nova, Sophie, riu de onde estava, a vários passos de distância. Ela sempre foi considera a irmã quieta. Quer dizer, até três anos atrás, quando ela o fez cair sentado em um laguinho de peixes, arruinando assim suas melhores botas. Depois disso, ela encontrou um marido canalha e sua própria voz, que não hesitou em usar naquele momento.

— Será que o gato comeu a língua dele?

Um dos lados da boca de Sera se torceu.

— Sonhar não paga imposto.

Ele franziu a testa.

— O que você quer?

— O *gato*, Haven. — Os lábios vermelhos de Sera se curvaram e ela estendeu a cesta aberta para ele. — Eu quero o gato.

É claro que ela queria. Ela tinha dito isso.

Como por milagre, o animal aceitou sua prisão sem resistir, e em seguida Haven pegou seu lenço, que ofereceu a Sesily; esta o aceitou sem hesitar. Foi somente então, quando o silêncio se impôs por um instante, que Haven se deu conta de que seus planos bem arquitetados tinham ido para o lixo. Sera também pareceu se dar conta.

— Onde elas estão?

— Elas quem? — Ele fingiu não saber.

— As garotas, Haven. — Ela franziu a testa. — Onde estão minhas substitutas?

Como se ela pudesse ser substituída. Ele ignorou o pensamento.

— É bom que não estejam aqui, considerando que vamos ter que providenciar quatro dormitórios adicionais para as hóspedes inesperadas de hoje. Quanto tempo elas vão ficar?

— Onde está seu amor fraterno, duque? — perguntou a irmã casada com o Conde Clare.

— Quanto tempo, Seraphina? — Ele ignorou a pergunta da outra.

Ela sorriu, serena, e deu um tapinha na bochecha dele.

— Esta monstruosidade que você chama de casa possui trinta quartos — Sera zombou. — Eu acho que você vai ser capaz de encontrar lugar para a família.

— Monstruosidade.

— Ninguém precisa de uma casa tão grande. — As palavras foram ditas sem muita atenção, pois ela se virou para observar uma imensa árvore antiga, a copa carregada. Um corvo solitário estava pousado em um galho baixo, e pareceu que Sera estava olhando para o pássaro preto.

— Houve um tempo em que você gostava daqui — ele disse.

— Não gosto mais — ela disse em voz baixa, voltando-se para ele.

É claro que não. Haven foi um idiota por fazê-la ir até lá. Por fazê-la lembrar de tudo que tinham perdido.

Ela continuou, sem notar a confusão dos pensamentos dele.

— Você está dizendo que não há espaço?

— É claro que temos espaço. — Ele se virou e começou a subir os degraus, de repente lembrando-se de que, da última vez em que Sera esteve lá, ela o deixou. Ele tinha feito por merecer. Haven resistiu ao impulso de se virar para segurá-la. Para evitar que os eventos do passado se repetissem.

— Onde elas estão, Haven? — Sera repetiu a pergunta. Ela o seguiu até a entrada principal acompanhada das irmãs – cada uma mais forte e louca que a outra –, e os planos que ele tinha feito para a noite de repente se tornaram fúteis. Difíceis. Impossíveis. — Por que você insistiu tanto para que eu viesse até aqui?

E seu eu contar a verdade para ela?

— Elas não estão aqui?

E seu eu contar que esperava que ela viesse sozinha?

— Haven?

E seu eu contar para ela que planejava reconquistá-la?

— E por que a criadagem não está aqui? — Ele se virou para enfrentá-la, preparado para dizer a verdade, mas quando encontrou os grandes olhos dela, viu que ela já sabia a verdade. — Onde está a criadagem, Haven?

— Eu dei a tarde de folga para eles — Haven respondeu, injetando as palavras com autoridade ducal suficiente para inibir mais perguntas.

Ele só não recordava que as irmãs Talbot nunca se intimidaram com autoridade ducal. Cinco pares de olhos inquisidores o perscrutaram, parecendo desnudá-lo.

— Por quê? — Lady Sesily insistiu, com o lenço ainda nos lábios.

Malcolm ignorou a pergunta e olhou para o corvo na árvore, que já não estava sozinho. Havia outros pássaros pretos imóveis ali, parecendo observá-lo. Ele endireitou os ombros, incorporou sua linhagem ducal e se concentrou, voltando a atenção para Seraphina. *Um erro.* O olhar de sua esposa demonstrava atenção e entendimento.

— Onde estão as candidatas? — No fim, foi o tom de voz dela que não aceitou recusa de resposta; ironicamente, também um tom ducal.

— Elas chegam em três dias. — A casa estava preparada, com todas as camas feitas, todas as refeições planejadas.

Sera concordou e Malcolm pôde ver a pergunta nos olhos dela, a pergunta que ela não fez. *Por que estamos sozinhos?*

Ele imaginou por um momento o que ela diria se ele respondesse com sinceridade. Se confessasse a verdade da qual todas pareciam já desconfiar. Se ele dissesse: *Porque eu queria ficar sozinho com você. Porque eu queria desfazer tudo.* Esse plano parecia ridículo agora. E assim, ele procurou a resposta no momento, uma invenção que, dita em voz alta, pareceu legítima.

— Nosso acordo foi que você bancaria anfitriã e casamenteira, certo? Pensando nisso, não era melhor você chegar antes? Para se preparar para o que anfitriãs e casamenteiras fazem?

Malcolm sentiu orgulho do tom de pouco caso que conseguiu empregar, um tom que pareceu irritar sua cunhada, embora sua esposa continuasse imperturbável.

— Isso é loucura, Haven, você entende isso ou não? — Sesily disse.

— A presença dela só vai deixar as outras garotas nervosas — disse a Marquesa de Eversley.

— Ninguém nunca ficou à vontade perto das irmãs Talbot, e isso foi antes de uma de nós *casar* com o pretendente delas. — Isto veio da mulher de Mark Landry. Ou talvez da Condessa de Clare. Ele nunca conseguia distingui-las.

— Bom Deus. Dizer isso em voz alta ainda faz parecer uma insanidade — disse a outra. Ele tinha esquecido de como suas cunhadas sabiam ser umas gralhas tagarelas. Mas qualquer que fosse o nome da que disse a última frase, ela não estava errada. O plano todo era maluco.

Ele não olhou para as mulheres reunidas, concentrando-se apenas na esposa, que o observou por um longo momento antes de falar:

— Muito bem. Imagino que haja muito a ser feito.

Seraphina levantou a barra das saias com uma mão, agarrou o cesto do gato com a outra, reunindo toda elegância que demonstraria se estivesse carregando um cetro, e subiu os degraus da casa da qual era senhora. Malcolm permaneceu junto à carruagem, observando-a, hipnotizado por sua elegância, por seus movimentos fluidos, mesmo quando ela parou na entrada, virando-se para fitá-lo.

— Por que sua mãe não está fazendo este papel?

— A viúva morreu — ele respondeu sem hesitar.

— Sinto muito. — Seraphina não demonstrou nenhuma emoção.

— Sente? — Ele não conseguiu evitar.

— Na verdade, não.

As irmãs dela soltaram um coro de exclamações diante da resposta sincera e, pela primeira vez desde que a carruagem entrou no pátio da casa, Malcolm compreendeu que até elas estavam confusas com aquela nova e forte Seraphina.

Mas ele também tinha mudado. Malcolm já não tinha medo da verdade. Ele concordou com a cabeça e disse:

— Eu também não.

Malcolm não sabia o que esperava que Sera respondesse. Não sabia o que esperar dela no geral – ações, palavras, nada. Ela não falou, só pareceu inspirar fundo, expirar, e deu as costas para ele, entrando na casa.

E Haven percebeu que ela talvez nunca mais fizesse o que ele esperava.

* * *

Ela deveria ter escolhido um quarto diferente.

No momento, com as irmãs tagarelando como gralhas, foi a coisa mais natural do mundo subir a ampla escadaria central da mansão e virar à esquerda, na imensa ala familiar, colocando cada uma delas nos aposentos mais luxuosos da mansão, decorados com o mesmo luxo de que ela se lembrava.

Só depois que terminou de instalar as irmãs, ela se deu conta de que o único quarto restante em meio à rede de segurança fornecida pelas irmãs era o mesmo que tinha usado anos atrás, quando era duquesa.

Quando era duquesa. Sera sempre pensava no título no passado, como tudo que dizia respeito a Haven. Afinal, fazia dois anos e sete meses desde a última vez em que ela tinha estado ali, e mais de três desde a última conversa civilizada entre os dois, de modo que o passado parecia o melhor lugar para tudo isso.

Mesmo nesse momento, parada junto à janela dos aposentos reservados para a Duquesa de Haven, observando o sol escalar o limite ao lado leste da propriedade, transformando o céu negro em cinzento, podendo até ser lavanda, se alguém preferisse assim. Seraphina preferia a segurança do cinza.

E o quarto estava cinzento, afinal, com lembranças desbotadas e envelhecidas, como se décadas e não anos tivessem se passado, e com elas a esperança.

Tinha sido um erro escolher esse quarto, porque já tinha sido dela. E Sera não era mais aquela mulher. Na verdade, em poucas semanas ela estaria livre daquela mulher e esse quarto pertenceria a outra.

O quarto. A casa. O marido. A cama.

Mas três noites de sono agitado naquela cama tinham feito pouco para dissuadi-la do fato de que deveria ter escolhido outro quarto.

— Você está acordada.

Sera se assustou e se virou na direção das palavras, vindas da porta que ligava o quarto dela com o quarto ducal, onde Haven estava como se ela o tivesse invocado com seus pensamentos, arrumado com perfeição, parecendo estar no meio da manhã e não na alvorada. Parecendo uma cor no meio daquele cinza. Ela estreitou os olhos para ele.

— A porta estava fechada, duque. Você não foi convidado a usá-la.

Ele levantou uma sobrancelha e fingiu estar endireitando a manga da camisa.

— Eu não sabia que precisava de convite, pois esta porta é minha.

Ela lhe deu um olhar mortífero.

— Como é a porta para o *meu* quarto, prefiro pensar que ela é minha.

Haven ergueu um dos cantos da boca e ela detestou a aparência dele. Atraente e jovem, perigoso demais.

— Que tal se nós a dividirmos?

Algo na provocação daquelas palavras deixou Sera agitada. Algo como lembranças. O eco do que parecia ter se passado há uma eternidade, quando ele era um homem e ela, uma mulher, e tudo isso parecia ter importância. *Qual era o jogo dele?*

Sera endireitou os ombros.

— Eu diria que você perdeu o juízo se acha que estou interessada em dividir algo com você. Principalmente aposentos contíguos.

— Você escolheu o quarto, meu anjo — ele disse, a voz baixa e ainda afetada pela falta de uso durante o sono. — Você esqueceu que o quarto tinha esta porta?

Ela apertou os lábios em uma linha fina quando as palavras a provocaram com uma emoção indesejada e há muito sem uso.

— Não me chame assim.

— Houve um tempo em que você gostava.

Uma vida inteira atrás.

— Jamais gostei desse apelido. É tolo.

— Os serafins formam a ordem mais elevada de anjos — ele a lembrou. — Seu nome vem deles. Seraphina.

— Você passou tempo suficiente com minha mãe para saber que nunca, em toda a vida, ela teve um pensamento espiritual, e acha que ela me batizou por causa de um anjo.

Ele se encostou no batente da porta, dobrando os braços à frente do peito largo, como se fosse absolutamente normal que conversassem ao amanhecer. Como marido e mulher. Aquele meio sorriso cintilou outra vez.

— Eu acho.

Ela deu uma risadinha e voltou a olhar pela janela.

— Garanto que minha mãe não tinha nada angelical na cabeça quando escolheu meu nome. Ela pensou que soava aristocrático. Esse foi o objetivo dela. Sempre. — Ela parou, então continuou: — Você conhece bem esse objetivo.

O silêncio que se impôs entre eles deveria ter sido constrangedor, evocativo do dia distante, nessa mesma casa, em que ela e a mãe agarraram um duque. Mas não foi constrangedor, nem mesmo quando evocou a lembrança do rosto horrorizado dele ao perceber que tinha caído em uma armadilha.

Armadilha que elas fizeram para ele. Que ela fez. Porque Sera nunca quis algo mais do que queria ele, e acreditou que Haven não ficaria com ela sem armadilha. Ele era refinado demais, e ela, baixa demais, e que a felicidade não era para eles. E felicidade, ao que parecia, não era mesmo para eles.

Eu teria me casado com você. Eu amava você. Como as palavras desabaram sobre ela, carregadas com a decepção e a raiva de Malcolm. Com o verbo no passado. Tudo a respeito deles, sempre no passado. Efêmero.

— Por que está acordada?

A mudança de tópico não a perturbou. Essa tinha sido a marca do relacionamento curto: raciocínio rápido, com o outro raras vezes não conseguindo acompanhar.

— Eu acordo cedo. — Era isso ou ficar na cama com as lembranças ruidosas. — E sua futura esposa chega hoje.

— Ainda vai levar algumas horas.

O céu tinha passado de cinza para rosa, uma cor profunda, magnífica, que parecia brilhante demais para ser natural.

— Vai chover — ela disse, arrependendo-se das palavras no momento em que ele se moveu, indo parar atrás dela para acompanhar seu olhar para o céu.

— Ainda vai levar algumas horas — ele repetiu.

O cheiro dele continuava o mesmo. Terra fresca e especiarias. Ela tentou não inspirar fundo demais, receosa do que aquele aroma familiar poderia provocar nela.

— Em breve.

O tempo. Eles estavam falando do tempo.

— Venha cavalgar comigo. — Eles nunca tinham cavalgado juntos. Os dois falaram disso, cem anos atrás; trocaram promessas de que passariam o verão ali, em Highley, a cavalo, descobrindo a propriedade juntos. E então eles casaram e não puderam mais suportar um ao outro.

Ou melhor, ele não pôde mais suportá-la. Sera achava que não podia culpá-lo por isso. Só que ela o culpava. Mesmo antes de ele se voltar para outra.

— Por quê? — ela perguntou, olhando para ele.

Haven deu de ombros.

— Porque você gosta de cavalgar e ainda não está chovendo.

Ela meneou a cabeça.

— Qual é o seu jogo?

— Não tem jogo nenhum — ele disse. — Eu cavalgo de manhã.

— Divirta-se — ela disse. — Vou tomar café com minhas irmãs e me preparar para as pretendentes. — Ela fez uma pausa. — Pretendentes? Pretendidas? Existe uma palavra para mulheres jovens competindo pela atenção de um duque?

— Glicínia.

Ela arqueou uma sobrancelha ao ouvir a palavra, um dos nomes mais gentis de que chamaram ela e as irmãs. *Bonita, perfumada e agarra muito bem.*

— Não tão depressa, duque. Você ainda não as viu nem cheirou.

Ele sorriu com isso, um sorriso completo e atraente, e Sera detestou o toque de prazer na curva dos lábios dele. Detestou que isso a afetasse tão rapidamente. Ela nunca teria notado, se não estivesse tão ciente da presença dele. E por quê? Ele não era nada além de uma barreira entre ela e a liberdade.

— Suas irmãs não podem protegê-la o tempo todo. Nós vamos ter que interagir em algum momento.

Ela tinha se fechado com as irmãs depois que chegaram, no outro dia, tentando se esquecer de que ele estava na casa, ainda que se preparassem para o que viria.

— Nós não precisamos ficar a sós para interagirmos.

Ele arqueou a sobrancelha.

— Você tem medo de ficar sozinha comigo?

— Ficar sozinha com você nunca funcionou do jeito que eu imaginava — ela disse, sabendo que as palavras seriam como um golpe. Mas o golpe não teve o efeito que ela esperava.

— Acho que funcionou muito bem, uma ou duas vezes.

Quem era esse homem? Ela tentou de novo:

— Ah, sim, Vossa Graça, estar casada com você foi o ápice da minha existência.

Ele olhou pela janela.

— Preciso lembrá-la de que quatro mulheres querem tanto uma vida comigo que estão vindo até aqui para competir pelo privilégio?

— Você acha que isso é o que elas querem? — Sera deu uma risadinha. — Não é. Elas apenas pensam que não têm outra escolha a não ser competir por sua atenção. — Ela hesitou. — Como você selecionou as pobrezinhas?

— Não é tão difícil encontrar mulheres solteiras interessadas em casar com um duque.

— Nem mesmo um duque que esteve preso a um escândalo durante anos?

— Nem mesmo isso, por incrível que pareça.

Não era incrível, contudo. Ele era atraente, jovem, rico e nobre; qualquer mulher consciente iria querê-lo. Não que ela quisesse.

— E estavam dispostas a esperar até que você me declarasse morta? A caçada ao marido exige mais paciência do que eu me lembro.

— Você era uma caçadora superior.

Sera sabia que ele não quis dizer o que disse, mas as palavras doeram assim mesmo, lembrando-a da armadilha que ela tinha preparado. Do erro que tinha cometido.

Ela desviou o olhar, de volta para a paisagem, onde o sol se erguia sobre os campos.

— Mal sabem elas que em questão de semanas sua atenção estará em algum outro lugar. — Ela se detestou pela amargura na voz. Depois de tudo que tinha acontecido, por que a única coisa que parecia importar era tê-lo encontrado com outra? Ela o odiou ainda mais quando ele falou:

— Você me deixou...

— Você me mandou embora! — ela disse, incapaz de não elevar a voz. — Você ficou de pé na casa em que poderíamos ter construído um lar, logo depois do nosso café da manhã de núpcias, e me disse para ir embora. — Quando ele abriu a boca para responder, ela percebeu que ainda não tinha terminado. — E você sabe qual é a maior ironia disso? O mundo todo pensa que você me arruinou antes de casar comigo, quando a verdade é que eu só fui arruinada depois. Você arruinou meus sonhos.

Minha esperança. Meu futuro. *Você arruinou minha vida.* E para mim chega. Estou aqui por apenas um motivo, Vossa Graça. Quero minha vida de volta. A vida que você roubou.

Ela respirava com dificuldade, cheia de uma raiva que raramente se permitia libertar. E como a sensação foi boa. Mesmo quando ela o encarou e reconheceu a frustração dele. A raiva dele. Ótimo. Ela o preferia com raiva. Preferia vê-lo como inimigo. Pois os dois eram inimigos, não?

— Se eu roubei sua vida, o que você fez com a minha? Você desapareceu, fazendo todo mundo imaginar aonde teria ido. Imaginando que eu a teria mandado embora.

Ela se voltou de novo para ele.

— Você me mandou embora. — Era mentira, mas ela disse assim mesmo, esperando que isso o magoasse.

Veio uma pausa, e ela se recusou a olhar para ele, mesmo quando Haven falou:

— Fiquei preocupado com você, achei que tinha morrido. Os médicos me disseram que você podia morrer. Tem alguma ideia do que eu senti achando que você podia ter *morrido*?

Ela não hesitou.

— Só posso imaginar que você encarou essa possibilidade com esperança, considerando que já tinha um plano claro para me substituir.

Ela esperava muitas reações à sua réplica ferina – raiva, sarcasmo, pouco caso. Mas recebeu sinceridade pura e simples.

— Eu nunca quis que você morresse.

As palavras a envolveram em uma onda de constrangimento, sem que conseguisse fazer nada para detê-la. Mesmo que resistisse à ideia de permitir que ele a constrangesse.

— Não — ela disse. — Só quis que eu sumisse. Então, que as pretendentes venham. E eu vou lhe dar o que você deseja. Com prazer.

Só então ela se deu conta de que uma pequena parte dela desejava que ele admitisse – o fato de que tinha suspirado de alívio no dia em que Seraphina desapareceu. Ele não admitiu.

— Depois que você se foi, eu... — Ele parou, então recomeçou. — Naquele último dia, quando... — Malcolm parou no momento em que Sera fechou os olhos contra as palavras e as lembranças que traziam. A sensação aguda de perda. A filha que não esquecia. O futuro que tinha perdido. O amor. Ela deveria ter-lhe agradecido por parar, mas ele não lhe deu tempo, mudando a abordagem. Repetindo-se. — Eu nunca quis que você morresse.

Ela sabia disso, claro.

— Você me deixou brava. — Isso era o mais perto que ela chegaria de se desculpar por atacá-lo.

Malcolm riu então, o som baixo e cheio de encanto, como ela lembrava.

— Eu sempre fiz isso muito bem.

Ela não conseguiu evitar de sorrir.

— Isso é verdade.

— Venha cavalgar comigo — ele se repetiu. — Antes que as outras cheguem.

Ele disse "as outras" como se fosse perfeitamente normal que um bando de mulheres jovens aparecesse para competir pelo título de duquesa – um título que no momento era dela. Sera meneou a cabeça mais uma vez. Ele era tentador demais, mesmo naquele momento. Mesmo sabendo como aquilo terminava.

— Eu poderia insistir — ele disse. — Fazer disso uma condição para o divórcio.

— Você poderia — ela respondeu. — Mas não vai.

— Como tem tanta certeza?

— Porque eu não quero ir. E você não vai me obrigar.

— Eu a obriguei a vir aqui e encontrar sua substituta.

— O que beneficia a nós dois. Mas passar tempo com você é uma tolice. Nós sempre gostamos demais um do outro por instantes, Malcolm. Instantes que nunca foram suficientes para compensar o quanto nós nos magoamos.

Ele desviou o olhar para a janela, e Sera implorou em silêncio para que ele a deixasse. Mas não.

— Não podemos cavalgar, de qualquer modo — ele afirmou, calmo.

Ela acompanhou a direção do olhar dele para o lugar à distância em que aparecia uma carruagem enorme e preta como um besouro de verão, puxada por quatro cavalos iguais e acompanhada por dois cavaleiros. O coração dela disparou.

— A primeira está chegando.

Ele mal tinha dito isso quando uma segunda carruagem apareceu na curva distante.

— E a segunda.

Sete veículos mais foram aparecendo na trilha da casa, todos pretos e sérios, como convidadas de um enterro. Sera se virou para o marido.

— Elas todas se conhecem? Ou são apenas excessivamente pontuais?

Ele lhe deu um olhar enviesado.

— Posso lhe garantir que não tinha nenhuma intenção de que o dia começasse às 7 da manhã.

— Então elas combinaram o horário de chegada.

Ele soltou uma exclamação de pouco caso.

— O mais provável — ele acrescentou, quando Sera arqueou as sobrancelhas — é que as mães das candidatas acreditem que Deus ajuda quem cedo madruga.

Sera não conseguiu evitar o sorriso.

— Bem, Vossa Graça, precisa admitir que elas vão precisar de muita ajuda divina.

Ele ignorou o comentário.

— Mas por que oito carruagens? Eu só convidei quatro candidatas. — A sensação de confusão dele transformou-se, no mesmo instante, em horror. — Bom Deus, você não acredita que elas também trouxeram irmãs, acredita?

— Elas não ousariam. Irmãs são minha arma. Essas garotas precisam encontrar as delas.

— Então se trata disso? De uma batalha?

— Estamos falando de casamento, duque. — Sera deu um olhar irônico para ele. — É claro que se trata de uma batalha.

Ele deu um meio sorriso.

— Foi sempre assim conosco.

Ela se virou para o lado ao ouvi-lo.

— Desde o início — Sera concordou, observando a fila de carruagens que se aproximava. — A segunda carruagem traz produtos de primordial necessidade. Nossas coisas devem chegar hoje, também.

Ele franziu o cenho.

— Esta é a maior e mais bem equipada casa na Grã-Bretanha. Elas receiam que eu não consiga alimentá-las?

— Não. Elas receiam que você não tenha criadas que sejam ótimas cabeleireiras. E que você não tenha dezenas de vestidos de noite com caimento perfeito. E sapatos. E roupas íntimas.

— Elas têm razão sobre isso.

— É claro que têm. Você é um solteirão. Esta casa requer... um toque feminino. E esse é um dos testes que elaborei para suas... vamos adotar o termo "pretendentes", por enquanto.

— Com certeza este lugar não precisa de nenhum toque feminino. — Ela nunca o viu tão ultrajado. — E você elaborou testes?

— Você me pediu para encontrar sua segunda esposa, duque. Considerando a confusão que você fez com a primeira, acredito que deveria se sentir grato pelos testes.

— De que tipo? Corridas? Adestramento?

— Você não está tão errado, na verdade. — Ele arqueou as sobrancelhas e ela satisfez a curiosidade do marido: — Com certeza teremos bocha.

Ele quase riu e Sera ficou perto de se sentir satisfeita. Quase se lembrou de como ele era atraente. Quase se lembrou de como era maravilhoso ser o foco do prazer dele. Quase.

Uma batida firme na porta, seguida no mesmo instante pelo grito de Sesily.

— Sera! O harém de Haven chegou!

Ela retorceu os lábios e ficou bastante orgulhosa de si mesma pelo olhar sério que deu para o marido. O duque. Aquilo seria muito mais fácil se ela parasse de pensar nele como seu marido. Afinal, ele não era. Não de verdade. Não desde o casamento. Não desde antes. Não que isso fosse difícil para ela. Ela só estava pensando nas outras mulheres. Na sua substituta.

Sera pigarreou.

— Sim! Eu estou vendo! — ela gritou.

— Bem, nós deveríamos descer e dar uma boa olhada nelas, você não acha?

— Acho, sim — Sera respondeu, divertindo-se com o constrangimento de Malcolm.

— Certo, então! — Sesily disse, alegre. — Vou só dizer para Sophie enfiar qualquer vestido que ainda caiba naquele barrigão que não para de crescer.

— Oi! Estou bem aqui! Usando um vestido que me cabe muito bem, obrigada! E quem é você para falar, coberta de pelos de gato? Não vai levar ele junto, vai?

— É claro que vou. Vai ser o primeiro teste: capacidade de lidar com desafios. Depois, Brummell é muito sensato.

— Como esse animal gosta da sua companhia, desculpe-nos se não conseguimos acreditar nisso. — Essa foi Seline, juntando-se às irmãs além da porta. — Venha logo, Sera!

— Bom Deus, estão todas aí. E você não acha que a casa está feminina o bastante? — Haven perguntou.

— Longe disso — Sera respondeu, sorrindo.

Haven grunhiu de frustração, virando-se para a porta de seu quarto.

— Não as assuste.

— Minhas irmãs? — ela perguntou, toda inocente. — Elas não se assustam com facilidade.

— Você sabe muito bem de quem estou falando. Se alguém sabe aterrorizar um grupo de debutantes, são vocês.

— Não somos conhecidas como Irmãs Perigosas à toa, Vossa Graça.

Ele não riu, e Sera percebeu que sua réplica não tinha sido engraçada. Não para ele. Nem para ela, na verdade. Não quando ele se virou de costas, o tempo esmagando-os com um peso impressionante, e disse:

— Você nunca trouxe um monte de coisas para cá.

Sera ficou imóvel. Ela nunca tinha trazido um monte de coisas. Nada de enxoval, criada ou qualquer outro pertence. Nenhuma dessas coisas importava quando ela se casou com ele. Mas Malcolm estava furioso demais para reparar.

— Eu era diferente.

Ela teve esperança de que ele deixasse sua resposta sem comentário. Mas não deixou.

— Porque você veio por mim.

Sempre. Ela poderia ter mentido, mas não quis fazê-lo. Ela nunca mais queria ser alguém que não era.

— Sim.

Ele concordou e andou até a passagem, fechando a porta atrás de si. Só então Sera disse o restante:

— Eu vim por você. Assim como fui embora por você.

Ela alisou as saias e foi conhecer as mulheres que esperavam se casar com seu marido.

Capítulo 12

ESCÂNDALO ESPLÊNDIDO! SERAPHINA VAI SELECIONAR SUCESSORA!

* * *

As irmãs Talbot foram encontrar as pretendentes de Haven no pátio, onde estavam acompanhadas de suas comitivas – quatro mães, um pai e três miniaturas de *dachshunds*, também conhecidos como "cachorro salsicha", que não gostaram de Brummell, este ficou sibilando com energia na segurança do colo de Sesily.

Além da multidão de hóspedes, nos bastidores do pátio da mansão, criados da casa e de fora corriam de um lado para outro, descarregando baús, caixas de chapéus, selas e... aquilo era uma banheira? Por que alguém tinha levado uma banheira? Enquanto isso, as quatro garotas foram apresentadas para a inspeção de Seraphina, cada uma entendendo menos que a outra qual seria o protocolo necessário para aquela situação.

Não que aquela situação em particular fosse comum o bastante para figurar no *Livro de boas maneiras da Sra. Coswell para Ladies*. Na verdade, Sera achava que a Sra. Coswell poderia falecer sumariamente se soubesse do que estava acontecendo em Highley.

Contudo, não havia razão pela qual eles não poderiam extrair o máximo de uma situação estranha. Se aquelas quatro eram tudo que restava entre Seraphina e sua liberdade, ela com certeza estava disposta a fazer sua parte.

— Bom dia, ladies — ela disse com um grande sorriso e braços bem abertos. As garotas ficaram petrificadas, de olhos arregalados, olhando umas para as outras e depois para as respectivas mães, evidentemente sem saber como responder. Sera deixou que seu sorriso alcançasse os olhos delas. — Eu sou Lady Seraphina. — De propósito, ela empregou a forma de tratamento que usava antes de se casar.

A menor das quatro deu um passo à frente; era uma morena pequenina, usando um vestido cor-de-rosa e com feições tão pequenas e delicadas que fizeram Sera pensar em um ratinho, embora não de um modo desagradável.

— Devemos chamá-la de Vossa Graça?

Estava decidido. Ela gostou da pequenina, que não tinha dificuldade para ir direto ao ponto.

— Prefiro que não — Sera respondeu. — Afinal, estamos todas aqui para garantir que eu não seja Vossa Graça por mais tempo do que absolutamente necessário.

As mães e filhas reunidas deram uma risadinha.

— Isso é altamente incomum — uma das mães resmungou. — Onde está o duque? É muito indecoroso que ele envie você e sua turma para nos receber.

— Perdão? — Sera disse. — Sua *turma*?

A mulher mais velha ergueu o queixo e inspirou fundo.

— Você sabe o que eu quero dizer.

— Receio que não.

Uma das outras mulheres acenou na direção das irmãs.

— Você e suas irmãs não são consideradas boa companhia atualmente.

— Eu sou uma condessa! — Seleste protestou e então apontou para Sophie. — E *ela* é a Marquesa de Eversley e futura Duquesa de Lyne!

— Sim — a mulher concordou, como se falasse com uma criança. — Mas nenhuma de vocês conseguiu seu título...

Sesily juntou as sobrancelhas.

— Diga "com *honestidade*" e pode voltar para sua carruagem, bruxa.

As palavras foram pontuadas por um uivo feroz de Brummell, e Sera conteve a vontade de sorrir diante da lealdade eterna de sua irmã, que tinha seu lugar, mas naquele momento não era exatamente útil. Ela olhou para a mulher mais velha, que estava de sobrancelhas arqueadas e boca aberta.

Antes que a mulher, furiosa, pudesse falar, Sera interveio, colocando-se entre as duas.

— Os títulos delas não são o que interessa aqui, certo, minha lady? O meu título, sim. É melhor vocês se lembrarem do prêmio que estão aqui para conquistar.

A mulher hesitou, então concordou. Sera voltou-se para as jovens.

— Bem, como vocês sabem, estive fora da cidade por várias Temporadas. Vamos começar com as apresentações.

Outra mãe deu um risinho.

— Não é assim que se faz.

Sera baixou a voz e se aproximou das garotas, como quem conta um segredo.

— Vocês, ladies, vão descobrir que tenho pouco interesse na forma "certa" de fazer as coisas. Eu gosto que as coisas sejam feitas, pura e simplesmente.

Quatro pares de olhos procuraram os dela, com várias expressões se seguindo ao espanto: choque, confusão, diversão e, por último, admiração.

Sera fez um lembrete mental para investigar Admiração – a princípio envergonhada, a mais sem graça do grupo, mas evidentemente não tinha nada de sem graça.

Malcolm poderia gostar dela. O pensamento não lhe trouxe a satisfação que pensou que traria.

Diversão – a ratinha minúscula – foi a primeira a falar, dando um passo decidido à frente.

— Eu sou Lady Lilith Ballard, filha mais nova do Conde de Shropshire. — Ela apontou para a mulher de boca retorcida que tinha falado antes. — Essa é minha mãe, a condessa. — Ela baixou a voz: — Aliás, você lidou bem com ela.

Sera sorriu. Sim. Ela gostou muito da pequenina.

— É um prazer. — Ela concordou e olhou para Admiração, que observava com olhos atentos, mas não demonstrou interesse em se apresentar.

O que foi bom, porque o duque escolheu esse momento para aparecer.

— Bem-vindas a Highley, ladies. — A voz dele ecoou, grave e encantadora, preenchendo a manhã com seu ar aristocrata.

Sera ficou rígida quando o grupo voltou sua atenção para ele, e o único pai presente aproveitou esse momento para agir, adiantando-se com um pigarro alto demais.

— Haven. Um pouco estranho tudo isso, não acha?

Malcolm apertou a mão do homem.

— Brunswick. — Barão Brunswick, pobre como um ratinho de igreja, Sera lembrou, mas com um título apropriado e respeitável. — Alguma coisa no meu passado recente foi menos que estranha? — Ele acenou na direção de Sera. — Vejo que já encontrou minha futura-ex-esposa, e acredito que conheça as irmãs dela.

O barão grunhiu, anuindo, e apontou para Confusão, uma ruiva de enormes olhos verdes.

— Esta é minha garota.

Seraphina notou que a *garota* em questão continuou sem ser apresentada. Como se uma garota fosse igual às outras, então por que se dar ao trabalho de lhe dar um nome?

— Lady Emily, é um prazer recebê-la — Malcolm disse, corrigindo a situação.

Lady Emily, por sua vez, não pareceu sentir o mesmo. Na verdade, ela parecia estar a ponto de irromper em lágrimas.

Ela foi salva do constrangimento, contudo, pelo "*Mary*" alto e insistente de uma das outras mães. A Choque pareceu ter criado vida neste instante, dando um passo para frente e praticamente usando os cotovelos para se colocar diante de Haven. Ela era loira e linda, como uma boneca de porcelana. E parecia que seu nome era Mary.

Malcolm levou a situação na brincadeira, cavalheiro como era.

— Você deve ser a Srta. Mary Mayhew.

Sera inclinou a cabeça, surpresa. *Senhorita.* O Duque de Haven ter pré-selecionado uma mulher sem sangue azul foi um choque, considerando como ele e a mãe foram desdenhosos das raízes carvoeiras do pai de Sera.

— O pai dela é um dos homens mais poderosos na Câmara dos Comuns — Sophie sussurrou no ouvido de Sera.

Um político. Pior ainda.

— Vossa Graça — a linda jovem falou, fazendo uma mesura completa, a voz ofegante, sedutora e provavelmente a coisa mais feminina que Seraphina já tinha ouvido.

Ela não conseguiu se conter. Seu olhar voou para o rosto de Haven, examinando-o enquanto ele observava Choque com um interesse cortês. Não havia nada na expressão dele que indicasse algo além de mera educação, mas Sera não gostou daquilo. Não. Ela não gostou e ponto final.

Que ele admirasse a outra mulher. Não havia nenhum motivo para que Sera se importasse caso ele a achasse linda. Nenhum motivo para ela sequer reparar nisso. Na verdade, ela não o viu admirar nada.

Seraphina desviou o olhar, atraída pelo som distante das rodas de outra carruagem preta que subia pela trilha. Aparentemente, uma das garotas não tinha conseguido fazer caber todos os seus acessórios em dois veículos, necessitando de um terceiro. Parecia algo um tanto desnecessário, mas Sera sabia melhor do que ninguém que agarrar um duque exigia dedicação.

Não que ela precisasse de algo extravagante para fazer isso.

Ela pigarreou e olhou para Admiração, imediatamente lamentando-se por seu tom agudo e a maneira como soou.

— E você é?

A garota não se intimidou.

— Bettina Battina.

Sera arregalou os olhos.

— Perdão, não entendi.

— Ridículo, não é? — Admiração perguntou, sorrindo.

— Um pouco — Sera concordou.

— Ajuda se eu disser que sou Lady Bettina Battina?

Sera deixou escapar uma risada. Admiração era sua favorita.

— Não ajuda.

— Que pena — Bettina disse, sem demonstrar nenhuma decepção. — E se eu lhe dissesse que meu pai é o Marquês de Bombah?

Sera inclinou a cabeça.

— Existe um Marquês de Bombah?

— Claro que sim. É um título antigo e venerável.

— Bem, já que Haven a trouxe até aqui, isso não me surpreende.

Bettina olhou para Sesily.

— Que gato lindo.

Brummell ronronou e Sesily ficou radiante.

— Obrigada — ela respondeu.

— É selvagem? — Bettina perguntou.

— Não. — Sesily ficou assustada.

— Que pena. Eu estava esperando que ele pudesse dar um jeito nos cachorros da minha mãe. — Os três *dachshunds* estavam debaixo de uma sebe próxima, um cavando um buraco, outro se aliviando e o terceiro roendo um graveto. Bettina acompanhou o olhar de Sera e concluiu: — São horríveis.

— Então imagino que você não tenha trazido seus próprios cães?

— Bom Deus. Não. Só minha mãe.

— Mas você vem com ela.

Bettina piscou.

— Ela está tão desesperada para que eu me torne duquesa que isso pode ser negociado.

Seraphina riu. Essa garota tinha, com certeza, alcançado a primeira colocação, e ainda nem tinha entrado na mansão de Highley. Sera obteria seu divórcio sem demora. Ela ignorou o sentimento que aquela ideia lhe provocou, preferindo se concentrar na Cotovia Canora e em seu futuro. Divórcio significava liberdade. Se Haven gostasse de verdade de Lady Bettina Battina, ou de qualquer uma das outras jovens, Sera teria sua liberdade.

Essa ideia lhe caiu um pouco melhor. Ela olhou para Haven, que a observava atentamente.

— Duque, venha conhecer Lady Bettina Battina.

Conforme ele se aproximava, a última carruagem chegou, parando um pouco antes do grupo reunido, e Sera se virou para os presentes, braços abertos, na tentativa de encaminhá-los para a entrada da casa, tirando todos do caminho do veículo.

— Meu lorde e minhas ladies, Sra. e Srta. Mayhew. Bem-vindos. Vamos instalar vocês, pois planejamos um almoço durante o qual poderemos nos conhecer melhor. Teremos jogos e, é claro, boa bebida. — Isso atraiu a atenção de Lorde Brunswick.

Ela conseguiu colocar o grupo em movimento e uma das mulheres disse, com um sussurro audível:

— Você não acha que é um pouco deselegante chegar com *três* carruagens?

A pergunta, uma tentativa de derrubar as outras, irritou Sera, servindo para lembrá-la de que ela detestava aquela gente, aquela vida, e que mal podia esperar para se livrar de tudo aquilo e do homem que a prendia a essa situação.

Ela não aceitaria esse tipo de fofoca. Aquele bando de alpinistas sociais podia se digladiar abertamente ou se comportar. Seraphina continuava sendo a senhora da casa e detentora do título, e, assim, estabeleceria as regras.

— Na verdade, acredito que a carruagem extra demonstra um nível de preparação admirável em alguém que irá administrar uma casa tão complexa quanto esta. — Ela olhou para Malcolm. — Não concorda, Vossa Graça?

Ele não hesitou em mentir, o que foi surpreendente, considerando o fato de que minutos antes tinha expressado o sentimento oposto a respeito da massa de carruagens que subia pela trilha.

— De fato — o duque confirmou e o rosto da Sra. Mayhew ficou vermelho quando ele olhou para as jovens. — E qual de vocês é tão preparada?

As garotas, por sua vez, entreolharam-se com um misto de curiosidade e arrependimento no rosto.

— Parece que nenhuma de nós vai passar nesse teste específico, Vossas Graças — disse, enfim, Lady Lilith.

E como se para provar o que a jovem dizia, a porta da nona carruagem foi aberta com violência, batendo na lateral da carruagem e quase fechando de novo antes de ser pega e controlada. Pouco depois, uma perna longa e grossa, coberta de couro, desceu até o chão.

— Oh, céus.

— O que isso significa? — a pergunta de Malcolm veio rápida, com irritação.

Sera não teve tempo para explicações, pois uma cabeça morena saiu pela porta da carruagem, seguida por ombros largos dentro de um casaco azul-marinho com caimento perfeito.

As jovens e suas mães presentes pareceram segurar a respiração diante do aparecimento daquele intruso impetuoso.

O que ele está fazendo aqui?

— Dingue-dongue — disse Sesily no momento em que Sera teve certeza de ouvir Haven rosnar.

Esse não era o plano. Alguma coisa tinha dado errado.

— É melhor que não seja... — Haven deixou a frase pela metade quando o homem se virou, revelando um rosto machucado, cheio de hematomas, que, Sera imaginou, deveriam ter sido provocados por alguém com muita habilidade. Caleb Calhoun sorriu, revelando seus dentes surpreendentemente intactos, e fechou a porta com um movimento fluido. Ele se aproximou como se tudo aquilo fosse normal.

Sera se aproximou dele.

— O que você está fazendo aqui?

— Bom-dia para você — ele disse, retirando o chapéu. — Menina, este lugar está mais agitado do que o mercado de peixe de Faneuil Hall às seis e meia.

As mulheres presentes soltaram uma exclamação abafada ao ouvi-lo. Bem, a maioria das mulheres presentes soltou. Sesily deu um gritinho de contentamento.

— O americano está aqui!

Seraphina olhou de soslaio para Haven, descobrindo assim que ele a estava fuzilando com os olhos, sem nenhum esforço de ser sutil.

— Receio que não por muito tempo, querida — ele respondeu para Sesily e fez uma grande reverência, com um floreio magnífico. — Que belo grupo de ladies. Não sei se conseguiria escolher a mais linda dentre vocês. — Ele fitou Sera, os olhos cintilando – mesmo com um deles roxo e quase fechado de inchaço. — Bem, exceto a duquesa, é claro.

Ela arqueou uma sobrancelha.

Isso não iria facilitar as coisas.

COTOVIA FOGE DA GAIOLA!

* * *

— Vocês nos dão licença por um segundo? — Sera disse, animada demais, antes de abrir a primeira porta que encontrou e jogar Caleb em uma das diversas salas de estar de Highley.

Murmúrios de "Isso tudo é muito incomum" e "Quem é esse homem?" se misturaram às tentativas das irmãs de Sera de levar o grupo todo para seus respectivos aposentos.

— Com certeza vocês gostariam de um momento para se arrumar depois da viagem matinal — a voz de Sophie se elevou acima do alarido.

— Eu não quero me arrumar! — respondeu, ofendida, uma das mães. — Vossa Graça! Não aceito que minha filha seja tão mal influenciada por sua... esposa!

— Argh! — exclamou Sesily, mais próxima do que Sera esperava. — Podemos eliminar Mayhew da competição assim que possível? A mãe dela é irritante.

Sera se virou para encarar a irmã.

— Sesily!

— O quê? — Sesily se fez de inocente. — Pensei que você precisava de uma acompanhante. — Usando seu olhar mais sedutor, ela encarou Caleb. — Nunca se sabe o que se esperar de americanos.

Caleb retribuiu o olhar de admiração.

— Se eu estiver com tanta sorte...

Sera bufou de irritação.

— Vocês dois são insuportáveis. — Ela se virou para o amigo. — Que diabos você está fazendo aqui? E o que diabos aconteceu com seu rosto?

— Você deveria ver como ficaram os outros homens. — Caleb deu um sorriso, então contraiu o rosto de dor quando o sorriso puxou seu lábio. — Ai.

— É bem feito por você achar que podia usar seu charme para se safar — ela retrucou, sem intenção de magoar. — O que aconteceu? — Sera insistiu, levando a mão à face inchada do amigo e tocando com delicadeza a área em torno do olho.

Ele inspirou fundo com o toque.

— Você não pode voltar. Não agora — Caleb disse.

— Você planejava escapar para Londres! — Sesily exclamou. — Que emocionante!

Sera olhou para cima e pediu paciência ao Criador. Ela tinha planejado escapar por uma ou duas noites, só para ver como estava a Cotovia Canora.

— Não é emocionante, Sesily. É trabalho.

— Você fala isso como se também não fosse emocionante — Sesily respondeu. — Mas é. Não é todo dia que uma mulher tem uma...

— Pare. — Caleb e Sera interromperam Sesily antes que esta pudesse dizer *taverna*. Seraphina olhou para a porta, para ter certeza de que ninguém estava perto o bastante para ouvir. Malcolm estava no saguão, mais afastado, mas procurou-a com o olhar, que manifestava uma fúria provavelmente relacionada ao tagarelar clamoroso das mães, que se opunham a todos os acontecimentos daquela manhã, e muito mais. Relacionada a Sera, em geral.

Ele não tinha ouvido o que falavam, e isso era tudo que importava. Se soubesse o que ela tinha, conseguiria poder demais sobre ela... Como se ele já não tivesse o suficiente, sendo seu marido.

— A questão é: você tem que ficar aqui — Caleb concluiu.

— Por quê? — Sera arregalou os olhos.

— Vou buscar alguma coisa para o olho do americano. — Sesily sabia quando não era necessária.

— Eu tenho nome, sabia?

Sesily olhou para ele.

— Mas "o americano" soa muito mais ameaçador, não acha?

— Vá — Sera ordenou.

Sesily obedeceu e Caleb disse:

— Essa deve dar trabalho.

— Eu vou dar muito mais trabalho se você não me contar o que está acontecendo.

— Não se preocupe com isso.

— Se os homens entendessem o medo que essas cinco palavras provocam no coração das mulheres. Conte logo! — Ela deu um soco no braço dele.

— Ai! — ele grunhiu, levando a mão ao ombro e ficando pálido.

— Agora ela bateu nele! — Veio uma exclamação afetada do saguão. — Vossa Graça precisa mandá-la embora. Isso não é adequado para uma moça de família!

Sera ignorou as palavras, tomada de preocupação por seu amigo.

— Caleb. O que aconteceu com você?

— Está tudo bem. Desloquei um pouco o ombro, mas encontrei um açougueiro decente que o colocou no lugar. Só está um pouco sensível no momento.

Ela arqueou as sobrancelhas.

— *Quem* deslocou seu ombro?

— Os Desgraçados.

Os Irmãos Desgraçados, uma dupla que dominava o submundo de Covent Garden. Até então eles tinham deixado Caleb e Sera em paz, mas fazia pouco tempo que a Cotovia estava funcionando. Caleb e Sera esperavam que os Desgraçados reparassem no sucesso deles – e não gostassem.

— Aconteceu alguma coisa com a Cotovia?

— Nada que não possa ser arrumado em um ou dois dias. — Ela não gostou de ouvir aquilo. — Eles ofereceram um negócio: que pagássemos por proteção. Eu disse que não precisávamos ser protegidos por um bando de casacos-vermelhos.

— E eles quiseram mostrar que você precisava.

Ele tentou dar outro sorriso.

— Eu acertei uns bons socos.

— Você é uma criança. — Ela meneou a cabeça.

— Não vamos pagá-los por ter medo deles.

— Claro que não. — Ela apertou os olhos.

— Ótimo. Então considere esta reunião de negócios encerrada. Você vai ficar para conseguir seu divórcio e eu vou cuidar do resto.

Sera se sentiu frustrada. Se não tivesse sido obrigada a ir para o campo, teria podido ficar em Londres para ajudar. Ela conseguiria ter protegido a Cotovia. Por ironia, não estava na taverna para protegê-la dos inimigos porque estava ocupada protegendo a taverna em Highley – de um inimigo completamente diferente.

Se ela perdesse a taverna, perderia o único motivo por ter voltado à Inglaterra. Tudo pelo que estava lutando. Ela tinha voltado pela promessa de liberdade que a Cotovia Canora representava. Por seu futuro. Mas não havia sentido em proteger a taverna em teoria se não conseguia protegê-la na prática.

— O diabo. Vou voltar com você.

— Não.

Sera olhou feio para ele.

— Diga-me: o que, exatamente, faz você pensar que pode me dizer o que fazer?

Ele suspirou.

— Não o nosso passado.

— Não — ela concordou. — Nosso passado, não.

— Se você voltar, o que vai fazer?

— Alguma coisa! — Sera exclamou, a frustração crescendo. — A Cotovia não é nada sem a cotovia.

— Bobagem — Caleb disse. — Você fica aqui. Eu cuido dos Irmãos Desgraçados. Vou contratar seguranças, fazer com que eles entendam que não aceito que nos atrapalhem. Não preocupe sua cabecinha bonita com detalhes.

Ela estreitou os olhos.

— Vou acertar *sua cabeça* se continuar a me tratar como se fosse uma menininha preciosa. Eu vou voltar.

— Por quê?

— Porque o lugar é *meu* — ela sussurrou. — Administrado em confiança por você.

— Até que você consiga seu divórcio — ele a lembrou. — E é para isso que está aqui.

— O divórcio não vai adiantar nada se eu não tiver uma taverna quando isso terminar.

Ele olhou para o teto e suspirou de frustração.

— Você quer meter o bedelho nos negócios.

— Agora mais do que nunca. — Sera concordou.

— Tudo bem. Então vou ficar alguns dias por aqui.

A ideia era tão terrível que ela riu.

— Não vai, não — Sera disse.

— Para variar, nós concordamos, esposa. — Haven entrou na sala como se fosse o dono da casa. E era mesmo. Homem irritante.

— Eu agradeceria se você não ficasse xeretando as minhas conversas — ela disse.

— Já que continuamos casados, as conversas que você tem com cavalheiros solteiros me interessam, meu docinho.

Homens são insuportáveis.

— Experimente me chamar de "meu docinho" de novo para ver o que acontece.

Ele não se intimidou.

— O quê? Você vai fazer comigo o mesmo que fez com seu canalha americano? — Haven olhou para Caleb. — Que azar. Queria eu mesmo ter feito isso com você.

— Se a briga fosse entre nós, duque — Caleb disse —, você é quem estaria estropiado, não eu.

Haven sorriu ao ouvir isso. Como se fosse engraçado.

— Nosso passado sugere outra coisa, ianque.

Sera refletiu. O *que isso significa?* Não importava.

— Haven, eu preciso voltar para Londres.

— Não — ele respondeu.

Ela tinha imaginado que os dois homens não concordariam um com o outro. Sera não conseguiu conter seu gemido de frustração.

— Nenhum de vocês pode me dizer o que fazer.

— Nós temos um acordo, Sera — Haven disse. — E esse acordo não inclui você fugir para Londres com um americano.

— Vou fugir com quem eu quiser — ela retrucou, de repente irritada com tudo. — Você não é meu dono.

— Na verdade, ele é — Caleb disse.

— Perdão? — Seraphina arregalou os olhos.

Haven também ficou surpreso.

— Perdão?! — ela exclamou.

Caleb a encarou e ela detestou o que viu ali.

— Ele é seu dono, duquesa. Você é a esposa dele. O duque é dono de você e de todas as suas posses. Ele é dono do seu futuro.

A mensagem era clara. Para manter a Cotovia a salvo e na posse *dela*, Sera precisava continuar em Highley. Tinha que garantir seu divórcio para garantir seu futuro.

— Você é uma droga de traidor — ela disse para o amigo, com desprezo.

— Nós faremos o que for preciso. Não se preocupe, duque. Ela não vai voltar para Londres. — Seraphina conteve sua vontade de causar mais estrago no rosto de Caleb, e ele acrescentou: — E eu vou ter que passar mais algum tempo aqui, ao que parece. Nós todos vamos nos tornar amigos, tenho certeza.

Que bobagem. Caleb e ela tinham um plano. Ele não podia ficar ali. Sera abriu a boca para lhe dizer isso, mas Haven interveio, parecendo disposto a machucar Caleb ainda mais.

— Pois eu tenho certeza de que não vamos nos tornar nada disso. E você não é bem-vindo aqui.

Até aquele momento, Sera estava decidida a não deixar Caleb ficar em Highley. Com a negativa do duque, contudo, a permanência do americano se tornou uma questão de honra. Como tudo entre ela e Malcolm sempre foi.

— Ele vai ficar, se eu quiser.

— Você já quis muita coisa, Seraphina. Não estou disposto a continuar mimando você como se fosse uma criança. Não temos lugar para ele.

— Como uma *criança*? — Com quem, exatamente, ele pensava estar falando?

— Oh, agora você se deu mal, duque — Caleb disse.

Ela se virou para o americano e levantou um dedo.

— Você está andando no fio da navalha, Calhoun. — Caleb abriu os braços, fazendo-se de inocente, e ela se voltou para Malcolm. — Aqui tem uma dúzia de quartos em que ele pode ficar.

— Estão todos em reforma — Malcolm disse.

Ela abriu um sorriso irônico.

— Então ele pode ficar no *meu* quarto.

Sera teria considerado o horror no rosto de Haven uma vitória pessoal naquela batalha, mas não pôde comemorar, porque ouviu uma exclamação coletiva vinda do saguão ao lado. Quando ela se virou para o som, viu uma coleção de olhos arregalados observando a cena.

— Bem, esta é a melhor festa no campo a que eu já fui — Sesily disse, trazendo um grande bife cru. Depois de entregar a carne para Caleb, sussurrando: "Para o seu olho", ela se voltou para o restante das mulheres. — Vocês não concordam?

— Com certeza não — disse a Sra. Mayhew. Era sempre a senhora Mayhew. — Isso é completamente indecoroso.

— Oh, por favor — Sera disse, exasperada com a afetação fora de hora. — Então pode ir embora, Sra. Mayhew. Mas não irá, certo? Porque você quer um ducado tanto quanto qualquer outra mãe de Londres. E isto é o mais perto que vai chegar de um.

A Sra. Mayhew fechou a boca.

— Agora, como eu continuo sendo a senhora de Highley até que uma das suas filhas assuma esta posição, devo insistir que encontrem seus aposentos e se instalem. Espero vê-las no almoço. Seline, querida?

— Agora mesmo — respondeu a irmã, entrando imediatamente em ação para conduzir as visitas a seus quartos.

Conforme o grupo entrava na área íntima da casa, Sera se voltou e encarou o marido.

— Ele fica.

— Ele não é bem-vindo.

— *Ele* está parado bem aqui — disse Caleb.

— *Agora* você prefere "o americano"? — Sesily perguntou.

— Sabe que é possível? — Caleb sorriu. — É um prazer ficar, duquesa. Mas quem vai lidar com seu marido? Não que eu não possa — ele se apressou em acrescentar. — Estou em ótima forma.

Haven, contudo, não prestava atenção em ninguém exceto em Sera. Ele se aproximou, chegando perto o bastante para perturbá-la.

Mas ela não se sentiu perturbada. Sera sentiu algo inteiramente diferente. O coração dela palpitou e ela o encarou, altiva, antes de responder para o amigo:

— *Eu* vou lidar com ele.

Haven a observou por um longo momento, fazendo Sera sentir como se fosse a única pessoa no mundo.

— Isso vai lhe custar muito — Haven disse, afinal.

— É claro que sim — ela retrucou. — Esse é o nosso jogo.

Isso o surpreendeu, mas ele se recuperou quase de imediato. Haven não desviou o olhar quando falou com Caleb e Sesily.

— Deixem-nos a sós.

Essas palavras provocaram pânico em Seraphina. Ou talvez tenha sido empolgação.

— Ahn... — Sesily parecia não saber o que fazer.

— Duquesa? — Caleb também.

Sera não iria recuar.

— Sesily, por favor, leve Caleb para um quarto na ala da família — ela disse, sem olhar para os dois.

— Não — Haven negociou, forte e firme, investido de seu poder ducal. — Quarto andar. Ala oeste. No fim do corredor.

O mais longe possível do quarto dela. Sera sorriu, sarcástica.

— Eu consigo subir escadas e atravessar corredores, marido.

Ele ignorou o comentário, repetindo-se.

— Deixem-nos. — Sesily e Caleb olharam para ela e a irritação de Haven transpareceu no grunhido: — Afaste seus cães, esposa.

Ela fez um movimento de cabeça e os dois obedeceram. Sesily fechou a porta atrás de si com um estalido discreto. Sera inspirou fundo, desejando ficar calma o bastante – forte o bastante – para o que viria a seguir.

— E agora estamos sozinhos. Tenha cuidado, marido, ou vai fazer com que as línguas ferinas entrem em ação. A mãe da sua futura esposa pode não gostar se parecer que continuamos... amigáveis.

— Não ligo para o que os outros pensam.

Por um instante, Sera acreditou nele, mas ela conhecia a verdade. Era uma bela mentira, mas continuava sendo mentira. Ela o encarou com toda força que conseguiu reunir.

— Bobagem. Você sempre ligou para o que o mundo pensa.

Ele ergueu a mão e Sera prendeu a respiração na expectativa do toque. E então ele a tocou, seus dedos quentes encontrando a face dela, como se ali fosse o lugar deles.

Ela exalou ao sentir o calor dele. A força. Ele também exalou, um suspiro longo e maravilhosamente entrecortado, como se estivesse devastado pelo mesmo sentimento que a devastava. Como se estivesse ainda mais devastado.

Sera fechou os olhos, resistindo ao impulso de se aproximar do conforto quente da mão dele. *Por favor,* ela implorou em silêncio, para quem pudesse estar ouvindo. *Por favor, que ele esteja mais devastado do que eu.*

Porque mesmo agora, anos mais tarde, depois dos eventos irreparáveis do passado, ela não podia evitar de se sentir atraída por esse homem que um dia amou tanto.

— Eu ligava — ele admitiu, a voz trêmula como rodas no cascalho. — Eu já liguei demais para o que os outros pensavam. E agora parece que eu não ligo nem um pouco. Parece que só ligo para o que você pensa.

Ela não conseguiu resistir e olhou para ele; como sempre, Sera foi instantaneamente dominada. Ela meneou a cabeça de forma quase imperceptível, mas o bastante para ele ver.

— Malcolm — ela sussurrou.

— O que foi, anjo? — O sussurro dele, enquanto se aproximava, a provocou como nada que ela tivesse experimentado na vida. — Eu vou lhe dar qualquer coisa que você pedir. Eu nunca consegui lhe negar nada.

Não era verdade. Houve um tempo em que ela tinha implorado para que ele a perdoasse. E Malcolm se recusou. Mas ela não era mais aquela garota e ele não era mais aquele garoto. No momento, ele prometia que não lhe negaria nada, e Sera também não conseguiria negar nada a ele. Foi a vez de Seraphina levantar a mão. A vez de encostar a palma no rosto. A vez de causar devastação.

E foi o que ela fez, sentindo-se mais poderosa do que nunca quando ele exalou, adorando o toque da respiração em seus lábios como uma lembrança. Como se ela o tivesse queimado. E talvez tivesse mesmo. Os dois sempre foram óleo e chama. Por que não deixar acontecer? Só uma vez? Só por um momento? Só para ver se a combustão ainda acontecia?

Ela se aproximou dele. Ou ele dela. Não importava. Malcolm sussurrou nos lábios dela e Sera não soube se ele falou com ela ou com algum poder superior.

— Perdoe-me — ele disse. A quem ele estava pedindo? O quê?

Ela percebeu que não se importava com a resposta.

O beijo a destravou, abrindo-a, deixando luz e ar entrarem nos recônditos mais escuros e solitários dela. O beijo roubou a proteção que ela tinha construído ao longo de meses e anos, deixando Sera sem nada para mantê-lo afastado. Ainda assim, ela não se importou. Ele só não podia parar. Sera não estava pronta para que ele parasse. Fazia anos desde a última vez em que ele a tocou, e mais tempo ainda desde que ele a tinha tocado dessa forma – com desejo, paixão e sem compromisso, a não ser com o prazer.

Ela suspirou contra o beijo, e ele também foi destravado, movendo-se; sua mão quente e forte deslizou, os dedos emaranhados no cabelo dela, puxando-a para mais perto enquanto ele colava a boca na dela, conseguindo, de algum modo, fazer o tempo voltar para outro momento, quando tudo entre eles era isso... nada.

O sabor dele continuava o mesmo, um tempero misterioso, provocante, e ela não conseguiu evitar de passar os braços ao redor do pescoço de Malcolm e puxá-lo para ainda mais perto, de lamber os lábios dele, impetuosa e desesperada para revivê-lo. Ele gemeu com a sensação, um som baixo e sensual, e então envolveu a cintura de Seraphina com os braços, erguendo-a, virando-a de costas para a porta fechada – graças a Deus estava fechada – e ela se tornou dele. Como se os anos nunca tivessem passado e os dois estivessem ali, apaixonados mais uma vez.

Bom Deus, como ela tinha adorado isso. Ela acreditava que tinha sido destruída anos atrás, arruinada pela dor e pela perda. E talvez tivesse sido mesmo. Mas não mais. De algum modo, nos braços dele, ela se reencontrou. E não foi uma surpresa. Ela sempre tinha se encontrado nele.

Sera puxou sua boca da dele, procurando ar, e ele se afastou para observá-la por um longo momento, o olhar vasculhando o rosto dela, assimilando-a.

— Meu Deus — ele sussurrou. — Você está mais linda agora do que nunca. — E então ele inclinou o queixo dela para cima, expondo seu pescoço e colando os lábios na pele dela, antes que Sera pudesse ficar corada ou se afastar.

Ela gemeu com a sensação, tão deliciosa e familiar, e foi recompensada com outro rugido profundo, animal, como se Malcolm fosse incapaz de conter seu desejo. Ela enfiou os dedos no cabelo dele, puxando os fios e depois acariciando sua nuca com movimentos circulares, do jeito que ele gostava. Outro rugido. Deus, como ela adorava aqueles rugidos.

E então as mãos dele desceram até o corpete, puxando os botões da capa, abrindo-a e encontrando o decote do vestido, mais baixo do que deveria estar, e apertado demais, pois ela lutava para respirar. Junto à orelha dela, Malcolm disse coisas imorais e maravilhosas. O tipo de coisa que ela não se permitiria lembrar nas noites escuras e solitárias.

— Eu lembro de como o prazer encontra você, anjo... — Dedos longos e habilidosos abriram caminho até dentro do corpete, deslizando como uma promessa deliciosa. — Eu lembro de como você busca o prazer. — Ele parou bem próximo a um mamilo teso... fazendo-a querer gritar. — Eu lembro de como você enrola, fazendo tudo que pode para não me dizer o que quer.

As palavras a sacudiram, lembrando-a da mulher que tinha sido, enquanto ele tomava o lóbulo macio de sua orelha entre os dentes e mordia com delicadeza, ameaçando destruí-la de prazer.

Ele estava certo. Sera costumava ficar nervosa perto dele, receosa de falar demais e parecer atrevida, de perdê-lo. Mas ela o tinha perdido. E ele já a julgava atrevida. Haven a tinha transformado nisso.

Então, quando ela se afastou para fitar os olhos dele, olhos cheios de um desejo que ela sabia que o agitava, Sera não ficou constrangida. E ela também não hesitou, puxando o pequeno laço que mantinha o vestido justo em sua pele, soltando o tecido só o suficiente. E então ela colocou sua mão sobre a dele, onde estava, imóvel e cheia de promessa, e a puxou. Fazendo-o se aproximar. Pedindo que ele tomasse o que ela queria lhe dar. Veio outro rugido, enviando ondas de prazer até o cerne dela.

— Sera — ele disse, descrença e desejo se digladiando na mesma palavra.

Ela roçou os lábios no rosto de Malcolm enquanto ele levantava um seio, apreciando seu peso.

— Eu lembro de como o prazer encontra você, duque — ela repetiu as palavras dele. — Eu lembro de como você busca o êxtase. Desta vez, devo lhe dizer o que eu quero?

Ele soltou uma imprecação baixa e rude, que ela tomou como um sim.

— Eu quero que você me toque. — Ele a tocou, deslizando lentamente o polegar. — Eu quero que me beije.

Ele não hesitou, abaixando-se e tomando o bico do seio com a boca. Acariciando-o com os lábios e a língua até ela pensar que poderia perecer desse prazer. Chupando-o até ela ficar sem ar e se contorcer de encontro a ele, enroscando uma perna ao redor dele, que a pressionava contra a porta.

Quando a mão dele encontrou o tornozelo dela e Malcolm se ajoelhou, Sera sabia que deveria detê-lo, mas fazia tanto tempo... tanto tempo que não era tocada. Tanto tempo que ele não a tocava. E então as saias dela foram levantadas e sua perna foi parar em cima do ombro dele. Sera colocou os dedos no cabelo de Malcolm, que colou sua boca nela com uma convicção magnífica.

Ela gritou com o toque, com a força e o prazer, com a promessa, não só de um momento, mas de todos os momentos que viriam. O grito dela foi pontuado pelo gemido dele ali, no centro úmido e macio de Seraphina, onde ela estava tão sensível, tão pronta, tão desesperada. A língua dele... quantas vezes ela ficou deitada no escuro, pensando naquela língua? Malcolm acariciou-a, firme e decidida, encontrando todos os lugares que ansiavam por ele, e Sera apertou os dedos no cabelo dele.

— Malcolm — ela sussurrou. — Bom Deus. Isso. Aí.

— Eu sei, anjo — ele disse junto a ela. E sabia mesmo. Sempre soube.

Nada tinha mudado naquilo. Ele estava de volta, aquele homem que ela tinha amado por inteiro, o homem que sempre fez do prazer dela o que havia de mais importante quando faziam amor. Mesmo no final.

Ele se afastou nesse momento, como se tivesse ouvido o pensamento, voltando seu olhar para o dela, e aqueles olhos lindos a encontraram, capturando-a enquanto ele deslizava um dedo para dentro dela, descobrindo-a molhada e disposta. Os dois gemeram com a sensação, e quando Malcolm começou a se mover, extraindo prazer dos lugares mais secretos dela, Sera foi incapaz de manter os olhos abertos. Ele parou.

— Não. — Ela abriu os olhos e praticamente implorou. — Malcolm.

— Vou lhe dar tudo que você quer, amor. Mas você também vai me dar tudo que eu quiser.

Ele se moveu de novo e ela arqueou o quadril na direção dele.

— Sim.

— Mantenha os olhos abertos — ele disse. — Eu quero ver. Quero uma nova lembrança.

Malcolm estava tão perto que Sera podia sentir o que ele dizia em sua pele, onde ela estava aberta e latejante. Ela não teve certeza de que ouviu o que ele disse, mas o compreendeu mesmo assim. Sera daria tudo que Malcolm pedisse, desde que não parasse. E ele não parou, distribuindo prazer demoradamente onde ela mais o queria, provocando-a e fazendo promessas que Sera sabia que ele poderia cumprir. Delícia. Ele queria destruí-la com a provocação. Puni-la com o prazer da espera. Mas ela tinha esperando demais.

Sera enfiou os dedos no cabelo dele outra vez, apertando-os até ele levantar os olhos, encarando-a de novo. O universo tinha dado tanto poder a ele fora daquela sala. Em tantos outros momentos. Mas ali, os dois eram iguais. Naquilo, ela celebrava seu próprio poder.

— Eu quero — ela disse.

E Sera recebeu seu prazer. Ele lhe proporcionou, sem hesitar, sabendo exatamente como fazê-la se contorcer e gemer, devagar, depois rápido, flexionando dedos e língua até ela perder toda força e ele a segurar com ombros e mãos firmes, extraindo dela cada gota de prazer. Demorou uma eternidade até Sera retornar ao presente. Foi um instante. Ele percebeu o momento, virando-se, colocando os lábios na pele macia da coxa dela, ficando ali até Seraphina o afastar, recolhendo a perna e baixando as saias, alisando-as com cuidado enquanto desejava que seu coração se acalmasse. Desejando que ele ficasse de pé. Ela detestava vê-lo ali, de joelhos, como se fizesse penitência. Como se a quisesse. Como se ela estivesse à disposição. *Como se ele estivesse.*

— Sera...

— Não. — Ela o interrompeu. Incapaz de deixá-lo terminar. Com medo do que ele poderia dizer.

— Não — repetiu. Mais alto. Mais claro. — Não, Malcolm. Isso não muda nada.

Capítulo 14

UM JEITO MODERNO DE CONHECER O DUQUE!

* * *

Após deixá-lo desesperado por ela, sua mulher o evitou por uma semana inteira. Oh, ela participou dos cafés da manhã, dos almoços e jantares, tomou licor e jogou *croquet* no gramado. Ela cumpriu suas obrigações sem demonstrar hesitação ou má vontade.

Seraphina até providenciou para que ele recebesse suas avaliações com regularidade – as qualidades e interesses das candidatas, detalhadas de modo impressionante. De fato, depois que obtivesse seu divórcio, Sera poderia facilmente trabalhar como casamenteira profissional.

Mas é claro que ela não obteria seu divórcio. Ele nunca tinha planejado concedê-lo, e depois daquele encontro é que isso não iria acontecer mesmo. Não depois que ele a tinha tocado de novo. Tantas vezes tentou lembrar dos sons exatos que ela fazia quando tinha prazer. Do sabor exato dela. Da sensação exata dos lábios de sua esposa nos seus, dos dedos dela em seu cabelo, do peso de seu corpo em seus braços. Continuava tudo igual e, de certo modo, nada permanecia o mesmo. Ela estava totalmente diferente.

Isso não muda nada, ela tinha dito. Ela estava certa. Nada tinha mudado. Ele ainda a queria. Ainda iria reconquistá-la. A única diferença era a urgência de seu desejo em fazê-lo. Ele tinha sido paciente como Jó, diabos. Tinha dado a ela uma semana para encontrá-lo. Para procurá-lo. Tinha participado das refeições, sendo um verdadeiro duque sentado àquela mesa imensa. Ele cumprimentava as pretendentes (eles precisavam encontrar um nome melhor) com educação quando cruzava com elas no corredor.

Nas vezes em que Haven saiu à caça dela, foi emboscado por uma tropa de mães aborrecidas, e uma vez foi recrutado para ir caçar presas mais fáceis com Lorde Brunswick, um homem com pontaria decente, embora entusiasmado demais para atirar nas coisas.

Nos últimos sete dias, Haven tinha feito seu melhor para trombar acidentalmente com sua esposa. Ou melhor, para garantir que ela trombasse com ele. Mas isso não aconteceu. Era como se ela tivesse olhos e ouvidos pela casa toda, e talvez tivesse mesmo, considerando que suas irmãs malucas pareciam estar em toda parte. A Marquesa de Eversley tinha se instalado na biblioteca. A mulher de Landry não conseguia se conter, e estava o tempo todo querendo ensinar o chefe do estábulo a fazer seu trabalho, e nessa manhã, quando Haven se vestiu, havia uma quantidade assustadora de pelos brancos nas calças dele, graças ao maldito gato de Sesily. Isso para não falar do cretino Calhoun, que vagava pela propriedade como uma droga de pirata, sempre de olho em qualquer coisa que vestisse saias. *Calhoun.*

Mesmo durante as refeições, Sera e Haven ficavam separados, sempre sentados nas extremidades opostas da sala de jantar – um aposento no qual ele não lembrava a última vez em que tinha estado –, e ela desaparecia logo depois de comer.

Haven sentia vergonha de admitir que tinha passado três noites escutando o silêncio além da porta que ligava os quartos, até desistir e perguntar à criadagem sobre as atividades noturnas de sua esposa – desesperado para saber se ela, de fato, passava as noites com Calhoun, que sumia ao mesmo tempo que Sera. Foi só então que ele soube que o Sr. Calhoun saía de casa depois do jantar e só retornava na manhã seguinte, ao alvorecer, antes que a maioria da casa começasse a pedir o café da manhã. Isso queria dizer que Sera ficava sozinha à noite. No quarto ao lado.

O silêncio dela o estava enlouquecendo. Malcolm tinha dado espaço a ela, diabos, certo de que Sera voltaria para ele. Certo de que ela iria procurá-lo, em busca de – se nada mais – prazer. Ela tinha se desmanchado em seus braços, com uma rapidez e intensidade que o levou junto com ela. A experiência o deixou de joelhos, enquanto ela se endireitava e lhe dava as costas. Ela fugiu daquela sala como se o próprio Lúcifer estivesse atrás dela. Covarde.

É claro que ele não foi atrás dela. Resistindo ao pensamento, Haven levantou-se da escrivaninha de seu escritório e foi procurar a esposa. Dessa vez a encontraria. E ela não conseguiria evitá-lo.

Sera estava na cozinha, rodeada pelas possíveis futuras esposas dele e respectivas mães, como se as mulheres não fossem convidadas, mas turistas.

— Agora — ela dizia —, como senhora de Highley e Duquesa de Haven, será esperado da escolhida que planeje refeições para o duque e seus convidados.

Como Seraphina Bevingstoke nunca tinha bancado a duquesa, Malcolm não conseguiu conter a pequena exclamação de surpresa que escapou quando a ouviu falar; o som saiu mais alto do que esperado, pois atraiu a atenção de todo o grupo ali reunido.

O rosto de Sera permaneceu calmo, embora Malcolm notasse o modo como os olhos dela cintilaram de raiva.

— Vossa Graça? Precisa de alguma coisa?

Sim. De você.

— Não — ele disse. — Por favor, continue.

Houve uma pausa e ele reparou que ela queria discutir. Malcolm levantou uma sobrancelha, convidando-a a polemizar. Que ela começasse uma briga. Se isso era tudo que ele conseguiria dela, que assim fosse.

Sera apertou os lábios, contrariada, e ele quis beijá-la outra vez. Ele queria beijá-la sempre, para ser sincero, mas especialmente quando ela estava contrariada. Seraphina recomeçou:

— O duque gosta de caça, cordeiro e pato.

Ele riu disso. Que teatrinho ridículo eles todos estavam encenando. A contrariedade de Sera se transformou em raiva, e ela se virou de novo para ele, que pensou melhor. Malcolm queria beijá-la especialmente quando ela estava com raiva. Era quando ficava mais linda.

— Vossa Graça — ela disse, sem esconder a censura em suas palavras. — Pergunto mais uma vez, posso ajudá-lo de alguma forma?

— Não — ele disse, cruzando os braços e encostando-se no batente da porta. — Na verdade, estou achando isso muito edificante.

— Você está surpreso por descobrir que gosta de pato?

— Estou surpreso por descobrir que você sabe que eu gosto de pato.

Ela arqueou as sobrancelhas.

— Estou enganada?

— Não — ele respondeu. — Mas você nunca planejou uma refeição para mim em toda sua vida.

Malcolm sabia que a estava provocando, mas se isso era tudo que poderia ter dela, ele aceitava.

Sera sorriu.

— Considerando que estamos em processo de divórcio, imaginava que você estivesse feliz por eu não ter tentado envenená-lo.

Ele arregalou os olhos. As garotas reunidas soltaram uma risadinha. Acharam graça? Ficaram surpresas? Malcolm não se importava. Tudo que lhe importava era que tinha conseguido provocar Sera. O bastante para fazer com que ela o desacatasse. Era um cenário familiar e bem-vindo. Deus, ela era bem-vinda como o sol na primavera inglesa.

Conforme ela foi se aproximando, o coração de Malcolm começou a bater mais forte, e as palmas de suas mãos começaram a coçar com a vontade de pegá-la nos braços e carregá-la para longe; de encontrar uma cama e mantê-la ali até Sera concordar em começar de novo. Em vez disso, porém, ele se esforçou para continuar imóvel, mesmo quando ela parou, a poucos centímetros, e disse, alto o bastante para que todas ali escutassem:

— Devo dizer para vocês que pratos eu ficaria feliz de temperar com arsênico?

Haven arqueou as sobrancelhas.

— Você percebe que seu eu aparecer morto, agora, temos uma cozinha cheia de testemunhas?

— Uma pena, pois eu percebo que deveria ter considerado essa linha de ação antes. Uma viúva recebe um terço das propriedades, não?

Cristo, ele adorava o modo como os dois duelavam.

— Pato com cerejas azedas — ela continuou. — Vegetais refogados à portuguesa. Batatas com creme salgado. Cordeiro com geleia feita da hortelã produzida aqui em Highley.

Até aquele momento, nunca tinha ocorrido a Malcolm que suas comidas favoritas poderiam ser usadas contra ele em uma batalha.

— Couve-de-bruxelas assada com pera, figo e bochechas de porco. Alcachofras com vinagrete. Carnes bovinas e aves não despertam interesse. Sua Graça não liga para doces, mas se precisarem escolher uma sobremesa, optem por framboesas com um pouco de creme fresco. — Ela ergueu uma sobrancelha. — Algo a acrescentar, duque?

Ela tinha listado um cardápio e tanto. Ele pigarreou.

— Eu gosto bastante de aspargos.

Sera percebeu a mentira. Malcolm odiava aspargos. Mas ela inclinou a cabeça, anuindo.

— Que instrutivo. Ele gosta *bastante* de aspargos. Lembrem-se *disso*, senhoritas. — Malcolm notou que várias mães tomavam notas, como se estivessem recebendo uma lição de anatomia em vez de planejamento de refeições. — Vossa Graça, se estiver satisfeito, estamos com um pouco de pressa, e você está nos atrapalhando. — Ela lhe deu as costas, dispensando-o, como se ele não fosse o senhor da casa, lorde da propriedade. Como se fosse uma distração menor, irritante, insignificante.

Droga. *Elas* eram a distração. Ele não tinha nenhuma intenção de se casar com qualquer uma daquelas jovens, então Sera não estava desperdiçando apenas o tempo *delas* discutindo comida, arrumação de mesa, lavanderia e como o sabão era feito em Highley, mas também desperdiçava o tempo *dele*. Tempo que ele poderia estar gastando para cortejá-la. Esse era o plano, afinal. Mas o plano parecia não estar funcionando, e só fazia uma semana. Era um plano estúpido, evidentemente.

Com uma reverência e o "bom-dia" mais amável que conseguiu emitir, Malcolm voltou para seu escritório, sentindo-se superado de um modo insultuoso, bem como responsável pela própria derrota.

Ignorando o gato de sua cunhada, que tinha decidido tirar um cochilo em sua escrivaninha, Malcolm tentou se dedicar às questões da propriedade, o que estava conseguindo fazer até soar uma batida na porta e suas cunhadas entrarem, o que prometia piorar um dia já ruim.

— Aí está Brummell! — Sesily exclamou e se abaixou para pegar o animal insatisfeito de seu local de repouso e cobri-lo com uma quantidade constrangedora de carinho. Depois que terminou, ela devolveu o gato à escrivaninha, onde ele começou a se lamber em cima de uma pilha de relatórios agrícolas.

Malcolm fez uma careta para o bicho, o que não serviu de nada.

— Oh, você parece estar de mau humor. — Ninguém podia acusar Sesily Talbot de não ir direto ao ponto.

— De modo algum. — Ele se recostou na poltrona.

— Humm — ela fez. — Mas bem que parece, não acha, Sophie?

Sophie, a inimiga de Malcolm, sorriu.

— Eu não saberia dizer, pois ele parece estar sempre mal-humorado quando estou por perto.

Ele tentou pensar numa réplica, mas tudo que conseguiu encontrar foi:

— Não concordo com isso. Faz parecer que sou uma criança mimada. — Sophie lhe deu um olhar que transmitiu, claramente, sua crença de que ele era, de fato, uma criança mimada. Haven fez uma careta. — Não estou mal-humorado.

Ela abriu os braços, brandindo um pedaço de papel.

— Longe de mim dizer o contrário.

A careta ficou mais acentuada. Ele apontou para o papel.

— O que é isso?

Sophie olhou para a própria mão e sua expressão se suavizou no mesmo instante.

— Uma carta do meu marido. — Ela entregou o papel para ele. — Para você.

— Por quê?

— Quem sabe? — Sophie fingiu inocência.

Haven suspirou e aceitou a missiva, pegando um abridor de cartas e rasgando o envelope para revelar a mensagem:

Haven,

No momento, não estou nada satisfeito que minha mulher tenha decidido passar o verão com você e as irmãs dela em vez de comigo, mas não quero brigar com ela nessa condição. E o que ela quer, ela consegue.

Haven olhou para Sophie, que estava com as mãos sobre o abdome dilatado e um sorriso sereno no rosto. Ele voltou à carta.

Assim, vou me conformar com isso, sabendo que vocês dois não se bicam. Se a deixar nervosa, vai ter que se ver comigo. E o resultado não será agradável.

E abaixo, entre parênteses:

(Deixe sua própria esposa nervosa e terá que se ver com as irmãs, que, juntas, são mais terríveis do que eu.)

Eversley

— A argumentação dele é ótima — disse uma voz feminina.

Malcolm levantou os olhos da carta para encontrar Sesily lendo por sobre seu ombro. Ele afastou o papel.

— Você é muito indelicada.

— Oh, e você sempre foi um exemplo de boas maneiras? — Ela deu um sorriso irônico e se voltou para Sophie. — Rei a ama demais.

A Marquesa de Eversley levantou um ombro, como se dissesse: *Eu sei disso.*

Sesily revirou os olhos e se voltou para Malcolm.

— Enviaram-nos para lhe informar que o jantar será servido às oito.

Haven olhou para o relógio. Havia tempo bastante para ele se barbear e se vestir. Ele concordou com a cabeça.

— Obrigado. — Malcolm se mexeu para sair de trás da escrivaninha, ciente, ainda que incomodado pelo fato, de que estava mais do que ansioso para sair de perto daquelas mulheres. Não é que elas o amedrontavam. De jeito nenhum. Eram mulheres, pelo amor de Deus.

Ele mal tinha chegado à ponta da grande escrivaninha de carvalho quando Sophie meneou a cabeça.

— Contudo, você ainda não deve sair.

— Primeiro, nós temos algo a dizer.

Ele retificou o que pensava. Elas eram aterrorizantes.

— É óbvio que você tem algum plano estúpido.

Malcolm sacudiu a cabeça.

— Não sei do que vocês...

— Não desperdice nosso tempo, Haven — Sophie disse, fazendo um gesto ameaçador.

Ele arqueou as sobrancelhas.

— E pensar que todo mundo dizia que você era a mais sossegada.

Ela sorriu.

— Bem, você tem um par de botas arruinadas que prova o contrário, não?

Ele tinha, de fato. Na verdade, quando pensava no acontecido, Haven ainda conseguia lembrar do constrangimento que sentiu ao ser derrubado por aquela mulher. Não que ele fosse lhe confessar isso.

— De qualquer modo — ela continuou —, nós estávamos nos perguntando que plano seria esse.

Malcolm não iria admitir, mas logo ficou claro que não seria necessário.

— Nós começamos a registrar apostas — Sesily anunciou como se estivesse discutindo o tempo. — Você gostaria de saber quais são?

— Com certeza — ele disse, apoiando-se na lateral da escrivaninha, fingindo desinteresse.

— Seline pensa que você está, de novo, atrás do dinheiro do nosso pai.

— Eu nunca quis o dinheiro dele.

— Não — Sophie disse. — Você queria arruiná-lo.

Haven não tinha orgulho disso. Raiva, frustração e traição o tinham cegado, fazendo-o pensar que ela nunca o tinha amado. E assim foi atrás do pai delas. Teria deixado Talbot miserável se não fosse por Eversley, que interveio em favor do sogro.

— Não quero nada disso, desta vez.

Sophie não pareceu estar convencida, mas Sesily continuou:

— Seleste acredita que você é um espião.

Isso foi inesperado.

— Com que propósito?

Sesily abaixou o papel e fez um gesto.

— Algo a ver com o Sr. Calhoun e a taverna deles. Não faz nenhum sentido. — Mais tarde Haven pensaria nessa referência à taverna. Ele pensaria no "deles". Mas Sesily continuava falando.

— Agora eu... — Ela fez uma pausa, parecendo estar perturbadoramente satisfeita. — Pode me chamar de romântica, mas acredito que você está tentando reconquistá-la.

O coração dele quase parou quando ouviu isso. Ele procurou manter o rosto impassível enquanto a cunhada seguia em frente, por sorte sem perceber o efeito que tinha produzido nele.

— Essa é uma ideia terrível, eu sei. Quero dizer, não é preciso ser muito inteligente para ver que ela nunca irá aceitá-lo de volta.

As palavras foram ditas com tanta naturalidade que ele não conseguiu evitar de se sentir ferido.

— Mesmo se eu tiver mudado? — Haven também não conseguiu evitar de perguntar.

— Você não mudou — Sophie afirmou.

— Posso ter mudado. — Ele se defendia como um imbecil. — Faz anos.

— O tempo é irrelevante — Sophie disse. — As onças não perdem as pintas com os anos.

Ele abriu a boca para argumentar novamente, por algum motivo sem conseguir perceber a futilidade da iniciativa, mas Sesily o interrompeu.

— Vale a pena mencionar, a esta altura, que Sophie acredita que você está tentando se vingar.

Sophie concordou e apontou para a carta aberta sobre a escrivaninha.

— Daí a missiva de Rei.

Malcolm resistiu ao impulso de dizer a ela que maridos ameaçadores eram menos assustadores quando se manifestavam por carta.

— Não estou querendo me vingar.

— Isso é o que você diria se estivesse querendo se vingar — observou Sesily.

Não era de admirar que Sesily continuasse solteira. Ela devia estar num hospício. Haven a ignorou e olhou com firmeza para Sophie.

— Não quero.

Sophie endureceu o olhar.

— Você está esquecendo que testemunhei sua fúria, Haven. Vi as coisas que você fez. Ouvi o que você falou.

Ele daria tudo para voltar atrás e retirar o que disse.

— Eu estava...

— Você era um cretino pomposo.

Haven arregalou os olhos. Sesily deu uma risadinha. E então ele admitiu:

— Sim.

Sophie o observou por um bom tempo antes de falar.

— Sinto que deva lhe contar que eu o odeio. Mais do que o resto de nós.

Ele concordou. Todas as irmãs de Sera eram francas, mas Sophie era a mais direta. Sempre foi. Malcolm teria que reconquistá-la, também.

— Você sabe como me chamam, Sophie? Desde a última vez em que nos vimos?

— O Duque Ensopado. — Ela sorriu. — Sinto orgulho disso.

Ele inclinou a cabeça, incapaz de esquecer o modo como a cunhada o jogou sentado em um tanque de peixes. Incapaz de esquecer do fato de que tinha feito por merecer.

— E deve sentir mesmo. É um apelido bem constrangedor.

De novo aquele longo olhar de avaliação.

— Eu sei o que você está querendo — ela disse. — Não vai funcionar.

— Talvez não. Mas ele precisava tentar. — Não é comigo que você precisa se preocupar. Eu não o odeio mais do que Sera. Então, se Sesily tem razão e você está querendo reconquistá-la, vai precisar de um bocado de sorte.

* * *

Malcolm bateu na porta de ligação com o quarto de sua esposa às 19h45. Ela abriu no mesmo instante, como se estivesse esperando por ele do outro lado, escancarando a porta e recuando para que ele entrasse. Mantendo-se à distância, embora facilitando para que ele a admirasse. Malcolm percebeu que, por um instante, não conseguia respirar. Sera estava mais linda do que nunca, com um vestido ametista sem mangas largas, babados e enfeites que pareciam adornar todas as roupas dessa época. Em sua simplicidade, o vestido era devastador, delineando a forma do tronco e da cintura dela, de onde caía em linhas magníficas, sem que um único vinco pudesse ser encontrado.

Ela sempre conseguiu deixá-lo sem fôlego. Não foi diferente dessa vez. E quebrou o silêncio que ele trouxe consigo.

— Vejo que minhas irmãs lhe deram o recado sobre o jantar.

Por que ela mesmo não tinha falado com ele?

As palavras da irmã ressoaram nele. *Não o odeio mais do que Sera.* Malcolm afastou o pensamento.

— O seu recado e também o delas.

Sera já estava do outro lado do quarto, junto à penteadeira, pegando um gancho de abotoar. Foi então que ele percebeu que uma luva ametista estava desabotoada.

Ela colocou um braço longilíneo sob a luz, revelando uma fileira de botões, e começou a fechá-los.

— Eu soube que você recebeu uma carta de Rei — ela disse, quase distraída. Rei era o Marquês de Eversley, um homem cuja superioridade irritante tinha lhe sido inoculada com o nome ao nascer.

Incomodou-o que ela usasse o apelido do cunhado sem hesitar.

— Ele me ameaçou de violência caso eu magoe sua irmã.

Sera sorriu ao ouvir isso, sem tirar os olhos da luva.

— Rei a ama demais.

As palavras ecoaram suaves e cheias de uma satisfação calorosa. E Malcolm odiou seu cunhado nesse momento. Odiou-o porque *ele* queria essa satisfação. Ele queria dá-la a Seraphina.

Haven deu um passo na direção dela, que ficou rígida. Ele se deteve.

— Você não deveria ter uma criada para ajudá-la nisso?

— Estou compartilhando a de Sesily. Não trouxe uma.

Ela era a duquesa. A casa inteira estava à disposição dela.

— Você não precisa compartilhar; tem uma dúzia de garotas lá embaixo que...

— Não preciso de uma — ela disse, abotoando habilmente a luva. — Fiquei muito competente em me vestir sozinha.

— Para o palco.

— Entre outras coisas — Sera concordou.

Malcolm não gostou da referência ao passado dela sem ele. Não gostou do modo como isso o fez querer perguntar dúzias de coisas, nenhuma das quais ela responderia. Ele tentou algo mais ameno.

— Você sabia que suas irmãs estão apostando nos motivos pelos quais eu a trouxe aqui?

Ela não tirou os olhos da tarefa.

— Eu pensava que estivesse aqui para lhe arrumar uma esposa.

— Seleste acha que sou um espião.

Sera deu uma risada e ele se sentiu melhor do que em anos.

— Seleste lê muitos romances de aventura.

— É a melhor teoria de todas.

— Quais são as outras?

De repente, aquele assunto pareceu ser uma péssima escolha. Sera percebeu a hesitação.

— Posso tentar adivinhar?

— Por favor. — Talvez ela não acertasse.

— Seline se preocupa muito com nosso pai, então imagino que ela pense que você está atrás do dinheiro dele. O que não é verdade, claro.

— Como você sabe?

— Você nunca esteve atrás do dinheiro dele, sempre foi rico como um rei. Você estava atrás de mim — ela disse, despreocupada, como se estivessem discutindo qualquer coisa, menos a ruína da família dela nas mãos dele. — Sophie pensa que você vale menos que sujeira, então deve acreditar que esteja querendo se vingar.

Ele detestou o modo como seu rosto ficou quente. Pura vergonha, pelo modo como Sera disse, parecendo ser perfeitamente razoável que Sophie pensasse assim. E era. Mas, droga, não era, não. Se ele pudesse, voltaria atrás.

Malcolm pigarreou, mas antes de ele conseguir falar, ela continuou:

— É claro que ela também está errada.

— Ela está? — Malcolm perguntou, a mais alta do que ele gostaria.

— Você não está tentando me punir. Sabe que isso é impossível. — Ela olhou para cima, então, os olhos azuis encontrando os dele. — Você não pode punir alguém que não tem nada a perder.

Aquelas palavras o feriram. Feriram quando ela as pronunciou em seu gabinete no Parlamento, e feriram nesse momento. Só que agora ele estava mais perto. E a observava com mais atenção. E foi então que viu. A verdade. A mentira. Ela *tinha* algo a perder. Mas o quê?

— Você tem razão. Não estou tentando me vingar. — Sera desviou o olhar então, como se soubesse que ele conseguia enxergar dentro dela, e ela desejasse se proteger. Haven continuou: — Você não quer saber o que Sesily acha?

— Não. — Ela errou o botão que estava fechando.

Ele a observou pegar o gancho com maior firmeza. Tentar de novo. Errar de novo. Malcolm se aproximou e tirou o gancho dela. Virando-a para si. Ela afastou o braço.

— Não preciso da sua ajuda.

— É claro que não — ele admitiu. — Você nunca precisou de mim.

Fui sempre eu que precisei de você. Ele deixou esse pensamento de lado, preferindo estender sua mão para ela.

— O jantar nos espera. — Não que Haven se importasse. Poderia ficar parado ao lado dela, respirando o mesmo ar, pelo resto dos tempos, se Sera permitisse.

Ela expirou com força exagerada e jogou o braço na mão estendida dele.

— Tudo bem.

Ele voltou a utilizar o gancho de abotoar, ignorando a irritação na voz dela.

— Sesily acredita que eu quero reconquistar você.

Sera sacudiu a cabeça.

— Sesily não entende nada de casamento.

Malcolm achava que ela entendia um bocado. Ele terminou de fechar os botões e deslizou o polegar pela seda macia.

— Pronto. — Ele não a soltou, mas também não a segurou. Apenas se deleitou com o contato, com aquela mulher que tinha procurando durante anos. Por quem ansiava há anos.

Eu quero reconquistá-la. E se ele falasse? O que ela faria?

Sera levantou os olhos para ele, com aqueles cílios pretos impossíveis de tão longos. Por um instante, ele pensou que ela iria dizer algo. Algo importante. Algo que poderia mudar tudo. Mas ela apenas tirou o braço da mão dele e disse a coisa menos importante que poderia dizer. O que Haven tinha acabado de falar.

— O jantar nos espera.

Os dois nunca diziam o que era realmente importante. Eles desciam a escadaria central da mansão quando Sera falou de novo:

— Está na hora de você participar deste processo, Mal. Você tem que fazer uma escolha.

Você, ele pensou. *Escolho você.* Mas engoliu as palavras.

— A competição começa para valer esta noite, então?

— Começa — ela concordou.

— Com o quê? Esgrima? Luta-livre? Charadas cruéis? — Os lábios dela se retorceram em um sorrisinho e Malcolm sentiu muito orgulho de si mesmo.

— Nada tão assim... explícito.

— Sem embates? Que pena.

Sera soltou uma risada.

— Nós começamos pela comida. Ela deve ser capaz de cuidar da sua casa.

Ele não ligava a mínima para comida, mas podia fingir que sim.

— Ah. Por isso o pato.

Os dois se encaminharam à sala de jantar.

— Eu sei que você gosta de pato.

— Eu não deveria ter falado aquilo — Malcolm disse, olhando de relance para ela.

— Passei meses aprendendo o que você gostava. Antes de nos casarmos e também depois, quando não era bem-vinda na sua casa. — Ele não conseguia parar de admirá-la, mesmo que Sera olhasse fixamente em frente, recusando-se a encará-lo. — Eu tinha toda intenção de planejar suas refeições. De cuidar da sua casa. De ser sua...

Ela parou de falar, mas ele ouviu a palavra. *Esposa.* Também ouviu o tempo verbal no passado. Por que eles estavam sempre no passado?

— Também sei que você odeia aspargos — ela disse, as palavras carregadas de algo parecido com presunção.

— Odeio mesmo.

— Você só queria me enfraquecer — Sera declarou.

— Você tem me evitado. — Não que isso fosse desculpa, mas era a verdade.

— Você nunca disse que teríamos que interagir — ela disse, e ele suspirou, o que Sera entendeu como irritação. — Sabe, você mesmo provocou isso, Haven. *Você* decidiu que precisava de uma nova esposa. *Você* decidiu que eu deveria selecioná-la. Este é o processo. Você pode até gostar de uma delas.

Mas ele não amaria nenhuma.

— Não preciso gostar delas para me casar — ele disse, sabendo que isso o fazia parecer um animal.

— Mas ajuda, não acha?

— Não sei dizer — ele respondeu. — Nós nunca nos gostamos.

— Bobagem — ela retrucou quando eles se aproximavam da sala de jantar. — Se nós não tivéssemos gostado tanto um do outro, talvez a coisa toda não tivesse ido por água abaixo. — Antes que Malcolm pudesse responder, ela acrescentou: — Coloquei você com a Srta. Mary. Seja gentil. — Em seguida, Sera fez um sinal para o criado parado do lado de fora da sala. O rapaz abriu a porta, revelando o grupo heterogêneo de convidados, todos se virando para ver o duque e a duquesa entrar no recinto.

— Espere — ele disse, e Sera teve que se virar para o marido ou se arriscar a ser malvista por ignorá-lo. Ser duque tinha vários benefícios. Ele baixou a voz para concluir: — Por que você acha que eu a trouxe aqui?

Eles tinham discutido as teorias das irmãs. Mas Malcolm se importava apenas com a dela. Sera o observou por um longo momento antes de responder, em voz baixa o bastante para que só ele pudesse ouvir.

— Acho que me trouxe até aqui para eu ser seu brinquedo.

— O que diabos isso quer dizer?

— Você não me quer, mas também não quer que ninguém me tenha. Nunca quis. — Aquilo não era verdade, mas o feriu mesmo assim, porque Sera acreditava no que tinha dito. Ela acrescentou: — Você não quer que sua vida tenha algo a ver com a minha.

As palavras fizeram com que ele gelasse, evocando uma lembrança que ele tinha esquecido. Uma lembrança que ele quis esquecer no mesmo instante. O jantar e todos ali não importavam mais.

— Sera...

Ela meneou a cabeça.

— Vossa Graça. Eu estive nesta posição antes. — Ela se virou então para a sala de jantar, onde uma coleção de mulheres bem-arrumadas os aguardava. Diante de uma mesa cheia de aspargos. Ele olhou para a esposa, que ostentava um sorriso irônico nos lábios. Sera estava enganada. Ele a queria sim. Ele queria a vida com ela. E, desta vez, ele não pararia até conseguir.

TIQUE-TAQUE TALBOT TRIUNFA!

* * *

Casa Haven, Mayfair

Haven a ouviu no momento em que ela entrou em casa. Para ser honesto, ele devia admitir que a ouviu no instante em que a carruagem parou na rua, diante da porta. No instante em que ela saiu, como uma droga de rainha. Ele não podia vê-la de seu escritório, mas podia senti-la, como se a presença dela mudasse até o ar na praça em frente à casa. Capturando-o.

Malcolm a ouviu na batida firme da aldrava, e, por um instante, pensou em dizer ao criado para não atender a porta. Mas ali estava o problema que sempre existiria entre ele e Seraphina Talbot – ele sempre iria atendê-la. Como a droga de um marinheiro que sempre atenderia ao chamado da sereia. Fazia apenas três dias que eles tinham sido pegos em flagrante, e faltava uma semana para que ficassem presos um ao outro para sempre. E aquilo só iria piorar depois que se casassem.

— Onde ele está? — Ela praticamente trovejou a pergunta. A frustração e a raiva nas palavras dela ecoaram nele com uma torrente de emoções parecidas. E expectativa. E desejo.

Vergonha o inundou com a última emoção. Ele não deveria desejá-la. Deveria querer se livrar dela. Nunca mais vê-la. Deveria querer puni-la pelo que Sera tinha feito – aprisioná-lo naquela farsa de casamento, que não tinha nada de farsa, pois a aristocracia inteira e todas as revistas de fofocas da Grã-Bretanha pareciam saber da verdade que os envolvia.

— Vou ficar o dia inteiro aqui, até que ele me receba, então é melhor me levar logo até ele. — Haven levantou ao ouvir isso, dizendo para si mesmo que estava se dirigindo à porta de seu escritório para proteger o criado da ira dela, e não porque estivesse ligado a Sera como um cachorro preso na guia.

— M-minha lady — o criado gaguejou. — V-vou ver se o duque está em casa.

— Não precisa — ela disse.

— Minha lady! Não pode ir entrando...

Mas ninguém conseguia dizer para Seraphina Talbot o que ela podia ou não fazer, e com certeza ela não iria aceitar instruções de um criado quando não as tinha aceitado do dono da casa.

— Oh, mas eu posso! Você não leu os jornais? Nós vamos nos casar!

Malcolm sentiu a raiva na voz dela, e pôs a mão na maçaneta do escritório, preparando-se para expulsá-la sumariamente de sua propriedade. Ele abriu a porta quando ela chegou.

— Não estamos casados ainda, Lady Seraphina. Ainda tenho uma semana antes de precisar usar minha licença especial.

Uma sobrancelha foi levantada, formando um arco perfeito.

— Posso garantir a Vossa Graça que tenho plena ciência do meu cabresto cada vez mais pesado.

Foi a vez dele parecer surpreso.

— Sou *eu* quem limita a *sua* liberdade, então?

— É assim que funciona entre homens e mulheres, não? — Ela bateu no peito dele com um jornal. — Você pode me castigar o quanto quiser. Eu criei esta situação. Mas deixe minhas irmãs fora disso, seu vagabundo.

Ele pegou o jornal.

— Eu sei que nós dois estamos um pouco tristes pelo fato de que não sou, na verdade, um vagabundo. Se fosse, nós não estaríamos nesta situação. — Quando Sera não respondeu, ele olhou para o jornal e soube, no mesmo instante, a que ela se referia. Mesmo assim, não conseguiu resistir a irritá-la. — *O rei está passando férias junto ao mar* — ele leu.

— Eu queria poder afogar você no mar — ela disse, encostando o dedo no jornal. — Aqui.

Ele tinha lido a notícia mais cedo. *Haven abatido por caçadora!* A irritação voltou quando releu a manchete. Irritação e um constrangimento ardente.

Ela não esperou que ele se recuperasse.

— Posso recitar de cabeça? *Homens!*, alertam os editores do *Notícias*, profundamente preocupados. *Cuidado! Mulheres malnascidas espreitam em toda Londres à procura de tesouros.* — Malcolm fez uma careta diante da linguagem. Ela percebeu. — Ah, você não gosta do palavreado escolhido? Vou continuar, pois fica muito pior! *Atenção à história pungente do Duque de Haven! Não caiam no conto das libertinas e maléficas glicínias... não importa quão sedutoras sejam! São todas Irmãs Perigosas, todas!*

— Você quer que eu discorde? — Ele olhou para Sera.

Ela parecia querê-lo morto.

— Você nem conhece minhas irmãs. — Sera levantou a voz. — Você nem foi à minha casa para tentar conhecê-las.

— Eu não as conheço — ele disse. — Mas como é o meu nome que está sendo arrastado até a lama, e você é quem o está arrastando, não estou disposto a confiar homens solteiros a elas.

— Ah, sim. Pobres homens solteiros, garotos bobocas e fracos, sem controle nem inteligência. Seduzidos e arruinados com tanta facilidade por mulheres sempre tão mais poderosas do que eles. Eu não ficaria surpresa se todas fôssemos descendentes de bruxas.

Ele levantou a sobrancelha.

— Pobrezinhos, os homens, tão gentis e inocentes, vagando pelas ruas com sua ingenuidade indefesa. Eles precisam ser protegidos dos ardis das mulheres, que não querem outra coisa que não a destruição deles. — Ela fez uma pausa. — Essa é a história, não? Você, o herói trágico Sansão, e eu, a sedutora Dalila, que rouba seu poder?

O olhar dele endureceu.

— Diga-me você. Dalila ficou com dinheiro e terras.

— Eu não tomei nada de você.

— Não — ele disse. — Fez pior. Suas ações não causaram um roubo honrado. Você fez uma transação com seu corpo.

— Está me chamando de prostituta? — Sera ficou boquiaberta.

— Suas palavras, Sera. Não minhas.

Ele nunca deveria ter dito isso. Por um momento, Malcolm pensou que ela iria bater nele. Ele teria aceitado. Talvez até merecesse. Mas ela não o agrediu. Sera se endireitou, seus ombros ficando rígidos e alinhados, as mãos se fechando em punhos. Haven permaneceu imóvel, esperando o soco. Sabendo que o merecia, mas incapaz de se desculpar por seu comportamento. Ele era orgulhoso demais, estava furioso demais.

Assim como ela.

— Algum dia você vai ter que escutar quando eu falar, Malcolm.

— Mas não hoje.

— Eu pedi desculpas.

— Perdoe-me se três dias não é tempo suficiente para aceitar que minha futura esposa fez uma armadilha para eu me casar com ela.

Sera não desviou o olhar.

— Vossa Graça também estava lá.

— Sim, mas com intenções diferentes. — Ele se virou para o lado, sem querer enfrentar a mesma discussão outra vez. Sem querer lembrar. Haven estendeu a mão na direção da porta. — Fique à vontade para ir embora.

— Nós não precisamos nos casar. — Ela tinha dito isso dezenas de vezes nas horas depois que eles foram surpreendidos. Dezenas mais no dia seguinte. Era claro que eles precisavam se casar. — Eu cometi um erro — ela acrescentou suavemente. — Nunca deveria ter concordado...

— Pare. — Malcolm não queria ouvir a confirmação de que ela tinha preparado a armadilha para ele. Não queria reviver o momento da descoberta. Mas ela não parou.

— E se eu lhe disser que não foi uma armadilha? Não no começo? Não em qualquer um dos dias que levaram até o final? Porque não era uma armadilha, Malcolm. — Cristo, como ele queria acreditar nela. — Foi tudo real. Eu era eu, você era você, e todo mundo dizia que não poderia ser...

— *Pare.* — Ele mal conseguia conter a raiva. — Você continua a desfiar seu conto de fadas. *Não me importa.* — Malcolm inspirou fundo, tentando se acalmar. — Você conseguiu seu duque, assim como minha mãe conseguiu meu pai. Pensei que eu fosse tudo que você queria, mas você queria o título e eu deveria ter percebido. E é isso.

O silêncio se impôs, pesado e desagradável, enquanto Sera ponderava suas próximas palavras e ele desejava que ela falasse qualquer coisa, menos outra mentira. Ele não tinha estômago para outra mentira. Não daquela mulher que pareceu sincera durante tanto tempo.

Enfim, ela falou, algo parecido com pânico na voz.

— Eu andei pensando; se eu for embora, se desaparecer, dou às minhas irmãs a chance de um futuro desonerado do meu escândalo.

— Você não pode tirar o escândalo delas — ele afirmou. — É tão delas quanto o nome que carregam. Elas serão, para sempre, as Irmãs Perigosas. Assim como eu serei sempre o Duque Iludido.

Sera engoliu em seco e desviou o olhar.

— Nunca tive essa intenção. Só pensei que seríamos encontrados e nos casaríamos. E seríamos felizes.

Haven não conseguiu conter a risada desprovida de humor ao ouvir isso.

— Essa é a ironia, não é? Que nós seríamos felizes.

Ela arregalou os olhos.

— E por que não podemos ser? Eu cometi um erro! Eu amo...

— Não. — A palavra, fria e cheia de raiva, interrompeu-a. *Graças a Deus.* Por quanto tempo Malcolm tinha dito para si mesmo que amor era uma coisa que ele nunca teria? Por quanto tempo acreditou que não era algo real? E então ele conheceu Sera e tudo mudou. Tudo... e nada. Malcolm atravessou a sala e se serviu de uma bebida no aparador. — Nunca mais diga isso. Não para mim. Não tem lugar para isso aqui. Não mais.

— Malcolm — ela disse, delicada e dolorosamente linda, e ele se recusou a olhar para Sera, com medo do que poderia ver. Não precisava se virar. Podia escutar a tristeza, apesar do silêncio. Cristo, ele queria acreditar nisso. Queria acreditar nela.

Sera inspirou, uma leve fungada sendo a única pista de que ele poderia tê-la entristecido.

— Se você me deixar ir embora, poderá ter... — Ela fez uma pausa, parecendo escolher o resto de suas palavras. Quando Sera voltou a falar, ele percebeu a sinceridade. — Eu gostaria de dar um futuro a você também. Um que incluísse felicidade. Acredito que você não pode estar querendo um casamento só para punir a nós dois.

— Não está vendo? — ele disse. — Sou produto de um casamento assim. Assisti aos meus pais punindo um ao outro durante anos. Minha mãe a caçadora, meu pai a caça, e eu, o prêmio — acrescentou, ignorando a dor que o atravessava enquanto falava. — Isso é o que eu aprendi como casamento. E parece que vai ser o que vou viver como matrimônio também.

— Então por que aceitar essa situação? — ela perguntou, frustrada e confusa. — Por que não procurar uma alternativa?

Não havia outra. Ela não via isso? Era assim que terminava, os pecados do pai revividos no filho.

— Todo casamento é infeliz — ele disse. — Foi o que você me ensinou.

— Como? — Ela arregalou os olhos.

Malcolm não tinha motivo para mentir para ela.

— Quando conheci você, Sera, tive a esperança de algo diferente e novo. Tive a esperança de que forjaríamos nosso próprio caminho através do casamento, destruindo o molde feito pelos meus pais. Eu acreditei que você me ajudaria nisso, pois Deus sabe que não tenho ideia de como construir um casamento feliz. Meus pais não conseguiam ficar juntos no mesmo ambiente.

— Malcolm — ela disse, delicadamente, e ele odiou a compaixão na voz dela. A piedade. Ele não queria a bondade dela. Queria lembrar da traição. Seria mais fácil assim. E então ela disse: — Não quero isso para meus filhos. — O que não pareceu nada fácil.

— Não vai haver filhos.

— Como?! — ela exclamou.

Filhos não estavam mais em seus planos. Não desde aquela tarde em Highley, quando ela fechou a armadilha em torno dele. Malcolm não tinha interesse em colocar outra criança na mesma situação em que ele viveu.

— Eu tenho primos. Eles podem ficar com o título.

— Você não deseja um herdeiro?

Ele olhou para Sera, então, encontrando aqueles lindos olhos azuis, grandes e honestos. Quantas vezes ele se perdeu naqueles olhos ao longo dos últimos meses? Quantas vezes Malcolm acreditou no que viu neles?

— Não desejo. Não estou interessado em uma criança que não é nada mais do que um peão no jogo de xadrez dos pais.

Ela ficou em silêncio por um longo momento, um nó na garganta subindo e descendo enquanto procurava o que dizer.

— Esse é seu modo de me punir?

Ele arqueou a sobrancelha.

— Você deseja filhos?

— É claro. Filhos são parte da vida.

Ele imaginou os filhos dela, uma fileira de crianças com cabelos cor de mogno e olhos azuis brilhantes, corpos longilíneos e sorrisos largos. Ela poderia fazer filhos lindos. *Eles poderiam.* Só que não fariam.

Haven deu as costas para ela, virando-se na direção da janela com vista para a propriedade.

— Não quero essa vida para mim. — Três meses atrás, isso era verdade. Três dias antes, era mentira. Ele não sabia o que era nesse dia.

— Comigo — ela concluiu. — Você não quer essa vida *comigo*.

— Não. — Isso teve a sensação de mentira. Ele quis essa vida. Pretendia se casar com ela – essa mulher vibrante, engraçada e linda que parecia saber mais de alegria, amor e família do que ele jamais tinha sabido. E então Malcolm percebeu que ela não era real, e tampouco o que os dois tinham.

— Então por que não me deixa ir embora?

Porque eu ainda a quero.

— Porque precisamos lidar com nossos erros.

Sera ficou em silêncio por um longo momento – longo o bastante para ele pensar em olhar de novo para ela, embora recusasse essa dádiva. Essa dor. Essa era a batalha que eles travavam.

— O que você quer? Que eu fique de joelhos? Que implore pela minha liberdade?

Ele se voltou para ouvi-la.

— Você faria isso?

Os olhos dela, cerúleos e deslumbrantes, devastaram Malcolm com o espanto que refletiram. Ela tinha dito aquilo como uma hipérbole. E agora, de repente, restava um impasse.

— Seria necessário para eu ganhar a minha liberdade e das minhas irmãs?

— E se fosse? Você imploraria? — Malcolm se odiou por fazer a pergunta. E então a odiou quando Sera respondeu.

— Eu imploraria. — Ela faria qualquer coisa para se livrar dele. E Malcolm não podia culpá-la.

— Saia — ele disse, voltando-se para a janela.

— Eu poderia ir embora. Poderia fugir. — Ela cuspiu as palavras.

Haven fez um gesto de pouco caso na direção da porta.

— Fique à vontade.

Sera não podia fugir, contudo, não sem desgraçar suas irmãs, e ela sabia disso. Ele também sabia. Seraphina sempre foi a mais nobre. Mesmo na fraude.

As saias dela farfalharam no carpete e, por um instante, ele imaginou que ela estivesse fazendo, que estivesse se colocando de joelhos. Para suplicar, como uma serva diante do rei. Em vez disso, ela falou da porta:

— Não pense que não sei o que você está fazendo — Sera disse. — Você não me quer, mas também não quer que ninguém fique comigo. — Ele não respondeu, detestando a culpa que sentiu ao ouvi-la. — Você quer me punir. E está fazendo um trabalho maravilhoso.

Talvez ela estivesse certa. Talvez Malcolm não quisesse deixá-la ir para que ninguém tivesse o que ele não poderia ter. Mas estava tão ofuscado pela traição e pela raiva que não conseguia pensar direito. Tudo o que sabia era que não a deixaria ir embora. Mesmo sabendo que isso o tornava o pior tipo de homem.

Ela pareceu enxergar a verdade, e encostou um dedo, firme como aço, no peito dele. Firme como ela sempre era.

— Muito bem. Faça comigo o que acha que deve fazer, Malcolm. Você me culpa por essa traição e pelos restos despedaçados do que um dia foi prometido para nós.

— Eu a culpo sim — ele disse, afastando-se de Seraphina. — Não pense que não.

Ela foi atrás dele, sem permitir que ele se escondesse.

— Então *me* culpe. *Elas* não têm nada a ver com isso. E eu espero que você conserte essa situação.

Era um pedido impossível. Depois que os jornais de fofocas cravavam os dentes em uma presa, só soltavam depois que estivesse morta. Seraphina sabia disso. Ela e as irmãs eram chamadas de Cinderelas Borralheiras desde que o pai delas, o barão do carvão, tinha ido de Newcastle para Londres, levando as cinco filhas.

— Você deveria ter pensado nisso antes, Sera.

Dizer aquilo foi um erro. Ela se virou para ele, que pôde ver a fúria em seu rosto.

— *Antes?* Antes de quê? De você aparecer no terraço naquela noite? Antes de você me tirar para dançar? Antes de você me beijar? Antes de você mandar uma carruagem para me levar à sua casa de campo? Porque, pelo que me lembro, nós dois estávamos no chão do seu escritório, duque. Não era só Dalila com sua faca.

A raiva dele também cresceu, acompanhada de culpa, frustração e... maldição... desejo. Ele se aproximou dela, puxando-a para perto.

— Você foi Dalila — ele grunhiu. Dalila, Salomé e Diana... deusa da maldita caça. — Ele fez uma pausa. — E eu fui o touro gordo e cego.

— Quanta bobagem — ela devolveu, encarando-o sem medo. — Você acha que não me lembro de como abriu meu vestido? De como levantou minhas saias? Quem implorou então, duque? — Sera riu, o som uma ferroada cruel. — Eu queria poder voltar atrás. Que erro eu cometi.

Ele a puxou para mais perto e Sera se curvou para trás, por sobre o braço dele, e os lábios de Malcolm tocaram a pele dela, adorando o calor, o cheiro e o contato, ainda que ele odiasse a si mesmo por se sentir atraído pela própria noiva. Por querê-la tão desesperadamente. Por ser incapaz de desistir dela. Mesmo que a odiasse por desejar ir embora.

— Você disse que cometeu um erro.

— O pior de todos. — As palavras dela soaram guturais, e ele imaginou que podia ver o pulso de Sera batendo ao redor delas.

— Diga-me exatamente qual foi o erro. A armadilha? Ou o fato de ser pega enquanto a preparava? Você faria a mesma coisa de novo, se pudesse ter certeza de que eu não saberia dos seus planos? Como você orquestraria tudo? Como me atrairia?

O olhar dela voou para o dele e Malcolm viu a dor ali um instante antes de ela confessar.

— É claro que eu faria.

Pelo resto de sua vida, ele se perguntaria por que a beijou nesse momento, esmagando a boca de Sera com a sua até os dois ficarem ofegantes. Até ela envolver seu pescoço com os braços e corresponder a cada toque, cada gemido, cada carícia. Ele se perguntaria por que ela correspondeu ao beijo em vez de empurrá-lo e abandoná-lo para sempre. Talvez porque, na paixão, eles enxergaram a verdade: que os dois combinavam perfeitamente em força, poder e desejo. Talvez porque nesses momentos surgisse um fio de esperança de que os dois pudessem se encontrar novamente, quando a raiva deles passasse e houvesse outra coisa para preencher esse espaço. Ou talvez porque ele a amasse e ela o amasse.

BOCHA? OU BOSSA?

* * *

— Vamos logo, Emily, atire o bolim!

— Ei! Não a apresse! Fique calma, Lady Emily. Faça seu melhor.

— Oh, pelo amor de Deus, é um jogo de bocha, não uma cirurgia, Emily.

— Tudo bem! — Lady Emily conseguiu falar e Sera não pôde deixar de sorrir. — Vou jogar.

— Arremessar — Seline a corrigiu, e logo acrescentou, quando todo o grupo olhou para ela. — O que foi? É o termo correto. Não é culpa minha que eu seja casada com um esportista — ela acrescentou em voz baixa.

Sera resistiu ao impulso de dizer que bocha não era exatamente um *esporte*, ainda mais quando jogado por oito mulheres nos jardins de uma mansão de Essex.

Vivas se fizeram ouvir quando Emily atirou a pequena bola à distância necessária para começar a próxima rodada de bocha, acompanhada de uma cacofonia de latidos dos *dachshunds* da Marquesa de Bombah e os gritos de incentivo de Sesily.

— Ótimo! Que braço bom, Emily!

Lady Emily corou graciosamente e baixou a cabeça, constrangida com os elogios.

— Obrigada — ela disse em voz baixa. — Foi mesmo um bom lançamento, não foi?

— Ninguém gosta de uma mulher confiante, Emily — a mãe a repreendeu de onde as mulheres mais velhas estavam reunidas ali perto, debaixo de uma sombra, abanando-se e assistindo ao jogo com uma atenção frustrante. — Nunca conquistará o duque se ele pensar que você é orgulhosa.

— Sim, mãe. — O rosto de Emily demonstrou o constrangimento da jovem.

— Se nós *virmos* o duque de novo, você quer dizer — disse a Sra. Mayhew antes de latir com a filha: — Endireite os ombros, Mary. Ele pode chegar a qualquer instante.

Sera acreditava que Malcolm não fosse chegar nem perto do gramado em que jogavam, mas evitou dizer isso, dando as costas para as mães e um sorriso entusiasmado para Lady Emily.

— Foi um lançamento ótimo.

— Arremesso — Seline corrigiu novamente, acompanhando os gemidos que se seguiram com: — Eu concordo. E mais, Emily; não dê ouvidos à sua mãe. Homens decentes gostam de uma mulher que conhece o próprio valor. — Ela fez uma pausa antes de continuar. — Embora eu tenha que admitir que não tivemos nenhum indício de que Haven seja um homem decente.

Sera suspirou.

— Ele é um homem decente.

— Eu exigiria prova disso antes de concordar em casar com ele, garotas — Sophie disse de seu lugar, perto de uma pilha de bolas azuis.

As irmãs dela eram mesmo perigosas. Se não parassem com seus comentários desdenhosos, talvez Sera ficasse sem seu divórcio no fim, o que inutilizaria todo aquele esforço. E ela não aceitaria passar semanas em Highley, com lembranças em todos os cantos, por um esforço inútil.

— Ele é um homem decente — ela reafirmou, fuzilando as irmãs com olhares de censura. — Vocês vão ter que aceitar minha palavra.

— Sem querer contrariar, minha lady — Lady Lilith interveio —, mas você não o deixou?

— Lilith! — exclamou a Condessa de Shropshire. — Agora chega.

— Foi você quem disse para eu me esforçar para compreender o duque — Lilith observou.

— Não dessa forma! — a mãe protestou. — Seja mais sutil!

— Sutileza nunca foi meu ponto forte. — Lilith sorriu na direção de Sera.

— Não se preocupe, Lady Lilith, a própria duquesa não é muito sutil — Caleb disse se aproximando, parecendo descansado e banhado. Ele arqueou a sobrancelha para Sera. — Afinal, ela quase derrubou o Parlamento algumas semanas atrás.

Sera olhou feio para ele e fez o possível para mudar de assunto.

— Sr. Calhoun! Que gentileza sua vir nos fazer companhia. Eu sei o quanto você gosta de jogos ao ar livre.

— Eu prefiro atividades que ofereçam mais risco ou perigo.

— Você não sabe como é jogar bocha com as Cinderelas Borralheiras — Sophie disse, animada.

— É verdade. — Ele olhou para a cancha. — Um excelente arremesso. — Ele piscou para Lady Emily, que corou no mesmo instante.

— Emily! — A Condessa de Brunswick gritou de novo e sua filha, de rosto vermelho, foi ficar perto de seu time.

— Pare com isso — Sera disse, aproximando-se do amigo. — Você vai fazê-las fugir.

O orgulho masculino de Caleb era palpável.

— Se você acha que essa garota quer fugir de mim, sua idade avançada a está fazendo deixar de entender as jovens.

— Perdão — Sera disse —, eu mal tenho 29 anos.

— Está praticamente com um pé na cova — ele respondeu.

— Como está minha taverna? — ela perguntou, irritada.

— *Minha* taverna está ótima — ele respondeu, arqueando uma sobrancelha. — Tudo foi consertado. O entretenimento é aceitável. — Ele estava indo a Londres todas as noites, para supervisionar o funcionamento da taverna, para garantir que os artistas estivessem em segurança e que não faltasse bebida.

— Mas? — ela perguntou.

Ele inclinou a cabeça.

— Mas sem a Cotovia, é só um lugar para encher a cara.

Sera sentiu uma pontada de arrependimento. Ela sentia falta do lugar, do cheiro de madeira recém-trabalhada e uísque, da fumaça das velas e do tabaco, e da música – a melhor de Londres, ela tinha certeza. Mas, principalmente, Sera sentia a falta de estar lá. Do modo como tinha se encontrado na música, tornando-se ela mesma. A Cotovia. Livre.

— Como está indo seu divórcio?

— Ajudaria se ele passasse algum tempo com as garotas.

— Talvez ele não queira essas garotas.

— Mas foi ele quem as escolheu.

— Talvez ele só as tenha escolhido porque não acreditava que você fosse voltar.

Ela fez uma careta.

— Eu vou embora assim que ele escolher uma esposa.

Caleb grunhiu e ela não gostou do significado daquele som.

— O que foi?

Ele balançou o corpo para trás, enfiando os dedos na fivela da calça.

— Nada. Eu só não tenho certeza de que você vai voltar para a taverna, se não consegue enfrentar seu duque.

— O que isso quer dizer? — ela sussurrou, brava, endurecendo o olhar.

— Você acha que eu não sei o que acontece quando vocês estão sozinhos? — Caleb disse, despreocupado, como se eles estivessem discutindo o clima.

— Eu acho que você não sabe nada sobre isso, para falar a verdade.

— Cotovia, esse duque a conquistou desde o momento em que vocês se conheceram. E você o conquistou. Nem anos de separação nem um divórcio vão mudar o modo como ele olha para você. Ou o modo como você evita olhar para ele.

— Não sei do que você está falando — ela disse, virando-se e batendo uma mão na outra, marchando até o local em que o bolim branco jazia sobre a grama verdejante. — Qual time vai começar?

O modo como ele olha para você. Ele não olhava para ela. Ele não a queria. Nunca quis. E se ela não olhava para ele, era porque mal o tinha visto desde que chegou. Não porque Sera não queria vê-lo olhando para ela. *De que modo ele olhava para ela?* Não. Bobagem. Caleb não sabia nada disso. Ainda bem que ela sempre podia contar com Sesily para distraí-la.

— Como nós *ganhamos a última rodada*... — Ela fez uma pausa, triunfante, suas palavras pontuadas por uma coleção de vivas entusiasmados das irmãs de Sera, vaias bem-humoradas das quatro candidatas a duquesa e latidos dos cachorros na lateral da cancha. — ...nós vamos primeiro! Preparem-se para ser *bochadas!*

Várias mães bufaram diante da exibição de Sesily, mas como já tinham aprendido que reclamar da presença das irmãs Talbot só provocava a irritação de Sera e mais ousadia das irmãs, as matronas ficaram de boca fechada.

Não ajudava, Sera pensou, que as jovens parecessem gostar das Cinderelas Borralheiras. Lady Lilith e Lady Bettina Battina – ninguém parecia conseguir se referir a ela a não ser pelo nome completo – pareciam ir além de gostar das Talbot. Elas pareciam ser influenciadas pelas irmãs.

— Da minha parte, já estou *bochada* por seu vestido, Lady Sesily! — Lady Lilith gritou quando Sesily se abaixou para pegar uma pesada bola azul.

Sera se levantou e projetou um quadril para observar o vestido que algumas pessoas diriam ser justo demais – como, certamente, era o caso das mulheres mais velhas ali presentes.

— Eu ficaria feliz em lhe recomendar minha costureira, Lady Lilith.

— Talvez para seu enxoval! — Sophie provocou.

— Certo, certo — Sesily disse depois que o riso passou. — Todo mundo sabe que Haven gosta de mulheres que se destacam em uma cancha de bocha.

— É verdade? — perguntou a Srta. Mary, preocupada.

— Verdade — Sesily confirmou. — Pergunte para Sera. Ela sabe tudo do interesse dele em... esferas.

O septeto de mulheres riu em um espectro que ia de risadinhas a gargalhadas. Caleb piorou tudo quando tocou o chapéu, cumprimentando Sesily.

— Eu tinha razão — ele disse. — Você é um perigo.

Sesily deu uma piscadela.

— Do melhor tipo, americano.

Ele riu com gosto e Sera não conseguiu evitar de acompanhá-lo, esquecendo-se por um instante do verdadeiro motivo daquela reunião. Até que a Sra. Mayhew os lembrou, fechando o leque e batendo com ele na coxa.

— Isso é totalmente inaceitável!

Sesily piscou seus olhões inocentes para a mulher.

— Não sei do que acha que estou falando, Sra. Mayhew. Haven gosta de bocha. — Ela olhou para Sera. — Não gosta?

— Bastante, na verdade — ela disse, orgulhosa de sua capacidade de manter a seriedade de sua expressão. Sesily Talbot não apenas correspondia às expectativas que os outros tinham das irmãs Talbot – ela as superava. E Sera sempre a adorou por isso. Talvez elas pudessem envelhecer juntas, parceiras em uma irmandade arruinada.

— E quanto ao fato de ela estar flertando dessa forma descarada? — a Sra. Mayhew guinchou de um modo que parecia furar os tímpanos.

— Não vejo motivo pelo qual isso deva impedir um jogo de bocha — Sera disse, dando de ombros.

— Excelente! — Sesily disse. — Está decidido, então. Se eu ganhar, fico com o americano.

— E se outra ganhar? — Caleb perguntou, rindo. — Não que eu acredite que você não irá destruí-las, lady Sesily.

Sesily deu um sorriso largo.

— Claro que você acredita em mim, futuro marido. Não sei... se outra ganhar, pode ficar com Haven. Não é para isso que elas estão aqui?

As irmãs de Sera riram, assim como Lady Lilith e Lady Bettina Battina, enquanto a Sra. Mayhew e sua pobre filha pareciam estar nauseadas. Lady Emily não disse nada. Sera tinha decidido intervir e interromper a atuação da irmã quando Sesily fixou os olhos em um ponto acima do ombro de Sera e abriu um sorriso.

— Não concorda que é uma ótima ideia, Vossa Graça?

— Com certeza isso facilitaria as coisas. — Ele parou atrás de Sera e tudo que ela conseguiu sentir foi o calor dele. — Boa tarde, ladies. — As pretendentes fizeram mesuras em sincronia e Haven acrescentou: — Eu sinto que devo me desculpar por ter me mantido afastado desde que vocês chegaram. Uma propriedade deste tamanho exigiu bastante atenção desde que voltei da cidade.

Era uma mentira. Haven tinha o melhor administrador de terras da Grã-Bretanha trabalhando para ele – um cavalheiro mais velho, com vasto conhecimento e controle da propriedade. Haven só ligava para arquitetura. Sera nunca viu um homem tão orgulhoso como ele quando falava dos aposentos da casa principal, com suas características exclusivas, ou da casa da viúva, ou, ainda, do monumento erigido no pasto ao leste.

— De qualquer modo, eu adoraria passar algum tempo com vocês. Bocha parece um ótimo passatempo. — Ele estava perto dela... perto demais, considerando que se dirigia a um grupo de cerca de doze pessoas. E quando se voltou para Sera, a pergunta soprou sua pele como uma carícia.

— A duquesa está jogando?

— Você gostaria que ela jogasse? — Sesily perguntou, os olhos se acendendo.

Sesily acredita que eu quero você de volta. Nada disso importava. Ela se afastou de Haven, colocando-se atrás da bola que Lady Emily tinha jogado, fazendo seu melhor para fingir que ele não estava ali, sem dúvida parecendo elegante e perfeito.

— Não estou jogando — ela disse. — Sou a árbitra.

Ele concordou e pareceu estudar a cancha.

— Quais são os times? — ele perguntou, alto o bastante para todo mundo ouvir, e ela não conseguiu evitar de se virar para admirá-lo. Ele parecia... contente. Como se estivesse procurando algo para fazer com seu tempo e bocha na grama parecesse uma opção razoável. Ela ficou desconfiada, para não dizer quase em pânico. *O que estava acontecendo?*

Seline se apressou em responder:

— Casadas contra solteiras. E Sesily.

Sesily suspirou, dramática.

— Sempre a madrinha! — ela exclamou e olhou para Caleb. — Noivo americano?

Caleb riu alto, atrevido, e a Sra. Mayhew bufou de novo. Haven ignorou a interjeição, ajeitando a manga e estudando os times em questão, que, para qualquer espectador que surgisse ali, pareceriam terrivelmente desiguais.

À esquerda da cancha estavam quatro bonitas jovens de rostos inocentes, vestindo tons pastéis, todas exibindo nos olhos combinações variadas de esperança, empolgação e terror, e uma mais ansiosa que a outra para impressionar o Duque de Haven e se apresentar como uma verdadeira noiva aristocrática.

Do lado direito estavam as oponentes. Em todos os sentidos. As irmãs Talbot nunca usavam tons pastéis – elas não seguiam a moda, mas a ditavam. Elas vestiam cores lindas, vívidas, que pareciam capturar os jardins de verão à volta, e traziam o cabelo em penteados elaborados – elas acreditavam em honestidade ousada acima de etiqueta discreta, e juntas tinham a elegância e a sutileza de uma carruagem desgovernada, uma sensação enfatizada quando Sesily gritou:

— Ei! Haven! Eu sairia daí se fosse você, antes que minha mira terrível acerte uma bola no seu tornozelo.

— Um brinde a acidentes felizes! — Sophie brindou da mesa ao lado, onde limonada e lanches tinham sido servidos.

— Ela me odeia mesmo — Haven disse em voz baixa.

— Odeia, de fato — Sera respondeu e ficou surpresa com a pontada de constrangimento que veio com essa constatação.

— Alguém mais está morrendo de fome? — Sophie perguntou.

— Nós não vamos comer agora, Sophie — Sesily grunhiu. — Estamos jogando.

— Eu acho que essa obsessão com comida não tem nada a ver com a gravidez — Seline opinou para as pretendentes. — Sophie sentiu fome durante toda a vida.

— Verdade! — Sophie acrescentou, enfiando uma tortinha na boca. — Ninguém se importa se eu começar, certo?

As mães ao lado pareciam não conseguir decidir se estavam mais chocadas pela referência de Seleste à gravidez de Sophie ou se pela disposição de Sophie em começar a comer sem a permissão do duque ou da duquesa, fato que só serviu para lembrar Sera de quanto ela adorava as irmãs.

— Vou fazer meu melhor para ser um cavalheiro e acompanhá-la — Caleb disse. — Afinal, sou um garoto em fase de crescimento.

— Genial! — Sophie respondeu. — Como é bem possível que um garoto esteja crescendo na minha barriga, nós combinamos.

As mães sussurraram por detrás de seus leques, pois a Marquesa de Eversley comprovava mais uma vez sua reputação de mulher com queda para impertinência.

Haven observou Sophie por um longo tempo.

— É possível conquistar o afeto dela? — ele perguntou.

— Sophie? — Sera olhou para ele, chocada. — Por que se importa com isso?

Algo relampejou nos olhos dele, algo que parecia muito com sinceridade.

— É possível conquistar *você*? — ele retrucou.

O coração dela começou a bater mais forte. Ele estava tentando de novo – conquistá-la quando não a queria. Tentando mantê-la quando não desejava tê-la. Quando não queria ser conquistada. Ela já tinha sido dele antes. E a situação não acabou bem para nenhum dos dois.

Sera o encarou.

— Não. — A palavra encerrou a franqueza do olhar dele, e Sera ignorou a decepção que cresceu dentro de si, falando alto para todas ouvirem: — Eu não me preocuparia, duque. Sesily é terrível neste jogo. É improvável que ela o acerte.

— Pelo menos não de propósito! — Seleste comentou de seu lugar na cancha.

Haven arqueou uma sobrancelha.

— Agora não sei para onde eu vou.

Sesily respondeu sem hesitar:

— Eu posso *tentar* acertá-lo, Haven. Se isso fizer com que se sinta melhor.

Sera sorriu e olhou para ele.

— Você é quem decide qual time prefere, claro, como dono da cancha. — Ela acenou para as bolas espalhadas.

— Apenas jogue a bola, Sesily — ele disse.

Sesily concordou e fez o que ele pediu, e a bola mergulhou no gramado, aterrissando direitinho ao lado do bolim branco. Uma rodada de aplausos emergiu das pretendentes de Haven, mas as irmãs Talbot não foram tão graciosas.

— Oh! — Seleste exclamou.

— Bom Deus! — Seline grunhiu. — Ela quase acertou!

— Você tem praticado? — Sophie olhou desconfiada para Sesily.

— Claro que não! — Sesily respondeu. — Mas que se dane, porque meu talento neste jogo é de nascença! — As mães ficaram nervosas de novo, e sua agitação cresceu quando Sesily acrescentou: — Eu lhe disse que estávamos certas de apostar em nós mesmas. É evidente que sou um prodígio.

— Oh, é evidente — Sophie disse, irônica, e Sera riu.

— Com licença. — A Sra. Mayhew interveio. — Você falou em *apostar*? Com certeza não está apostando no resultado de um inocente jogo de bocha entre garotas.

— Com certeza você não pode ter imaginado que nós não faríamos o possível para tornar mais interessante um inocente jogo de bocha entre garotas, não é Sra. Mayhew? Além do mais, você ficaria muito contente com o resultado se a bola da sua filha chegasse mais perto do bolim.

Haven ficou desconfiado.

— O que ela ganharia?

Sera levantou um ombro e o deixou cair.

— Não — ele disse e, de repente parecia que os dois estavam a sós no jardim. — Nada disso. O que ela ganharia?

— Bem, se as irmãs ganharem, a que ficar mais perto do bolim pode voltar para Londres — Sera disse.

— Ela não vai se sentir só? É melhor mandar o time todo com ela. — Sera fez uma careta e ele acrescentou: — E o que as pretendentes ganham?

— Um passeio a sós.

— Com quem?

— Com você, claro.

— Oh! — a Sra. Mayhew exclamou por todas as mães e, a julgar pela expressão dele, por Haven também.

Sera pensou que ficaria mais satisfeita com o choque dele. Ela baixou a voz.

— Vossa Graça quer uma esposa. É assim que vai conseguir uma.

Ele a observou por um longo momento antes de falar.

— Você está vestindo lavanda.

A mudança de assunto a surpreendeu.

— Estou... — A palavra saiu como uma pergunta, como se ela não tivesse olhos na cabeça nem noção das cores.

— Ontem foi ametista. Anteontem foi cinza como urze no inverno.

Ela ficou gelada.

— Eu gosto de tons de roxo.

Ele meneou a cabeça, os olhos cheios de segredo. Ela sabia reconhecer, porque os dela eram iguais.

— Não, acho que não.

Ela não queria discutir isso. Não naquele momento. Não quando estavam ali, diante do que parecia ser metade das mulheres de Londres. Ela não queria discutir isso. Nunca. E o odiava por notar a roupa dela. Roxos e cinzas. As cores do luto.

Malcolm não disse mais nada, virando-se para as garotas na extremidade da cancha, e Sera teve a distinta impressão de que era assim que ficavam os homens quando marchavam em direção à batalha.

— Então penso que eu devo ficar nesta ponta e garantir que você seja imparcial.

Ela forçou um sorriso.

— Está com medo que eu roube para manter minhas irmãs comigo?

Ele baixou a voz.

— Estou com medo de que você roube para se livrar de mim.

Ela ficou rígida. Esse era o objetivo, não?

Seraphina estava sendo muito leviana com as garotas e com ele. Malcolm precisava de uma esposa. Uma dessas mulheres iria tomar o lugar dela, e Sera iria recuperar sua própria liberdade. Ela teria sua taverna e seu futuro, e se afastaria daquele lugar, daquele homem e de todas as lembranças associadas. Ela olhou para ele.

— Haven — Sera disse. — Você precisa ver...

Ele a interrompeu, virando-se.

— Sra. Mayhew. Vejo que deve ser incômodo para você ficar assim ao sol.

— De fato é mesmo — disse, irritada, a mulher. — Vossa Graça! Eu tenho que protestar! Estas... — Ela acenou para as irmãs de Sera. — *Mulheres*... acho que é assim que devemos chamá-las... são influências terríveis. Você está praticamente invisível há quase duas semanas e, com toda sinceridade, isso tudo está parecendo uma terrível perda de tempo.

— Mãe. — Mary entrou na conversa, falando de seu lugar junto às outras solteiras.

— Acho que é minha vez de arremessar — disse Lady Lilith.

Ela ergueu a bola enquanto a Sra. Mayhew continuava a falar:

— Meu marido é muito poderoso e Mary é bem disputada. Nós recusamos numerosos convites para outras festas com bons partidos que – Vossa Graça tem que admitir –, considerando as *suas* circunstâncias, são melhores partidos que você.

Sera precisava admitir que a Sra. Mayhew era uma mãe excelente. Ela sabia qual touro desejava para sua filha, e não iria ficar parada quando podia pegá-lo pelos chifres.

Era difícil não enxergar o reflexo de sua própria mãe naquela mulher. E, nesse reflexo, indícios do que poderia ser um grande sucesso ou um fracasso retumbante.

— Sra. Mayhew, — Haven começou. — Eu acho, talvez...

— Mãe, por favor! — Mary veio marchando pela cancha. Mas a Sra. Mayhew não parou.

— Eu acho que não seria exagero dizer que você deve encontrar algum tempo para conversar com a minha filha, para que possa saber algo dela, além de que tem um dote enorme!

A mulher era impressionante. E Sera estaria mentindo se não admitisse que gostava de ver Haven tão acuado.

— Você perdeu o juízo? — Mary, a quieta, não estava mais tão silenciosa. De fato, parecia mesmo que quem sai aos seus não degenera.

Haven estava numa sinuca. E, por instinto, ele tentou reverter qualquer constrangimento que a Sra. Mayhew pudesse ter causado na filha.

— Posso lhe garantir, Srta. Mayhew, que seu dote não tem importância.

Mary não deu muita atenção a Haven.

— Mãe! Você não pode simplesmente esbravejar com um duque e esperar que tudo termine no casamento que você quer para mim!

— Não é só o casamento que eu quero para você, querida, mas o casamento que *você* quer!

As outras mães tinham parado de se abanar e fingiam não ver a discussão. Todas as três senhoras aristocráticas assistiam a tudo com olhos arregalados e bocas abertas. Caleb, por sua vez, estava dando um pedaço de ganso assado para um dos cachorros.

— Oi! Saiam do caminho! — Sesily pediu. — Lilith está jogando a bola.

— Arremessando! — Seline a corrigiu.

— Ladies, posso sugerir que levemos esta conversa para dentro? — Sera disse, tentando acalmar as mulheres. — Ou, pelo menos, para longe das outras?

Sera ouviu o grito de "Oh, não" de Sophie em sincronia com o "Cuidado" de Seline e se virou em tempo de ver a bola mergulhando em sua direção. Ela saltou para o lado, mas a Sra. Mayhew não teve a mesma sorte. A bola caiu no pé dela e pulou na direção do bolim enquanto a mulher gritava de dor, quase caindo sobre Haven.

— Eu sinto *muito*! — exclamou Lady Lilith de onde estava, na extremidade da cancha.

— Bobagem! Foi um arremesso excelente! Veja como chegou perto.

— Ela acertou uma mulher, Seline! — Sophie observou.

— Oh, não é como se ela não merecesse. Eu gostaria de poder acertar toda mulher que se comporta dessa forma abominável. Lady Lilith, posso contratar seus serviços?

Haven engasgou e Sera olhou para ele.

— Você está *rindo*?

Ele negou com a cabeça é tossiu. Era óbvio. Ele *estava* rindo. Sera estendeu a mão para a mulher estropiada, que, era evidente, estava constrangida e sentindo dor.

— Minha nossa — ela disse, incapaz de evitar que o riso contaminasse suas palavras enquanto tentava ajudar. — Sra. Mayhew, como está...

A mulher se endireitou de supetão.

— Oh, cale a boca — ela estrilou. — Você é mesmo um escândalo. Nós deveríamos saber que nos traria desgraça. Você deveria ter ficado na América e deixado que seu pobre marido tivesse um futuro com uma mulher decente. Uma que saiba o que é elegância, honra e *fidelidade*.

O silêncio se impôs com a última palavra, um ataque furioso e violento. Sera não resistiu ao impulso de olhar para Malcolm, imaginando se ele também sentia a mesma vergonha que ela, odiando que tivesse trazido isso para todo mundo ali. Para suas irmãs, as garotas e ele — acima de tudo, ele.

Só que não foi vergonha que ela viu nos olhos dele, nem a diversão que estava ali antes. Foi raiva. Foi proteção. Lealdade.

Por ela.

E, antes que ela pudesse se conter, antes que pudesse evitar sentir, prazer, satisfação e algo muito mais assustador sacudiram Sera. Algo que ecoava uma lembrança que ela tinha jurado não ressuscitar. *A lembrança do Malcolm que ela tinha amado.* Mas antes que ele pudesse dar voz à própria fúria, a Srta. Mary falou, dando rédeas à sua própria ira.

— Eu queria deixar claro que você mesma arruinou isso, mãe — ela disse, levantando a voz e o dedo diante do nariz da mãe. — Eu estava disposta a fazer esse seu joguinho tonto e vir aqui para tentar conquistar o título deste homem, porque sempre fiz o que você e papai achavam que eu deveria fazer. Mas essas mulheres são diferentes, interessantes e corajosas, e eu acho que também preciso ser. Não vou me casar com o duque – embora eu não imagine que tivesse chance, pois não consigo acreditar que um homem como ele fosse se amarrar a uma sogra como você. Vou voltar para casa e me casar com Gerald.

— Gerald? — Sera arregalou os olhos.

— Quem é Gerald? — perguntou Bettina Battina.

— Bettina! Nós não nos intrometemos nos assuntos pessoais dos outros! — a Marquesa de Bombah encontrou sua voz materna.

— Nunca entendi essa regra, sabe — disse Lady Lilith para a amiga. — Quero dizer, esse assunto pessoal está bastante público, não?

Mary ignorou as outras garotas, voltando-se para Sera.

— Sinto muito. Eu nunca deveria ter vindo. Meu amor está em casa. Gerald. Ele é maravilhoso.

Sera não conseguiu conter seu sorriso. Aquela garota tinha uma *voz* e tanto. Era admirável.

— Imagino que ele seja mesmo, se conquistou você.

— Ele é um *advogado*! — exclamou a Sra. Mayhew.

— Meu pai também, antes de entrar para o Parlamento! — Mary observou.

A Sra. Mayhew começou a ficar vermelha.

— Mas agora... você poderia conseguir um duque!

— Eu não quero um duque. — Ela sorriu para Malcolm. — Sem ofensa, Vossa Graça.

— Não me ofendi. — Malcolm meneou a cabeça.

— Não sei se me entende, mas não ligo que seja um duque. E não ligo que ele seja um advogado. Eu o aceito do jeito que for.

— Até caçador de rato — Malcolm disse e olhou de Mary para Sera.

Sera parou de respirar.

— Então você me compreende — Sera disse, sorrindo.

— Compreendo muito bem — ele confirmou, ainda observando Sera, parecendo compreender como ela lutava com o reflexo do passado deles. Quando enfim voltou a olhar para Mary, Malcolm disse: — Sinto muito que não tivemos oportunidade de conversar.

A jovem sorriu.

— Acho que Vossa Graça não teria gostado de mim.

— Aí é que se engana, Srta. Mayhew. Eu vou procurar nos jornais o anúncio de seu casamento. E em troca de você retirar sua mãe das minhas terras, vou enviar um presente muito generoso para você e Gerald, para comemorar seu casamento.

Baixando a cabeça para esconder o sorriso, Mary fez uma mesura.

— Parece um acordo excelente. Desculpe-me, Vossa Graça.

Não escapou a Seraphina que aquele *Vossa Graça*, em especial, não era dirigido a Haven, mas a ela.

— Não há nada de que se desculpar — Sera disse, ansiosa para esquecer a verdade nas palavras da Sra. Mayhew. Para esquecer tudo aquilo.

— Há muito de que se desculpar — Haven disse, uma fúria congelante engrossando sua voz para um tom que Sera conhecia muito bem. Ela viu o medo se espalhar no rosto da Sra. Mayhew. — Ninguém fala com a minha esposa do modo que você falou, Sra. Mayhew. Agora você vai embora desta casa para nunca mais voltar. Saiba que nunca mais será bem-vinda debaixo de um teto Haven. — A mulher ficou branca como um lençol quando ele continuou: — Houve um tempo em que eu me dedicaria a arruiná-la. Teria lutado para me vingar. Embarque na sua carruagem e agradeça a Deus que esse tempo passou, e que eu gosto da companhia da sua filha.

A mulher abriu a boca para falar, talvez para se defender, mas Malcolm ergueu a mão.

— Não. Você desrespeitou minha duquesa. Saia da minha casa.

E então ele deu as costas para as mulheres, dispensando-as sumariamente. Tendo recebido aquela mesma dispensa fria no passado, Sera sabia melhor do que ninguém como aquilo doía. Ainda mais quando ele se virou para o grupo e continuou:

— Lady Lilith, devo dizer que a trajetória do seu arremesso foi admirável.

— Gostaria de levar o crédito por isso, Vossa Graça. — Lilith sorriu ao responder. — Mas foi pura sorte. — Era mentira; todos viram que Lilith tinha lutado por sua amiga.

Lilith era uma boa candidata. Ela teria sorte de conquistar Haven. *Quer dizer, Haven teria sorte de ficar com ela.*

Mesmo assim, o eco das palavras dele consumiu Sera. *Minha duquesa.* É claro que ele estava falando de sua esposa de um modo geral e vago. Haven não se referia a Sera. Quantas vezes ele precisava deixar claro que não a queria? Quantas vezes ela tinha dito que não o queria? E não queria mesmo. Não desde que ele tinha parado de querê-la. Não desde que ela tinha ido embora.

Seraphina tinha passado quase três anos sem desejá-lo. Orgulhosa de não desejá-lo. Orgulhosa de planejar um futuro sem ele. E agora... com um punhado de palavras – palavras como *minha duquesa* e *caçador de ratos* – ele a lembrava dos sonhos que um dia teve. Das expectativas, irreais ao extremo.

Mulheres não conquistavam amor e felicidade. Pelo menos Sera não conquistou. Esses prêmios estavam muito além do alcance dela. Longe o bastante para que ela se concentrasse em objetivos mais realizáveis. Como liberdade, dinheiro e futuro. Deixando o amor para os outros.

Como se ela tivesse falado tudo isso em voz alta, Malcolm reagiu às palavras:

— Lady Lilith — ele disse —, imagino que você deva receber o prêmio devido ao sucesso que obteve em missão tão valiosa. Não que eu seja algum tipo de prêmio, como a marquesa aqui presente pode atestar.

Sophie deu um sorriso debochado.

— Com prazer, duque.

Lilith fez uma mesura.

— Estou certo de que isso não é verdade, Vossa Graça.

Sera odiou a linda jovem naquele momento. Odiou-a por sua autoconfiança, atitude e maldita habilidade em bocha. E odiou Haven pelo modo como se aproximou da outra, pelo modo como sorriu para ela com elegância aristocrática, como se não houvesse nada no mundo que ele quisesse mais do que elogiar Lady Lilith Ballard por quase quebrar o tornozelo de uma velha terrível que merecia o castigo. Era irrelevante que a própria Sera quisesse carregar Lilith nos ombros, em glória triunfante, quando ela fez o que fez. Mas, acima de tudo, Sera odiava a si mesma, por se importar que Malcolm gostasse de Lilith.

Sentado à mesa do lanche, Caleb pigarreou, chamando a atenção de Sera. Ele olhou para ela por um longo tempo antes de jogar outro pedaço de ganso para os cães, que o encaravam, e levantar uma sobrancelha arrogante, como se para dizer: *Estou de olho no que está acontecendo.*

Ele estava errado, droga. Nada estava acontecendo. Sera tinha vindo para conseguir seu divórcio, e iria consegui-lo. Ela iria apagar seu passado. E escrever seu futuro. Uma vida que Malcolm não poderia lhe dar. Uma vida que ela tinha que criar para si mesma.

Capítulo 17

MULHERES PREPARAM SEUS ARDIS! CUIDADO, HOMENS!

* * *

— Você ama minha irmã?

Caleb Calhoun se virou de onde estava, conferindo o último engate que conectava sua carruagem aos quatro cavalos que, dentro de minutos, iria transportá-lo até Covent Garden. Sesily Talbot estava encostada no veículo, braços cruzados à frente do peito – um peito belissimamente enquadrado pelo deslumbrante vestido dourado que reluzia como fogo ao pôr-do-sol.

O vestido, provavelmente, era decotado demais, justo demais, mas Sesily Talbot não parecia o tipo de mulher que ligava para o que os outros pensavam. E isso não importava, na verdade, pois não era o fogo no tecido do vestido que tornava a garota perigosa, mas o fogo em seus olhos.

Não, *perigosa* não parecia ser a palavra adequada para Sesily. *Perigosa* parecia delicada demais. Ela era *devastadora.* O que era um problema, porque Caleb sempre gostou da ideia de ser devastado. Mas ser devastado pela irmã de sua querida amiga não era uma opção.

Ignorando o arrepio de prazer que ver Sesily lhe provocou, ele voltou a atenção para o cavalo, exagerando nos cuidados com os arreios já presos com perfeição.

— Lady Sesily, posso ajudá-la?

— Você não está me respondendo por que acha que irei julgá-lo por isso? Não irei. As pessoas sempre amam Sera. É uma característica dela. A mais linda das Irmãs Perigosas, com certeza. — Caleb não tinha tanta certeza, na verdade. — Eu só perguntei porque, se a ama, você está com um problema.

Ela tinha razão quanto a isso. Era evidente que Haven desejava Seraphina com uma intensidade que Caleb nunca tinha visto. Quando estavam perto um do outro, o duque era incapaz de dirigir sua atenção a qualquer pessoa que não sua esposa. E Sera... bem, ela nunca tinha deixado de amar o duque, não importa quão horrível tinha sido o passado deles e quão impossível era o futuro dos dois.

E Caleb sabia bem o que eram passados horríveis e futuros impossíveis. Ele possuía um e estava conversando com outro.

— É claro que eu a amo — ele disse. — Mas não desse jeito. Não tenho interesse em seduzi-la.

— Você ama outra, então?

Parecia que ninguém nunca tinha ensinado Sesily Talbot a ser cuidadosa com as palavras.

— Não vejo como isso pode ser da sua conta.

— Ah, então é um "sim".

— Amor é uma perda de tempo. Basta observar Sera e seu duque para percebermos isso.

— Não é correspondido? — Ela pareceu não ouvi-lo.

Caleb ficou irritado e se voltou para encarar aqueles olhos claros, diretos e... Cristo, ela possuía os olhos mais lindos que ele já tinha visto, azuis com um magnífico aro preto ao redor. Lindos o bastante para que fosse essencial que ele dissesse a próxima frase em voz alta. Para se lembrar de suas lealdades.

— Sua irmã é a melhor amiga que eu já tive. — Caleb fez uma pausa. — O que significa que também não tenho nenhum interesse em seduzir você. — Ele queria que as palavras a ferissem o bastante para afastá-la. Mas pareceu que Sesily não foi atingida. As palavras pareceram passar sem atingi-la. Porque ela sorriu.

— Não acredito ter pedido para ser seduzida, Sr. Calhoun.

Ele era um touro, e ela, uma capa vermelha estonteante. Caleb não teria conseguido evitar de se aproximar dela por nada neste mundo.

— É claro que pediu — ele disse. — Você pede toda vez que olha para mim.

— Está confundindo flerte com desejo, meu senhor.

— Não confundo seu flerte ousado com nada além do que é, Sesily Talbot.

Ela levantou o queixo, expondo mais um milímetro de pele. Tentando-o com isso.

— E o que é? Diversão?

Ele deixou um instante se passar enquanto observava aquela garota que nunca, em toda sua vida, tinha visto um homem de verdade.

— Disfarce.

Ele a chocou. Sesily descruzou os braços e desencostou da carruagem, perturbada por ele. Pela habilidade de enxergar a verdade que ele mostrava.

— Não sei do que você está falando — ela disse.

— Você gosta de flertar, Sesily, e é boa nisso. A maioria das pessoas não vê o que você é quando não está cheia de atitude.

— E você vê?

— Vejo — ele disse. — E reconheço.

Ela piscou. E riu, atrevida o bastante para que um homem menos seguro não percebesse o nervosismo no riso.

— O que você reconhece, Caleb Calhoun? Uma falta de vontade de me comprometer?

— Uma falta de vontade de se arriscar.

Ela endureceu o olhar.

— Você não sabe muito a meu respeito, se acha que não me arrisco. Não fiz nada além de me arriscar desde a minha primeira Temporada. Sou um escândalo há tempos.

— Não, você só é um escândalo porque ninguém percebe que é a menos escandalosa de todas.

Ela arqueou as sobrancelhas.

— Meu senhor, nunca diga a uma irmã Talbot que ela não é escandalosa. Está se arriscando a nos ofender.

— Passei três anos com Seraphina, meu amor. — Ele sorriu. Eu sei a verdade. Você usa suas roupas bonitas e desfia sua conversa inteligente, mas no fim das contas, você só quer uma coisa. E não é o que quer que eu acredite.

Ela apertou os lábios em uma linha fina.

— Eu gosto tanto quando um homem fala como eu sou. É decididamente afrodisíaco.

— Sou americano, minha lady. Não tente me confundir com suas palavras complicadas.

Os olhos dela brilharam de bom humor.

— Devo lhe dizer o que eu penso de você, então, Calhoun? Não tema. Vou usar palavras simples para que você possa entender.

Não. Ele não queria que ela lhe dissesse nada. Eles já tinham ido longe demais. Sera lhe arrancaria as bolas se Caleb tocasse em Sesily. Ela tocaria fogo na Cotovia só para evitar que ele recebesse sua parte. E então contrataria um navio para levá-la a Boston, onde faria o mesmo com todas as propriedades que ele possuía lá.

O pior era que tudo isso poderia valer a pena.

Ele ficou tão distraído pela ideia de que poderia valer a pena perder tudo por um momento com Sesily Talbot que se esqueceu de dizer para ela parar de falar.

— Eu acho que você está aqui com minha irmã – no campo, devo acrescentar, o que é positivamente tão chato quanto mato, como você deve saber, porque foge para Londres todas as noites para inalar o magnífico fedor da aventura – porque estar com Sera o mantém em segurança.

O coração dele começou a bater mais forte.

— Estar com sua irmã me mantém sob a ameaça constante de ser espancado por seu cunhado — ele observou.

— Pode ser verdade — Sesily disse —, mas você prefere sentir os socos no rosto do que sentir algo que pode ser mais perigoso.

Caleb estava farto dela.

— E você é especialista no assunto?

— Em evitar emoção? Sou sim, na verdade. — Ele não soube o que dizer a respeito disso. — E também no dia em que a pessoa acorda para descobrir que seu futuro está decidido.

— Por favor... — ele fez pouco caso. — Você é uma criança.

— Tenho 27 anos. Não casadoura por uma série de razões, sendo a menos importante o fato de eu ser escandalosa, e a mais, minha trágica entrada na velhice.

Se aquilo não era alguma bobagem inglesa, ele não sabia o que era. Sesily Talbot não conseguiria dar um passo em qualquer rua de Boston sem que meia dúzia de homens olhassem para ela. Só de pensar nisso Caleb ficou furioso. Ele estava farto.

— Bem, isso foi interessante, Sesily, mas...

— Você e Sera formam um par excelente. Os dois aterrorizados pelo que poderia acontecer se tentassem algo.

— Você não sabe nada de mim — ele disse com desdém.

Ela arqueou a sobrancelha.

— Eu sei que é um americano covarde.

Ela o estava provocando. Ele sabia disso, e mesmo assim queria provar para ela que não era. Caleb queria mais do que isso. Queria jogá-la na carruagem para mostrar como não tinha nada de covarde.

Em vez disso, ele abriu a porta da carruagem para jogar sua bolsa dentro. E foi atacado por um violento projétil branco.

— O que é... — Ele recuou um passo, e a fera peluda não percebeu que tinha saído da carruagem, pois se agarrou ao casaco de Caleb e deu um uivo poderoso.

Foi então que Caleb percebeu que Sesily estava rindo. O que soou como um maldito pecado. Até aquele exato momento, Caleb não tinha imaginado que era possível ser atacado por um gato e ao mesmo tempo ficar duro como uma rocha.

Mas Sesily Talbot era o tipo de mulher que sabia ensinar coisas a um homem, isso era evidente. Como era evidente o quanto ele próprio podia ficar furioso.

Ele agarrou o animal quando este começou a escalá-lo como um tronco de árvore.

— Não! — Sesily exclamou. — Não o machuque.

E então ela se aproximou o bastante para tocá-lo. E então Sesily começou a tocá-lo – se fosse possível considerar remoção de garras como toque. O que Caleb estava disposto a considerar, pois os movimentos delicados e as palavras calmantes que ela oferecia à pequena fera o fizeram querer agarrar algo.

Ele precisava se afastar dela. O que era difícil, já que Caleb tinha um gato pendurado nele. Afinal, ela recolheu o animal em seus braços, e, apesar do ciúme que sentiu daquela criatura maldita, conseguiu perceber o sorriso na voz dela.

— Ele gosta de você.

Caleb a encarou. *Eu gosto de você.*

Bem, ele não iria dizer *isso*. Então se conformou com:

— Hum. E por que ele estava na minha carruagem?

Ela levantou um ombro e o deixou cair, achando graça.

— Como estou velha, às vezes esqueço onde deixei as coisas.

Aquela mulher era um perigo. Do tipo para o qual ele não tinha tempo nem inclinação.

— Então esse era seu plano? Jogar o gato em mim e torcer para dar certo?

Ela piscou e os grandes olhos azuis fizeram-no querer beijá-la sem pensar nas consequências. Esse era o problema, contudo. Haveria uma consequência.

— Está dando certo? — ela perguntou.

— Não. — Consequências demais. Ele pôs a sacola na carruagem e fechou a porta. — Solteirona ou não, Lady Sesily, você quer amor. E eu sei que não devo chegar nem perto de você. Com ou sem seu gato de ataque.

Ele pensou que ela fosse negar, mas parecia que Sesily Talbot nunca fazia o que era esperado, principalmente quando se tratava de despedaçar os homens.

— Sabe, Caleb — ela disse com delicadeza, e o nome dele soou como uma arma em sua boca. — Se você decidir me seduzir... — Ele se virou para o lado, incapaz de permanecer parado enquanto ela falava, pois as palavras criavam quadros na cabeça dele... imagens que ele sabia que não deveria pensar, às quais não conseguiria resistir. Quando ela terminou a frase, foi com humor de quem sabe do que está falando. — Bem, você vai entender tão bem quanto eu.

Ele se voltou para ela como se obrigado por um feitiço, apenas para descobrir que ela tinha voltado a seu lugar de descanso, encostada na carruagem. Arruinando-a para sempre, ao que parecia. Porque ele nunca mais conseguiria olhar para a porta sem pensar no momento em que Sesily Talbot, envolta pelo pôr-do-sol, provocou-o com tanta intensidade, enquanto ela permanecia tranquila encostada na lateral da carruagem, como se não tivesse nenhum outro interesse naquele momento que não brincar com ele.

— Entender o quê?

E então ela sorriu, mas não do modo como sorria ao flertar. Não foi do modo como ela sorria durante o jantar ou enquanto jogava bocha. Foi um sorriso particular. Pessoal. Como se ela, em toda a vida, tivesse sorrido só para ele. Como se fosse o sol dele. E quando Sesily falou, foi com perfeita simplicidade.

— Você vai entender como teria sido bom.

Ele sentiu a boca abrir, mas não conseguiu segurá-la, nem quando, sem hesitar por estar carregando um gato, ela fez uma mesura perfeita, pura, que o fez ter pensamentos imperfeitos, impuros.

— Viaje em segurança, Sr. Calhoun — ela disse, quando voltou a se endireitar, e voltou para a casa em passadas longas e despreocupadas, como se não tivesse acabado de destruir um homem há poucos instantes.

Cristo. Ele passaria o resto da noite imaginando como teria sido bom. E queimaria com um desejo que não cederia até voltar a ela e tirá-la de seus pensamentos. O que nunca iria acontecer.

* * *

Haven encontrou Sera no terraço da biblioteca aquela noite, depois que o resto das mulheres se recolheu aos seus aposentos. Ela estava sentada no alto da escada de pedra que descia até o jardim, onde bocha e revelações dramáticas tinham dominado o dia, com um copo na mão, um lampião e uma garrafa de uísque ao lado.

A mulher que ele tinha conhecido anos atrás bebia champagne e escandalizava alegremente a sociedade com suas histórias de taças moldadas no seio de Maria Antonieta. Ela bebia vinho e, de vez em quando, xerez, embora ele lembrasse de Sera torcer o nariz para essa bebida doce demais. Mas uísque, nunca.

O uísque tinha surgido quando eles estavam separados. E por algum motivo, agora, quando ela bebia com a escuridão, fazia sentido. Seraphina também tinha melhorado com o passar dos anos. Mais densa, mais escura, mais complexa. Mais inebriante.

Minutos se estenderam em horas e Malcolm ficou observando Sera, evitando a tentação de se aproximar, escolhendo admirá-la, sua esposa linda – a mulher mais linda que ele tinha visto –, enquanto ela encarava a escuridão do campo, envolta em um vestido de seda cor de berinjela que tinha brilhado à luz das velas durante o jantar, mais cedo, e que agora estava preto ao luar.

Ele sentiu o peito doer vendo Sera, deslumbrante e imóvel, perdida em pensamentos.

Houve um tempo em que Malcolm teria ido até ela, que o receberia de bom grado. Um tempo em que ele não hesitaria em interromper esses pensamentos. Pegá-los para si. Mas agora, ele hesitava.

— Você tem um copo? — ela falou sem olhar para trás.

A pergunta o destravou. Ele se aproximou e sentou ao lado dela no degrau de pedra, como se não estivesse usando traje de jantar. Como se ela não estivesse de seda.

— Não tenho — ele respondeu, observando o perfil dela, iluminado pelo luar. — Você vai ter que dividir.

Ela olhou para o copo pendurado em seus dedos longos e elegantes, que então passou para ele.

— Pode ficar.

Haven bebeu, incapaz de conter a pontada de prazer que veio com a familiaridade do momento.

— Não pensei que a encontraria sozinha.

Ela o observou por um instante, então se virou, voltando a atenção para o terreno escuro à frente.

— Não pensei que você estivesse me procurando.

— Ou teria chamado seu americano para protegê-la?

Sera deu uma risadinha na qual faltava humor.

— Meu americano está a caminho de Londres.

Sem dúvida para cuidar da taverna. Caleb Calhoun era muitas coisas, mas não um mau comerciante.

— Ele deveria ficar lá.

Sera permaneceu em silêncio por tanto tempo que Malcolm pensou que não responderia. Mas ela respondeu:

— Ele acha que não consigo lidar com as coisas aqui.

— Que coisas? — Malcolm arqueou as sobrancelhas.

— Você, imagino.

— Eu preciso ser lidado?

Ela soltou uma risadinha abafada.

— Eu não sonharia em tentar, francamente.

— Acredito que você conseguiria, sem muita dificuldade — ele afirmou.

Sera observou a escuridão por um bom tempo antes de falar.

— Caleb está disposto a bancar o amante para a petição de divórcio — ela disse.

Mais tarde Malcolm odiaria a si mesmo pelo que disse em seguida.

— Ele é um bom amigo — afirmou, quando deveria ter dito: *Não vai haver divórcio.*

— Ele é — Sera concordou. — Está disposto a fazer muito pela minha felicidade.

— Ele não é o único. — Então Sera se virou para Malcolm, encontrando seus olhos, buscando algo, até finalmente olhar para frente.

— O que Vossa Graça quer?

Haven queria tanto, e tão bem, que chocou a si mesmo com a resposta.

— Eu quero que você não me chame de Vossa Graça.

Ela se virou para ele então, os olhos azuis cinzentos na escuridão.

— Você continua um duque, não?

— Você nunca me tratou como um.

Um canto de sua boca se elevou em um pequeno sorriso.

— Haven bobinho. Você não me deixou porque eu conhecia bem demais seu título?

Malcolm detestou ouvir aquilo. Detestou que mesmo naquela escuridão silenciosa, íntima, eles estivessem envolvidos pelo passado. Acima de tudo, detestou a verdade que ouviu. Ele a tinha deixado porque pensou que ela se importava mais com o ducado do que com ele. Quando enfim descobriu que não importava nem um pouco como ela o tinha agarrado – só que o tinha agarrado –, Sera sumiu. E com ela, o futuro dele.

Ela falou, finalmente, como se tivesse ouvido os pensamentos dele:

— Eu não tinha intenção de prendê-lo numa armadilha, sabe. Não no começo. — Seraphina inspirou fundo, olhando para o céu. — Essa é a verdade, se é que importa.

Ele pôs o copo no chão e pegou o lampião, erguendo-se e estendendo a mão para ela.

— Venha.

A resposta dela foi tão desconfiada quanto o olhar que deu para a mão dele.

— Aonde?

— Vamos passear.

— Está no meio da noite.

— São dez horas.

— No campo — ela retrucou. — Está de noite.

Haven riu ao ouvi-la.

— Pensei que você gostasse do campo.

— A cidade tem seus benefícios. Eu gosto de enxergar as coisas que podem me matar no escuro — ela disse, resoluta.

Ele lembrou disso, da sensação boa que restava quando eles gracejavam um com o outro. Como se não existissem homem e mulher que combinassem mais.

— Você receia que alguma coisa específica ataque nós dois no escuro?

— Pode ser qualquer coisa.

— Por exemplo?

— Ursos.

Haven franziu a testa.

— Você passou tempo demais na América se acha que ursos virão atrás de você.

— Pode acontecer.

— Não. — Ele suspirou. — Não pode, não. Pelo menos não em Essex. Diga uma coisa que poderia matar você na escuridão em Essex.

— Uma raposa brava.

A resposta veio tão rápida que ele não conseguiu conter a risada.

— Eu acho que você estará em segurança. Faz anos que não temos uma caçada à raposa.

— Isso não significa que as raposas não estejam buscando vingança por seus ancestrais.

— As raposas estão empanturradas demais com galinhas do mato para conseguirem ficar bravas. E se vierem atrás de você, Sera, juro protegê-la.

— Seus votos não serviram de muita coisa no passado — ela disse, e Malcolm percebeu que ela tentou evitar o final da frase, como se Sera não quisesse dizê-lo, assim como ele não queria ouvi-lo.

Mas é claro que ele merecia ouvir. Haven ignorou o ardor das palavras e decidiu enfrentá-las.

— Esta noite, começo uma nova página. — Ele estendeu de novo a mão para ela e Sera refletiu por um momento antes de suspirar, pegar a garrafa e levantar, erguendo o corpo até sua altura máxima e magnífica.

Ele baixou a mão que ela não pegou.

— Não estou com um calçado adequado.

— Não planejo levar você para um passeio pelo pântano — ele disse, descendo os degraus. — Não se preocupe. Eu a protegerei das criaturas nefastas.

— E quem irá me proteger de você? — ela perguntou, irônica, antes de acrescentar: — Aonde você está me levando?

— Está vendo? Você não deveria ter falado mal das raposas. Quem sabe elas não poderiam ser sua salvação?

— Então é isso? — Sera perguntou enquanto eles caminhavam. — É você quem vai acabar comigo na calada da noite?

Ele ignorou o comentário, diminuindo o passo e dando uma chance de ela alcançá-lo.

— Nós vamos até o lago.

— No escuro?

Haven estendeu a mão para a garrafa que ela trazia. Sera a soltou e ele deu um grande gole, limpando a boca com a mão antes de falar.

— Vou agarrar o touro pelos chifres.

Ela pegou a garrafa de volta.

— Um de nós é o touro nesse cenário?

— Você sabia que Lady Emily não toma sopa? — ele perguntou.

Sera olhou torto para ele.

— Perdão?

Malcolm sorriu. Ele a tinha fisgado. Sera nunca deixou de se interessar por outra pessoa.

— Você a colocou do meu lado no jantar. Havia sopa, o que foi motivo de uma conversa interessante.

Sera arregalou os olhos.

— Não consigo imaginar como.

— Acredite em mim, eu também fiquei surpreso. Pensei que fosse perecer devido à constrangedora necessidade de evitar falar do desaparecimento da Srta. Mayhew. Na verdade, os eventos desta tarde não afloraram. Graças à sopa.

— Malcolm, perdoe-me, mas... você tem certeza de que está bem?

— Estou sim, na verdade. É a moça que parece um pouco... estranha.

— Porque ela não tomou a sopa?

— Não *a* sopa. Qualquer sopa.

Ela parou. *Ele a tinha fisgado mesmo.*

— Ela não toma sopa?

— É isso que estou tentando explicar. A mulher não toma sopa.

— Não toma? Ou não gosta? Ou as duas coisas?

— Essa é a parte que não consigo entender. Ela não sabe se gosta, Seraphina. Pois nunca experimentou.

Ela arregalou os olhos.

— Isto é algum tipo de piada? Você pega meu uísque e me arrasta para o escuro para me contar histórias ridículas de gente que nunca tomou sopa?

Ele levantou a mão direita.

— Pela minha honra, Sera – o pouco que você e suas irmãs acham que me resta –, Lady Emily nunca tomou sopa.

Houve uma pausa antes de Sera voltar a falar.

— Como isso é possível? — ela perguntou.

— É exatamente o que quero dizer.

Uma pausa. E então, magnífica, ela riu. Como o céu descendo na terra, o som crescendo entre eles antes de se espalhar pela escuridão, Malcolm meio que esperando que o riso invocasse o sol. Porque a sensação era igual à do sol.

Tudo o que ele queria era se aquecer nela, mesmo quando a risada foi parando, transformando-se em risadinhas. Ela recomeçou a caminhar e ele a acompanhou, os dois em um silêncio companheiro pela primeira vez desde... possivelmente desde sempre. E foi magnífico.

Talvez houvesse esperança, afinal.

Eles subiram uma pequena colina e Malcolm ofereceu a mão para ajudá-la em um trecho pedregoso, mão que Sera aceitou como se fosse a coisa mais natural deste mundo, e ele sentiu o calor se espalhar pelo corpo com o toque, acompanhado de desejo e esperança, uma promessa perigosa.

Ela o soltou no momento em que chegaram ao cume, e a decepção que veio com a ação foi aguda. Depois de um longo instante, Sera se virou para ele, que prendeu a respiração, imaginando o que ela diria.

— Você acha que é alimentação líquida o que ela receia?

A retomada da estranha característica de lady Emily provocou o riso dele, alto e desconhecido.

— Não sei.

— Você não perguntou? — Ela meneou a cabeça, fingindo decepção.

— Não.

— Imagino que você tenha pensado que seria grosseiro bisbilhotar.

— Eu *sei* que teria sido grosseiro bisbilhotar.

— Você tem razão, claro. Mas deveria haver uma exceção especial para um caso desses.

Haven não se sentia assim tão livre em anos. Não desde a última vez em que tinham rido juntos. Antes de ficarem noivos. A culpa veio... ele tinha tirado tanto dela – tanta vida. Não era de admirar que ela o tivesse deixado. Não era de admirar que não o quisesse de volta. Ele deveria deixá-la ir de uma vez. *Mas claro que não deixaria.*

Sem saber dos pensamentos dele, Sera acrescentou:

— Entre a sopa e a bocha no gramado, foi um dia ruim para as suas solteiras, duque.

— Tem razão — ele disse, incapaz de esconder sua frustração. — Vamos mandá-las todas para casa.

— Por que você faz parecer que sou a responsável por essas garotas? Foi você quem planejou um evento para encontrar minha substituta. Você as convocou sem mim. Você estaria aqui de qualquer modo, escolhendo sua próxima esposa. Eu só estou aprisionada aqui com elas.

Haven não poderia dizer para Sera que as garotas tinham sido convocadas às pressas, em um período de 24 horas, logo após ele decidir reconquistá-la. Ela não receberia bem essa revelação, ele tinha certeza.

— Posso ter cometido um erro de avaliação.

Ela riu.

— São mulheres encantadoras, Malcolm. Boas escolhas.

Ele a encarou.

— Uma delas nunca tomou sopa! — Haven exclamou e Sera sorriu.

— Pense em como você poderia mudar a visão de mundo dela! Você não queria que eu fosse menos pragmática?

Nunca. Nenhuma vez.

— Ah, sim — ele disse, ignorando o pensamento. — Que bela base para um casamento seria a sopa.

Sera riu ao ouvir isso e acrescentou:

— Ela não seria sua escolha, de qualquer modo. Nunca seria. É claro que não. Nenhuma delas seria.

— Estou bastante certo de que Bettina Battina preferiria ficar com seu americano do que comigo.

— Ele não é *meu* americano e você sabe disso — Sera disse sem hesitar.

Ele sabia. Seraphina nunca teria permitido que ele a tocasse se estivesse comprometida com Calhoun. Mas isso não significava que...

— Ele foi, algum dia? — Malcolm perguntou antes que pudesse se conter.

— Isso importa? — ela perguntou, observando os pés dos dois movendo-se pela grama. — Importaria se eu tivesse tido uma dúzia de amantes? — Sera não lhe deu tempo para responder. — É claro que importaria, neste mundo em que vivemos, onde eu devo permanecer casta como uma freira, enquanto você... você pode desfrutar do mundo inteiro. — Ela fez uma pausa, recuperando sua reserva. Então, com delicadeza: — Ele nunca foi meu. Mesmo que eu pudesse tê-lo amado, ele merece filhos.

Malcolm não hesitou:

— Seu amor seria suficiente.

Seraphina ficou em silêncio por um longo tempo, enquanto ele procurava as palavras certas, sem encontrá-las. Então ela levantou a garrafa e bebeu.

— Não importa.

Mas importava. Importava mais do que qualquer coisa, e, de algum modo, como tudo que importava muito, ele não conseguiu encontrar as palavras para se expressar.

— E você? — ela perguntou. — Quantas americanas você teve?

— Uma — ele disse a verdade. — A que você testemunhou.

Ela riu então, um som vazio e tão diferente da alegria anterior que ele recebeu a risada como um soco.

— Eu devo acreditar nisso?

— Não espero que acredite — ele respondeu —, mas é a verdade.

— Esse é o problema com a verdade; com frequência é preciso ter fé para aceitá-la.

— E você não tem nenhuma fé em mim. — Haven se arrependeu de dizer aquelas palavras no momento em que as pronunciou, desejando poder retirá-las. Ele não queria uma resposta. O silêncio que se impôs entre eles no rastro das palavras foi claro o bastante sem que ela precisasse responder. Para não dizer que também não o surpreendeu. E então ela falou, tão delicada que quase parecia estar falando com outro.

— Deus sabe que eu quero ter.

— Foi só uma vez, Sera. Uma vez.

— Foi para me castigar — ela respondeu, as palavras simples e isentas de emoção enquanto olhava para o lago espalhado abaixo deles como tinta preta.

Arrependimento e vergonha surgiram. Quantas vezes ele tinha se sentido assim? Quantas vezes esses sentimentos o consumiram na escuridão, enquanto Malcolm procurava por ela? Mas nunca foi assim. Sem ela, eram apenas emoções vagas, presentes, mas nunca concretas. E agora, encarando-a, com sua aceitação tácita do passado deles, das ações e erros dele, arrependimento e vergonha vieram como um golpe violento e raivoso. Que maldito cretino ele tinha sido.

— Eu não consigo desfazer isso. Se houvesse uma coisa no mundo que eu pudesse desfazer...

O suspiro dela saiu numa torrente de frustração.

— Diga-me — ela pediu —, é do ato que você se arrepende? Ou das consequências?

Ele se virou para ela, incapaz de encontrar as palavras certas para responder.

— As consequências?

— Minha irmã o jogou sentado no lago diante de toda Londres, Malcolm. Você não gostou disso, e castigou a família toda em seguida.

Vergonha de novo, quente e furiosa, junto com o instinto de se proteger. De defender suas ações. Mas não havia defesa. Nenhuma que explicasse o golpe que ele tinha desferido. Nenhuma que apagasse seu arrependimento.

Sinto muito, palavras que eram uma fuga barata.

— Eu aceitaria o ataque de Sophie centenas de vezes. Milhares. Se pudesse apagar o restante daquela tarde.

Sera ficou em silêncio e Malcolm teria dado qualquer coisa para saber o que se passava na cabeça dela. E, enfim, ela disse:

— Eu também, ironicamente.

Haven fechou os olhos na escuridão. Ele a tinha magoado de um modo abominável. Eles ficaram em silêncio por muito tempo enquanto Malcolm ponderava suas próximas palavras. Mas ela falou antes que ele as encontrasse.

— E em todos os anos desde então?

Ele olhou para ela, sentindo que a escuridão, de algum modo, o libertava. Fazendo com que fosse honesto.

— Eu também apagaria todos eles.

Ela se voltou para ele, falando com a mesma simplicidade como se discutissem o tempo.

— Eu não. — A dor que veio com essa confissão foi esmagadora, sombria como a água que se espalhava diante deles, estendendo-se para sempre como o silêncio que a acompanhou. Finalmente, Sera olhou para o céu estrelado e disse: — Então, esse era seu plano? Me levar para a escuridão e analisar o declínio do nosso casamento?

Ele exalou, olhando para a água, preta e cintilante sob o luar.

— Não era, na verdade. — Ele começou a descer em direção ao lago. — Eu planejava lhe mostrar algo.

A curiosidade a venceu – como sempre.

— O quê?

Será que ele conseguiria afastá-la do passado? Na direção de algo mais promissor? Valia a pena tentar.

— Venha ver.

Por longos momentos ele não a ouviu, e se preparou para o pior. Para a possibilidade de que não houvesse esperança para eles. Então as saias dela farfalharam na grama.

ARQUITETURA ESTELAR: O ESCONDERIJO DE HIGHLEY

* * *

— Isso é lindo.

Sera estava dentro de uma pequena e impressionante estrutura de pedra, dotada de seis vitrais retratando uma série de mulheres em vários estados de celebração, cercadas de estrelas, como se dançassem no céu noturno.

Malcolm estava ao lado, segurando o lampião no alto, revelando estrelas e o céu entalhado em baixo relevo na pedra, detalhes que subiam pelas paredes entre os vitrais e se espalhavam pelo teto abobadado do lugar. Sera inclinou a cabeça para trás para conseguir observar a Lua e o Sol em relevo bem acima.

— Os vitrais são mais bonitos durante o dia, é óbvio — Malcolm disse.

— Acredito. — Ela olhou para ele.

Sera não sabia o que esperar quando o seguiu, de lampião na mão, descendo a encosta da colina até a margem do lago. Ela nem mesmo deveria tê-lo seguido. Para quê? Passar tempo com ele só ressuscitava o passado de um modo que ela não desejava nunca mais lembrar.

Passar tempo com ele só a lembrava de que houve um momento em que ela quis passar a vida inteira ao lado dele.

Mesmo assim, o seguiu nessa noite, atraída como uma mariposa pela chama. E, como uma mariposa, o fogo dele ameaçava consumi-la. Como sempre.

Sera nunca tinha passeado pelas terras de Highley; ele tinha falado do lago dezenas de vezes – esse era um lugar importante nas histórias de infância de Malcolm –, mas ela nunca teve a oportunidade de ir até lá.

E então, enquanto ela olhava de uma mulher para outra, todas desenhadas com tanta beleza que pareciam estar aprisionadas no vidro, Sera se perguntou por que ele não a tinha levado antes até ali, àquele ambiente lindo debruçado sobre o lago. Sera olhou para ele.

— Quem são elas?

Ele hesitou, só um pouco – não seria suficiente para que outra pessoa reparasse.

— As Plêiades.

As Sete Irmãs, filhas de Atlas. Ela voltou a olhar para os vitrais, contando.

— São apenas seis.

Ele concordou e se afastou, na direção do círculo de ferro forjado no centro da sala. Abrindo uma porta incrustada no balaústre, ele acenou a lanterna na direção do círculo escuro abaixo.

— A sétima está debaixo do lago.

Sera se aproximou dele, certa de que tinha escutado mal, seu olhar transfixado pela escada escura em espiral. Não havia luzes na parte debaixo, e os degraus desapareciam em uma escuridão completa. Ela olhou para Malcolm.

— Eu não vou descer aí.

— Por que não?

— Bem, primeiro porque as palavras *debaixo do lago* soam tenebrosas e, segundo, porque aí embaixo está mais escuro que a meia-noite e não sou uma imbecil.

Os lábios dele se torceram em um pequeno sorriso.

— Eu planejava ir na sua frente.

— Não, muito obrigada. — Ela meneou a cabeça. — Estou ótima aqui.

Haven a ignorou, virando-se para a parede e pegando uma tocha apagada. Em seguida, ele abriu o lampião e acendeu a tocha com habilidade impressionante. Sera recuou um passo quando ele a levantou acima da cabeça, jogando o próprio rosto em luz brilhante e sombras pronunciadas.

— Se você acha que um bastão em chamas vai fazer eu me sentir melhor quanto a descer lá, está muito enganado — ela disse.

Ele riu ao ouvir isso.

— Você não confia em mim?

— Na verdade, não.

Haven ficou sério. Ou talvez fosse um truque da luz no rosto dele, fazendo parecer que ele nunca foi mais honesto do que naquele instante.

— Vou mantê-la em segurança, Sera.

Antes que ela pudesse responder – antes que pudesse diminuir o ritmo de pânico em que estava seu coração –, ele se foi, descendo os degraus para dentro da escuridão. Ela chegou até o balaústre, observando o círculo de luz que a tocha projetava nos degraus estreitos.

— Quanto essa escada desce?

— Não se preocupe, Anjo. Não vou levá-la até o inferno.

— Mesmo assim, prefiro não descer — ela disse.

— Pense que você é Perséfone.

— É verão — ela retrucou quando um braseiro foi aceso, revelando o fim da escada. — Perséfone aparece em setembro.

Ele olhou para cima, os lindos olhos enegrecidos pela escuridão, um sorriso amplo no rosto.

— Você vai me seguir.

Ela soltou uma risadinha abafada.

— Não entendo por que você pode pensar isso.

— Porque isso é o que nós fazemos — ele disse. — Nós seguimos um ao outro até a escuridão. — E então Malcolm passou por uma porta escura, sumindo de vista.

Que droga se ele não estava certo.

Ela desceu, levantando as saias, pé ante pé na escada em espiral, resmungando sobre más decisões e duques irritantes o tempo todo. Ao pé da escada, Seraphina olhou para cima, para a abertura circular no alto da escada a uma grande distância, a pedra e o vitral parecendo, de repente, como se fossem um friso pintado no teto, em vez de uma sala inteira lá em cima.

Era um trabalho lindo, mostrando um domínio da perspectiva como ela nunca tinha visto.

O ar mexeu suas saias, um alívio fresco e bem-vindo em relação ao calor abafado de cima. Aquilo confortou Sera por um instante, antes que percebesse o motivo da temperatura agradável. Ela estava no subsolo.

O pensamento a fez olhar para a passagem em forma de gota onde Haven tinha entrado, onde ele estava parado a menos de trinta centímetros, de tocha na mão e um belo sorriso no rosto atraente.

— Eu disse que você viria.

— Posso ir embora com a mesma facilidade. — Ela fez uma careta.

Ele meneou a cabeça.

— Não se você quiser ver. — Malcolm acenou a tocha em direção ao fundo daquele lugar, revelando o que parecia ser um túnel estreito em forma de gota, as laterais pintadas com o mesmo tema dos vitrais acima; céu escuro e estrelado que competia com a noite lá fora. Sera arregalou os olhos.

— Isso vai muito longe?

— Não muito — ele disse. — Segure minha mão.

— Não. — Ela não podia.

Pareceu que ele iria discutir com ela, mas Malcolm apenas concordou e foi na frente, acendendo outro braseiro, depois outro, cada um revelando mais alguns metros do túnel.

— Nós estamos debaixo do lago?

— Tecnicamente, nós estamos dentro do lago, mas sim. — Outro braseiro.

— Por quê?

— Você conhece a história das Plêiades? — Mais um.

Havia momentos em que ela conseguia esquecer que Haven era um duque, e havia momentos em que o passado dele, no qual foi criado com todos os caprichos aristocráticos, apareciam sem hesitação. Eram momentos como esse, em que ele ignorava perguntas e mudava de assunto sem pedir licença. Ela não escondeu sua irritação.

— Eu sei que eram irmãs. Sei que eram filhas de Atlas.

Outra luz se acendeu.

— E depois que Atlas foi punido, obrigado a segurar o céu, elas ficaram sozinhas, sem ninguém para protegê-las dos deuses ou homens. Sete irmãs. Contando apenas umas com as outras.

Ela não gostou do arrepio de consciência que a sacudiu. A familiaridade da história – seu pai, feito aristocrata da noite para o dia, ela e as irmãs jogadas no mundo da aristocracia londrina sem ajuda. Nunca foram aceitas devido à origem plebeia, nunca foram admiradas pelo modo como subiram.

Sera manifestou um entusiasmo exagerado.

— Irmãs Perigosas precisam permanecer juntas.

— Uma mais do que as outras. — Surgiu um clarão laranja, jogando o rosto sério dele em sombras e ângulos. Malcolm continuou, a voz baixa e sombria como o túnel interminável. — As seis Plêiades mais velhas eram lindas e cada uma delas tentou um deus. Cada uma casou no céu. Porém, a mais nova, Mérope – a mais linda, graciosa e valiosa –, chamou a atenção de um pretendente perigoso, nascido na terra.

— Não é sempre assim? As irmãs conseguem tudo que o coração deseja, e a gente fica com um mero mortal. — Outro braseiro. O túnel era infinito. — Nós vamos cruzar o lago todo por baixo da água?

Foi como se ela não tivesse dito nada.

— Não um mero mortal. Órion era o maior caçador que o mundo conhecia, e perseguiu Mérope incansavelmente. E ela se sentiu tentada.

— É claro que sim. Aposto que ele era atraente como o pecado.

— Ele era, na verdade. — Ah. Então ele estava escutando. — Ela fez tudo que pôde para se esconder dele, sabendo que não havia esperança para os dois.

Seraphina também estava ouvindo, pois as palavras "não havia esperança" se instalaram como uma dor em seu peito. Malcolm continuou:

— Mérope se voltou para as irmãs, que se uniram e trabalharam como só irmãs sabem fazer para proteger a mais nova do caçador mortal que nunca seria bom o bastante. Elas começaram cegando-o...

— E você acha que as *minhas* irmãs são ruins. — Ele acendeu o último braseiro, revelando outra passagem escura, sugerindo algo mais além.

Mesmo no escuro, Sera percebeu que um lado da boca dele se ergueu, observando-a. Ele parecia um tipo de deus... um deus moderno. Alto e lindo, com o rosto esculpido em mármore, parecendo ainda mais divino com a luz trêmula da tocha que carregava, como se pudesse controlar as chamas.

— A cegueira não deteve Órion. Ele era um exímio caçador, forjado pelos próprios deuses. E assim perseguiu Mérope, cada vez mais desesperado pelo que eles poderiam ter juntos. Pela possibilidade de um futuro.

— Era de se imaginar que ele teria desistido, pelo óbvio desinteresse dela.

As palavras dele saíram mais como grunhido do que uma fala:

— Ah, mas não era desinteresse. Era medo. Medo do que poderia acontecer. E, como ele era mortal, medo do que ela certamente perderia caso se entregasse.

Seu coração. Ele.

Sera permaneceu em silêncio, e ele continuou, as palavras suaves e fluidas ecoando naquele lugar privado, não frequentado. Eles eram tão secretos quanto o próprio lugar.

— Órion não temia a cegueira. Só temia nunca encontrá-la. Nunca ter a chance de convencê-la de que eram um para o outro. De que mortal ou não, ele podia lhe dar tudo. O Sol, a Lua, as estrelas.

— Só que ele não podia — ela sussurrou.

Malcolm hesitou ao ouvi-la, e Sera percebeu que a mão dele se crispava no cabo da tocha, que a luz tremulou nesse momento, no corredor sombrio, como se as palavras pudessem manipulá-la.

— As irmãs procuraram Artêmis, deusa dos caçadores, pensando que se ela mandasse Órion interromper sua busca, ele a escutaria. Elas juraram devoção à deusa, que foi falar com Órion.

— Ele se recusou — Sera disse, de repente sabendo a história sem nunca tê-la ouvido. Ela se aproximou dele, desesperada pelo final. Sabendo que seria trágico. Querendo que fosse feliz.

— É claro que ele se recusou — Malcolm disse, virando-se para ela. — E esse foi seu erro.

— Nunca deixe uma deusa brava — ela sussurrou.

Ele soltou uma risada baixa e os anos desapareceram quando as linhas nos cantos dos olhos dele subiram, e seu sorriso a atraiu para perto, fazendo-a imaginar o que aqueles olhos viram, sabiam e revelavam.

— Como se eu mesmo não tivesse aprendido essa lição — ele murmurou.

Ela observou as palavras saindo dos lábios dele, lembrando de como eram macios e firmes. E se ela o beijasse? Não como da última vez, com raiva e frustração, mas com prazer? E se ela beijasse aquele sorriso? Conseguiria capturá-lo? Guardá-lo para si, para todos os momentos em que estivesse sozinha e desejasse se lembrar dele? *Não.*

— Conte-me o resto.

Ele ergueu a mão e a expectativa a consumiu quando o olhar dele se fixou no lugar em que seus dedos pairavam acima da pele dela, uma promessa não cumprida.

— Artêmis foi falar com Zeus.

Aquilo não teria um final feliz. Malcolm inspirou fundo e exalou. Sera sentiu o ar quente em sua têmpora e esse toque foi dolorido.

— Ela foi até Zeus e lhe pediu que escondesse Mérope. Para punir o homem.

Para punir os dois.

— Como?

O olhar dele permaneceu fixo em seus próprios dedos, que pairavam a um fio de cabelo do rosto dela.

— Primeiro — ele começou —, Zeus os transformou em pombas.

Sera prendeu a respiração e Malcolm olhou para ela, como se soubesse o que estava pensando. Ela também tinha se transformado em uma pomba, e não foi suficiente para se esconder dele. Mas ele não sabia que Sera tinha sido uma pomba.

— Mas encontrar uma pomba não era desafio para Órion, nem mesmo cego. Nem mesmo desanimado. Ele sabia como ela cantava.

Aquilo não significava nada. Era uma história.

— E mais, como pomba, Mérope estava angustiada. Pombas, você sabe, têm um só companheiro para toda a vida. Assim, ao pedir que Mérope fosse salva de uma vida com um mortal, Artêmis submeteu sua devota ao pior tipo de dor: a dor de ansiar por seu companheiro. Órion sabia disso, e não desistiu, recusando-se a parar de procurá-la. Ele viajou aos confins da terra para encontrá-la. Para amá-la. — Malcolm observava o silêncio de Sera, e um longo momento se passou antes que ele concluísse. — E Órion conseguiu.

A respiração dela estava entrecortada; Malcolm nunca a achou, nunca procurou por ela. Ela que o encontrou. Seraphina esteve no Parlamento, não mais uma pomba em busca de um companheiro, mas uma cotovia procurando sua liberdade.

— O que aconteceu? — Sera perguntou.

— Ele quase conseguiu. Quase ficaram juntos.

— Não é o bastante. — Tristeza tomou Sera.

Os dedos dele finalmente desceram, como um beijo no rosto dela. Um toque leve, perfeito e fugaz.

— Nunca provoque uma deusa. Artêmis voltou para Zeus.

Sera exalou, detestando o modo como sentia falta daquele toque quase inexistente.

— Maldito Zeus.

— Zeus deu a Artêmis o que ela lhe pediu.

— Mas não do modo que todos queriam.

— Com certeza não do modo que eles queriam. — Malcolm se virou e entrou na sala escura adiante, e Sera o seguiu como se presa por um cordão, desesperada pelo fim da história. Ele atravessou a sala, com a tocha na mão, um círculo de luz o acompanhando, mantendo-o a salvo da escuridão ao redor. Escuridão que a consumia.

— Mérope não estava destinada a se casar com um deus, mas Zeus a colocou no céu mesmo assim, ao lado das irmãs. — As palavras ecoaram no ambiente, e no mesmo instante incomodaram Sera com seu som profundo, oco, reverberando nas paredes. Ela se virou, dando uma volta completa, olhando para cima, desconcertada por sua incapacidade de se orientar naquele espaço. — Fixada no firmamento.

Sera olhou para Malcolm e viu dois dele; as costas voltadas para ela e o reflexo na parede mais distante. Era um espelho imenso. Uma cúpula de espelhos. Ela olhou para cima e o viu no espelho, os olhos pretos enquanto Malcolm levantava a chama para acender outra tocha na extremidade da sala.

— E Órion, desesperado para ficar com Mérope, implorou para ser colocado junto a ela.

Ele acendeu outra tocha no lado mais distante da sala. Não eram espelhos. Vidro. Outra tocha. E mais outra, até ele finalmente colocar a que carregava em seu apoio, perto da entrada da sala, e os reflexos da luz espelhados por todo o ambiente, banhando-os no brilho dourado dos painéis de vidro grosso e temperado, presos a armações de ferro que Sera nunca tinha visto igual. No chão, a irmã que faltava na construção acima do lago – Mérope, imensa e magnífica, contorcendo-se num impressionante mosaico.

E além do vidro, água, estrelada pelo fogo de seu marido.

— E é assim que Órion a persegue. Para sempre. — As palavras de Malcolm tiraram Sera de sua estupefação.

Ela se sentiu consumida por todas as coisas que não deveria ter feito. Seraphina não deveria ter ficado, mas como não? No centro de um salão subaquático, que parecia algo saído do mito que ele tinha acabado de sussurrar para ela?

Ficar, contudo, era uma coisa. Mover-se na direção dele era outra muito diferente. Ela também não deveria ter feito isso. Deveria ter se mantido na outra extremidade daquele espaço magnífico, recuperado o bom senso e dito para Malcolm, categoricamente, que ele deveria convidar as candidatas a substituta a visitarem esse lugar, para conquistar seus corações e mentes. Porque, com certeza, esse lugar era mágico o bastante para fazer isso com qualquer uma.

É provável que tenha sido por isso que Sera se aproximou dele, impulsionada pelo lugar que ela nunca tinha imaginado existir. Que mal conseguia imaginar no momento, mesmo estando dentro dele, inebriada por seu esplendor.

Sera resistiu à ideia de mostrar esse lugar para as outras, detestou pensar que Malcolm pudesse compartilhá-lo com elas, odiou a ideia de que elas vissem essa versão dele, manipulando água e ar com sua força e determinação. Força e determinação que a inebriaram antes. Que ainda a inebriavam.

Ela parou a centímetros dele. Perto o bastante para que, se quisesse, Malcolm pudesse estender os braços e pegá-la. Se ela quisesse, estender os braços para pegá-lo... não que ela quisesse isso. *Mentirosa.*

Sera meneou a cabeça.

— Este lugar...

Mas Seraphina não tinha palavras para o que esse lugar fazia com ela. Nem para o que as palavras de Malcolm faziam com ela. Aquela sala era mito tornado realidade, fixando-a no firmamento como se ele fosse o próprio Zeus. Claro que não era.

— Eu construí isto para você. — A confissão foi tão delicada que quase não pareceu real, e a ela se seguiu uma torrente de palavras que ele parecia querer expulsar antes que pudesse se deter. — Construí para que houvesse algo para você quando voltasse. Algo... novo.

Algo que não tivesse o peso do passado. O peso do que tinha sido perdido. O bebê. O futuro deles. A tristeza veio como um golpe e ela fechou os olhos, deixando que o sentimento a envolvesse antes de inspirar fundo e olhar para cima, para a cúpula magnífica, centenas de quadrados escuros de vidro que a refletiam. Que a transformavam em uma estrela. E ele também, com o topo de sua cabeça refletido dezenas de vezes, os cabelos de mogno o único reflexo enquanto ele falava, as palavras sussurradas ecoando ao redor deles com perfeição acústica.

— No dia em que a construção terminou, fiquei parado aqui, sozinho, pensando em você. — Ele olhou para cima então, para o espelho preto perfeito formado pela cúpula, encontrando os olhos dela no mesmo instante, mantendo a atenção dela enquanto falava. — Eu sonhei com você aqui. Cantando.

Ela o encarou, de repente sem a segurança do espelho.

— Você construiu um palco para mim.

Haven deu de ombros.

— Você amava cantar — ele disse apenas, como se isso fosse o bastante. — E eu amava ouvir você cantando.

Ela entendeu o que ele queria. Ouviu em sua cabeça o eco da música que tinha cantado para ele o que parecia ser uma eternidade atrás. Antes que as duas mães aparecessem e Malcolm descobrisse o plano tolo dela – um plano que foi mais mal pensado do que nefasto.

— Eu sinto falta. — Como se ela não quisesse cantar.

— De cantar?

De cantar para você. O pensamento a chocou e Sera ofereceu uma explicação diferente.

— Fazer apresentações torna-se um vício. A pessoa se vê desejando aplauso do mesmo modo que deseja afeto. Cantar é como respirar. — O coração dela começou a bater mais forte e Sera se arrependeu do que falou no mesmo instante. Ela conhecia muito bem o desejo por afeto. Quanto ela tinha sonhado em recebê-lo desse homem?

— E assim nasceu a Cotovia.

— Na canção, liberdade — ela concordou.

— Você está tão engaiolada assim? Só está aqui há três semanas.

Estou aqui há três anos. Ela não deu voz ao pensamento, preferindo dizer:

— Três semanas é uma eternidade quando não se tem aprovação, Vossa Graça. — Por um instante Sera pensou que Haven a enfrentaria, exigindo seriedade. Mas ele apenas se afastou dela.

— Por favor, cante, então.

— E você vai aprovar?

— Vamos ver. — Ele era magnífico em sua arrogância; sempre conseguiu conquistá-la dessa forma.

Ela sorriu e levantou as saias, mostrando os tornozelos enquanto dançava.

— *Vida longa às mulheres, pernas lindas no chão. Vida longa à duquesa, a Cotovia, a...*

Ele fechou os olhos antes que ela chegasse ao fim da música, e Sera parou, a última palavra pendurada entre eles, primeiro um gracejo, depois um golpe, e ela se arrependeu de evocá-la – aquela palavra que antes tinha ficado entre eles por vezes demais. Ela deixou cair as saias e Malcolm abriu os olhos com o eco que os envolvia.

— E então? O espaço serve?

Ele afirmava ter construído esse espaço para ela. Para o futuro, não o passado. E mesmo que soubesse ser impossível esquecer o passado que pairava entre eles, Sera percebeu que era incapaz de tentar.

— É perfeito — ela disse.

— Você cantaria para mim?

Ela sabia o que ele queria.

— Não acho que seja uma boa ideia.

— Provavelmente não — ele disse. — Mas isso não muda o desejo.

E assim Sera percebeu que também queria, como se entoar a música que tinha cantado anos atrás para ele pudesse, de alguma maneira, libertá-la. Libertá-los. Para algo novo e revigorante. Ela não cantava essa música há três anos. Não desde que a tinha apresentado para ele. Mas Sera lembrava de cada nota, cada palavra, como se fosse uma oração. E talvez fosse mesmo. Talvez ela pudesse exorcizar o passado com essa música.

Seraphina fechou os olhos e cantou, intensa e livre, enquanto a cúpula perfeita devolvia o som para eles.

— *Aqui jaz o coração, o sorriso, o amor,/ Aqui jaz o lobo, o anjo, a pomba./ Ela deixou de sonhar e pôs de lado os brinquedos,/ E ela nasceu nesse dia, no coração de um garoto.*

Quando ela abriu os olhos, Malcolm a observava com um prazer radiante, o rosto corado e a respiração difícil. Ele se aproximou dela, as últimas notas ainda ecoando ao redor deles, e estendeu a mão, prendendo uma mecha solta atrás da orelha dela. Sera deveria ter se afastado, mas se viu hipnotizada por ele, tão próximo. Tão presente.

— Diga-me, Seraphina. Se não houvesse ninguém. Nem irmãs, nem deus ou deusa para protegê-la, nem americano, nem aristocracia para observar e julgar? O que você faria se eu a quisesse?

Os olhos dele estavam cheios de intensidade com a pergunta e ela não conseguiu desviar o próprio olhar. Quantas vezes ele tinha falado com ela dessa forma? Com essa poesia lânguida e fluida? Quantas vezes ela tinha sonhado com isso?

— E se eu lhe prometesse o Sol, a Lua e as estrelas? — ele insistiu. — E se eu jurasse sempre caçá-la, você fugiria? Ou decidiria se deixar apanhar?

Haven estava tão perto que ela poderia se entregar. Que ela poderia levantar o rosto e colar os lábios nos dele. Que ela poderia lançar a cautela ao vento e aceitar o que ele oferecia. Que ele poderia pegá-la. Mas ele não pegaria, não sem o consentimento dela.

— E se nós pudéssemos ter tudo de novo, Sera? — O sussurro a destruiu; a dor nas palavras dele igualando a dor no peito dela. — E se pudéssemos começar de novo?

Ela sacudiu a cabeça.

— Você nunca deveria ter me trazido aqui.

Ele deu um passo na direção dela, ignorando suas palavras.

— Você aceitaria?

Sera engoliu em seco, sabendo que não deveria.

Haven percebeu a hesitação. Inclinou-se, somente sua força de vontade impedindo-o de beijá-la. Por que ele se segurava se tudo o que ela queria era se abandonar? *Ele se segurava por ela.*

— Aceite, Anjo.

Uma vez. Dessa vez, e então ela terminaria. Deixaria Malcolm para trás. Deixaria que ele encontrasse uma nova esposa. Permitiria que ela própria fosse atrás da liberdade. Mas dessa única vez ela aceitaria o que ele lhe oferecia. O que ela desejava. E então o tiraria da cabeça para sempre. *Uma vez.*

Ela ficou na ponta dos pés, encurtando a distância entre eles enquanto sussurrava – mais respiração do que som – uma única e devastadora palavra, que ecoou em seu coração:

— Aceito.

HAVEN É CAPTURADO POR CAÇADORA

* * *

Não houve nada de delicado no modo como eles se encontraram, nada suave nem hesitante. Eles trombaram um no outro de um modo que fez parecer que a cúpula ao redor deles poderia implodir, e que eles seriam levados pelas águas; se esse fosse o último momento deles juntos, por que não permitir que acontecesse pleno de paixão e arrebatamento, sem qualquer culpa?

Por que não ter um único momento sem que houvesse nada entre eles – nada de conluios, raiva, frustração ou qualquer outra motivação –, nada além do desejo que sempre os consumiu? Do prazer que sempre forjaram?

As mãos de Sera, de imediato, se entrelaçaram no cabelo de Malcolm, puxando-o para si, seus lábios se abrindo para os dele enquanto ele arrancava os grampos do cabelo dela, deixando as mechas caírem por seus ombros antes de envolvê-la com os braços, erguendo-a de encontro ao seu corpo e roubando-lhe a respiração. Enquanto ela roubava a dele, enquanto ela o tomava para si.

Houve um tempo distante em que Sera o seguiria aonde Malcolm fosse. Mas não agora, não quando ela tinha sonhado com ele por tanto tempo e mudado tanto. Agora ela era seu igual. Cada um deles conduzia, cada um seguia. E foi magnífico.

Malcolm desceu as mãos até os laços do corpete dela, abrindo-os enquanto Sera afastava o paletó dele, puxando-o de seus ombros. Ele parou de abrir o vestido dela e atirou o paletó ao chão, recusando-se, enquanto isso, a interromper o beijo. As mãos dela deslizaram por sobre a camisa de Malcolm, deleitando-se nos músculos duros e quentes embaixo do tecido, enquanto ele puxava os cordões de seda que a afastavam de si.

Depois de um longo momento, ele afastou os lábios dos dela. Sera abriu os olhos, inebriada pelo beijo e desesperada para que ele a tocasse de novo. Foi a vez de ela implorar. De sentir o desejo estremecer o corpo dele enquanto ela o fazia.

Praguejando baixo, ele agarrou as bordas do tecido, onde os laços pareciam não se render e puxou com força e rapidez, tornando os cordões de seda inúteis quando o tecido se rasgou em dois, desnudando-a.

Outra imprecação. Dele. Talvez dela, perdida nos gemidos mútuos, sentindo aquele corpo grande e quente encostado no seu, e eles se beijaram de novo, um beijo demorado, exigente e carregado de tudo que eles passaram anos negando.

Então ele desgrudou os lábios dos dela e os deslizou pelo queixo, pelo rosto, pela orelha dela, descendo pelo pescoço, dando-lhe todas as palavras com que ela sempre sonhou, sensuais e maravilhosas.

— Faz tanto tempo que eu desejo você — confessou à pele dela, seus lábios brincando em lugares secretos aos quais só ele mesmo teve acesso um dia. — Sempre foi você, todas as noites, Anjo.

A língua dele então passou a desenhar um círculo no lugar em que o pescoço encontrava o ombro.

— Eu fico acordado todas as noites — ele disse quando ela arfou. — Assombrado por visões de você até não ter escolha...

Malcolm parou de falar e aqueles lábios deslizaram pela encosta do peito dela até o lugar em que os seios se apertavam no alto do espartilho.

— Visões da sua pele... centímetros de perfeição..., de seus lábios lindos. De seus olhos... um pecado. Seus seios... – E ele chegou lá, tirando-os do espartilho, deslizando os lábios sobre a pele delicada e desesperada, descrevendo círculos pequenos, provocadores, ao redor dos mamilos. — Você adorava quando eu a chupava aqui — Haven sussurrou, as palavras sensuais provocando calor e um desejo intenso dentro dela.

— Faça isso — ela arquejou.

— Qualquer coisa que você quiser — ele sussurrou, a língua encontrando o bico teso de um seio. — Tudo o que você quiser, amor.

Amor. A palavra de afeto zuniu dentro dela, mas Sera a pôs de lado, levando suas mãos ao cabelo dele, impossível de tão macio, para levar Malcolm aonde ela queria ser tocada.

— Eu quero isto — ela disse, e os lábios dele, quentes e deliciosos, chegaram ao mamilo. Ele estremeceu ao tocá-la, ou talvez tenha sido ela quem tremeu. Malcolm ficou parado até Sera dizer ela mesma a palavra sensual: — Chupe.

Malcolm obedeceu, dando-lhe tudo pelo que ela ansiou em suas próprias noites solitárias. Em sua própria escuridão. O prazer a sacudiu com o toque dos lábios dele, primeiro em um seio, depois em outro, até seus joelhos fraquejarem e ele a segurar, baixando-a até o chão revestido.

Ele soltou rapidamente os fechos do espartilho, enquanto ela puxava a camisa dele de dentro da calça, suas mãos encontrando a pele quente, coberta de pelos, e lágrimas ameaçaram surgir nesse momento em que o sentiu na ponta de seus dedos.

Sera tinha esquecido. Fazia uma eternidade, e ela o tinha desejado tanto, por tanto tempo, mas mesmo assim tinha esquecido de como era a sensação de tocá-lo. Mas então as lembranças voltaram e ela não conseguiu conter a alegria, a dor e a emoção. Não queria contê-las. Ele tampouco.

— Quantas vezes eu sonhei com isso... — Haven sussurrou, tirando a camisa pela cabeça e jogando-a no chão, onde seu casaco já estava, para depois abrir o espartilho dela e depositar beijos entre os seios de Seraphina, descendo pela pele macia sobre as costelas, falando com o corpo dela de um modo que nunca tinha falado com seu rosto. — Quantas noites eu me toquei pensando nisto — ele continuou, as palavras ecoando ao redor deles na cúpula estrelada, sua verdade chocante incendiando Sera. — Quantas vezes eu me acabei sozinho, envergonhado, desesperado por você.

— Não mais do que eu — ela sussurrou, imediatamente se arrependendo da confissão.

Ele levantou a cabeça, e seus olhos encontraram os dela na escuridão, recusando-se a largá-los.

— Você sonhou comigo?

Era só uma noite. Uma noite de verdade para exorcizar o passado e abrir caminho para um futuro livre dos demônios mútuos. A mão dela encontrou o rosto dele, a sombra da barba no maxilar forte e firme.

— Todo dia.

Malcolm fechou os olhos com a confissão, como se ela tivesse lhe acertado um soco.

— Sera — ele sussurrou.

— Você me assombra — ela admitiu, já que tinha começado. — Você me assombrou todos os dias desde que eu parti.

— Bem que eu queria — ele disse. — Eu ficaria feliz de virar um fantasma para acompanhar você. Cristo, como sofri por você. Eu sofri por isto.

Ele levantou o vestido acima dos quadris dela e desceu com seus beijos. Sera lembrou das marcas ali, do lugar que já tinha sido firme, liso e ideal. Ela cobriu o ventre macio e redondo com as mãos.

Em silêncio, Malcolm beijou o dorso dos dedos dela, passando a língua pelo lugar que ela tentava esconder, provocando-a só o bastante para fazê-la se mover, para que ele pudesse encontrar aquele lugar secreto e íntimo. E então falou:

— Você está tão linda aqui, mais do que nunca.

As lágrimas ameaçaram surgir de novo quando ela lembrou de que, ali, ela era dele, de que nunca estaria livre de Malcolm no lugar em que linhas brancas, enrugadas, marcavam seu passado conjunto.

Haven parou e Sera olhou para ele, encontrando seus olhos, rasos das mesmas emoções que a consumiam – emoções demais para que ela conseguisse identificar, todas aceleradas pela intensa compreensão de que nunca as tinha encontrado em outro. Mas, é claro, ela tinha encontrado tudo nele. Sempre foi ele.

Ele se levantou sobre ela, apoiando-se nos braços fortes, os ombros musculosos lembrando-a da imensa força dele. E ele a beijou de novo, um beijo demorado, suave e lindo, até ela ficar sem fôlego e se desfazer em prazer e agonia.

Sera levou as duas mãos ao rosto dele, seu toque macio encerrando o beijo, afastando-o para admirar seus olhos sombrios e pecaminosos.

— Você é perfeita — ele afirmou, e ela fechou os olhos ao sentir a pontada que as palavras lhe provocavam.

— Eu tenho muitos defeitos.

Ele ficou em silêncio, parado, até ela abrir os olhos novamente.

— Seus defeitos são perfeitos. Um mapa de onde nós estivemos. — Ela prendeu a respiração ao ouvir *nós*, porque queria muito que fosse verdade. Ele continuou: — Eu sonhava com você aqui. Olhe para cima. Olhe para nós. Olhe como você é linda. Veja como eu a idolatrei.

Sera levantou os olhos acima do ombro dele e viu o teto abobadado, preto e brilhante com o reflexo deles, e então Malcolm voltou a idolatrá-la, a passar os dentes e a língua sedosa naquele lugar imperfeito, provocando uma onda de calor nela, de agonia e prazer, arrependimento e esperança; a emoções se confundindo e agitando-a enquanto o observava na cúpula, consumida pela imagem dos dois – seu cabelo espalhado no chão, seus seios e corpo nus, enquanto ele a segurava com uma mão sobre as costelas e baixava a cabeça, as costas musculosas e largas escondendo a barriga e depois as coxas dela.

— Está vendo, Sera? — ele perguntou, as palavras lentas e sensuais. — Está vendo como ficamos juntos?

Ela inspirou fundo e o ar tremeu dentro dela. Sera mordeu o lábio. As palavras dele prometiam tanto... elas a tentavam com o eterno. Mas isso não era para sempre. Era só por essa noite.

Ele mordiscou a pele macia do abdome dela e aplacou a mordida com a língua quando ela gemeu.

— Está vendo? — ele insistiu.

— Estou — ela sussurrou.

Ele desceu mais, falando com os pelos escuros que cobriam aquele lugar que só tinha sido dele.

— O que você vê?

— Malcolm. — A palavra saiu como se ela estivesse implorando. E talvez estivesse. Apenas não sabia pelo que estava implorando.

Mas ele sabia, e abriu as coxas dela, colocando-se entre elas.

— O que está vendo, Anjo?

— Eu vejo... — Os dedos dele entraram nela, quentes e firmes, e ela gemeu de novo. — Malcolm.

Ele parou.

— Diga para mim.

Ela olhou para o teto.

— Estou vendo... você.

Então Malcolm abriu as dobras macias do sexo dela, como uma recompensa por sua sinceridade.

— Sim — ele disse, soprando a palavra como uma chama em sua pele. Ela não conseguiu evitar de levantar o quadril na direção dele. — O que mais?

O desejo cresceu, intenso e desesperado.

— Eu. — Ele colocou dois dedos no centro dela, deslizando-os para cima e para baixo, de novo e de novo, até ela pensar que poderia morrer de prazer e provocação. Sera se contorceu de encontro ao toque, desesperada para que ele continuasse, para que ficasse ali, e lhe desse o que ela queria. O que ela precisava.

— Malcolm...

Haven tirou a mão.

— Diga-me o que você vê.

— Eu já disse, droga.

Ele riu disso, o canalha. A sensação quase acabou com ela.

— Diga-me de novo.

— Eu vejo você — ela disse logo, irritação e desejo nas palavras. — Vejo você me tocando.

E, como por mágica, Malcolm a tocou. Um dedo circulando o lugar magnífico em que ela estava desesperada por ele. Seraphina arfou de prazer.

— Meu Deus.

Malcolm diminuiu o ritmo e ela logo falou, desesperada para que ele continuasse:

— Estou vendo você me tocar — ela repetiu. — Me descobrir. Encontrando todos os lugares em que quero você.

E assim ele fez, passando um dedo no centro úmido e quente dela, fazendo-a arquear em sua direção enquanto mantinha os olhos arregalados, fixos na imagem sensual acima deles. Foi quando ela viu o que ele estava fazendo.

— Mérope — Sera sussurrou.

O grunhido dele pontuou outro movimento longo e lento, desta vez com dois dedos, um som grave e sombrio, exigindo que ela falasse mais.

— Eu estou vendo ela, também — Sera praticamente ofegou. — Você planejou isso.

— Planejei — ele confessou, tão perto dela, sussurrando junto ao lugar em que ela mais precisava dele. — Eu queria você aqui, tão linda quanto ela.

— Você me queria nua com ela.

— Eu sempre quero você nua, amor.

Essas palavras provocaram uma onda de calor no corpo de Seraphina.

— Estou vendo isso — ela disse, o olhar deslizando para a ninfa do mosaico, os seios nus como os seus, retorcida nos ladrilhos como se Malcolm estivesse tocando as duas ao mesmo tempo. Como se ao dar prazer para Sera, também estivesse dando a Mérope.

Enquanto ele realizava sua mágica com os dedos, Sera acreditou que ele fosse homem o bastante para dar prazer a uma deusa.

— Malcolm — ela sussurrou, incapaz de evitar de subir os quadris quando ele a tocava e investia fundo uma vez, duas, três. Incapaz de evitar falar mais. De não aceitar tudo que ele oferecia. — Estou vendo você olhar para mim — Sera disse e ele parou, recuando e olhando para ela, encontrando seu olhar e esperando que ela falasse mais.

A intensidade do momento era inegável. O poder dela, inconfundível. Ela poderia lhe pedir tudo, que ele lhe daria.

— Estou vendo que você me quer — ela sussurrou.

Sem interromper o contato dos olhos, ele deu um beijo nos pelos escuros.

— Mais do que eu jamais quis.

Ela conseguia entender isso, pois sentia o mesmo desejo percorrendo seu corpo, que ansiava por ele. Sera projetou o quadril na direção dele, mas Malcolm esperou, como se pudesse esperar uma eternidade para que ela lhe pedisse para tocá-la. Para que ela lhe desse permissão para possuí-la. Sera sussurrou o nome dele, mas ainda assim ele continuou imóvel, travado e atento, à espera da ordem dela.

— Estou vendo você me beijar — ela disse, as palavras saindo com mais firmeza do que teria imaginado ser possível.

Aquele grunhido baixo outra vez, como se ela tivesse lhe dado a única coisa que ele queria. E então ele moveu a mão, abrindo-a, revelando seu centro rosado e inchado. Ela parou de respirar, a expectativa, insuportável.

— Diga de novo — ele disse. — Eu quero ter certeza.

Todo o corpo dela ficou tenso com aquelas palavras. Com a promessa que continham. Com o significado que carregavam – de que Malcolm nunca tomaria nada que Sera não quisesse lhe dar. Que ele a seguiria, Órion atrás de Mérope, mas só quando ela desejasse ser perseguida.

A liberdade que veio com essa percepção superava qualquer outra que ela conhecia. Sera não hesitou.

— Beije-me.

Ele a recompensou com sua boca magnífica, afastando as coxas dela e levantando-a para si, os lábios e língua tomando-a com uma certeza absoluta, sem qualquer hesitação. Ela gritou ao senti-lo, pelo modo como ele descobria cada curva dela, sua língua explorando-a enquanto os dedos tocavam e ela se abria, oferecendo-se para ele sem qualquer dúvida.

Haven aceitou a oferta, fechando os lábios ao redor do local mais sensível do corpo dela, chupando, puxando-a para si com uma habilidade magnífica, até que o nome dele ecoou pelo espaço quando ela se entregou ao prazer, contorcendo-se de encontro a ele, arqueando contra ele, enfiando os dedos no cabelo dele para segurá-lo junto a si, para mostrar-lhe onde mais precisava dele.

A língua de Malcolm deslizava nela, dando-lhe tudo que ela pedia, e Sera fechou os olhos, quase inconsciente das lágrimas que vieram com o prazer puro e selvagem que ele provocava. O corpo todo dela arqueou e se contorceu com a devoção incansável que ele lhe oferecia, e ela arfou, uma vez após a outra, as emoções se agitando dentro de Sera, que, debaixo dele, chorava, incapaz de deixá-lo se afastar.

Aquele homem, que ela já tinha amado tanto, que sempre soube como extrair prazer dela. Aquele homem, que lhe dava um poder que Sera não sabia que possuía.

E mesmo em meio às lágrimas dela, ele não parou, apressando os círculos lentos, a língua trabalhando nela, lambendo e chupando em movimentos fluidos enquanto deslizava as mãos por baixo do corpo de sua amada e a erguia para si, como se ela fosse um banquete, redobrando seus esforços, possuindo-a.

Ela arquejou quando o sentimento cresceu dentro de si, ficando rígida, quase receosa do que viria – de como poderia se tornar refém dele se permitisse que o prazer aflorasse. Mas ele persistiu, sem lhe dar guarida, adorando o lugar maravilhoso, latejante, onde ela mais o queria, fazendo amor com Sera até ela gritar seu nome de prazer – a única palavra que ela teve a capacidade de dizer.

Malcolm a abraçou enquanto ela retornava ao momento, ao espaço magnífico, à cúpula debaixo d'água que pairava sobre eles como um céu. E quando ele ergueu a cabeça, com o rosto corado e os lindos olhos enlouquecidos, o desejo agudo, insuportável que ela tentava manter sob controle quase a consumiu.

Não. Não podia desejá-lo. Não podia tê-lo. Ela sabia que não.

Sera saiu debaixo dele, empurrando-o, e Malcolm se afastou de imediato, soltando-a como se ele existisse apenas para atender aos desejos dela. A percepção disso ameaçou destruí-la do mesmo modo que o toque dele a despedaçou. Então Seraphina fez o que podia, indo buscar seu vestido e voltando pela sala com ele agarrado junto ao corpo.

— Nós não podemos continuar.

Ele não se moveu de onde estava, nu da cintura para cima, um braço apoiado na perna dobrada, vestindo uma calça de camurça escura.

— Não pedi para continuarmos.

— Mas você quer continuar.

— Sou um homem adulto, Sera, e tenho esperado por isto... por você... há anos. É claro que quero continuar. — O olhar dele era quente e sincero. — Mas eu vou esperar por você. Até estar pronta.

Ela detestou aquelas palavras. Detestou o modo como a tentavam. O modo como carregavam uma promessa que ele entendia. Que ele pensava entender.

— Eu nunca vou estar pronta.

— Talvez não. Mas quem sabe um dia. E quando estiver, eu vou estar aqui. — Haven falou como se não tivesse nada a fazer a não ser ficar ali, em seu covil subaquático, esperando que ela aparecesse e pedisse para ele fazer amor com ela.

E alguma coisa ali, na certeza das palavras dele, como se ele pudesse esperá-la para sempre, desconcertou-a mais do que qualquer outra coisa.

— Esse ato em particular nunca foi bom para nós — Sera disse em voz baixa. — Ou você não lembra? — Ela detestou as palavras, detestou dar voz – ainda que de modo vago, tímido – ao passado deles. À criança que não tinham planejado. Ao fato de ele não a querer. E a todas as outras crianças que eles nunca teriam.

Ela se endireitou, nua demais, exposta demais para permanecer imóvel, e virou de costas para ele, pondo o vestido pela cabeça e puxando as duas partes do corpete em uma tentativa infrutífera de apagar a última hora de sua vida.

— Use isto.

Ela quase morreu de susto. Ele estava atrás dela, perto o bastante para tocá-la, segurando o paletó para ela, como se tudo fosse perfeitamente normal.

Sera aceitou o paletó e procurou se acalmar enquanto o vestia, os ombros largos caindo sobre os seus. Ela cruzou as lapelas à frente do peito, e os braços sobre tudo, como uma armadura. Ele recuou um passo, as mãos espalmadas, como se quisesse mostrar que não estava armado. É claro que não era verdade. Eles sempre estiveram armados um com o outro.

— Eu lembro, Sera — Malcolm disse, as palavras parecendo ser arrancadas dele. Ela ainda podia ouvir o juramento que ele fez de nunca ter um filho. Sera ainda podia sentir a dor disso, anos depois, e o sofrimento de quando descobriu que ele teria um, apesar de tudo.

Assim como ela ainda podia sentir a felicidade muda que a consumiu quando descobriu que nunca mais estaria sozinha, mesmo que não pudesse ter Malcolm. E então, a devastação quando soube que sempre estaria sozinha.

— Deixe-me ir — ela sussurrou, as palavras rasgadas, exclamadas com medo de que ele pudesse resistir. De que pudesse tentar mantê-la ali. De que ela pudesse decidir ficar.

Haven recuou mais um passo. E outro, ainda, até o caminho para a saída estar desimpedido.

— Você está livre — ele disse.

— Nenhum de nós está livre — ela respondeu. — Mas podemos ficar.

Mentira. Ele a observou sem se mover, seu peito, lindo e largo, dourado à luz das tochas, o rosto claro e escuro. E então ele usou sua arma.

— Eu nunca pedi para ser livre.

O tiro dele foi certeiro, ainda bem, tirando a tristeza dela e a preenchendo de raiva, lembrando-a de seus planos. Da Cotovia. De seu futuro. Sem ele. Sem o passado. Sem as lembranças das quais não conseguiria escapar estando ali.

— Que mentira. — Ela endureceu os olhos para ele e liberou sua raiva. — Foi você quem acabou conosco, duque. Não eu.

Antes que ele conseguisse responder, ela escapou.

A SURPRESA CHOCANTE DE HAVEN

* * *

Três anos antes
Londres

Haven a sentiu antes de vê-la. Deveria ter imaginado que a Condessa de Liverpool convidaria os dois para sua famosa festa de verão. Ele deveria ter imaginado que as Cinderelas Borralheiras seriam bem-vindas à maluca festa ao ar livre da condessa, com sua decoração chinesa e a própria anfitriã vestida como um dos peixes de seu famoso laguinho. Lady Liverpool nunca teve medo do dramático, e as irmãs Talbot não eram outra coisa que não dramáticas. *Menos Sera.*

Ele não se virou para ela, sabendo que todos os presentes os observavam e comentavam por trás das mãos e dos leques que abanavam. Malcolm resistiu ao impulso de puxar a gravata, apertada demais em seu pescoço naquele clima quente e úmido de verão, sabendo que ele era tanto o foco da atenção quanto ela.

O Perplexo Haven pego por uma Irmã Perigosa, alvo dos deboches dos jornais de fofocas, transformado em exemplo para o resto dos homens casadouros da sociedade. Para que nunca se cegassem pela beleza.

Deus sabia que ele tinha sido cegado. Como a droga do Órion. Amaldiçoado.

Fazia mais de dois meses que ele não a via — tendo a deixado, sumariamente, depois da cerimônia de casamento que durou minutos, quase inexistiu, e se jogou no trabalho, fazendo tudo que podia para esquecer do fato de que tinha uma esposa. Uma esposa cuja proximidade destruiu sua calma, cuja beleza, ele sabia, jamais encontraria mulher que a superasse. Por isso não se virou para ela. *Covarde.*

A ideia o fez entrar em ação e, controlando suas emoções, ele se virou, seu olhar encontrando o dela, como sempre, de imediato. Sera estava a vários passos de distância, em meio a um grupamento de vestidos em tons de pedras preciosas – as irmãs tinham se reunido ao redor dela como um escudo de proteção. Sera estava de vermelho em meio a fios dourados. Claro que ela estaria de vermelho. Não havia nada no mundo mais desejável que Seraphina Talbot. Não, Seraphina Bevingstoke, Duquesa de Haven, sua esposa, sua duquesa... de vermelho.

Não importava que ele daria qualquer coisa para não desejá-la mais. Venderia a droga da própria alma para esquecê-la.

E então as seguidoras dela abriram caminho e ele viu o vestido por completo, as linhas que marcavam os seios e quadris, caindo em ondas exuberantes até a grama verde. Haven deslizou seu olhar por ela, inspirando-a, uma brisa fresca num dia de verão. E foi então que o golpe veio, perverso e inesperado. Ela estava grávida. Ela estava grávida e não tinha lhe contado.

As emoções que o agitaram foram diversas. Descrença. Prazer. Esperança. E fúria. Uma raiva aguda, inflexível, por ela, mais uma vez, ter escondido a verdade dele. Ele seria um pai. Teria um filho. E ela tinha escondido isso dele, como um castigo pelos pecados do passado.

Malcolm controlou a expressão, recusando-se a mostrar para ela como a verdade o consumia. Como a atingia feito um golpe. Um castigo devastador. Então ele fez meia-volta e foi procurar um modo de também puni-la.

Setembro de 1836

Na manhã seguinte, Malcolm recebeu um recado de sua mulher casamenteira de que ele deveria cavalgar com Lady Lilith e Lady Bettina Battina. Sem dúvida Seraphina pensava que estava na hora de ele conhecer melhor as duas candidatas viáveis ao posto de futura Duquesa de Haven – pois a Srta. Mary tinha ido embora para cair nos braços de Gerald, e Lady Emily, cuja aversão a sopa quase a desqualificava, sentia-se indisposta.

Não que Haven tivesse intenção de se casar com qualquer uma dessas mulheres. Na verdade, o recado de sua esposa – impessoal e sem qualquer referência à noite anterior – fez com que ele considerasse, de imediato, irromper na sala do café da manhã e dispensar sumariamente todas as convidadas, encerrando de vez o plano estúpido que tinha elaborado para manter Seraphina por perto enquanto ele tentava reconquistá-la.

Ele estava cansado de planos. E pronto para recuperar a esposa. Para conquistá-la com honestidade. E isso exigia que ficasse sozinho com ela, droga. Precisava de tempo, espaço e honestidade para fazê-la acreditar nele. Confiar nele. Confiar *neles*.

Essas outras mulheres estavam apenas atrapalhando. Não havia dúvida de que, do quarteto original de solteiras que ele tinha convocado para convencê-la de que estava interessado em outra esposa, Lady Lilith e Lady Bettina eram as mais adequadas. Lilith era inteligente e engraçada, e gostava de viajar, enquanto Bettina tinha um cérebro dentro da cabeça e seria uma companhia decente para qualquer aristocrata inteligente. Mas Haven não queria uma companhia decente. Ele queria sua esposa. A mulher que tinha desejado desde o momento em que a conheceu naquele terraço, uma vida inteira atrás. E era simplesmente assim.

De qualquer modo, ele não podia apenas se livrar delas – não sem deixar claro que todo aquele plano tinha sido apenas isso, uma farsa de mau gosto que enfureceria metade da aristocracia de Londres e ainda provocaria a ira de sua esposa quando ela percebesse as intenções dele por trás daquilo tudo, ou a falta de intenções, pois ele não tinha nenhuma de lhe dar o divórcio que ela desejava de modo tão público.

Um divórcio que ela logo perceberia que também não queria, se Malcolm conseguisse lhe provar que o passado deles não tinha nada a ver com o futuro.

Assim, a única coisa que ele pôde fazer, quando recebeu o bilhete de Seraphina informando-o de suas companheiras para a cavalgada da manhã, foi responder insistindo para que ela fizesse o papel de acompanhante das moças.

Nem por um momento ele acreditou que ela fosse concordar. Na verdade, imaginou que talvez tivesse que ir buscá-la a força – uma possibilidade que acelerou seu coração com prazer antecipado –, e foi provavelmente por isso que ela concordou com sua demanda.

Quando Seraphina saiu da casa às cinco para sete, vestindo um belo traje de equitação cor-de-berinjela, com um chapéu encarapitado no alto da cabeça e – que Deus o ajudasse – chicotinho na mão, ele perdeu o fôlego com a figura que ela compunha, forte e poderosa, como se a noite anterior não tivesse acontecido, ou melhor, como se a noite anterior a tivesse imbuído de ainda mais determinação.

Ele conseguia ver essa determinação nos lindos olhos azuis dela, e percebeu no mesmo instante qual era: ela estava determinada a vê-lo casado. E logo.

Malcolm resistiu à vontade de rir diante daquele plano inútil. E então a vontade de rir passou, porque as três companheiras dela chegaram, apesar de não terem sido convidadas. Era óbvio. Seraphina apareceu armada até os dentes, com seu batalhão particular de guerreiras. Menos uma, porque Sophie, a Marquesa de Eversley, estava grávida e, portanto, não podia cavalgar. Graças a Deus pelas pequenas dádivas.

Ele se recusou a mostrar sua frustração, preferindo dar as costas ao bando de irmãs, indo ajudar Lady Lilith e Lady Bettina a montarem nos animais. Nenhuma parecia precisar de ajuda, sendo ambas, evidentemente, excelentes amazonas, e então ele pensou que um dia poderia ter apreciado uma cavalgada com elas. Mas nesse momento temia o que estava por acontecer.

Depois de ajudar suas hóspedes, ele se virou para ajudar sua esposa, que já tinha, claro, montado. Haven não deixou de perceber que Sera tinha escolhido uma de suas éguas mais queridas – montaria que ele tinha mandado selar especificamente para ela.

Ele olhou para Seraphina, os dedos coçando de vontade de tocá-la, de deslizar por baixo da bainha do traje e encontrar a pele macia acima das botas de montar.

— Seu cão de guarda americano não vai se juntar a nós hoje?

Ela levantou uma sobrancelha e olhou torto para ele.

— O Sr. Calhoun voltou em definitivo para Londres — Sera disse. — Só posso deduzir que ele fez isso por insistência sua.

Haven ficou surpreso, e logo aliviado pelo desaparecimento do protetor de sua esposa.

— Na verdade, não tive nada a ver com isso, embora Deus saiba que estou grato por isso.

— Maldito covarde! — Sesily exclamou e todos olharam para ela. — O que foi? Ele é mesmo.

Haven ignorou a cunhada louca e se dirigiu ao seu cavalo, montando.

— Nós vamos na direção do precipício ao leste.

— Não é assim que as pessoas chamam seu casamento, Sera? — comentou uma das irmãs dela, irônica, e risadinhas se seguiram.

— Não se preocupem, minhas ladies — Sera retrucou, seca. — Haven com certeza vai preferir estar casado com uma de vocês do que comigo, e imagino que vai ser um ótimo marido.

Ele rilhou os dentes ao ouvir essas palavras que vieram com tanta facilidade depois da noite anterior, quando ele se expôs para ela, que se desfez em seus braços. Frustrado, esporeou o cavalo, deixando o grupo para trás, longe o bastante para que ele não precisasse ouvi-las. Levaria as mulheres para aquela cavalgada, voltaria para casa e encontraria um modo de mandar as jovens embora.

Depois de meia hora de cavalgada, Haven diminuiu o ritmo perto da grande construção de pedra no limite oriental de sua propriedade – uma torre em estilo medieval que tinha sido construída várias gerações atrás. Desmontando, ele se aproximou das mulheres para ajudá-las a desmontar de seus cavalos. Não Sera, contudo. Ela apeou sozinha, afastando-se rapidamente do grupo, atraindo as irmãs consigo como se estivessem presas por cordas.

Deixando-o sozinho com Lady Lilith e Lady Bettina Battina, as duas com as faces encantadoramente coradas, resultado da cavalgada. Ocorreu-lhe que elas poderiam ser consideradas bonitas, se ele se desse ao trabalho de reparar nisso, mas ele não se dava. Malcolm estava ocupado demais observando a esposa.

Apesar de tudo, ele não era um monstro, nem estava interessado em enfrentar suas cunhadas, assim levou as pretendentes restantes até a entrada da torre, indicando onde deveriam entrar. Depois que o fizeram, ele apontou para a escada em espiral de pedra que levava ao alto.

— No topo a vista da propriedade é impressionante, se não se importarem de subir.

Lady Lilith logo começou a subir a escada, e lady Bettina não demorou a segui-la, com Haven indo por último. Quando chegaram ao alto da torre, e saíram no sol, as duas foram imediatamente para o parapeito de pedra, de onde podiam observar a terra que se estendia por quilômetros em todas as direções.

Haven foi até a outra extremidade da torre, onde encontrou Sera e as irmãs lá embaixo, concentradas em alguma conversa. Ele se esticou, observando-as, desejando poder escutar o que falavam, enquanto suas acompanhantes descreviam a vista uma para a outra.

— Nossa, é linda — disse Lady Bettina depois de um suspiro demorado.

— A melhor parte de toda essa reunião, não concorda? — Lilith respondeu, a voz deixando clara a empolgação.

— A torre foi construída na década de 1750 — ele informou, dizendo para si mesmo que, ao participar da conversa das jovens, não estava bancando o garotinho apaixonado pela esposa, três andares abaixo. — Uma homenagem do meu bisavô à mulher que ele amava.

— Que, imagino, não era sua bisavó — Lilith perguntou, virando-se.

— Não. — Ele deu um sorriso sem humor. Os Duques de Haven não se casavam por amor. *Não até ele.* E mesmo então, ele estragou tudo.

As jovens voltaram a observar a propriedade.

— Tem uma casa de viúva! Você sabia que tem uma casa de viúva ali?

— Eu não! — a outra respondeu. — E olhe o lago. É lindo. — Uma pausa. — Minha nossa, é uma estátua no meio do lago? Que interessante! Parece estar saindo da água. É Órion, Vossa Graça? — Bettina Battina olhou para ele, esperando uma resposta.

Malcolm ignorou a pontada de decepção causada por aquelas mulheres terem descoberto a estátua que marcava o local do salão subaquático antes de Sera. Ele procurou a esposa com o olhar antes de responder.

— É sim.

Se eu jurasse caçá-la para sempre, você fugiria? Ela tinha fugido na noite anterior e continuava fugindo, lá embaixo, no solo, parecendo capaz de fugir de verdade a qualquer momento – transformando-se em uma pomba e abandonando-o para sempre. E se ela não o quisesse? E se ele não pudesse tê-la?

Ele detestava as perguntas que vinham com as más lembranças da noite anterior, quando Sera se apegou ao passado, invocando sem palavras a criança que eles tinham perdido. A história que eles nunca foram capazes de construir.

Contudo, eles poderiam ter um futuro. Malcolm acreditava nisso. Eles tinham uma chance, por que não aproveitá-la? *Por favor, deixe-nos ter uma chance.*

Ela olhou para cima então, como se tivesse ouvido, três andares abaixo, o pensamento não pronunciado. Ele encontrou o olhar dela e o sustentou, sem querer deixá-la ir. Mas ela olhou para outro lado.

Lady Bettina apontou para uma mansão à distância.

— E o que é aquilo ali adiante?

Ele desgrudou os olhos da esposa e acompanhou o olhar de Bettina.

— É a sede do Ducado de Montcliff.

Bettina meneou a cabeça.

— Não gosto desse homem.

Ele arqueou as sobrancelhas diante da avaliação franca que a jovem fez de seu vizinho recluso.

— Não, muita gente não gosta — Haven disse.

— Muita gente também não gosta de você — Lilith comentou.

O comentário sincero o surpreendeu, e ele se virou para as garotas. Lilith, com um sorriso irônico nos lábios e Bettina com olhos arregalados no que só podia ser descrito como um choque divertido. Ele deixou o silêncio reinar por um momento antes de baixar a cabeça.

— Isso também é verdade.

— Por quê? — Bettina perguntou.

— Vocês duas estão se unindo? — Elas se entreolharam e sorriram, e Haven decidiu que gostava delas. — Este é o momento em que eu sou julgado?

— É uma questão válida, não acha? — Lilith observou. — Nós precisamos saber exatamente que tipo de peixe estamos comprando.

— Se é que queremos comprar peixe.

Ignorando a metáfora estranha, Haven abriu os braços.

— Por favor, então. Perguntem.

Ele nunca tinha visto tanta alegria. Lady Lilith chegou até mesmo a esfregar as mãos. Bettina ergueu o corpo para sentar na parede baixa de pedra, no espaço entre os parapeitos, então inclinou-se para frente, apoiando os cotovelos nas coxas, de frente para o vento, como se fossem amigos a vida toda.

— Dizem que você é péssimo marido.

Ele levantou o queixo ao ouvir aquela declaração chocante.

— Santo Deus, Bettina — Lilith disse, espantada. — Sua mãe morreria na hora se a ouvisse falar assim.

— Não é minha mãe que talvez tenha que se casar com ele — Bettina disse, sem desviar o olhar de Malcolm.

— Parece que estamos indo direto ao ponto — Lilith comentou.

Ninguém poderia dizer que Bettina Battina não era uma adversária digna. Ele apoiou as costas no parapeito e confessou, as palavras saindo com uma facilidade chocante.

— Eu não tenho sido o melhor dos maridos.

— Dizem que você é infiel. — Os lábios dele se apertaram até formar uma linha longa e fina, mas ele não assustou aquela jovem corajosa. Na verdade, Bettina Battina continuou: — E foi por isso que Lady Eversley o jogou dentro de um lago de peixes.

— É verdade. — Lilith franziu o nariz, mas ele não pôde culpá-la. — Foi uma vez. Eu tinha acabado de descobrir que Sera... — Ele parou de falar. Não era da conta delas. — Eu estava bravo. Nunca mais fiz isso.

Elas ficaram por um longo tempo em silêncio, interrompido por Lilith.

— Sabe, acho que acredito nele.

— Eu também — Bettina aquiesceu.

Pareceu um milagre. Se elas conseguissem convencer Seraphina disso.

— Posso lhe dizer do que eu gosto na sua esposa? — Bettina continuou.

Haven não precisava ouvir uma lista das qualidades de Sera. Ele as conhecia bem. Já as tinha listado mais de uma vez. Mais de mil vezes. Mesmo assim, ele queria ouvi-las. Queria falar de Sera com outra pessoa, como se isso pudesse trazê-la para perto.

— Imagino que eu não conseguiria impedi-la, minha lady.

A jovem sorriu.

— Isso provavelmente é verdade. Sou péssima em ficar quieta. Foi por isso que minha mãe ficou tão feliz ao receber seu convite.

— Não tenho nenhuma vontade de ser mimado — ele disse. — Duques já são normalmente mimados demais.

— Muito bem, então vou lhe dizer. Eu gosto de que Seraphina saiba o que quer. E gosto de que ela não tenha medo de ir atrás disso. Mesmo quando é algo que não se faz.

Tratava-se do divórcio. Ele concordou com a cabeça.

— Ela sempre foi assim.

— Nós mulheres nem sempre conseguimos o que desejamos — ela disse, e havia certo anseio em sua voz. — Com frequência somos criticadas se vamos atrás do que queremos.

Essas palavras fizeram com que ele sentisse um calafrio. Ele tinha feito isso. Haven a tinha punido por ir atrás do que queria – ele próprio. E depois a puniu por se recusar a ir atrás dele.

— Ela cortejou Vossa Graça? — Desta vez a pergunta foi de Lilith.

— Sim — ele confirmou, detestando o modo como essa pergunta fez com que se sentisse. O nó que provocou em sua barriga.

— Dizem que ela o pegou desprevenido.

Aquelas jovens não tinham medo, e Haven não pôde deixar de admirá-las por isso.

— É o que dizem.

— Mas não pode ter sido pelo título — Bettina observou. — Senão, por que fugir? Por que não ficar e se exibir?

Quantas vezes ele tinha se perguntado a mesma coisa?

— Apesar de Lady Seraphina ter cortejado Vossa Graça, parece que ela não gosta mais de você, duque — Lilith acrescentou.

— Não, não gosta — ele confirmou. Isso estava claro para todo mundo.

— Eu gosto disso nela — Bettina disse em voz baixa. — Eu gosto que, quando ficou claro que você não a queria, ela não ficou aqui.

Só que ele a queria. Ele ainda a queria. Não que ele tivesse dito isso para ela. Ao contrário, a tinha criticado por sua paixão. Por ficar sozinha. Por tentar conquistar o que desejava. Ele negou isso a ela. Aos dois.

— Eu gosto que ela se conheça. Que acredite em si mesma. Que ela não se permita ser menos do que merece — Bettina acrescentou. — Eu gostaria de ser mais parecida com ela.

— Então talvez você não deva se casar com o Duque de Haven — Lilith disse, seca. — A história indica que ele não é um dos homens mais dispostos a ajudar a esposa a alcançar seus objetivos.

Essas palavras não foram dirigidas a ele, mas ainda assim arderam como espinhos.

— Humm — Bettina disse, pensativa. — Acho que você tem razão.

Cristo. Por que era necessário que duas jovens solteiras lhe ensinassem o que ele deveria ter entendido anos atrás?

— E também tem o *outro* problema — Lilith continuou a dizer, trazendo Haven de volta ao presente.

— Que outro problema?! — ele exclamou, a pergunta mais exigente do que planejava.

As mulheres continuaram como se ele não estivesse ali. Como se estivessem discutindo a propriedade ou o clima, e não os defeitos pessoais dele.

— Oh! Com certeza. Mas essa parte é clara como cristal.

— Que parte? — ele quis saber.

Lilith se voltou para ele, estudando-o por um longo momento.

— Como toda essa situação é extremamente incomum, Vossa Graça, imagino se estaria disposto a responder uma pergunta bastante... imprópria.

Haven não pôde disfarçar o choque que estampou seu rosto.

— Mais imprópria do que toda esta conversa?

As duas riram e Lilith sorriu.

— Provavelmente não, na verdade. — Ele esperou que ela encontrasse as palavras adequadas. — Vossa Graça deseja uma nova esposa?

E lá estava, a escapatória dele daquele enorme fiasco.

— Na verdade, não desejo.

Lilith concordou com a cabeça e olhou para Bettina.

— Bem, então é isso.

— De fato. — Bettina desceu de onde estava sentada no parapeito. — Muito obrigada, Vossa Graça. Esta construção é linda. A melhor que já vi.

— E a propriedade também — Lilith acrescentou, educada. — A estátua de Órion no lago é especialmente encantadora.

Malcolm ficou confuso e um tanto esperançoso. As mulheres eram todas tão inquietantes? Ou eram só aquelas com quem ele entrava em contato?

— Vocês estão indo embora? — ele perguntou, bastante confuso.

— Estamos — Bettina respondeu, fazendo uma rápida mesura. — Tenho certeza de que Vossa Graça entende.

— Não entendo, na verdade — ele observou. — Nunca, em toda minha vida, encontrei mulheres tão dispostas a falar a verdade.

Lilith sorriu.

— Talvez você devesse conhecer mais mulheres. Não somos assim tão diferentes.

— Pelo menos não aqui. Nesta propriedade existem cinco outras mulheres que também não parecem ver problema em falar a verdade para Vossa Graça — Bettina afirmou. — Isso sem contar a Srta. Mary Mayhew, que foi tão verdadeira que acabou indo procurar Gerald.

— Eu me pergunto que tipo de homem será Gerald? — Lilith comentou. E assim Haven foi dispensado, e as duas saíram conversando alegremente, as saias roçando de leve o piso de pedra enquanto elas se dirigiam à escadaria.

— Esperem — ele chamou, a tarde inteira parecendo lhe escapar.

Elas se viraram

— Vossa Graça não precisa se preocupar — Lilith disse. — Nós encontramos a saída. Você pode continuar aqui e fazer o que os homens fazem quando não têm que bancar o pretendente.

— Vocês não me contaram qual é o outro problema. — Elas se viraram para ele com sorrisos idênticos nos rostos muito diferentes. Ele esclareceu: — O problema que é claro como cristal.

— Ah — Lilith disse.

— Humm — Bettina fez.

— Minhas Ladies. — As palavras saíram mais ameaçadoras do que ele pretendia. — Imagino que seja algo parecido com o fato de eu ser péssimo marido?

— Sabe, não tenho certeza de que você seria um marido tão ruim assim — Lilith disse, pensativa.

— Ah, não. Ele não seria ruim, não — Bettina se apressou a acrescentar. — Não quando ele descobrir o quanto a ama.

Ele poderia ter sentido vergonha. Poderia ter se tornado defensivo. Em vez disso, as palavras de Bettina, carregadas de verdade, deixaram-no aliviado. *Finalmente*, pensou. *Finalmente alguém percebeu*. Alguém acreditou. Dois alguéns. Dois alguéns que escutaram quando ele disse:

— Eu sei o quanto a amo. Sei disso há anos.

Elas se entreolharam, depois o encararam, seus rostos deixando claro o que pensavam. Elas acreditavam que ele era um imbecil.

— Então você deveria dizer isso para ela.

A frustração cresceu dentro dele. Elas acreditavam mesmo que ele não queria fazer exatamente isso? Elas acreditavam que era tão simples?

Um borrão de cor apareceu atrás delas, um tom profundo de berinjela. *Sera*. Droga, ele se declararia nesse mesmo instante, se pensasse que isso mudaria a situação. Ele congelou. *Mudaria alguma coisa?* O coração dele começou a martelar quando ela passou pela porta, com interesse nos olhos e curiosidade no rosto.

— Esta construção é linda — Seraphina disse.

Haven confessaria nesse momento. Ali, no lugar que seu ancestral construiu para uma mulher que amava além da razão. Ele o faria na frente daquelas mulheres e encerraria seu plano idiota. Não tinha dito para si mesmo, nessa mesma manhã, que estava farto dos esquemas?

Alerta, prazer, empolgação e desejo extraíram as palavras dele, como se fosse um adolescente ansioso demais.

— Vou fazer isso agora.

Ele não viu a surpresa repentina nem a dúvida evidente nos olhos de Lilith e Bettina. Malcolm estava ocupado demais olhando para sua esposa, que passou pela porta e entrou na conversa, parecendo muito interessada.

Ele não viu Lilith menear a cabeça. Nem viu Bettina abrir a boca para falar, ou o modo como ela franziu a testa quando Sera perguntou:

— Você vai fazer o quê?

Se tivesse visto qualquer uma dessas coisas, talvez ele não dissesse o que disse na frente do que logo pareceu ser o mundo todo.

Malcolm talvez não tivesse olhado Sera nos olhos e dito o que disse, sem pensar no que poderia resultar, como se fosse a coisa mais comum do mundo.

— Dizer para você que a amo.

Capítulo 21

CORRIJA SEU MODO DE CORTEJAR: LIÇÕES DE AMOR DE LEGÍTIMAS LADIES

* * *

Para sermos justos, Haven percebeu de imediato que tinha cometido um erro. E, surpreendentemente, não foi quando sua esposa lhe deu as costas e voltou por onde tinha vindo, pela escada. Nem quando Lady Lilith soltou um tímido: "Oh, não." Ele tampouco precisou do comentário franco de Lady Bettina Battina:

— Ora. Isso foi mal executado.

Malcolm percebeu que tinha cometido um erro no momento em que se ouviu pronunciar as palavras – tão estranhas – que nunca tinha falado antes. É claro que ele as tinha dito milhares de vezes em sua cabeça. Na escuridão, quando ansiava por ela tarde da noite. Mas nunca para ela.

E naquele momento, enquanto a seguia pelas pastagens orientas de Highley, Malcolm se arrependeu completamente de ter dito o que disse na frente de Lilith e Bettina, a passos de Sesily, que Sera quase derrubou da escada quando passou por ela, e não longe Seleste, que precisou se grudar à parede do térreo quando Haven passou em disparada atrás de sua esposa. Para não mencionar Seline, cujo grito – "Oi! Haven, o que você fez de errado agora?" – foi pontuado pelo pulo de Sera na sela do cavalo, antes que ela gritasse um poderoso "*Iá!*" para a montaria e deixasse o animal correr à vontade.

— *Maldição, Sera!* — Malcolm gritou atrás dela. — Espere!

Claro que ela não esperou, então ele correu para seu próprio cavalo, e estava quase chegando nele quando um objeto pesado o atingiu bem entre os ombros. Ele se virou para descobrir sua cunhada, que estava se endireitando, testando o peso de outro projétil.

— Que diabos... Você me jogou uma rocha?

Seline parecia estar calculando a distância entre eles.

— Acho que eu não usaria a palavra *rocha*.

— Pedra é mais correto! — Sesily Talbot gritou do alto da torre, de onde três cabeças com chapéus espiavam por sobre o parapeito.

— Mal é um pedregulho. — Seleste apareceu na entrada da torre, mãos nos quadris, pronta para a batalha como uma maldita amazona.

Ele meneou a cabeça para a cunhada armada.

— Você sabe que atirar pedras é perigoso.

Seline jogou para cima a pedra que tinha na mão e a pegou.

— Não para mim — ela disse. — Meu braço é bom.

— Você é louca. — Haven sacudiu a cabeça.

— Não, eu sou leal. O que você nunca foi.

Uma negação instintiva ficou presa em sua garganta quando a Condessa de Clare gritou de seu lugar:

— Acerte a cabeça dele desta vez!

Por um instante ele pensou que Seline fosse mesmo tentar. Ele abriu os braços.

— Vocês são todas loucas. E eu vou atrás da irmã de vocês.

— Ainda não, você não vai. — Seleste parou ao lado da irmã armada. — Parece que você a deixou muito triste. Tão triste que ela não quer ver você.

— Ele disse para ela que a ama! — Sesily anunciou do alto da torre, usando o mesmo tom de voz que alguém usaria para anunciar que encontrou um rato na fossa da propriedade. Todas as outras mulheres contorceram o rosto.

— Você merece outra pedra por isso! — Seline exclamou. — E mais quatro pelas jovens com quem ficou dançando por aí enquanto tentava reconquistar nossa irmã.

— Não foi nada, duque! — Lady Lilith gritou do alto.

— É claro que foi algo! Vocês têm um tempo limitado no mercado! — Sesily exclamou. — E agora as duas foram rejeitadas por Haven.

— O que não é exatamente a pior coisa do mundo — Seleste observou —, pois ele é horrível.

— E está para levar uma pedrada na cabeça — Seline acrescentou.

Malcolm rilhou os dentes.

— Eu amo a irmã de vocês — ele disse. — Talvez não devesse ter dito, mas por que, se é a verdade? E maldito seja eu se vou permitir que vocês, bruxas, me impeçam de dizer isso direito para ela.

— Rá! Vocês percebem que isso significa que eu ganhei, não percebem? — Sesily exultou de onde estava, debruçada sobre a parede da torre. Ocorreu a Malcolm que talvez ela estivesse se debruçando demais, mas ele não encontrou energia nem disposição para dizer à cunhada que tivesse cuidado.

— Nós sabemos, Sesily.

— Dez libras de cada! — ela anunciou. — Sophie vai ficar furiosa.

— Vocês apostaram? — Bettina perguntou.

— É claro! Nós sempre apostamos. Deveria ter nos visto na Temporada! — Sesily fez uma pausa, depois se voltou para Lilith e Bettina. — Vocês *vão* nos ver na Temporada em breve! Nosso livro de apostas compete com o do clube White's. E é muito mais interessante.

— Fico feliz por você estar fazendo amizades e ganhando dinheiro enquanto me impede de falar com minha esposa, mas cansei disso. — Ele olhou para Seline. — Acredito que não vai me deixar inconsciente enquanto vou buscar sua irmã.

— Não vou — Seline concedeu. — Porque se você usar a palavra *buscar* com ela, duque, a própria Seraphina vai deixá-lo inconsciente. Ela não quer você, não importa quanto dinheiro Sesily tenha ganhado. — As palavras de Seleste foram frias, desprovidas de emoção e o perturbaram por parecerem absolutamente verdadeiras. — Você arruinou tudo, anos atrás, quando se recusou a admitir que ela existia longe de você.

Ele ficou imóvel ao ouvir isso.

— Nunca me recusei a isso.

— Oh?! — Sesily gritou lá de cima. — Acho que nós não percebemos todas as vezes em que você foi almoçar e tomar chá.

— E a vez em que foi pedir a mão dela ao nosso pai — Seleste completou.

— E todas as vezes em que tornou pública sua intenção de cortejá-la — Sesily acrescentou. — E cá estávamos nós, pensando que você tinha vergonha do seu brinquedo.

O sangue rugia nos ouvidos dele.

— Ela nunca foi um brinquedo para mim. — Mas as palavras de Sera ecoaram dentro dele. *Você não me quer, mas também não quer que ninguém me tenha. Você nunca quis.*

Cristo. O que ele tinha feito? Malcolm olhou para as irmãs de sua esposa.

— Eu sempre a amei.

— Mas não a amou por inteiro — Seleste disse.

— E não o bastante — Seline acrescentou.

Em outra vida, Malcolm teria discutido. Ele teria deixado que sua raiva e sua frustração o dominassem. Naquele momento, contudo, olhou de uma irmã para outra, e outra, antes de falar com firmeza.

— Eu a amo. Por inteiro. Duquesa ou Pomba. Com ou sem vocês, bruxas.

Seline o observou por um tempo constrangedoramente longo antes de deixar a pedra cair no chão.

— Por favor, então. Vá convencê-la disso.

Malcolm não deixou de captar o recado, a evidente descrença de que ele teria sucesso em convencer a esposa de seu amor.

Mesmo assim, ele montou e a seguiu a uma velocidade assustadora, o coração disparando quando percebeu a direção que Sera tinha tomado, desesperado para alcançá-la antes que ela descobrisse...

Seraphina desmontou do cavalo e foi na direção do pequeno círculo de árvores que marcava o centro do limite norte da propriedade. Ele começou a gritar o nome dela, conduzindo o cavalo em frente. Sera se voltou para ele, endireitando a coluna e endurecendo os ombros. Ela ficou imóvel sobre a grama verde, à espera dele, a brisa de verão soprando suas saias em um movimento lânguido.

O cavalo trovejava na direção dela e Sera não se moveu, permanecendo perfeitamente imóvel, como se centenas de quilos de cavalo não estivessem galopando na direção dela. Malcolm sentiu um choque de medo e puxou as rédeas com força, o cavalo parando a poucos passos dela, como se Sera o tivesse detido com pura força de vontade.

Ele pulou da sela antes mesmo de o cavalo parar, sem se importar com o chapéu que caiu de sua cabeça, e venceu a distância entre eles, querendo alcançá-la e tocá-la e... droga... amá-la.

Ele era um cachorro atrás da raposa, e imaginava que ela fosse fugir.

Só que ela não fugiu. Ao contrário, esperou que ele se aproximasse. E então ocorreu a Malcolm que, na verdade, talvez ele fosse a raposa.

Porque quando a alcançou, seus dedos chegando nela, curvando-se em sua nuca, ela inclinou o rosto para ele, também estendendo a mão, também curvando os dedos. E, Deus do céu, os lábios dele tocaram os dela e Seraphina era dele – toda respiração e toque em um beijo longo e magnífico.

Ele não conseguia parar, mesmo sabendo que deveria. Porque deveria parar. Aquele não era o lugar nem o momento de beijá-la – não quando ela tinha fugido dele e os dois precisavam conversar acima de tudo. Estava na hora de eles acertarem isso.

Ela se afastou, só o bastante para sussurrar o nome dele, e aquele *Malcolm*, abafado e contido, foi suficiente para destruí-lo e atraí-lo para Sera outra vez.

Só por um momento. Só para que ele a provasse e tocasse. Só até ele se fortalecer com a presença dela. Fazia tempo demais que ele tinha sido forte.

E então ela o afastou, o rubor no alto das faces, os lábios vermelhos do beijo dele, colocando distância entre eles. Sera meneou a cabeça e ele abriu a boca para dizer as palavras – uma vez, só uma, sozinho com ela. *Ali.*

Seraphina não lhe deu a chance de ter a primeira palavra. E também não pretendia que ele tivesse a última. Ela levantou o queixo.

— O que, então, eu devo me ajoelhar e lhe agradecer por você se dignar a me oferecer seu amor?

Haven congelou, de boca aberta, as palavras, de repente, desapareceram. Ele parecia nunca saber dizer as palavras corretas para ela. Com frequência eram mentiras, e quando verdadeiras... nunca eram suficientes.

— Ou, o quê? — ela insistiu. — Eu deveria confessar meus sentimentos?

— Isso não seria má ideia. E eu poderia lembrá-la de que, segundos atrás, seus beijos fizeram uma confissão.

— Beijos nunca foram nosso problema.

— O que, então? — Ele a provocou, sabendo que não deveria. Sabendo que era preciso. — Qual foi nosso problema?

— O que não foi? — Ela abriu os braços. — Honestidade? Confiança? — As palavras queimavam com sua frieza, machucando-o quando o atingiam. E ela continuou: — Quando você as convidou? — A hesitação dele foi suficiente para que soubesse a verdade, mas ela insistiu. — Quando, Malcolm?

— No dia em que você foi ao Parlamento.

Ela desviou o olhar, na direção da mansão, que se erguia como uma mentira à distância.

— Você nunca teve a intenção de me dar o divórcio, não é?

Claro que não. Ele a tinha perseguido por todo o mundo. Ele nunca ficou tão empolgado, em toda sua vida, como quando ela irrompeu no Parlamento e praticamente ateou fogo no lugar. Ela era dele.

— Não.

— Por que mentir? Para mim? Para essas mulheres? Para a família delas? — Antes que ele pudesse responder, ela continuou: — Foi para me punir?

— Não.

— Claro que foi — ela disse. — Você continua sendo o gato, e eu, o rato. E tudo que você pode fazer é brincar comigo.

— Não — ele disse, aproximando-se dela, um braço estendido como se quisesse pegá-la.

Ela recuou, então, afastando-se do toque dele, abraçando a própria cintura como se pudesse se proteger de Haven – como se precisasse se proteger dele –, e Malcolm deixou a mão cair como se a tivesse queimado, pois não queria dar a Sera nada que ela não quisesse. Ele procurava as palavras certas – as palavras que mudariam tudo, com simplicidade e perfeição. Mas claro que nada entre eles era simples.

— Devo lhe dizer como eu me sinto, Malcolm? — Ele esperou, e ela continuou: — Eu me sinto furiosa. Traída. Sinto que mentiram para mim e me enganaram. Você lembra bem dessas emoções, não? Você as esfrega na minha cara sempre que pode.

— Não mais — ele disse e se aproximou.

Ela levantou a mão, interrompendo a defesa dele.

— Imagino que seja irônico, não? Aqui estamos, na exata situação em que começamos, um de nós aprisionado em um casamento que não deseja. — Não era verdade. Não mesmo. Não podia ser. Exceto que, conforme ela continuava, o passado voltou na forma de flechas. — Só que desta vez, não é você quem duvida da minha honestidade; é o contrário.

— Como eu posso ser mais honesto? — ele perguntou, a frustração clara em sua voz. — Eu te amo.

Ela fechou os olhos e olhou para o lado.

— Imagino que você também me amava naquela época.

— Eu amava — ele confessou. — Eu te amo desde o começo, mas você nunca acreditou.

— Quando foi isso? Quando você roubava meus beijos e destruía minha reputação diante do resto de Londres?

Um nó se formou no estômago dele.

— Sim — ele admitiu.

— E quando você fez amor comigo aqui? Em Highley?

— Sim... Sera...

— E quando eu o forcei a se casar?

Ele tinha ficado tão furioso. Mas isso não mudou nada. Não de verdade.

— Sim.

— Você não acreditou em mim. Que eu o amava. Que eu temia por mim e minhas irmãs. Tudo o que você e eu fizemos foi tão clandestino. E eu adorei. Mas o que aconteceria à luz do dia? — Ela meneou a cabeça. — Eu me arrependi no momento em que fiz aquilo. Eu lhe disse uma vez que faria tudo de novo se tivesse a chance. Mas não faria. Se eu pudesse apagar um dia de toda minha vida, seria esse dia em Highley. — Ela desviou o olhar de novo, para os cavalos, para a campina, para a perfeição que era a propriedade naquele fim de verão. — Eu me arrependo.

— Eu sei — ele concordou.

Ela voltou o olhar para o dele, claro e honesto.

— Eu disse a mim mesma que fiz aquilo pelas minhas irmãs. Foi assim que me mantive sã. Mas também fiz por mim mesma. Eu fiz por mim mesma e ponto final. Porque eu te amava e temi que talvez não ficasse com você se não fosse assim.

— Você era... — Haven começou a dizer, estendendo as mãos para ela de novo, deixando-as correr pelos braços de Sera e segurando suas mãos. — Você era mais do que eu podia sonhar. Eu tinha passado tanto tempo da minha vida acreditando que amor era impossível que, quando estava ao meu alcance... eu quis tudo só para mim. E a cobiça foi minha perdição. — Ele meneou a cabeça. — Eu amava você. Nunca deixei de amá-la.

Ela desviou o olhar para a campina que a brisa de verão agitava.

— Então parece que amor não é suficiente.

Ele detestou as palavras, porque viu aonde ela estava indo. Era uma carruagem desgovernada que não se deteria.

— É sim.

Sera bufou, com uma risada sem graça,

— Mas não é. Você ainda não me conhece o suficiente para enxergar a verdade, Malcolm. Você ainda vê a mesma garota de mil anos atrás. A garota que pensava amar você o suficiente para conquistá-lo. Que pensava que poderia convencer você a perdoá-la.

— Eu perdoei você — ele disse.

— Não, você me castigou — ela disse. — Você me castigou por fazer uma armadilha, sem nunca acreditar que a armadilha era para pegar *você*, droga, não o título, nunca foi pela merda do título, que pesa no meu pescoço como uma porcaria de cabresto. — As imprecações o abalaram, servindo de prova da vida que ela teve longe dele. Dos anos em que Sera esteve livre. — Você se recusou a me libertar, mesmo quando eu o procurei, oferecendo também a sua liberdade. Oferecendo-lhe um futuro. Mesmo quando eu me propus a me ajoelhar e *implorar*.

De todas as maldades que ele tinha feito para ela, essa continuava sendo a mais vergonhosa.

— E tudo isso antes de você me dispensar o pior dos castigos.

Haven nunca se perdoaria por esse momento, por usar outra mulher para se vingar da esposa.

— Não posso desfazer isso. Só posso lhe dizer que eu...

— Eu sei — ela o interrompeu. — Você estava furioso.

— Mais do que furioso. — Ele avançou, tentando se explicar. Sera recuou na direção das árvores e Malcolm se deteve. Se ela não queria que ele a tocasse, ele não a tocaria. — Eu estava destruído. Você não me contou... Cristo, Sera. Não me contou que eu seria pai.

— Você não a queria. — Ela sacudiu a cabeça.

A afirmação tirou o fôlego dele.

— Eu nunca disse isso.

— Disse sim! — A acusação veio numa torrente de angústia. — Você disse que não queria uma vida comigo. Que não queria uma família. Você não queria filhos.

— Eu estava errado. Estava furioso e errado — ele se apressou em corrigir o passado. — Eu queria aquela vida. Queria aquela criança.

Cristo, como eles tinham arruinado um ao outro.

— Eu queria aquela filha — ele insistiu. — E queria você. Mas eu estava furioso demais, e fui covarde demais para enxergar isso. Eu nunca quis machucar alguém tanto quanto naquele dia. Pensei que era mentira... tudo que havia entre nós.

— Não era — ela disse.

— Não. Não era.

— Ela também não era mentira.

— Não. Ela não era. — Ele passou a mão pelo cabelo, a única coisa que podia fazer para evitar tocá-la. — Sera, se eu pudesse voltar atrás...

Ela sacudiu a cabeça.

— Não. Você não pode voltar atrás, e mesmo que pudesse... Se nós tivéssemos continuado juntos, outra coisa teria nos afastado. Você não vê?

Não. Ele não via, droga.

— Esse é o ponto — ela continuou. — Eu nunca deixei de querer beijar você, Malcolm. Sempre estive disposta a implorar pelo seu carinho. E nunca foi suficiente.

Ele nunca saberia dizer por que escolheu aquele momento para contar tudo para ela.

— Eu fui até Boston.

As palavras foram tão inesperadas que a fizeram recuar na direção das árvores.

— O quê?

— Eu fui atrás de você — ele confirmou.

— Quando? — Ela sacudiu a cabeça.

— Imediatamente — Malcolm respondeu, as palavras saindo rápidas e entrecortadas, como se ele tivesse vergonha delas. — No dia em que você partiu. Mas você se foi sem deixar rastro.

Seraphina não concordou, mas ele sabia que era verdade. Ela não tinha voltado a Londres. Nem mesmo se despediu das irmãs.

— Eu fui para Bristol — ela disse.

— E depois para a América — ele completou.

Descrença e incerteza marcaram a resposta dela.

— Se você sabia... se foi até Boston... por que não me encontrou?

— Eu encontrei, droga. — Ele olhou para o lado, a garganta se movendo com frustração, raiva e anos de arrependimento. — Eu encontrei você. Demorei um ano para chegar lá. Comecei na Europa. Passei meses atrás de sugestões malucas – muitas das quais feitas pelas bruxas das suas irmãs –, dizendo que você estava em meia dúzia de lugares diferentes. Fui até Constantinopla antes de dar meia-volta e retornar. E quando aportei em Londres, imundo e exausto, ouvi a história de uma linda inglesa em Boston. Uma cantora. A *Pomba.*

Sera abriu a boca e Malcolm viu que ela estava surpresa: a confirmação de que o americano não tinha contado para ela de sua chegada.

— Eu sabia que era você antes mesmo de comprar a passagem naquela porcaria de navio. E eu a encontrei no instante em que cheguei. Fui até a taverna barulhenta do Calhoun e banquei o idiota enquanto a procurava. *Eu ouvi você,* droga. Ouvi você cantando, e *sabia* que era você. Ainda assim, estava tão decepcionado por você ter fugido de mim e da nossa vida que acreditei quando me disseram que não era você. — Ele desviou o olhar de novo. — Não era decepção, mas medo. Medo de que você não voltasse. Medo de que você não quisesse voltar. Medo do impasse em que estamos agora.

Um momento de silêncio, e então:

— Caleb sabia quem você era?

— Ele sabia que eu estava atrás de você. E ele a escondeu de mim... Não antes que eu quebrasse o nariz dele — Malcolm acrescentou, evocando o único momento de luz na escuridão.

Ela arregalou os olhos.

— *Você* era o almofadinha.

— Ele nunca lhe contou.

— Não. — Ela sacudiu a cabeça e ele pôde ver que estava chocada quando acrescentou em voz baixa: — Nunca me ocorreu que fosse você. Eu tinha... admiradores. Combinamos um sinal. — Sera fez uma pausa, perdida em pensamentos. — Eu saía do palco quando os homens ficavam... interessados demais.

Ele quis assassinar alguém ao ouvir isso, mas engoliu a raiva.

— Você não soube que era eu.

— Ele nunca me contou. Se eu soubesse, teria...

Ele a encarou quando as palavras sumiram.

— O que você teria feito?

A brisa de verão era o único movimento ao redor deles, as saias de Sera ondulando ao redor de suas pernas, grudando nelas. E tocando as pernas dele, como se o vestido da esposa soubesse a verdade que ela negava. Ele aceitou o toque, a única parte dela que se aproximava dele.

— Não sei o que eu teria feito — ela disse e Malcolm se apegou a essa incerteza honesta. Sera não disse que o teria ignorado. Não disse que o teria mandado embora. — Você era o passado, e eu não queria nada com o passado.

— Você me deixou — ele disse, abrindo os braços. — Você me deixou aqui para viver o passado, congelado no tempo, cheio de arrependimento, e você se lançou no futuro.

— Cheio de arrependimento porque não conseguiu me conquistar — ela disse. — Eu sempre fui um prêmio, Malcolm. Mesmo quando eu era um castigo.

Isso era verdade. Haven aceitaria uma vida de sofrimento com ela por um momento de prazer. Ele insistiu.

— Mas você não encontrou seu futuro, encontrou?

— Porque não sou livre para encontrá-lo! — ela exclamou.

Talvez tenha sido a lembrança do passado que o fez dizer o que disse. Talvez tenha sido a lembrança do modo como ele ansiava por ela. O desespero que sentiu. O desejo de encontrá-la, de reconquistá-la. Não importava.

— Para cada momento em que eu não libertei você, Sera, existe outro em que você mesma não se libertou. Você acha que eu não a vejo? Eu *sempre* vi você. Sempre em ocres vívidas. Safira brilhante na primeira noite que você me encontrou. Esmeraldas, ouro, prata e vermelho. Cristo, aquele vermelho. Sou obcecado por aquele vermelho. O vermelho da tarde em que você veio aqui. O vermelho da festa ao ar livre de Lady Liverpool, quando você ficou lá, como uma rainha, observando-me arruinar nós dois como um maldito idiota. — Ele parou, praguejando no vento enquanto inclinava a cabeça para trás com a lembrança.

— Nós não fomos arruinados aí — ela disse.

— Não, não fomos — ele concordou. — Fomos arruinados muito antes.

— Antes mesmo de nos conhecermos.

Um músculo vibrou no maxilar dele enquanto a observava, enquanto pensava no que dizer a seguir.

— Não pense por um segundo que não a tenho observado desde que você voltou, de que não a tenho visto em cores igualmente vívidas. Lápis-lazúli, ametista, lavanda e, hoje, berinjela.

— Não! — ela exclamou, a respiração prendendo na garganta.

— Na noite passada você me disse que eu a consumi. Você acha que eu também não fui consumido? Por nosso passado? Você acha que eu não vejo que você anseia por isso? Pelo que nos foi prometido um dia? — Ele parou e olhou para as árvores, depois continuou, suave como seda. — Você acha que eu também não sofro?

Haven estendeu a mão para ela, então, segurando-a com decisão, inflexível, e puxando-a para as árvores. Na clareira que estas rodeavam, um lindo jardim estava escondido pelos raios dourados de luz do sol.

Ele a soltou, observando-a se aproximar do monumento no centro da clareira. Do anjo de pedra sentado numa plataforma onde duas palavras simples estavam gravadas. *Filha amada.*

O silêncio se estendeu para sempre, até ele não conseguir mais suportar. Ela se agachou, tocando as letras com a ponta dos dedos.

— Você fez isto.

— Eu fui procurar você depois de enterrá-la — ele disse. — Minhas mãos ainda geladas do frio. As botas cobertas de neve e terra. Fui dizer para você que queria começar de novo. Você estava dormindo, mas já não corria risco. Eu disse para mim mesmo que haveria tempo para conquistá-la. Para amá-la.

Ela olhou por cima do ombro, querendo que ele continuasse.

— Você dormiu a maior parte do dia seguinte. E no outro, desapareceu.

Seraphina concordou, lágrimas roubando-lhe as palavras, prendendo-as no fundo da garganta.

— Eu tinha que ir.

— Eu sei — ele disse. — Eu meio que esperava que você tivesse partido quando eu voltasse. Mas quando descobri que minha mãe tinha lhe dado dinheiro para você fugir, fiquei maluco. Eu a expulsei de casa; nunca mais a vi. — Ele se aproximou, ajoelhando-se ao lado dela. — Talvez tenha sido melhor que eu não a encontrei naqueles dias. Não tenho certeza de que conseguiria ter conquistado você. Suas irmãs perceberam como eu estava. Calhoun também, escondendo você de mim como um osso do cachorro. E talvez todos estivessem certos. — Malcolm estendeu a mão grande e quente para ela, segurando seu queixo. — Eu queria você. Desesperadamente. Eu queria isto.

As lágrimas dela rolavam à vontade então. Ela fechou os olhos, a dor das lembranças e o momento pesavam nela como pedra.

— Sou assombrada por janeiros.

— Eu sei. — Ele disse. Ele também era.

— Eu precisava partir. — Ela sofria, aquela mulher linda. E ele não queria nada além de parar o sofrimento.

— Eu sei. — Haven a puxou para perto.

— Eu nunca a terei. Nem terei outro filho.

Aquilo o devastou.

— Eu sei.

Sera ficou rígida por uma eternidade enquanto ele a abraçava, a face encostada no ombro dele, os braços estendidos ao lado do corpo. Seus únicos movimentos eram produzidos pela respiração curta, que parecia arrancada dela. Arrancada dele, também.

Então ela se entregou a ele, desabando nos braços de Malcolm, entregando-lhe seu peso e sua dor, sua força e sua tristeza. E ele a pegou e segurou, e a deixou chorar pelo passado – passado pelo qual ele também sofria.

O passado que, juntos, eles finalmente choravam.

As lágrimas dele vieram como as dela, de um lugar profundo e silencioso, cheio de arrependimento, frustração e um entendimento de que não era possível apagar o passado. De que a única possibilidade de um futuro estava no perdão.

Se ela pudesse perdoá-lo.

Se ele pudesse se perdoar.

E então ele fez o que podia, abraçando-a por minutos longos e carregados de tristeza, até ela se aquietar e as lágrimas deles diminuírem, e eles ficaram sem nada entre os dois, a não ser o sol, a brisa e o passado. Malcolm se afastou o suficiente para olhar para ela, o suficiente para segurar seu rosto – mais lindo do que nunca, molhado de lágrimas e marcado pela dor – e olhar no fundo dos seus olhos.

— Eu cheguei tarde, Anjo — ele disse, as palavras saindo quase como súplica, sem pudor. — Sempre cheguei tarde demais. E sempre senti sua falta. Eu não tinha planos de vir para Highley este verão, Sera. Ia procurar você de novo. Nunca vou parar de sentir sua falta. — Ele tomou os lábios dela; o beijo macio e demorado, um bálsamo. Ela sempre foi o bálsamo dele.

Malcolm interrompeu o beijo e encostou a testa na dela, adorando o modo como ela exalou, como se estivesse esperando aquele momento há anos. E ele também não esteve esperando?

— Não me faça sentir sua falta hoje — ele sussurrou.

Ela fechou os olhos ao ouvi-lo, e por um momento Malcolm pensou que ela não sentisse; a necessidade aguda, insuportável, como se houvesse ar, alimento e eles. Naquele instante. Ali.

Então Sera abriu os olhos e ele viu. Ela também precisava dele. Eles precisavam um do outro. Ele a ergueu nos braços e a carregou para casa.

CASAMENTO CONSERTADO? TALVEZ!

* * *

Eles não falaram durante a volta para casa, e Sera se sentiu grata por isso, pela chance de ficar no colo de Malcolm, sendo consumida pelo aroma dele, terra fresca e especiarias, e envolvida pelos braços fortes no que parecia uma promessa. Ela tinha certeza de que não era possível que ele cumprisse sua promessa. As promessas não eram deles, para que as fizessem.

Nem mesmo naquele momento, envolvidos um pelo outro, o movimento do cavalo debaixo deles como única lembrança do mundo.

Ela virou o rosto para o peito dele, adorando a força quente que sentia ali, adorando, também, o modo como ele a mantinha perto e encostava os lábios na testa dela, sussurrando em seu cabelo algo que se perdia no vento.

Sera não ligava que esse algo se perdesse – era melhor assim, porque se ela ouvisse essas palavras, poderia amá-las. E poderia amá-lo. Mas não havia lugar para isso. Tudo que ela algum dia amou tinha sido arruinado. Assim ela sabia que não devia se deixar levar outra vez pela emoção. Eles tinham se amado no começo, e mesmo assim tinha sido uma batalha. Sempre seria uma batalha entre eles. Sempre um jogo. E nunca o bastante.

Mas naquela tarde, depois que eles destrancaram o passado e confessaram seus pecados e arrependimentos, parecia não importar que amor não era o futuro deles. Parecia que tudo que importava era que um compreendia o outro.

Foi essa compreensão que os levou até Highley, onde Malcolm escolheu a entrada dos fundos, ajudando-a a descer do cavalo e seguindo-a sem falar nem hesitar, pegando a mão dela e conduzindo-a pela cozinha, ignorando os criados que fingiam não vê-los enquanto eles subiam pela escada de serviço e seguiam pelo corredor longo, largo e escuro até os aposentos dele. Até os aposentos *deles*.

Tudo isso sem falarem, como se dar voz às palavras pudesse dar voz ao resto – à dúvida e ao medo, ao embate e ao mundo além. Mas ali, em silêncio, enquanto ela entrava no quarto dele e Malcolm fechava a porta atrás dela, só havia os dois. Sozinhos, enfim. Juntos, enfim. Só uma vez.

Ela andou até o centro do quarto, o coração disparado, sabendo que deveria falar. Sabendo que deveria lembrar os dois de quem eram, onde estavam e o que o futuro reservava para eles.

Exceto que, quando se virou para ele, que estava com as costas na porta fechada, o olhar determinado, ela não quis falar. Só quis tocar. Só quis amar. Só uma vez. E então Sera estendeu a mão para ele.

Malcolm já estava se aproximando dela, mas não fez o que Sera esperava. Ele não tomou a iniciativa, não a incendiou com beijos nem roubou seu fôlego com a paixão que frequentemente consumia a ambos. Ele se colocou de joelhos, inclinando a cabeça para as mãos unidas dos dois – um cavaleiro jurando lealdade a sua rainha.

E ali, de joelhos, ele deu beijos nos dedos entrelaçados, e sussurrou o nome dela até Sera não aguentar mais, e pegar o rosto dele com as mãos, inclinando-o para cima, para ela, encarando o fundo dos olhos dele antes de se unir a Malcolm, ajoelhando diante dele.

Ele a beijou então, passando os dedos pelo cabelo dela, espalhando grampos enquanto distribuía beijos no rosto, no queixo e nos lábios dela, delicado e ávido por ela, seguindo um beijo com outro, outro e mais outro, até Sera começar a retribuir cada carinho, atraída e faminta por ele.

O beijo foi lindo e honesto – nada frenético nem irado. Um encontro de lábios, um deslizar sedoso e calmo. O nome dela. O dele. Suspiros. Ele levantou os lábios dos dela, o suficiente para sussurrar:

— Eu te amo.

E, pela primeira vez desde que começaram a ficar juntos, ela deixou que ele a envolvesse com o sentimento. Eles compartilharam as dores de sua tristeza e seu prazer, passado e presente, e ele tomou tudo com que sempre sonhou. E retribuiu para ela, como se nunca tivessem compartilhado a vida.

E foi magnífico.

Os dedos dele apertaram a cintura dela, puxando-a para si. Ou talvez foi ela que o puxou. Após todos os dias e semanas de perseguição, de embate, de ela fingir que não o queria, de ele fingir que não a queria, foi uma dádiva o encontro no meio do caminho, ali, de joelhos, no quarto do casal.

Só uma vez.

Haven inclinou o queixo dela para cima e colou os lábios no rosto dela, em sua orelha, e seguiu a linha do maxilar até o pescoço, descendo até o lugar em que encontrava o ombro, deixando beijos delicados e bem-vindos em seu rastro. Ele deslizou a língua por ali até ela suspirar, levando a mão à cabeça dele, encontrando o cabelo macio ali, mantendo-o junto a ela.

Malcolm ergueu a cabeça e tomou os lábios dela de novo, um beijo demorado, lento e apaixonado, como se eles tivessem passado uma vida se beijando e tivessem outra para oferecer. Ela correspondeu o beijo por completo, até ele puxar seu lábio inferior entre os dentes, mordendo delicadamente antes de seguir a pequena pontada de dor com uma devastadora lambida prazerosa.

Ela prendeu a respiração com a sensação e ele a soltou, beijando da face até a orelha, onde prendeu o lóbulo com os dentes, provocando ondas de empolgação nela.

— Malcolm — Sera sussurrou, a primeira palavra desde que ele a colocou sobre seu cavalo e a levou até ali, até sua casa. Ele parou ao ouvir... bom Deus... e tremeu, como se o nome dele, naquele momento, nos lábios dela, provocasse-lhe imenso prazer.

O que era possível, claro, já que também provocou nela.

— Repita — ele pediu.

Ela disse, sussurrando o nome contra os lábios dele antes que se perdesse em outro beijo apaixonado, dessa vez acompanhado pelas mãos dele, que trabalharam nos fechos do traje de montaria dela, jogando-o ao chão enquanto a consumia com carícias. Ele a ergueu ao mesmo tempo que se levantava, virando-a com um movimento fluido, soltando os lábios dela apenas para colocar os seus na nuca de Sera, provocando arrepios quando seus dedos encontraram a longa fileira de botões nas costas do vestido.

Haven começou a despi-la, o nome dela uma litania em seus lábios enquanto soltava a roupa com movimentos rápidos e eficientes, até o vestido cair com um farfalhar glorioso, formando no chão uma poça de linho e algodão. Ele começou a soltar o espartilho, então, puxando os cordões com movimentos fluidos enquanto sua língua desenhava padrões na pele dela, e logo essa peça se foi, seguida pelos calções, até que ela ficou de meia e nada mais.

Sera deveria ter ficado envergonhada quando se virou para ele, mas o prazer supremo no rosto do marido era diferente de tudo que tinha visto, e tudo que ela quis foi se deleitar com aquilo. Deleitar-se com ele.

Ele estendeu as mãos para ela, parando a um sopro da pele, seu olhar hipnotizado pela nudez de Seraphina pelo que pareceu uma eternidade. Finalmente, ela sussurrou o nome dele, sem conseguir esconder o prazer, o orgulho e a satisfação em sua voz. Os olhos dele subiram até os dela. Sera sorriu.

— Você tem algum plano de me tocar?

Malcolm praguejou, forte e baixo no quarto silencioso e se moveu com velocidade impressionante, pegando-a no colo e carregando-a até a cama, onde a deitou e ficou observando as intenções sensuais dela enquanto tirava o casaco, a gravata e puxava a camisa de dentro da calça, atirando-a para o outro lado do quarto.

Ele a acompanhou depois disso, apertando-a contra o colchão macio, seu peito quente e delicioso sobre o dela, os pelos crespos provocando-a nos lugares que ficaram esquecidos durante todo o dia. Toda a vida.

Ela abriu as pernas, ávida para senti-lo entre as coxas outra vez. Fazia tanto tempo. Malcolm encontrou o espaço, na junção das coxas e arfou com a sensação, fechando os olhos devagar com o prazer que sentiu. Sera também fechou os olhos e levantou os quadris ao encontro dele, seu corpo todo desejando-o. Pedindo por ele. Como se soubesse onde era o lugar de Malcolm.

Ele foi de encontro aos movimentos dela. Permitiu-se acompanhá-los por um instante. Dois. Eles pulsavam juntos. O tesão era imenso. A palavra, suja e erótica, foi sussurrada quando o movimento a fez arder de desejo, e ela percebeu que não conseguiu evitar de abrir ainda mais as pernas.

— Por favor — ela sussurrou. — Malcolm.

Ele capturou as palavras dela com os lábios.

— Tudo que você quiser. É só pedir.

Ela inclinou os quadris para ele. Malcolm compreendeu e grudou nela, movendo o quadril. Sua dureza fazendo promessas maravilhosas. Sera aproximou a cabeça e pegou o lábio inferior dele entre os dentes, chupando-o até ele gemer de prazer. Ela o soltou e recuou a cabeça, o máximo que a proximidade dos dois permitia, para pedir a única coisa que ela queria desde o momento em que se conheceram.

— Eu quero minha noite de núpcias.

As palavras saíram sem que ela pudesse imaginar o impacto que teriam nos dois. Ele parou sobre ela. A verdade do pedido, a promessa do momento, a lembrança do passado. Estava tudo ali, pairando sobre eles.

— Nós casamos — ela continuou —, mas eu nunca fui sua noiva, Malcolm.

Era tarde demais para isso, claro. Ela não era uma virgem envergonhada – nem tinha sido naquela noite. Mas o queria, apesar de tudo. Ela queria a noite, com a esperança e a promessa e tudo que nunca teria. Queria a fantasia.

Haven abriu a boca para falar e Sera ficou aterrorizada com o que ele poderia dizer. Então, em vez de permitir que ele falasse, ela enfiou a mão no cabelo dele, brincando com sua nuca enquanto levantava os quadris até ele, pressionando de encontro a Malcolm, uma vez, duas, três até ele grunhir de prazer.

— Me dê aquela noite — ela sussurrou.

Se ela tivesse isso, talvez conseguisse encontrar a coragem para partir.

Seraphina afastou o pensamento e tomou os lábios dele outra vez, retribuindo seus beijos longos e lentos, que a deixavam querendo fazer qualquer coisa por ele. Era uma sensação magnífica, inebriante, saber que Malcolm logo faria o mesmo por ela... até que ele se afastou e a empurrou, indo até a beira da cama e sentando, de costas para ela, as costelas arquejando com o esforço. *Não.*

Ele não iria deixá-la. Não depois dessa tarde. Não depois de suas confissões. Não depois de despi-la e deitá-la sobre a colcha, fazendo-a ansiar por ele. Ela se colocou de joelhos atrás dele.

— Malcolm?

Ele baixou a cabeça, segurando-a com as mãos enquanto lutava para respirar.

— Mal...

— Isto vai fazer diferença?

Haven não olhava para ela quando fez a pergunta, e por um momento ela não o entendeu.

— Eu não...

Ele se virou, os olhos lindos quase pretos de emoção.

— Eu não quero só fazer sexo com você. Eu quero amar você.

Sera abriu a boca ao ouvir a palavra, pelo modo como a atingiu. O modo como as quatro letras provocaram um prazer perverso dentro dela. Aquilo deveria tê-la chocado, não provocado. Mas só fez com que Sera o quisesse ainda mais.

— Não posso ter as duas coisas? — ela perguntou.

— Que Deus me ajude, mas eu acho que não vou conseguir me segurar — ele disse, e ela percebeu o conflito nele. — Eu acho que você poderia me dizer que não importa. Acho que poderia me dizer que não significa nada, e eu iria até o fim de qualquer modo. Nunca fui capaz de resistir a você.

Ela meneou a cabeça.

— Você não precisa resistir. — Sera deixou de dizer o resto. *Você importa. Isto significa algo.* Nada disso foi um problema. Nunca.

Por um longo momento, ela pensou que ele fosse parar, afinal. E então ele se moveu, dobrando-se para tirar as botas antes de se levantar, as mãos descendo até o fecho da calça, desabotoando-a e depois deslizando o tecido pelas pernas, voltando-se para ela, duro e perfeito. Prazer a envolveu como seda diante do retrato que ele compunha.

— Você é lindo — ela disse. — Sempre foi. Desde o primeiro momento em que o vi.

As faces dele ficaram coradas ao ouvi-la, como se ninguém jamais tivesse dito ao Duque de Haven que ele era atraente. Malcolm estendeu a mão para Sera, mas esta negou com a cabeça, querendo observá-lo mais, querendo explorar. Querendo se entregar.

— Espere — ela sussurrou e o homem magnífico esperou, um músculo vibrando como louco no rosto dele, os músculos dos braços e das coxas ficando tensos quando ela sentou sobre os calcanhares e abriu as coxas, testando a determinação dele, adorando o modo como o olhar de Malcolm procurou o lugar que ela, atrevida, revelava.

Ele tirou os olhos dali no mesmo instante, como se constrangido por ser pego encarando, mas ela viu como Malcolm ficou tenso. Entendeu o que ele queria.

Malcolm quase pulou de dentro do corpo quando ela o tocou, passando os dedos pelos músculos do peito, explorando as saliências e reentrâncias do corpo quente do marido, deleitando-se no modo como ele se esforçava para respirar sob as mãos dela.

Sera deixou os dedos dançarem sobre as saliências do tronco dele, mas Malcolm segurou sua mão antes que ela pudesse tocá-lo onde latejava, altivo e assombroso.

— Não — ele disse.

Ela levantou os olhos para ele, torcendo a mão para libertá-la.

— Sim.

Haven meneou a cabeça; algo parecido com dor estampou seu rosto. Sera ficou de joelhos na beira da cama e lhe deu um beijo demorado e lento.

— Você disse que me daria qualquer coisa que eu pedisse.

Ele grunhiu.

— Você é boa demais no nosso jogo.

Foi a vez dela de menear a cabeça.

— Nosso jogo, não, Malcolm. Nosso direito. — Ela deslizou a mão para baixo, encontrando-o quente como fogo e duro como pecado. Os dois suspiraram com o toque. — Mostre para mim — ela sussurrou.

Ele obedeceu, sem sentir vergonha, envolvendo a mão dela com a sua, mostrando-lhe como gostava de ser tocado. Ela se inclinou para frente, os lábios deslizando pelo peito dele, suas mãos aprendendo a dar prazer ao marido. Deliciando-se com aquilo, até ele a soltar com um gemido.

— Chega.

Ela não parou, apenas levantou os olhos para o rosto dele.

— Você não quer?

Ele riu, o som extraído de sua descrença.

— Eu quero isso há três anos, amor. Há mais tempo.

Ela o acariciou, em movimentos longos e firmes, adorando o modo como ele reagiu, o modo como o controlava.

— Eu também. — Ela observou a própria mão acariciando-o, o olhar fixo na linda firmeza dele, na suavidade, na maneira como ela comandava a respiração de Malcolm. — Eu quero mais que isso.

Sera se abaixou e deu um beijo na cabeça, sentindo-se mais poderosa do que nunca quando ele praguejou, cheio de fúria e desejo, descendo as mãos até ela, enfiando-as em seu cabelo.

— Você não devia...

Mas isso não a deteve e, se ele tentasse, ela não permitiria. É claro que ela devia. Se essa fosse a única vez em que poderia receber esse prazer dele – em que teria esse poder –, é claro que ela devia.

Ela não conseguiu se segurar, lambendo-o, inspirando-o; ele estava tenso como um tambor, as mãos estavam tremendo quando as levantou, mal tocando Sera, como se estivesse com medo de se soltar.

Ela adorou o controle precário que Malcolm pareceu ter de si mesmo; deliciou-se com ele, brincou usando as mãos, os lábios, o hálito, passando um toque leve por ele, reclamando para si o tamanho, a força e o desejo do marido. Marcando-o como dela.

— Meu — ela suspirou ali.

— Sempre — ele respondeu, sem hesitação. — Para sempre.

Ela ignorou a última parte, sabendo que não era verdade, mas querendo acreditar naquele momento. Ela o lambeu, testando o sal e o doce dele, de repente louca por Malcolm, que gemeu, segurando-a com mais força, recusando-se a movê-la, a tomar o que desejava.

Ela sorriu encostada nele.

— Mostre para mim do que você gosta, marido.

A última palavra acabou com ele assim como a fortaleceu, provocando uma fonte de prazer quente e pesado em seu ventre quando ela abriu os lábios e o engoliu, devagar e fundo, quente e duro, e Malcolm perdeu o controle de suas palavras, xingando e rezando ao mesmo tempo, enquanto ela o chupava, lambia e atraía para o fundo, sem querer nada além de dar e sentir prazer.

Houve momentos em que ela imaginou estar assim com ele, como seria levá-lo à loucura, à beira do precipício. Imaginou se eles descobririam como se desfazer um no outro e então reunir os pedaços. Noite após noite. Como ele tinha dito. Para sempre. Mas ela não tinha o sempre. Tinha o agora.

As mãos dele se contraíram no cabelo dela quando ele soltou outro grunhido, mais alto e descontrolado que antes, e uma onda de prazer a percorreu.

— Sera, Anjo... eu não consigo... — Ele fez uma pausa e inspirou fundo quando ela diminuiu a intensidade, lambendo-o, saboreando-o. Vibrando de paixão. — Amor, eu esperei demais. Quero estar com você quando acontecer.

As palavras, sinceras e lindas a detiveram, e ela o soltou, deslizando o olhar pelo corpo forte, e magro – absorvendo-o, desejando poder lembrar de cada centímetro dele.

— Eu também quero estar com você — ela sussurrou, levantando-se sobre os joelhos e beijando-o demoradamente. — Eu quero cada centímetro de você sobre cada centímetro de mim. Sem hesitação. Sem medo. Sem tristeza.

— Sim. — Ele a trouxe para si, segurando os seios, brincando com os bicos duros até ela gemer e se contorcer contra ele, fazendo-o grunhir. — Deus, sim. O que você quiser.

Aquelas palavras de novo. Tão diferentes do que ele lhe ofereceu há tanto tempo. Tão diferentes do que ela tinha pedido.

— Eu quero você.

As mãos dele subindo, emoldurando o rosto dela, mantendo-a parada para poder observá-la.

— Você me tem. — Tão simples. Tão honesto. Tão atrasado.

Lágrimas arderam com o passado. Com a sugestão suave, perturbadora, de uma questão – e se ele tivesse se oferecido a ela anos atrás? E se eles tivessem tido outra chance?

— Eu te amo — ele sussurrou.

E se eles tivessem uma chance agora? Mas eles não tinham. Não era possível superar o passado. Superar o modo como eles usaram suas armas um contra o outro. E não havia modo de apagar a mais básica das verdades – a vida que eles nunca poderiam ter porque sua única chance tinha desaparecido na neve fria de janeiro, três anos antes. Ela o beijou, porque não conseguiu encontrar outra resposta. Porque ela não queria pensar em uma.

Malcolm se afastou quase no mesmo instante, os lábios grudados nos dela enquanto ele a afastava, como se soubesse o que Sera estava pensando e quisesse falar a respeito.

— Sera... — ele começou, e ela percebeu a intenção em seu nome. Ela meneou a cabeça.

— Agora não, Malcolm. Não aqui. Não quando estou esperando há tanto tempo. E você também.

E então ela se deitou de costas, abrindo-se na cama, um joelho dobrado, braços abertos, acolhedora. Querendo-o. Os olhos dele faiscaram de desejo e ele apertou a boca.

— Depois.

— Depois — ela disse.

Ela teria lhe prometido qualquer coisa. Qualquer coisa para que ele cumprisse sua promessa.

Malcolm deitou sobre Sera, magnífico, como ela tinha pedido. Cada centímetro dele sobre cada centímetro dela. A extensão dura e gloriosa dele encaixada no calor úmido dela, pressionando com perfeição, provocando-a. Os braços dele subiram para acomodá-la entre eles, e as mãos de Sera acariciaram os lindos ombros largos quando ele se movimentou para entrar nela, no lugar em que ela o queria mais do que tudo. Ela sentiu uma pontada de prazer e arfou diante do anseio desesperado e repentino que veio junto. Ela o queria. Imediatamente.

Ele repetiu o movimento, provocando-a, a cabeça dura e firme no lugar em que sempre conseguiu deixá-la louca.

— Você gosta disso, não, Anjo?

— Eu gosto. — As palavras saíram num gemido do qual ela não teve vergonha.

Ele a beijou com paixão e a provocou de novo. Uma recompensa pela honestidade dela.

— Diga-me agora — ele sussurrou. — Diga-me o que você quer.

— Mais forte — ela disse, e insistiu: — De novo.

Ele obedeceu e foi perfeito.

— Malcolm.

Ele continuou investindo nela, pressionando com firmeza, até encontrarem o limite dela, e ele brincou ali, demorando-se, levando-a quase até o fim, mas puxando-a de volta, até Sera estar mordendo o lábio e debatendo-se na cama, implorando pelo alívio.

— Malcolm. Dentro de mim.

Ele não obedeceu.

— Não. Eu quero olhar.

Ela abriu os olhos, encontrando os dele.

— Você pode olhar estando dentro de mim, droga.

O canalha riu, esfregando-se nela, grosseiro e perfeito, como se ela não estivesse morrendo da necessidade de senti-lo onde mais o queria. Imediatamente.

— Agora... — Ela ofegou. — Malcolm, não me quer envolvendo você?

Ele fechou os olhos e parou sobre ela.

— Céus... claro que sim.

— Eu também quero — ela disse, afastando bem as coxas. — *Eu também quero.*

E o homem maravilhoso, glorioso, obedeceu, entrando nela devagar e com perfeição, um deslizar grosso de prazer que fez os dois suspirarem antes de ele parar.

— Sera?

A preocupação na voz dele acabou com ela. Sera procurou os lábios de Malcolm, enfiando a língua na boca e as unhas nas costas dele, arqueando seus quadris, forçando-o a ir mais fundo. Ele gemeu com o movimento e acertou o ritmo mesmo enquanto a beijava, possuindo-a de todas as formas possíveis, indo cada vez mais fundo, até ela estar repleta dele e de prazer.

Ela tirou os lábios dos Malcolm.

— Todo o tempo em que estivemos separados...

— Eu sei — ele disse. Mas não sabia.

— Tudo que eu imaginei que isto poderia ser...

— Eu sei. — Ele a beijou de novo, e desceu a mão até o lugar logo acima de onde eles estavam encaixados.

Ela arqueou as costas como um arco e ele a pegou, sentando e puxando-a para si, permitindo-se mais acesso ao corpo dela. Ele baixou a cabeça, tomando o bico de um seio na boca, chupando-o lentamente enquanto seus dedos faziam mágica, tudo em sincronia com o ritmo que estava se mostrando ser a destruição lenta e perfeita dela. E então ela arremeteu, movendo-se de encontro a ele, pegando-o pelo pulso para lhe mostrar todas as formas que poderia tocá-la, todos os caminhos para o prazer dela.

— Mais rápido — ela sussurrou. — Mais forte. — Embora ela não soubesse se estava falando com ele ou consigo mesma, porque ela também estava indo com mais rapidez. Sera também estava se movendo com mais força e vigor, como se para gravar aquele momento em sua memória. Para sempre.

Então ela o fitou nos olhos, desesperada pelo clímax, e reconheceu o mesmo nele, viu o modo como se lançavam no ápice.

— Malcolm — ela sussurrou. — Eu te amo.

As palavras acabaram com os dois, jogando-os naquele precipício magnífico, fundo, vertiginoso, poderoso. Ela estendeu as mãos para ele, entrelaçando os dedos em seu cabelo.

— Olhe para mim — ela pediu. — Mostre para mim.

Ele obedeceu e ela o observou alcançar o prazer pouco antes de ela também se entregar, jogando-se na sensação, sem se importar se conseguiria voltar, porque não havia nada no mundo que ela queria tanto quanto aquele clímax magnífico, insuportável, assustador. E, pela primeira vez desde que o deixou, Sera encontrou paz.

Eles desabaram um contra o outro, a respiração em grandes movimentos arquejantes que tornavam impossível saber onde ela acabava e ele começava, e talvez isso não importasse. Isso não importava. Sera não conseguia parar de se deleitar na sensação, naquele momento em que os dois não eram apenas as dores do passado e a promessa imperfeita do presente, mas todos os momentos maravilhosos entre esses dois instantes.

Longos minutos se passaram até a respiração deles voltar ao normal e Sera retornar ao quarto e ao dia e à vida que eles tinham construído. E à promessa que tinha feito a si mesma – que depois disso, ela partiria. Porque nada tinha mudado.

Ela continuava dominada demais por ele, pela sensação dele, pelas promessas não ditas. Mesmo naquele instante em que eles se abraçavam como parceiros, como amantes, como se o futuro pertencesse a eles, Sera lutava para se encontrar naquilo tudo. *Eu te amo.*

Ele se desenrolou dela, puxando-a para a cama, beijando-a apaixonadamente antes de aninhá-la na dobra do braço e sussurrar em seu cabelo:

— Eu quero que você seja minha. Eu a quero para sempre. E, droga, eu tenho você. Sempre a tive. Eu nunca deveria ter hesitado. Deveria ter lhe dado tudo. O título, o casamento, tudo. Eu queria. Ainda quero. Quero voltar e começar de novo.

Seraphina nunca imaginou que podia amar e odiar tanto alguma coisa quanto odiou aquelas palavras. De imediato ela quis tudo que ele oferecia, sem hesitação. Queria a promessa de algo novo, puro, sem marcas do passado. Ainda assim, não conseguia confiar. Com ela, nada de lindo tinha uma continuação.

Não existia isso de recomeçar. Eles não podiam apagar o passado e não podiam mudar o futuro. Eles não podiam ter a promessa que os incitava. Mas ela podia fechar a porta e deixar tudo para trás. E dar aos dois a chance de algo novo.

Podia ter a Cotovia e a liberdade que vinha com a taverna. E ele podia ter uma família – uma que o amasse tanto quanto ele merecia. Lágrimas arderam em seus olhos, e ela não teve escolha senão esconder o rosto no peito dele. Como sempre, ela se escondeu dele. Porque ele sempre foi capaz de vê-la.

Malcolm deu um suspiro demorado no quarto que ia ficando rapidamente no escuro, e Sera percebeu que tinham pulado o jantar. Que as jovens e suas mães que tinham feito parte da farsa dele foram, de novo, desrespeitadas.

Ela encostou a orelha no peito dele, escutando a respiração que se acalmava. Nivelava. Até ele dormir. Continuou deitada lá, embalada por seu amor por ele. Pelo modo como ele a possuiu como anos atrás. Pela lembrança do que tinha acontecido então. Pelo medo do que poderia acontecer se ela se permitisse amá-lo. Pela tentação que isso representava.

Foi só então que ela lhe respondeu, sussurrando junto à pele quente e acolhedora, ao braço dele, que a envolvia com firmeza, mesmo no sono. Àquela cama que deveria ter sido deles, naquela casa que deveria ter sido o lar de uma família que nunca existiria.

— Não me ame, Malcolm. Não existe futuro para nós.

A compreensão aguçada dessa verdade a tinha levado através de um oceano e ao Parlamento. Ela tinha perdido tudo que já tinha amado – sua filha, sua família, sua vida. Ele.

Primeiro, por tentar prendê-lo, depois, por fugir dele. E talvez houvesse covardia em esperar que ele dormisse para dar voz à verdade. Talvez, não. Existia covardia. Feroz e insuportável. Mas quem era ela se não a soma de todas as suas falhas? Pelo menos se ela fugisse, os dois teriam uma chance de serem livres.

Capítulo 23

DÉJÀ-VU? DUQUESA DESAPARECE (PARTE DOIS)

* * *

Malcolm acordou com uma batida forte na porta de seu quarto.

Ele sentou na cama, desorientado pela escuridão – sem saber de data, hora ou qualquer coisa que não do sono profundo e entorpecente que o consumiu. Fazia tempos que ele não dormia tão profundamente. Três anos. Mais. Talvez ele nunca tivesse dormido tão bem, pois nunca tinha dormido com ela.

Haven procurou Sera por instinto, estendendo a mão e descobrindo, contrariado, que estava mais uma vez sozinho naquela cama, os lençóis frios ao toque.

Com um gemido baixo, olhou para as janelas, a escuridão profunda indicando que ele esteve adormecido por várias horas. Malcolm passou as pernas pela borda da cama, disposto a levantar por apenas um motivo – procurá-la e arrastá-la de volta para cama. Para fazer amor com ela de novo e voltar a dormir nos braços dela até o nascer do sol. Até o nascer do sol dali a uma semana, se ele pudesse providenciar.

A batida soou de novo, apressada e urgente. Vestindo um robe, Malcolm foi até a porta. Ele a tinha trancado após entrar com Sera, sem querer arriscar que fossem interrompidos, mas ela provavelmente tinha escapado pela porta de comunicação entre os dois quartos. Ele estava na metade do caminho quando insistiram na batida.

— Tudo bem. Estou indo! — exclamou quase num grito, tentando conter-se, sabendo que sua irritação em acordar sozinho e desorientado não era culpa de quem estivesse do outro lado da porta. E era claro que o assunto era urgente, droga.

Ele escancarou a porta.

— O que foi? — A pergunta morreu em sua garganta quando ele assimilou a realidade um tanto estranha no corredor à sua frente. As três candidatas restantes ao posto indisponível de esposa estavam alinhadas no corredor mal iluminado, uma mais aterrorizada do que a outra por estar ali. Nada assustadas, por outro lado, as mães delas pareciam estar combinadas em algum plano, que aparentemente envolvia Lorde Brunswick, dois dos cachorros de Lady Bombah e, por algum motivo, o gato de Sesily.

Quando o Malcolm vestido parcialmente apareceu, o grupo reagiu de várias formas: duas mães se apressaram em proteger o olhar das filhas do estado indecente do duque; as filhas em questão fizeram seu melhor para fingir inocência e dar uma boa olhada; a outra garota, Lady Bettina Battina, claro, observou-o com ousadia imperturbável, apesar da advertência clara da mãe:

— Bom Deus, Bettina, olhe para o lado!

Bettina não olhou para o lado, e Malcolm reparou que ela estava segurando o gato, que piscou para ele e lhe ofereceu um miado baixo. Eles nunca ficaram amigos, ele e o gato.

O Barão Brunswick, por sua vez, pareceu ter sido designado para bater na porta, mas tinha pouco interesse no que deveria acontecer depois que a porta fosse aberta. O homem arregalou os olhos, deu um passo para trás e olhou Malcolm de alto a baixo.

— Tudo bem, Haven? — ele perguntou. — Estamos incomodando?

— Estão, na verdade.

Ocorreu a Malcolm que grande parte dos esforços da aristocracia consistiam em mentir para os outros sobre como estava se sentindo, de modo que, quando ele respondeu com sinceridade a pergunta, ninguém no grupo soube como reagir. Bem, quase ninguém. Depois de um instante de silêncio, Lady Lilith e Lady Bettina riram.

Haven procuraria se lembrar de fazer o possível para conseguir bons casamentos para aquelas garotas assim que voltassem para Londres. Ele e Sera as receberiam para jantar. Eles a apresentariam a todos os aristocratas ricos da cidade.

Malcolm se perdeu por um instante na domesticidade do pensamento. A ideia de passar com Sera o resto da vida entre cidade e campo, construindo uma vida maravilhosa de diversão e sensualidade, recebendo visitas antes de se retirarem para o quarto e fazerem amor até o amanhecer... Isso o lembrou de que ele precisava se livrar daquelas pessoas.

— Bem — o barão disse, como se tudo estivesse em perfeita ordem. — Que tal você... quero dizer, Vossa Graça, colocar suas calças?

Malcolm não se moveu.

— Imagino que alguma coisa extremamente importante deva ter acontecido — ele disse, devagar — para trazer um grupo de hóspedes à porta do senhor da casa. Eu não ousaria adiar o que quer que seja.

Por um instante pareceu que ninguém falaria com ele, ou sequer reagiria às suas palavras. Mas então, a mãe de Bettina se adiantou, evidentemente disposta a se sacrificar pela filha.

— Acabou, então?

Haven arregalou os olhos.

— Meu sono? Sim.

Os presentes bufaram, mas a Marquesa de Bombah não se intimidou. Na verdade, era fácil perceber de onde a franqueza da filha vinha.

— A competição. Você escolheu uma esposa.

— Escolhi, na verdade. — Não que ele pudesse ver por que a situação era tão urgente. Ele só podia deduzir que Lilith e Bettina tinham informado os outros do que tinha acontecido entre ele e Sera na torre.

Lady Brunswick bufou de desgosto.

— Estão vendo? Eu disse que tinha acabado. — Ela estrilou com a filha: — Eu disse que ele tinha esfriado com você. Precisava se esforçar mais.

Malcolm não gostou do que a baronesa disse, como também não gostou do modo como ela parecia culpar Lady Emily pelo fato de ele ter escolhido amar sua esposa e deixar de lado a ideia de encontrar uma substituta. Claro que era estranho a garota não tomar sopa, mas isso não era motivo para crueldade. Eles a convidariam para o jantar com Lilith e Bettina. Ele tinha certeza de que conseguiria encontrar um cavalheiro que não gostasse de sopa.

— Posso lhe garantir, Lady Emily, foi um prazer conhecê-la.

Lady Brunswick continuou como se ele não tivesse falado.

— Não é de admirar que as Cinderelas Borralheiras tenham partido tão depressa, mas era de se esperar que alguém nos contasse que você já escolheu sua substituta, para que não ficássemos abandonadas na refeição da noite, esperando o anúncio da sua decisão.

Ele congelou, mas ela continuou:

— Mas em vez disso, você vai para a cama no meio do dia! Você e as Irmãs Perigosas já vão tarde. Nossa família merece coisa melhor. — Ela segurou Emily pelo braço. — Venha, Emily.

Parecia que Emily queria que um buraco no chão a engolisse inteira, mas isso não era problema de Haven. Ele levantou as mãos para interromper a conversa.

— O que você disse? As outras foram embora?

— Como ladras! Fugindo no meio da noite! — a baronesa disparou, e suas palavras destravaram as outras mães.

— Uma hora atrás, as irmãs Talbot entraram na carruagem e foram embora.

— Sesily deixou o gato — Lady Bettina acrescentou, como se isso importasse.

Por um instante não importou mesmo. Mas Lilith acrescentou, delicada e séria, como se entendesse as implicações de suas palavras.

— Elas partiram com muita pressa.

Elas foram embora. Não Sera, com certeza. Não depois de tudo que dividiram à tarde. Não depois de prometer que conversariam a respeito. *Depois*, ela disse. Ele meneou a cabeça, olhando de Bettina para Lilith e de volta.

— Todas elas?

— É claro que todas elas! — a baronesa grasnou. — Elas conseguiram o que queriam, as loucas! — Ela se virou para a filha. — Vamos, Emily, *nós* precisamos ir para cama também, pois amanhã nossa busca recomeça. — Ela bateu no ombro do marido. — Você também, barão.

Brunswick fez uma careta diante da intimação, mas acompanhou a esposa mesmo assim; pelo menos Malcolm deduziu que ele a seguiu, porque não ficou parado à porta, virou-se e foi direto para a porta que conectava seus aposentos aos de Sera.

Ele irrompeu pela passagem, de certa forma esperando que ela estivesse ali, dormindo em sua cama. Na penteadeira, lidando com um gancho de abotoar. Na cadeira junto à lareira vazia, lendo. Rindo com as irmãs. Qualquer coisa. Mas ela não estava lá. O quarto estava escuro e vazio. *Ela o tinha deixado.*

Ele foi inspecionar o guarda-roupa, encontrando-o cheio das coisas dela, vestidos em uma dúzia de tons de roxo, sapatos empilhados abaixo. Na penteadeira, talco e escovas, grampos e bugigangas, uma pulseira que ela usou durante a bocha no gramado. Brincos que ele lembrava de vê-la usando em um jantar. Ela o tinha deixado, e com pressa.

Maldição, ela tinha lhe dito que o amava e fugiu como se o inferno inteiro estivesse atrás dela. Mérope e as Plêiades voando como pombas. E Malcolm, cego e desesperado como Órion, forçado a caçá-la de novo. Como um tolo.

Ele engoliu o grito de raiva que ameaçava se desprender no quarto escuro e foi até a janela, aberta para deixar entrar a brisa noturna de verão. O quarto dava para a entrada de carruagens, um caminho longo que levava à estrada principal e depois à estrada para Londres.

Não havia sinal da carruagem, nenhuma lanterna noturna balançando à distância, nenhum indício de que ela tinha passado por ali.

Ele apoiou as mãos no parapeito, apertando-o até a pedra e a madeira machucarem suas palmas, e sussurrou o nome dela com toda a raiva, todo o desespero e amor que conseguiu reunir. Ela o tinha deixado, como uma droga de covarde. E então veio um pensamento, frio, implacável e aterrorizador. *E se ela fugisse de novo?*

Ele se endireitou. Ela não fugiria. Não do modo como tinha fugido antes. Ela tinha partido com as irmãs dessa vez. Elas não a deixariam ir embora, deixariam?

Palavras ecoaram, lembranças do dia em que Sera apareceu no Parlamento e pediu o divórcio que ele nunca teve intenção de lhe dar.

Não tenho nenhum motivo para não encerrar nossa união infeliz. Não tenho nada a perder. Nenhum motivo para não fugir. Nada a perder. E Sera não tinha mesmo nada a perder. Ela fez o possível para garantir isso. Ela voltou para Londres no braço do americano, de quem era amiga e nada mais. Cantava em uma taverna. Entornava uísque como... uma *taverneira*? Ela tinha dinheiro, do pai dela e da mãe de Malcolm, e nenhuma ligação com Londres. Mas ela o tinha, droga.

— Ela disse que me amava! — o sussurro furioso cortou a escuridão e ele fechou os olhos, punhos crispados junto ao corpo. — Como ela pôde me deixar?

Amor não é suficiente.

— Vossa Graça?

Ele se virou, o coração na garganta, para encarar Lady Bettina, parada à porta, lampião em uma mão e o maldito gato de Sesily na outra. Ele sacudiu a cabeça para clareá-la. Não tinha tempo para essas garotas.

— Nunca foi real, Lady Bettina — ele disse. — Você fez parte de uma farsa.

— Eu sei — ela disse. — Qualquer pessoa com olhos na cabeça pode ver que você e a duquesa são um do outro, de ninguém mais.

— Qualquer pessoa menos a duquesa pode ver isso, você quer dizer. — Ele não conseguiu evitar a frustração na voz.

— Eu acho que ela também vê isso — ela disse. — Mas longe de mim me envolver.

— Você está dentro do meu quarto segurando o gato da minha cunhada, portanto acho que já está bem envolvida — ele observou.

Ela concordou, um sorriso brincando em seus lábios.

— É bem possível que seja verdade.

— Na verdade, não consigo pensar em um local mais indecoroso para você estar do que no meu quarto segurando o gato da minha cunhada.

O sorriso ficou maior.

— Você está planejando me perverter de algum modo?

— Não.

— Bem, então parece que estou em segurança. Além do mais, parece que o gato não gosta de você.

Malcolm olhou para o animal branco, que parecia absolutamente satisfeito nos braços de Bettina Battina.

— Eu pensava que tínhamos estabelecido um armistício.

O gato uivou.

— Ah, sim, é o que parece. — Ela fez uma pausa. — A questão é que acredito estar a salvo com você.

— Houve um tempo em que eu teria ficado decepcionado com essa avaliação.

Bettina sorriu.

— Imagino que você fosse mais novo, então. E menos apaixonado por sua esposa. Sabe, uma esposa é um grande inibidor do perigo de um homem.

— Com certeza eu era mais novo, mas nem um pouco menos apaixonado por minha esposa.

— Isso parece ser um problema para você.

— Considerando que eu a estou sempre perdendo, tenho que concordar com você — ele respondeu, sem conseguir encontrar graça na situação.

Bettina Battina sentiu pena dele, então.

— Receio ter algo para Vossa Graça, e não acredito que gostará de ouvir.

Ele se aproximou da prateleira baixa perto da janela e pegou uma pederneira, que usou para acender o lampião, no mesmo instante tornando o quarto mais acolhedor para uma jovem e mais devastador para ele. Havia uma caixa de chapéu ao pé da cama de Sera, aberta e vazia, como se ela não tivesse tido tempo nem vontade de guardar algo ali e levá-lo consigo. Ao lado da caixa, um pedaço de papel, dobrado às pressas e apenas uma letra M sobrescrita. Ele abriu o papel, seu coração disparado.

Não posso ficar.
Vou esperar notícias do Parlamento.
— S

Ele soltou uma imprecação grosseira e desagradável e amassou o papel. Em seguida, olhou para Bettina.

— O que você tem para me dizer é melhor ou pior do que eu saber que minha esposa me deixou... de novo?

Ele teve que admitir que a hesitação da jovem o incomodou.

— Bem, para ser honesta, acredito que seja pior. Considerando os eventos desta manhã. — Ela fez uma pausa e se apressou para esclarecer. — Os que eu testemunhei, claro.

Malcolm sentiu um nó no estômago.

— Continue.

Ela suspirou e se agachou, deixando o gato no chão. Sem hesitar, o animal pulou para dentro da caixa de chapéu, sentando-se com cuidado dentro, observando os dois com olhos sérios e determinados.

Malcolm fez o possível para ignorar a criatura, virando-se para Bettina, que tinha tirado um papel de algum lugar e agora o desdobrava.

— Você preparou algum tipo de discurso? — ele disse, sabendo que estava dificultando as coisas de propósito.

Ela olhou torto para ele, mas ignorou a pergunta.

— Minha criada me trouxe isto há cerca de uma hora.

Malcolm não gostou de ouvir aquilo. Seu olhar procurou a escrivaninha no canto, onde um mata-borrão e uma caneta foram deixados de qualquer modo, como se sua esposa tivesse escrito uma carta às pressas antes de fugir. Uma carta para aquela jovem, por algum motivo.

— Continue.

Bettina começou a ler em voz alta:

— *Prezada Lady Bettina, deve saber que gosto muito de você. É inteligente, sincera e, acima de tudo, forte. Você sabe usar sua própria cabeça e não tem medo de falar o que pensa. Essas são qualidades que lhe farão bem.* — Ela fez uma pausa e olhou para Malcolm, que percebeu o nervosismo no rosto da moça. Reconheceu-o, pois sentia o mesmo, detestando a expectativa pelas palavras que viriam. Detestando as próprias palavras antes que Bettina as lesse. Querendo interrompê-la. Sabendo que o que ela tinha para falar precisava ser dito.

— *Todas essas qualidades também serão boas para Malcolm.*

— Não — ele disse, incapaz de impedir que a palavra irrompesse de seu peito.

Bettina Battina olhou para ele, claramente ofendida.

— É claro que não.

— Então por quê...?

A jovem deu de ombros.

— Ela não parece ligar para como nos sentimos a respeito, Vossa Graça — ela disse.

Isso parecia ser verdade. Bettina continuou:

— *Ele é um bom homem, Lady Bettina. Um homem que conhece a vida e o amor. Ele demonstrou uma lealdade admirável à esposa.* — Bettina parou de ler. — Então ela se corrige: *às esposas.*

— Maldição.

— Foi isso mesmo que eu pensei — Bettina respondeu. — *Ele será um ótimo marido para você...*

A frustração se transformou em descrença.

— Ela está me *dando* para você?

Bettina arqueou as sobrancelhas e estudou a carta que tinha em mãos.

— Não é muito claro, na verdade, mas receio que ela esteja *me* dando para você. — Ela fez uma pausa e inspirou fundo, como se precisasse se preparar para ler o resto. — *Algumas coisas que você precisa saber: primeiro, ele odeia aspargos.* — Ela parou. — Vossa Graça, tenho certeza de que compreenderá se eu disser que não faço ideia do porquê sua afinidade com aspargos, ou a falta dela, seria relevante de algum modo para um casamento, quanto mais relevante a ponto de ser número um numa lista de coisas importantes.

— Não é — ele disse.

— Bem, as outras coisas também são estranhas, então... — Bettina voltou sua atenção para a carta. — *Ele é fascinado pelos mitos gregos. Leia-os e aprenda-os. O duque ficará grato por ter alguém com quem discuti-los.*

As palavras pareceram uma traição de confiança. Malcolm permaneceu em silêncio. Bettina continuou:

— E esta é a mais estranha. *Providencie um vestido vermelho e faça o possível para ficar sozinha com ele quando o estiver usando. Se puder fazer isso no escritório dele, melhor ainda.*

Foi então que a raiva veio. Ele se aproximou, como se pegando a carta pudesse usá-la para fazer o relógio voltar e impedir a loucura que, claramente, a tinha consumido.

— O que diabos...

Bettina levantou os olhos arregalados pela proximidade dele.

— Concordo — ela disse. — Não entendo o que ela está tentando fazer.

— Eu entendo — ele disse, a lembrança da última vez que ela vestiu vermelho naquela casa, em seu escritório, ainda viva. Quantas vezes ele tinha recriado aquele momento em sua cabeça? Quantas vezes ele tinha tirado aquele corpete? Levantado as saias dela? Feito amor com ela? Quantas vezes tinha se imaginado fazendo isso de novo?

Ele tirou a carta da mão de Bettina Battina, gostando de liberar a raiva que sentia ao dobrá-la e rasgá-la em pedaços.

— Ela quer que você me seduza.

— Bem, eu não quero. — Bettina arregalou os olhos.

— O que é muito bom, pois não tenho intenção de ser seduzido por ninguém que não minha esposa. — Assim que ela parasse de enfurecê-lo.

Bettina concordou.

— Isso parece bastante razoável. Embora, se eu puder...?

— Por favor.

— Parece que sua esposa continua não interessada em ser sua esposa, Vossa Graça.

As palavras não deveriam ter caído com tanta força sobre ele. Não deveriam ter causado tanto impacto. Mas causaram. Malcolm se afastou de Bettina Battina nesse momento, odiando que ela compreendesse a dinâmica de seu casamento melhor do que ele.

Não. Ela não compreendia melhor. Estava apenas mais disposta a aceitá-la. Mas Bettina Battina não esteve casada com Seraphina.

Ele não conseguiu se impedir de andar até a cama diante da qual ficou, quase três anos antes, e pediu que sua mulher sobrevivesse. Onde ele a puxou da morte. Onde ele tinha ido jurando lutar por ela. Amá-la. Persegui-la, até o céu, se fosse preciso... Só para constatar que ela tinha fugido.

Foi então que Malcolm se deu conta de que ela sempre fugiria dele. Fugindo do amor. Da promessa de um futuro. E ele sempre a perseguiria. Cego e arrasado. Seu castigo por nunca ser digno dela. Maldito fosse ele, se ela iria conseguir o divórcio.

Escândalos & Canalhas

Capítulo 24

SUCESSORA ESCOLHIDA? IRMÃ PERIGOSA É VISTA NA CIDADE!

* * *

As irmãs Talbot ficaram amontoadas na carruagem por mais duas horas, pois as estradas à noite exigiam mais tempo que o normal para retornar à Londres. Mas não foi o amontoamento das irmãs o mais notável. Afinal, elas tinham passado a maior parte da vida amontoadas.

Foi o silêncio delas. As cinco irmãs nunca tinham passado qualquer tempo sem falar. Nem mesmo serviços religiosos eram sagrados.

Assim, quando Seleste finalmente interrompeu o silêncio com um simples "Muito bem, então", as irmãs tinham ficado em silêncio como nunca em toda a vida – algo de que Seraphina gostou, mesmo quando acabou.

— Foi interessante, não? — Sesily se manifestou.

— Eu, do meu lado, não esperava — Seleste respondeu. — Pensava que Haven faria algo mais para convencê-la a ficar.

— Ele estava disposto a levar uma pedrada na cabeça por ela — Seline observou.

Se não estivesse tão desesperada para sair da carruagem, Seraphina poderia ter encontrado energia para refletir sobre isso. Mas ela continuou concentrada nos próprios dedos entrelaçados em seu colo, sem luvas, ainda manchados com a tinta do bilhete que escreveu às pressas para Lady Bettina. O bilhete escrito para encorajar a futura esposa de Malcolm.

Se apenas ele pudesse ver que o casamento deles estava condenado, poderia ser feliz com outra. O pensamento provocou uma pontada de dor nela, apertando seu coração e dificultando sua respiração. Ela procurou se acalmar, inspirando fundo e voltando a atenção para as irmãs.

— Foi bom para você que a aposta era a respeito das intenções de Haven, Sesily, e não quanto às ações de Sera, porque do contrário você estaria nos devendo um bocado de dinheiro — Seleste disse.

Sesily sacudiu a cabeça.

— Ah, eu nunca teria apostado que Sera queria reconquistá-lo.

— Eu teria.

Sera levantou a cabeça de repente, seu olhar encontrando logo o de Sophie, a irmã que a esteve observando desde que entraram na carruagem, preocupação e interesse marcando o belo rosto.

— O que você disse? — Sera perguntou.

— Eu nunca teria apostado que você não queria Haven.

— Por que não? — Sera quis saber.

Sophie deu de ombros.

— Não faz muito tempo que você me deu uma lição de amor, irmã.

A lembrança veio de longe; Sera, grávida na fronteira com a Escócia, sentada com Sophie, que sofria e se desesperava pelo homem que acabaria se tornando seu marido. Mas naquela noite, o Marquês de Eversley era um partido impossível – até Sophie ir até ele e lhe contar a verdade, por recomendação de Sera. Sophie parecia se lembrar disso, também.

— Você disse para ele?

— Disse o quê? — Sesily interveio, mas ninguém respondeu.

Eu nunca disse ao Haven que o amava, Sera tinha dito, tentando convencer Sophie a não agir da mesma forma. *E veja a confusão que eu criei.*

Ela olhou pela janela para o negrume lá fora. Sophie não aceitaria o silêncio.

— Sera — ela insistiu. — Você disse para ele?

Eu te amo. Ela concordou com a cabeça e sua irmã mais nova pegou a mão dela, apertando-a, sem hesitação. Sera olhou para ela.

— E?

Sera meneou a cabeça. Não importava. Não mudava nada. Tudo continuava uma confusão. Ela retirou a mão da de Sophie, controlando suas emoções.

— Amor não é suficiente.

Veio silêncio no rastro de suas palavras, até Seleste soltar um pequeno suspiro e falar.

— Pode não ser suficiente, mas é alguma coisa, na verdade, quando todas temos que correr para casa no meio da noite. — Ela abanou a mão. — Eu passo metade do meu casamento brigando com Clare. Isso torna as coisas interessantes.

Seline revirou os olhos.

— Você e Clare não servem de comparação para os outros, sabe.

— E você e seu cavaleiro, servem? — Seleste defendeu seu casamento. — Não há duas pessoas no mundo que compartilham dos mesmos interesses como vocês. É um tédio mortal.

Seline deu de ombros.

— Não é entediante para nós. — Ela se inclinou para frente e olhou pela janela. — Quase em casa. — Sera não deixou de perceber a empolgação na voz da irmã. Ela estava feliz de voltar para seu casamento entediante e seu marido parecido demais com ela. — Mark vai ficar surpreso.

Seleste suspirou, feliz, e encostou a cabeça na irmã.

— Clare também — ela disse. — É melhor que ele não esteja no clube. Preciso dele esta noite.

As irmãs grunhiram ao ouvir aquilo, e Sesily deu um tabefe rápido numa Seleste risonha.

— Por favor. Não quando estou tentando me controlar.

— Por quê? — Seleste riu. — Está surpresa por eu estar ansiosa por uma noite com meu marido?

— Não — Sesily observou. — Mas você poderia ser um bocadinho mais discreta.

— Bah — Seleste fez. — As mulheres participam do ato, Sesily. É justo que possamos apreciá-lo.

— Tem toda razão — Seline acrescentou.

— Nós todas sabemos o quanto você aprecia, Seline. — Sophie disse. — Lembro de uma ópera que todas tivemos que abandonar porque mamãe pegou você e Mark em flagrante atrás de uma cortina.

Seline sorriu, convencida.

— Pelo menos nós estávamos *atrás* da cortina. Além disso, quem é você para falar? Todo mundo sabe o que acontece dentro da sua livraria quando Rei aparece e vocês trancam a porta durante horas para o *almoço*.

O rosto de Sophie ficou vermelho e Sera não pôde evitar um pequeno sorriso que conseguiu lhe chegar aos lábios. Foi por isso que ela tinha voltado a Londres. Não por Malcolm nem pela família que um dia lhe tinha sido prometida, nem pelo título ou pela vida que ela teve. Mas por essas mulheres: leais, queridas, corajosas e melhores que todas as outras. E suas.

Por isso ela insistiria em seu divórcio e ficaria livre de seu passado, enquanto Malcolm poderia casar com Bettina... uma excelente escolha. Ela seria uma boa companheira e lhe daria filhos lindos.

Aquela ideia não a fazia se sentir nem um pouco mal. O enjoo era do movimento da carruagem. O problema de Sesily, obviamente, era contagioso.

O mal-estar não veio numa torrente de saudade do marido. Ela não estava com saudade dele. Ela tinha um plano que manteria em curso. Sera teria sua taverna e cantaria. E isso seria suficiente. Tinha que ser. Algo na vida dela tinha que ser suficiente.

— Não parece justo que todas nós tenhamos ido passar um mês no interior e Sera foi a única que pôde... vocês sabem — Seline disse.

Quatro pares de olhos procuraram Sera no escuro, e ela fez o possível para manter sua atenção na janela, de repente muito interessada nos edifícios que passavam.

— Bem, nós não sabemos se ela fez ou não — Seleste observou.

— Não? — veio a resposta. — O que mais pode ter acontecido para fazer com que ela fugisse no meio da noite?

— Eu nunca quis fugir, e você? — Seline perguntou.

— Bem — Seleste disse, um tom de deboche na voz. — Isso nos devolve à teoria original sobre Haven.

— Qual é? — Sera não conseguiu evitar de perguntar.

— Que ele é horrível nisso.

Todas riram. Todas exceto Seraphina, que estendeu a mão e desenhou lentamente um círculo na janela.

— Ele não é horrível nisso.

A carruagem ficou em silêncio de novo, até que Sophie suspirou e falou:

— Sera... por que nós estamos aqui?

Sera sentiu a irritação surgindo, totalmente irracional, mas não ligou.

— Porque, ao contrário do que todas vocês acreditam, o fato de meu marido ser um amante magnífico não basta para ter um casamento perfeito. — Quatro pares de sobrancelhas foram arqueados, o que a deixou ainda mais furiosa. — Vocês não precisam ficar tão chocadas. Nenhuma de vocês faz ideia de como é estar na minha situação.

— Você gostaria de nos explicar como é? — Sophie sempre foi tão gentil. Tão imperturbável.

E ela nunca foi mais irritante para Sera do que nesse instante.

— O que você quer que eu diga? Não há *nada* para ser dito! — ela exclamou, a voz atingindo um tom esganiçado. — A vida de vocês é perfeita. O casamento? Perfeito. Seus filhos... — Ela ficou sem voz, sentiu um aperto no coração e engoliu em seco. Recusando-se a deixar a tristeza aflorar. — São perfeitos. E eu nunca vou ter nada disso.

— Sera... — Ela nunca tinha ouvido Seline ser tão delicada.

— Não. — Sera se virou para a irmã, dedo em riste. — Não ouse sentir pena de mim. Eu fiz minhas escolhas. Eu poderia ter fugido, mas voltei, mais forte do que nunca. Não preciso da pena de vocês.

— Tem certeza? — Sophie estrilou, e todas se viraram para a irmã Talbot mais nova e mais calma. Aquela que os outros diziam ser a menos interessante. Os outros que não conheciam Sophie, claro.

— O que isso quer dizer? — Sera se inclinou na direção da irmã.

— Só que você parece precisar do nosso apoio, de nossa proteção, quando é conveniente. E nós lhe damos. Nossa lealdade eterna. Porque as Cinderelas Borralheiras permanecem unidas. Mas você nunca nos ofereceu sua honestidade. Então, minha pergunta é... — A carruagem começou a diminuir de velocidade ao se aproximar da Casa Eversley, onde Sophie desembarcaria. Mas não antes de deixar claro o que pretendia dizer. — É só porque você se recusa a ser honesta conosco? Ou porque se recusa a ser honesta consigo mesma?

Existem coisas que só irmãs podem dizer. Há modos de provocar a raiva de uma mulher que só as irmãs sabem.

— Eu nunca fui desonesta com vocês.

— Que grande mentira! — Sophie bufou. — Você nos deixou sem dizer uma palavra. Onde está a honestidade disso? Você se perdeu, Sera. Você estava sofrendo pelo homem que amava e pela filha que não pôde ter. E jogou tudo fora, incluindo nós. Eu quis ser compreensiva. Mas agora... está na hora de você enxergar que está prestando um desserviço a si mesma. Deus sabe que eu nunca morri de amores por Haven, mas o homem adora você e está disposto a lhe dar tudo o que você desejar. Qualquer coisa. Embora, neste momento, eu não consiga imaginar o que possa ser. — Sera se recostou no assento.

— Uau. Isso foi um pouco duro — Seline disse em voz baixa.

— Bem, talvez ela precisasse ouvir isso — Sophie estrilou.

— Eu *não* precisava, de fato, porque não é verdade. — Sophie levantou uma sobrancelha e Sera continuou: — Eu só pedi uma coisa para ele. Divórcio. Minha liberdade. E a dele também, devo acrescentar. Mas ele não me deu.

— Talvez ele não tenha lhe dado porque você tem um tipo bizarro de fantasia sobre o que é liberdade.

Sera endureceu o olhar para a irmã caçula.

— E eu imagino que você saiba o que é de fato?

— Eu sei, sim — Sophie disse quando a carruagem parou. Ela alisou as saias e o cabelo quando um criado de uniforme se aproximou para abrir a porta. Ela olhou para Sera antes de aceitar a mão do homem e descer o degrau.

— Eu amo você, sabia? — ela disse, voltando-se para a irmã. Lágrimas vieram, instantâneas e indesejadas, e Sera desviou o olhar, o que foi bom, porque elas se derramaram quando Sophie acrescentou, delicada: — Eu só queria que você encontrasse um modo de amar a si mesma.

Consumida por raiva, tristeza e frustração que não conseguia expressar, Sera não olhou para a irmã e a porta da carruagem foi fechada com um estalido suave.

Com uma das mãos às costas, Sophie caminhou lentamente até a porta de sua casa, que estava aberta, com um brilho dourado quente e acolhedor vindo de dentro. Sera sentiu uma pontada de culpa. Sua irmã grávida teria ficado mais satisfeita em sua cama do que entulhada em uma carruagem no meio da noite.

Mas Sophie estava em casa, afinal, e a silhueta de seu marido logo apareceu diante da entrada dourada, parando por um momento mínimo antes de sair para buscar a esposa, levantando-a alto com seus braços em mangas de camisa e beijando-a com paixão. Os criados que aguardavam por perto deviam ser muito bem treinados, ou estavam tão acostumados com as demonstrações de afeto entre o marquês e sua esposa que pareciam imunes àquele escândalo. Sera imaginou que fosse a segunda alternativa.

E então Rei carregou Sophie pela porta para dentro de casa, parando apenas para fechá-la atrás dele com um chute.

A carruagem balançou e entrou em movimento, e Sera descansou a cabeça no assento, soltando um "Droga!", frustrada. As irmãs não disseram nada e ela entendeu o porquê. Elas concordavam com Sophie.

Sera abriu os olhos e as encarou.

— Imagino que vocês também queiram que eu me desculpe. — Ela sabia que estava sendo difícil.

— Honestamente, não faço questão — Seline respondeu. — Mas se eu tiver a opção de escolher entre você aqui ou não, prefiro tê-la em Londres. Então, se estiver planejando repetir suas ações passadas, e minha opinião tiver algum valor, por favor, não repita.

— Você está planejando ir embora? — Sesily perguntou de onde estava, no lugar mais distante da carruagem.

Sera ficou quieta por um longo momento. Ela meneou a cabeça.

— Não sei. Eu estava planejando minha vida. Meu empreendimento. — Ela desviou o olhar e disse, virada para a janela a seu lado. — Era tudo o que eu queria.

Seleste e Seline não responderam e Sera aceitou o silêncio delas como uma aprovação tácita. Talvez fosse apenas lealdade, mas ela ficaria com o silêncio. Era melhor do que a verdade. Mas depois que a carruagem as entregou às suas respectivas casas, com seus respectivos maridos, deixando-a mais uma vez sozinha com Sesily, Sera ficou nervosa.

Sesily era uma das irmãs Talbot mais francas, e, à luz dos eventos durante a viagem, isso poderia resultar em uma franqueza dolorosa.

— Eu preferia que você não fosse embora — Sesily disse quando a escuridão do veículo as envolveu, cujas rodas chacoalhavam nos paralelepípedos do pavimento ao passar por Mayfair a caminho de Covent Garden.

Sera inspirou fundo.

— Eu não pretendia partir.

— E quanto a Haven?

— Ele não quer um divórcio.

— Você quer?

Quero. Não. Ela ignorou a pergunta, detestando a resposta estranha, imprecisa, que lhe ocorreu.

— Posso dizer algo?

— Imagino que não poderia impedi-la.

— Não, é provável que não — Sesily disse, sem se comover com a resposta azeda. — Mas Sophie não está errada, Sera. A liberdade vem de muitas formas. E até cotovias precisam descansar.

Seraphina olhou pela janela.

— A carruagem vai levar você até a casa de nossos pais depois que me deixar.

— Não quer vir comigo? Mamãe vai adorar ver você.

A sugestão deveria ser algo simples e tranquilo. Mas trouxe a lembrança da mãe que, apesar de seus conluios terríveis, amava as filhas acima de tudo.

Sera meneou a cabeça.

— Ela aprendeu a lição, sabe — Sesily disse. — Quase não olha mais para mim com aquele misto de piedade e decepção. Imagino que eu deva agradecer a você por isso.

— Disponha — Sera respondeu, forçando um sorriso. — Vou visitá-los outro dia, mas esta noite preciso voltar para o meu lugar.

Para mim mesma. Para a mulher que era desde que chegou a Londres semanas atrás, antes que Malcolm tivesse mudado tudo. Antes que ele a tivesse tentado com um futuro diferente daquele com o qual ela tinha se comprometido. E assim ela iria para a taverna, serviria suas bebidas e cantaria suas músicas na esperança de que a noite afogasse o dia.

— Vou com você — Sesily disse.

— Não vai, não — Sera olhou para a irmã.

Estava escuro demais para ver o rosto dela, mas Sera sabia que nada impedia Sesily de conseguir o que queria.

— Por que você está planejando fugir depois de tudo? Não quer uma testemunha? Ou não quer alguém a quem tenha que dizer adeus?

— Não vou embora, Sesily. Esta noite, não.

— Não sei se acredito em você — Sesily respondeu. — Fugir de Highley parece ser contagioso.

Sera reparou na irritação da irmã.

— Fugir de Highley?

— Esta semana foi quase um esporte.

Sera arregalou os olhos no escuro.

— Está falando de Caleb?

— Caleb — Sesily bufou, desdenhosa.

Bom Deus. O que ela não tinha percebido?

— Ses... aconteceu alguma coisa?

— Não — Sesily respondeu. — Eu só queria ver essa taverna legendária.

Era mentira, obviamente.

— Você sabe que Caleb é o dono.

— Oh — Sesily fez, como quem não quer nada. — Isso significa que ele vai estar lá?

Sera não pôde deixar de rir diante daquela interpretação horrível.

— Você não vai comigo.

— Por que não?

— Bem, principalmente porque você é uma lady solteira, identificável.

Dava para ouvir a contrariedade na voz de Sesily, quando ela respondeu:

— Existem bairros inteiros de Londres que discordariam do uso de *lady* na sua frase. Sou a última das Irmãs Perigosas, Sera. Ex-namorada do ator mais escandaloso do bairro boêmio.

— Seja como for, não vou deixar que você seja arruinada. Nem mesmo por Caleb.

— Isso não tem nada a ver com Caleb.

— Você está falando com alguém que sofreu por um homem durante anos.

Sesily olhou torto para ela, iluminada pela luz fraca dos teatros e pubs que passavam.

— E daí? Você teria deixado que ele a arruinasse sem pensar?

— De fato, foi exatamente isso o que eu fiz. — *E esta tarde de novo.* Mas ela deixou de fora a última parte.

— Não tenho intenção de ser arruinada.

— Isso é ótimo, porque não tenho intenção de deixar acontecer.

— Você não pode voltar para Londres e querer assumir o papel de guardiã dos costumes.

Seraphina perdeu a paciência.

— Pelo amor de Deus, Sesily. Uma de nós precisa ser feliz!

— Sim e, pelo jeito, vai ser você, que pelo menos tem um homem disposto a te comer!

As palavras saíram voando da boca de Sesily, chocando Sera e extraindo uma resposta inesperada:

— Sabe, sexo nem sempre é a solução.

O silêncio se impôs e Sera ficou morta de curiosidade. Ela esperou, sabendo que Sesily não conseguiria se conter. E tinha razão, pois não demorou para que a irmã se manifestasse.

— Eu tenho planos.

— Envolvendo Caleb?

— Sim.

— Ele marcou algum tipo de encontro com você? — Estava sendo difícil para Sera não parecer chocada.

— Não. Pior.

Bom Senhor. Ela iria assassinar o sócio.

— O que ele fez?

De repente, Sera ficou revoltada de verdade com o homem que chamava de amigo há tanto tempo. Uma coisa era ele se meter em sua vida, mas outra completamente diferente era seduzir sua irmã.

— *Nada.* — Um suspiro. — Esse é o problema. Ele fugiu de Highley quando eu pedi que fizesse alguma coisa.

Bom Deus.

— Sesily... ele é...

— Você disse que nunca teve nada com ele. Disse que não estava interessada.

— E tudo isso é verdade. Eu ia dizer que ele é velho.

— Nem tão velho. — Sesily abriu um sorriso irônico.

— Não velho de corpo. De alma. E é um canalha. — Um que parecia estar merecendo um belo soco no nariz.

— Sim, eu percebi essa parte.

— E?

Sesily se recostou no assento, e o branco de seu sorriso contido quase não apareceu na carruagem mal iluminada.

— E eu acho que ele merece uma canalha, não?

Malditos todos os homens por provocarem o interesse das mulheres.

Sera saboreou a ideia de vingança naquele momento... e o castigo que Caleb receberia por interferir em sua vida... mantendo em segredo a presença de Malcolm em Boston. Ele merecia uma canalha, e Sesily era a mulher ideal para desempenhar esse papel. Mas a irmã não merecia um homem que via o amor com tanta frieza.

— Caleb.... Sesily, Caleb não é do tipo de homem que é para sempre.

Sesily olhou para a escuridão fora da carruagem por um longo tempo, longo o bastante para Sera pensar que a irmã não falaria.

— Ninguém é para sempre até ser — ela falou, afinal.

A afirmação simples teve mais impacto em Seraphina do que ela esperava. Permaneceu no ar ao redor delas, criando uma confusão silenciosa até Sesily olhar para ela novamente.

— Você é para sempre? Com Haven?

As perguntas a abalaram, e ela percebeu que não conseguia responder. Pois tinha medo da resposta. Então apenas olhou para a irmã, que tinha tomado Londres de assalto e permanecia – corajosa e altiva, linda e ousada – disposta a aceitar a vida como esta se apresentava, desde que fosse sua escolha. Uma heroína entre as mulheres.

Sesily merecia ter uma chance com a vida que desejava, que se danasse o escândalo. *Não mereciam todas elas?* Sera talvez não fosse capaz de ter o futuro com o qual um dia sonhou, mas ela poderia ajudar suas irmãs. Se essa fosse a missão dela – ajudá-las a conseguir o futuro que desejavam –, seria suficiente. Teria que ser.

— Então, à Cotovia.

Alguém encontraria seu futuro ali.

AS TAVERNAS MAIS TÓRRIDAS DA CIDADE!

* * *

— Americano, tem umas mulheres aí...

Caleb nem desviou os olhos do uísque que estava servindo.

— Diga-lhes que encontrem outro lugar. Isto aqui não é um bordel.

O segurança que ele tinha contratado, semanas antes, para controlar a porta da Cotovia Canora, tentou de novo:

— Americano, elas não parecem prostitutas.

Caleb rilhou os dentes ao ouvir o apelido do qual parecia não conseguir se livrar. Na verdade, ele parecia incapaz de convencer qualquer um naquele país a chamá-lo de qualquer coisa que não de Americano, incluindo o homem em questão, um samoano contratado dentre os estivadores das docas de Londres, junto com meia dúzia de outros homens fortes e decentes.

— Bem, deixe que elas entrem — ele disse. — O dinheiro das mulheres é tão bom quanto o dos homens.

Fetu sorriu, mostrando os dentes brancos em meio à penumbra.

— Elas já entraram. Eu achei que não poderia recusar a Cotovia em pessoa.

Aquilo conseguiu a atenção dele. Caleb olhou na direção da porta, incapaz de ver muita coisa em meio ao amontoado de corpos que não se importavam com o calor do verão – não quando havia diversão e bebida.

— Ela voltou?

— Ela é linda e alta, e ficou brava como uma raposa quando perguntei sua identidade.

Caleb não tinha dúvida. O que diabos ela estava fazendo de volta a Londres? Será que o duque tinha escolhido uma esposa? Foi então que ele se deu conta: *Elas.* Sera não teria sido capaz. Ela não arriscaria a reputação das irmãs. A reputação da *irmã.*

Ele bateu a mão no balcão.

— Você disse *elas*. — Maldição. Sera não podia tê-la levado até ali.

— São duas.

— Como é a outra? — Talvez fosse Sophie. — Intelectual e sem graça? — Ou Seleste. — Alta como uma árvore? — Quem sabe Seline. — Coberta de joias?

— Mulher.

— O que isso quer dizer?

Fetu sorriu de novo, dessa vez melhorando a explicação com as mãos enormes, que desenharam uma figura curvilínea no ar.

— Mulher.

Caleb agarrou Fetu pela camisa, chacoalhando-o perto o bastante para ver a tatuagem que cobria o alto de sua cabeça careca.

— Você não pode reparar nisso. Ela não é mulher para você.

As sobrancelhas do outro subiram quase até a careca, mas ele foi interrompido antes que conseguisse responder.

— Eu sou mulher para *você*?

Caleb soltou Fetu e virou na direção das palavras. Maldição, ele não queria que ela fosse mulher.

— Não. Você é um estorvo.

Ela riu. O som do pecado e do sexo. E bem-vindo como a droga do sol. Mas ela não era bem-vinda. Ele não a queria ali. Mesmo que ela fosse como uma brisa fresca na taverna quente e fumacenta, Sesily, o cabelo preso para cima com grampos que tinham trabalhado demais naquele dia, deixando fios compridos e errantes escaparem e se prenderem no pescoço e no ombro, a ponta de um conseguindo se aproximar do decote do vestido. As maçãs do rosto dela estavam coradas, uma luminosidade úmida cobrindo a pele macia e linda dali. E aqueles lábios, rosados, carnudos e perfeitos.

Ela arqueou uma sobrancelha.

— Você não tem como escapar. Não a menos que esteja disposto a pular por cima do balcão e trombar com dezenas de pessoas que estão loucas tentando conseguir um lugar decente para assistir ao espetáculo da Cotovia.

— Volte para a porta — ele falou com Fetu e este fez uma reverência curta para Sesily.

— É um prazer conhecê-la, irmã da Cotovia.

Ela sorriu para ele e fez uma mesura.

— Você também, protetor do Americano.

Caleb sentiu vontade de quebrar algo.

— Ele não é meu protetor — disse, detestando sentir que precisava dizer alguma coisa. Ele não ligava para o que ela pensava. Os pensamentos dela não eram da conta dele. — Não preciso de protetor.

— Oh? — Ela se virou para ele. — Então por que o contratou?

— Porque ele precisa de um protetor — Fetu disse com um sorriso debochado.

— Volte para a porta — Caleb disse, pegando uma garrafa e fingindo servir uísque para homens que não estavam esperando serem servidos. Depois que Fetu se afastou, ele tentou mostrar indiferença, olhando para Sesily mais uma vez. Não foi fácil, pois ela era linda demais para ser admirada sem repercussões. — Você não deveria estar aqui.

— Eu não precisaria ter vindo se você fosse menos covarde.

Ele ficou quente de frustração.

— Um homem teria que conhecer meus punhos se falasse algo assim.

Ela sorriu, provocadora.

— Bem, como nós já deixamos claro, eu não sou homem. Então acho que posso me arriscar.

Quase grunhindo, Caleb largou a garrafa em uma mesa baixa e saiu de trás do balcão, pegando Sesily pelo braço e conduzindo-a em meio à multidão até uma sala nos fundos da taverna, onde não havia nada que não uísque e gim para servirem de testemunha. Ele a soltou e fechou a porta atrás de si.

Sesily sentia-se segura demais, logo dando um passo na direção dele, e Caleb teve que se segurar para não recuar. Ela era perigo destilado. E isso foi antes de falar, com a voz baixa e sensual, como se estivesse testando os limites da coragem dele.

— Talvez você não seja tão covarde, afinal. O que pretende fazer comigo aqui?

A pergunta produziu tantas respostas vívidas, estarrecedoras, devastadoramente maliciosas que ele precisou de um momento para analisá-las. É claro que não pretendia agir de acordo com essas respostas, mesmo que quisesse muito fazê-lo. Ele era, afinal, um homem vivo.

Desanuviando a cabeça, Caleb procurou um assunto seguro e se ateve a ele.

— Onde está sua irmã?

Ela se aproximou mais, as saias de um cerúleo profundo roçando nas pernas dele. Não que ele as sentisse. Não que ansiasse por elas.

— Ela sumiu assim que entramos. Discutiu com o Sr. Fetu, entrou no salão principal à esquerda do palco, enquanto murmurava algo sobre entretenimento.

— Ela não deveria ter trazido você.

— Está com medo de que eu fique arruinada?

— Alguém tem que se preocupar com isso.

Sesily inclinou a cabeça para o lado.

— Sera não lhe contou que eu e minhas irmãs estávamos arruinadas antes de começar? Somos as Irmãs Perigosas. As Cinderelas Borralheiras. O interessante é que estamos tão arruinadas que nem conseguimos chocar a Sociedade. Podemos fugir de nossos maridos. Jogar duques em lagos. Correr a cavalo. Fugir para a Escócia em carruagens com homens que não conhecemos. E tudo que fazemos é provar o que todo mundo pensa. Uma das minhas irmãs é duquesa. A outra, marquesa. A terceira, condessa. E a última é mais rica que as outras três juntas. A ruína tem nos feito bem.

— Porém, não para você. — Ele a encarou.

Alguma coisa cintilou nos olhos dela, azuis como o tecido brilhante do vestido que usava. Algo que ele teria chamado de tristeza se estivesse disposto a prestar atenção. O que ele não estava.

— Não, para mim não. Mas talvez eu ainda não tenha me esforçado o bastante.

E então ela colocou a mão nele, a palma no alto do peito, em cima do colete de linho abotoado que Caleb usava sobre a camisa quando trabalhava. O toque foi igual a fogo. Ele pegou aquela mão criminosa e magnífica, certo de quer iria removê-la de sua pessoa. Ela era uma provocadora – do pior tipo, do tipo que punha um homem de joelhos e o fazia implorar.

Caleb não moveu a mão. Na verdade, apertou-a com mais força contra si. Aqueles olhos azuis capturaram os dele.

— Seu coração está acelerado, americano.

— Coincidência — ele disse. — Pensei ter deixado claro que não sou um brinquedo.

— Diga-me por quê, e talvez eu permita que não seja.

Ele não pôde deixar de rir diante do *permita*. Como se o mundo todo se curvasse aos caprichos dela. Como se ela e a laia dela governasse o globo como rainhas. E talvez governassem mesmo.

— Porque eu prometi evitar mulheres como você.

— Mulheres como eu? — A voz dela ficou delicada e suave.

— Perigosas como você. — Ele estava se inclinando na direção dela?

— Não somos todas assim? — Parecia que ela ia de encontro a ele.

— Deus sabe que a maioria de vocês é assim. — Ela estava bem ali, os lábios entreabertos como uma promessa. Como um segredo.

— Você parece um homem que gosta de um pouco de perigo. — As palavras foram um sopro na pele dele, e aquela mão subiu até seu ombro, até seu pescoço. Ele crispou os punhos dos lados do corpo.

— Não do tipo que casa.

Ela o observou, um desafio lindo nos olhos.

— Eu nunca disse que queria me casar com você.

Ele merecia uma medalha por não beijá-la naquele instante. Por não aceitar a oferta tácita que ela enunciava. O beijo. O toque. E o que quer que Sesily Talbot, a mais perigosa das Irmãs Perigosas, desejava.

Caleb merecia que o Presidente Jackson entrasse naquela porcaria de quarto e lhe oferecesse um cargo de ministro. Ele merecia ser ordenado cavaleiro pela droga do rei. Riquezas e poder além dos seus sonhos. Tudo. Porque, com toda certeza, afastar-se dela era o gesto mais nobre que qualquer pessoa podia fazer. De uma nobreza Arturiana. E o gesto tornou-se ainda mais nobre quando ele disse:

— Vá para sua casa, gatinha.

Sesily apertou os lábios em um gesto que lembrava decepção.

— Meu gato ficou em Highley. — Ela suspirou.

— Por quê? Você decidiu que não precisava de um mascote selvagem?

— Brummell decidiu se esconder depois que você fugiu.

— Eu não fugi.

Ela o ignorou.

— Ele ficou melancólico depois que perdeu o brinquedinho americano dele.

— Não era melhor você ir buscar o bicho, então? — Ele fez uma careta. — Não ligo muito para o que você faça, sinceramente, desde que encontre outro estranho para o qual latir.

— Sua habilidade para misturar metáforas é incomparável — ela disse.

— Parece um bom motivo para você ir procurar outro homem para brincar, Sesily — ele disse, endurecendo a voz. — Não sou tão ingênuo a ponto de cair nesse joguinho.

Caleb a deixou brava, se a cor que subiu às faces dela era algum sinal. Mas antes que ela pudesse responder, o clima mudou. Veio um silêncio suave e carregado de expectativa da sala ao lado, mas que parecia vir de uma distância imensa.

Sesily olhou para a porta, ouvindo o silêncio.

— O que está acontecendo?

— Sua irmã está prestes a começar a cantar.

Ela se virou para ele.

— Não vou embora sem assistir à apresentação dela.

— Fique, se quiser — ele disse, procurando demonstrar desinteresse. Com a esperança de conseguir. — Mas não ache que vou ficar com você.

Ela arqueou uma sobrancelha e endireitou os ombros.

— Então eu estava certa.

— Você estava errada. Não serei enfeitiçado por você, como fez com o outro homem. — Talvez se Caleb dissesse isso, ela acreditaria nele. Quem sabe ele acreditaria em si próprio?

Mas ela não acreditou. Na verdade, Sesily não pareceu ser afetada pelas palavras. Pelo insulto que ele tentou desferir. Em vez de dar meia-volta e sair, ela sorriu, ousada como nunca.

— Não, Caleb. Eu estava certa. Você é um covarde que não quer ver a verdade.

Sesily tinha dito isso antes. No campo. Caleb não pediu para ela explicar, mas as palavras ficaram gravadas na memória dele. *Como seria bom.*

Ele sacudiu a cabeça.

— Vá para casa, garotinha, antes que arrume confusão.

Ela o observou por um tempo longo o suficiente para desconcertá-lo antes de dar um sorriso irônico.

— Acho que não corro perigo de arrumar confusão, americano.

— O mundo inteiro vai pensar que eu a arruinei se você não tomar cuidado.

— E ninguém vai pensar isso se *você* tomar cuidado.

Ele detestou o modo como reagiu à ousadia dela. Àquelas palavras, tão chocantes e tão bem-vindas. Não se sentia assim – tão desperto, tão inflamado, tão *duro* – em anos. Tentando ignorar tudo isso, ele falou, endurecendo a voz:

— O que você quer, Sesily? Eu preciso voltar para a taverna.

— Eu quero que você me beije.

— Não. — Ele negou com a cabeça.

— Por que não? — Ela se aproximou dele.

— Porque eu não beijo garotinhas.

— Eu já disse que não sou uma garotinha.

Caleb se agarrou à reação dela, na esperança de afastá-la para bem longe, de onde não voltasse.

— Mas você é nova e mimada, não? Sempre foi.

— Se sou mimada, então eu deveria conseguir o que quero.

— Não estou interessado.

— Em me mimar?

— Em beijar você.

As palavras a atingiram. Ele viu a mágoa nos lindos olhos azuis por um breve momento, antes que ela escondesse a emoção e concordasse com a cabeça.

— Então vou encontrar outra pessoa.

— Para mimá-la? É um plano excelente. — Ele não ligava. Ela não era problema dele.

Sesily se virou sem falar nada e foi na direção da porta, abrindo-a e se voltando antes de responder.

— Não. Para me beijar. — Ela entrou no meio da multidão antes que ele pudesse alcançá-la.

Caleb ficou imóvel por algum tempo, olhando para onde ela tinha estado, por muito tempo depois que ela desapareceu entre os clientes.

Sesily não iria embora sem Sera. Na verdade, era provável que tivesse ido até as coxias para encontrar a irmã. Ela estava em segurança e não era problema dele. Ele tinha acabado de se convencer desse fato quando a confusão começou.

* * *

Malcolm cavalgou diretamente para Covent Garden, diminuindo muito a vantagem inicial de Sera e, ao chegar à Cotovia Canora, encontrou luzes acesas, a rua bloqueada por uma multidão de clientes barulhentos que praguejavam e gritavam motivados pela alegria e pela bebida.

Amarrando o cavalo do lado de fora e atirando uma moeda para um garoto cuidar do animal, ele se dirigiu à porta, desesperado para encontrar Sera, pois sabia, sem dúvida, que ela estava lá dentro. Malcolm passou pelo porteiro enorme – grato pelo óbvio bom senso do americano em contratar o sujeito como segurança, pois poucos se arriscariam a desafiar tantos músculos – e entrou no salão escuro, enfumaçado e com o fedor típico de Londres no verão. O ambiente estava estranhamente silencioso, com um misto de empolgação e expectativa no ar. O olhar dele voou para o palco, vazio, mas iluminado com perfeição, as velas longas tremeluzindo, como se elas também palpitassem com a empolgação do salão.

— Ouvi dizer que ela voltou — um homem anunciou para o grupo que o acompanhava, sentado ao redor de uma mesa à esquerda de Haven.

— Bah! — veio a resposta debochada. — Dizem isso todas as noites desde que ela foi embora. Ouvi dizer que ela voou de volta para a América. A Cotovia não gostou do que conseguiu aqui.

— É — outro disse. — Dizem que ela veio querendo ser amante de algum ricaço, mas nenhum quis ficar com ela.

— *Você* ia querer ficar com ela? A mulher não é nenhuma lady.

Haven apertou os dentes, detestando aqueles homens, aquele lugar e tudo que representava – a vida que ela tinha escolhido para substituí-lo. Como ela devia odiá-lo para fazer essa escolha. Ele precisava chegar até Seraphina.

Antes que conseguisse, o primeiro homem falou de novo, pontuando as palavras com um movimento grosseiro feito com a mão.

— Melhor ainda que não seja uma lady. A garota sabe como fazer.

Os homens riram com gosto e Haven se virou para eles, reparando nas grandes canecas de cerveja sobre a mesa quando se abaixou e segurou um ombro.

— Repita se tiver coragem. — As palavras ecoaram graves e ameaçadoras, mas os homens estavam bêbados o suficiente para não perceberem o perigo diante deles.

— Que a Cotovia parece trepar bem?

Foram as horas de frustração, cavalgando sozinho no escuro, desesperado por ela. Foram as semanas de frustração, desejando ficar com ela, que embora estivesse a alguns passos de distância, foi impossível de alcançar. Foram os anos de frustração, sabendo que ele tinha cometido todos os erros possíveis. Receando que talvez nunca mais a encontrasse.

Sem tudo isso, talvez Malcolm não tivesse virado a mesa, o que fez o quarteto pular para trás, saindo do caminho da mobília e da fúria dele.

Talvez ele não tivesse agarrado uma caneca de cerveja que voava e a arrebentado na lateral da cabeça do mais falastrão dos bêbados, apreciando mais do que deveria o estalo tenebroso produzido pelo golpe. O homem caiu no chão soltando um palavrão, e a multidão que parecia compacta e inamovível logo abriu um espaço amplo, e alguém gritou: "Briga!"

O salão pegou fogo. A expectativa tensa pela volta de Sera se traduziu em uma curiosidade violenta com a luta que tinha irrompido. Mulheres guincharam e levantaram as saias para sair do caminho enquanto os homens começaram a gritar suas apostas.

Contudo, Malcolm não parou para prestar atenção no alarido que suas ações provocaram. Ele estava ocupado demais lutando, seus punhos acertando os alvos com rapidez e potência, punindo com fúria o restante dos três membros do grupo falastrão.

— Nunca mais fale assim dela — ele disse, arrancando sangue do nariz de um homem e virando-se para bloquear uma cadeira que outro brandia.

A peça arrebentou-se contra seu braço, e ele desviou o rosto das lascas de madeira antes de desferir um soco poderoso no queixo do agressor.

— Não fale assim de mulher nenhuma — ele rugiu.

— Dane-se! — Foi a resposta do primeiro homem a cair, que estava de pé outra vez, com sangue escorrendo pelo rosto. — Eu digo o que quiser, onde quiser!

Malcolm foi até ele, pegando-o pela camisa suja e arremessando-o na direção do segurança imenso, que pareceu menos interessando no repulsivo rejeito humano a seus pés do que em Malcolm, sem dúvida para conter o acesso de fúria do duque.

Haven levantou as mãos para se render. Ele não queria mal aos homens que protegiam Sera.

— Não estou aqui para... — Ele não conseguiu terminar o raciocínio, pois um grito feminino ecoou atrás dele. Malcolm se virou, sem ter certeza do que encontraria.

Certamente ele não esperava encontrar o último homem do grupo a poucos centímetros dele, os braços levantados, os grandes punhos mirando Malcolm antes de ser segurado por trás. Por Sesily, que olhou nos olhos do duque antes de falar:

— Vá em frente. Acerte-o!

E ele acertou. Um direto perfeito, que teria deixado orgulhoso seu instrutor de boxe em Eton. O homem caiu como um saco de batatas, com Sesily por cima.

Ela se sentou com uma rapidez notável, e com uma graça impressionante, como se lutar com animais no chão, usando saias, fosse uma especialidade dela. Sesily sorriu para Malcolm.

— Estamos com um probleminha, eu acho.

Sesily era, como sempre, magnífica em eufemismos. O salão estava uma bagunça, com aplausos, vaias, vivas e reclamações consumindo os presentes enquanto dinheiro trocava de mãos.

— Como ninguém apostou que uma garota entraria na briga, ninguém ganha!

Basta dizer que todos que esperavam receber seu dinheiro ficaram insatisfeitos. Quando eles começaram a guerrear entre si, vários homens grandes saíram de trás do palco para remover os quatro primeiros brigões. Malcolm se abaixou e ofereceu a mão para a cunhada, ajudando-a a se levantar.

Sesily deu um sorriso irônico.

— Eu sabia que você viria, mas confesso que não esperava uma entrada tão impressionante.

Malcolm fez uma careta.

— Não sei se ela vai pensar da mesma forma.

— Não seja bobo. — Sesily sacudiu a cabeça. — Mulheres adoram um gesto grandioso.

Malcolm ficou em dúvida se destruir uma taverna e fazer quatro homens sangrarem era o mesmo que uma estufa cheia de rosas, mas o guarda o alcançou antes que ele pudesse apresentar seu argumento e mãos imensas o seguraram pelos ombros, empurrando-o na direção da entrada.

— Está na hora de ir, almofadinha.

— Espere! — Sesily exclamou, adiantando-se. — Ele é...

— O que diabos você estava pensando? — Malcolm tinha se esquecido do americano, que devia estar em choque, considerando o modo ruidoso como ele se comportava naquele momento, virando Sesily para encará-lo. — Você acabou de se jogar em uma porcaria de briga de bar?

Sesily não ficou nem um pouco intimidada. Na verdade, parecia que a cunhada de Malcolm estava satisfeita além da conta com a fúria de Caleb Calhoun. Ele entendeu quando ela se virou, toda calma.

— Por que isso é da sua conta?

Parecia que as irmãs Talbot atacavam de novo, e pela primeira vez desde que tinha acordado horas antes e percebido que Sera tinha partido, Malcolm se pegou pensando em outra coisa que não reconquistar sua esposa.

— Do que você está rindo, inglês? — Calhoun perguntou, aproximando-se.

Malcolm meneou a cabeça.

— Só que é bom ver você também sofrendo com elas.

— Vá embora — Caleb disse, apontando o dedo na direção de Malcolm antes de balançá-lo em frente ao nariz de Sesily. — E leve esta aqui com você.

— Essa aqui? — Ela arregalou os olhos.

— Você ajudou a destruir minha taverna, bruxa!

— Eu não fiz nada disso! Quase não aconteceu nada — ela falou e Malcolm passou os olhos pelos destroços. – Além do mais — ela disse —, a taverna não é sua. É da Sera.

— O que foi que você disse? — Malcolm congelou.

Caleb praguejou e Sesily arregalou os olhos, como se tivesse acabado de se dar conta do que tinha dito e das implicações. Ela tentou se retratar no mesmo instante.

— Ahn... quer dizer...

— Não é de Sera — Caleb disse.

— Não é — Sesily mentiu. Rápido demais.

Malcolm se esforçou para tentar compreender o momento tendo em vista os últimos dez minutos, as últimas doze horas e as últimas quatro semanas. Em meio à dor no braço, onde o acertaram com uma cadeira, e à dor no queixo, onde lhe acertaram com um punho, e à dor no peito, onde o acertaram com a verdade.

E então a taverna ficou silenciosa de um modo impossível, considerando a briga, a bebida, o calor e a pura massa de humanidade, todos os olhos agora na mulher mascarada e linda no centro do palco pequeno e brilhante. A briga estava esquecida.

Ela aguardava, perfeitamente imóvel, como se tivesse se materializado ali, sob um halo dourado de luz de velas, como uma deusa.

— É ela — alguém suspirou, adoração na voz.

Adoração que Malcolm compreendia, porque ali, no palco, estava a mulher que ele amava.

Ele a teria reconhecido, mascarada ou não, coberta de tinta ou não. Ele reconheceria a figura longilínea, o formato curvilíneo, o hálito dela. Como luz e ar e pecado e amor.

Ela usava um vestido deslumbrante de um roxo profundo, que vibrava, quase impossível, em vermelho e azul, cintilando como o metal da máscara, uma filigrana delicada, trabalhada em um padrão improvável, eco das penas de sua alcunha. O disfarce descia sobre o nariz, deixando um espaço mínimo entre sua borda e os lábios pintados com perfeição, volumosos e lindos.

O vestido era apertado demais no corpete, baixo demais no decote e perfeito.

Então ela levantou os braços naquele silêncio, virando as mãos para a plateia, toda graciosa, como se os estivesse convidando para se aproximar, para que ela pudesse lhe contar seus segredos mais íntimos, para que pudesse amá-los como eles mereciam. Para que eles pudessem amá-la na mesma medida.

O salão inteiro pareceu se inclinar na direção dela, Malcolm junto, puxado por um cordão. Não haveria nada que pudesse tirá-lo daquele lugar nesse momento. Nada que pudesse afastá-lo daquela mulher. Ela era magnífica.

— Bem-vindos, amores — ela disse, os lábios se curvando ao redor das palavras altivas e bem pronunciadas, sua voz grave e lânguida. Familiar, mas de algum modo completamente estranha. — É muito bom estar livre com vocês esta noite.

Foi então que Malcolm percebeu a verdade. Esse podia ser um papel que ela interpretava, sim. E podia ser algo que ele não conhecia e nunca tinha visto, mas era *ela*. Parte dela. Mas não era uma obrigação. Ela se deleitava ao interpretar. Era elevada por seu papel. E então, quando Sera abriu a boca e começou a cantar, ele percebeu que todos ali eram elevados por ela.

Não foi de surpreender o que ela cantou. Mesmo ali, no escuro, onde Malcolm sabia que ela não poderia vê-lo, ele soube que Sera cantava para ele, aquela música que ecoava em sua memória há anos.

— *Aqui jaz o coração e o sorriso e o amor, aqui jaz o lobo, o anjo e a pomba. Ela pôs de lado os sonhos, ela pôs de lado os brinquedos, e nasceu nesse dia, no coração de um garoto.*

Mas ele não sabia que havia mais; versos adicionais que eram melancólicos e lindos, que o fizeram sofrer.

— *A flor se foi e também o corvo. Foi-se também o futuro prometido. Adeus ao passado, ao presente e ao agora; adeus ao navio, à âncora, à proa.*

E então ela o encontrou no salão escuro, virando-se na direção dele, conectada a Malcolm naquele momento – como sempre. Como estiveram naquela primeira noite, um século atrás, um milênio, no terraço escuro, destinados um ao outro. Conectados de novo esta noite. Para sempre.

— *Então deitamos e descansamos a cabeça. Então deitamos no frio da nossa cama. Deixamos de lado os sonhos, deixamos de lado os brinquedos; e lembramos dos nossos dias no coração de um garoto.*

A taverna estava imóvel e silenciosa como a neve caindo, as notas preenchendo cada vão do ambiente, o público inteiro encantado pela voz linda dela. Mas apenas Malcolm foi devastado pela canção. Porque ele enfim compreendeu.

A Cotovia não era uma cotovia. Ela era a fênix, renascida das cinzas do passado. Do passado *deles*. Nada dos que eles tinham estragado estava ali. Nada do que eles tinham perdido. Quantas vezes ela falou de liberdade? Ali, naquela taverna, ela estava livre. *Ele finalmente entendeu.*

Quando a música terminou e ela fez uma reverência, o ambiente irrompeu em um aplauso ensurdecedor, com gente batendo os pés em sinal de aprovação, de um modo que fez as paredes tremerem. Contudo, ela não se demorou no aplauso. Sera se virou e passou por uma cortina na lateral do palco, quase imperceptível para quem não estivesse prestando atenção.

É claro que todos os homens presentes – e várias mulheres – estavam prestando atenção. Malcolm fez menção de impedi-los de segui-la quando uma mão o deteve.

— Nós temos segurança — Calhoun disse. — Ela está bem.

Dois homens imensos assumiram posição junto à cortina, preparados para lutar pela Cotovia, sua rainha. Malcolm não se importava. Ele queria protegê-la.

— É melhor você esperar — Sesily acrescentou.

Malcolm entendeu o significado das palavras. *Ela não quer você*. Ele se virou para os dois.

— Esta taverna não é dela *ainda*. Era o que vocês queriam dizer.

— Eu não queria dizer *nada* — o americano disse e fez uma careta para Sesily. Ela deu de ombros.

— Você tinha me deixado brava. Além do mais, já passou da hora de alguém dar um empurrãozinho nesses dois.

— Que empurrãozinho? — Caleb grunhiu.

— Ele não vai se divorciar dela, americano — Sesily disse. — Ele a ama demais.

Sesily não estava errada, mas nada naquela conversa estava ajudando. Malcolm resistiu ao impulso de mandar os dois se calarem.

— Estou certo, não? — ele perguntou. — A taverna vai ser dela.

A resposta foi extraída do americano.

— Vai ser dela quando Sera puder ficar com ela.

Malcolm meneou a cabeça. Mulheres casadas não podiam ser donas de nada. Nem de seu próprio negócio.

— O que nunca vai acontecer. Não enquanto ela estiver casada comigo.

O americano não precisou responder. Para ter seu futuro, ela precisava conseguir esquecer do passado. O que seria impossível se ele estivesse com ela. Malcolm olhou para Sesily, a única irmã que parecia remotamente disposta a perdoá-lo.

— Por que ela não me contou? — Calhoun também não precisou responder essa pergunta. O próprio Malcolm respondeu: — Ela não confiava em mim, não acreditava que eu não tentaria manipulá-la.

Sera não confiava nele e ponto final. Malcolm não tinha feito outra coisa senão provar que ela tinha razão, com seus esquemas, planos e reunião na casa de campo para atraí-la para si, em vez de lhe contar a verdade e arriscar tudo. Tudo que ele já tinha perdido.

Ele nunca lhe deu razão para que ela confiasse nele.

As palavras dela nessa manhã – *tinha sido nessa manhã, apenas? Cristo, parecia fazer um século* – ecoaram nele como a canção: doces, sinceras e melancólicas. *Amor não é suficiente*.

Houve um tempo em que teria sido. Quando ele era tudo o que ela desejava. Tudo o que ela precisava. Mas Malcolm era cego demais para enxergar que tudo que ela fez foi por ele. Por uma família para os dois. Pelo futuro deles. E quando ele entendeu isso, Sera já tinha sido fixada no firmamento.

Ele concordou com a cabeça, sabendo o que viria a seguir. Sabendo que, se não funcionasse, ele a perderia para sempre. E sabendo que não tinha outra escolha. Ele se virou para partir, mas Sesily o deteve.

— Espere, Haven! O que nós dizemos para ela?

— Digam-lhe que não vou me casar com Bettina Battina — ele respondeu sem olhar para trás.

Ele saiu para a rua em busca de ar e um momento para pensar. Virando as costas para a parede curva de pedra, Malcolm fechou os olhos e inspirou fundo várias vezes, uma dor que apertava seu peito ameaçando consumi-lo. Quando os abriu, encontrou dois homens ameaçadores parados à sua frente, um alto e magro, com uma cicatriz tenebrosa descendo pelo rosto, carregando uma bengala que parecia projetada igualmente para ajudar tanto no equilíbrio quanto numa briga. O outro sujeito era mais baixo e corpulento, com um rosto que evocaria uma escultura romana se não parecesse um retrato da crueldade. Eles estavam bem-arrumados demais para serem ladrões ou bêbados em busca de confusão. Mas ali era Covent Garden, então Malcolm disse:

— Se estão procurando briga, cavalheiros, devo avisá-los que estou mais do que disposto a lhes dar o que estão querendo. Vão procurar outro urso para cutucar.

O homem alto não demorou a responder.

— Não viemos até aqui por você, duque. — Malcolm não ficou surpreso com o fato de o outro o conhecer. Aqueles dois pareciam ser do tipo de homens que conhecem muita coisa. — Pelo menos não viemos por você. Mas agora que vemos como luta... — o homem com a cicatriz emitiu um som de aprovação. — Imagino se não está interessado em lutar por nós. Há um bom dinheiro nisso.

— Não estou.

O outro homem, que tinha o rosto atraente e cruel, falou então, a voz grave e rascante devido ao que parecia ser falta de uso.

— Bah. Você seria péssimo.

— Como é? — Malcolm pensou não ter entendido.

— Meu irmão quer dizer — o mais alto falou — que existem dois tipos de lutadores: os que são ótimos em qualquer tipo de luta e os que só vão bem quando defendem algo que amam. Você é do segundo tipo.

E assim Malcolm entendeu quem eram aqueles dois.

— Foram vocês que espancaram Calhoun.

O mais alto tocou o chapéu como cumprimento, um sorriso largo no rosto.

— Foi só um cumprimento, um gesto de boas-vindas à vizinhança. Calhoun se defendeu, e bem. Somos amigos, agora.

Malcolm concordou, embora duvidasse daquilo. Ele pensou por um instante em todas as formas que poderia arruiná-los se ousassem sequer olhar para sua esposa. Ele soltou um grunhido e se inclinou na direção dos dois.

— Vocês têm razão, sabem. Eu fico obcecado quando algo que eu amo está em perigo. E imagino que vocês tenham percebido isso porque são iguais a mim.

Os homens o observavam com atenção, mas não disseram nada. Malcolm os encarou, mantendo sua fúria e sua frustração sob rígido controle.

— Agora me escutem. Tudo que eu amo está dentro desse lugar. Se alguma coisa acontecer com essa taverna, virei atrás de vocês.

Houve um instante de silêncio, depois o homem silencioso grunhiu e o alto falou:

— Cristo, como eu queria colocar você num ringue. O dinheiro que faríamos com você.

— Ele está preocupado com outras lutas.

Deus sabia que isso era verdade. Até aquele momento, Malcolm tinha lutado por si mesmo. Estava na hora de começar a lutar por ela.

Escândalos & Canalhas

Capítulo 26 **12 de outubro de 1836**

DIVÓRCIO DUCAL: DIA DA DECISÃO!

* * *

Câmara dos Lordes, Parlamento

— Não o estou vendo.

Sesily se inclinou sobre o guarda-corpo da galeria e observou a procissão de parlamentares que adentravam a Câmara dos Lordes, e Sera ignorou a pontada de decepção que a declaração da irmã provocou, que foi validada com um olhar mais demorado.

— Não, acredito que ele não está aqui.

— Mas todo mundo pode ver você, e é o que importa — Seline comentou, seca, e Sesily se endireitou, dando as costas para a câmara.

— Não estou disposta a mostrar reverência para um bando de velhos veneráveis, sabe. Não até eles darem o que Sera quer.

— O que não vai acontecer — Seleste respondeu, apoiando as nádegas perfeitas no guarda-corpo e cruzando os braços sobre o peito. A posição deixava seu traseiro a plena vista da câmara, mas ela pareceu não se importar. — Clare disse saber que você não tem os votos necessários, Sera. Mas é claro que você tem o voto dele.

— E o de Rei — Sophie acrescentou.

Seraphina sabia que não conseguiria o divórcio. Na verdade, ela continuava surpresa por terem colocado a proposta em votação. Afinal, Malcolm tinha passado semanas brincando com os planos de dissolução do casamento, arruinando o verão de quatro mulheres e também o de Sera.

Mentira. Ela ignorou o sussurro de sua consciência e a verdade que ele carregava. Era mais fácil se ela imaginasse que o verão tinha sido arruinado. Se fingisse que não gostava dele. Assim talvez não doesse tanto quando ele fizesse o que tinha prometido: manter o casamento e ficar à distância.

Por três semanas ele manteve distância, sem nenhum contato, nenhuma mensagem além da que ele transmitiu a Sesily na Cotovia Canora depois que quase destruiu o lugar. Que não se casaria com Bettina Battina.

Parecia que ele também não se casaria com Lady Lilith, considerando que as duas mulheres tinham voltado a Londres e ao mercado casamenteiro com a nova sessão do Parlamento, da mesma forma que lady Emily. Surpreendentemente, a coluna de fofocas de *As Notícias de Londres* tinha afirmado que as três eram as joias mais brilhantes da Temporada.

Assim parecia que Malcolm não se casaria com outra e, portanto, que não tinha intenção de se divorciar dela.

Três dias depois que Malcolm brigou na Cotovia Canora, Sera recebeu uma mensagem do Lorde Chanceler informando que a questão "da dissolução do seu casamento com o Duque de Haven, por divórcio" seria colocada em votação na Câmara dos Lordes. Não lhe foi pedido que fizesse uma declaração sobre seu pedido nem lhe permitiram contratar um advogado para acompanhar o processo. Esposas não eram entidades legais, assim ela apenas foi informada da data e do horário.

7 de outubro de 1836 às 11h30 da manhã.

— Bem — Seline declarou quando Sera contou dessa mensagem para as irmãs —, pelo menos não vamos perder nossa cavalgada matinal.

E assim lá estavam elas. Todas as Irmãs Perigosas tinham sido admitidas na galeria para ficar ao lado da irmã cujo destino seria decidido lá embaixo, por quase duzentos homens nascidos em meio a pompa e privilégio. Bem, quase duzentos, mais seu pai, que tinha conquistado o título no jogo de cartas – o que, se uma delas parasse para pensar, podia muito bem ser o motivo pelo qual estavam ali, naquela situação.

Os homens lá embaixo enrolavam, parecendo não ligar para os futuros que dependiam de seu trabalho legislativo, entrando e saindo por duas portas, uma de cada lado da câmara. A da direita levava ao Salão da Conformidade, onde os lordes a favor do divórcio do Duque e da Duquesa de Haven depositam os votos para "Sim". À esquerda, o Salão da Não Conformidade, onde acontecia o oposto.

— Você tem pelo menos dois votos a favor do divórcio — Seleste observou. — Rei e Clare estão do seu lado. O problema é que nenhum desses nobres empoeirados e velhos está interessado em permitir que uma esposa infeliz possa se livrar do casamento. Nossos maridos, por outro lado, são fiéis demais.

— Não acho que seja demais. — Sophie sorriu, olhando para baixo. — Além disso, não tenho nenhum interesse em me livrar do casamento.

— Ela fez uma pausa e acrescentou, quase sem fôlego: — Eu nunca tinha visto Rei com a peruca. É bem...

— Excitante? — Sesily sugeriu.

— Eu ia dizer curioso. Mas excitante é uma opção interessante. — Ela inclinou a cabeça. — Eu estou *excitada*? É possível.

— Perucas têm esse efeito — Seline disse, irônica. — Crina de cavalo empoada, passada de geração a geração. Muito atraentes. E cheirosas.

As irmãs se dissolveram numa gargalhada. Todas menos Sera, que não conseguia ignorar a questão premente do dia. O que fazia sentido, considerando que a questão teria impacto direto no futuro e na liberdade dela.

Não importava que, de repente, com Malcolm sumido, presente apenas em seus pensamentos, ela estivesse mais interessada no futuro do que na liberdade.

— Você tem certeza de que ele não está lá embaixo?

Sesily se virou e observou mais uma vez os homens no piso de votação.

— É difícil dizer, com todos os robes e perucas, mas acho que não. — Ela olhou para Sera. — Você não acha que ele olharia aqui para cima? Ou melhor ainda, que não viria buscá-la? Quero dizer, este procedimento todo parece pensado para colocar você em evidência. Se ele não vai lhe dar o divórcio, de que adianta?

— Ele me prometeu um voto.

— Ele também prometeu amá-la e honrá-la — Seline interveio —, mas isso não deu muito certo.

— Seline! — Sophie exclamou. — Ela não precisa ser lembrada do passado.

— Eu também prometi tudo isso a ele — Sera lembrou.

— Bah! — Seleste fez um gesto de pouco caso. — Nós prometemos obediência, também, e quantas de nós cumpriram isso ao pé da letra? A questão é que isto é humilhante. Se ele insiste em mantê-la como esposa, deveria ter cancelado a votação, em vez de fazer o mundo todo assistir à sua derrota.

Sera não podia discordar da irmã, mas não fazia sentido que ele pretendesse passar o dia se gabando da vitória se não iria aparecer para se gabar da vitória.

— Bem, seja como for, era de se esperar que ele estivesse aqui — Seleste continuou a dizer, aproximando-se de Sesily para observar o piso de votação. — A surpresa, Sera, é que você parece estar recebendo mais votos do que apenas os dos nossos queridos cunhados. Oh! Lá está o papai saindo do Salão da Conformidade. Bom trabalho, papai! — ela gritou para baixo, acenando, atraindo a atenção e a evidente reprovação da maioria da Câmara dos Lordes. — Papai votou a seu favor, Sera.

Sesily contribuiu com o espetáculo, gritando lá para baixo:

— Votem por Seraphina! — Ela se voltou para as irmãs. — Nós deveríamos ter feito chapéus. Carregado cartazes. Protestado.

Sera resistiu ao impulso de esconder o rosto nas mãos.

— Não acho que um protesto teria ajudado — Seline retrucou.

— Nunca se sabe — Sophie disse, esperançosa.

— Ninguém gosta de uma mulher corajosa — Seline comentou, a voz seca como areia.

— Bem, nossas reputações já foram parar no Tâmisa, mesmo — Sesily disse, ocupando seu assento ao lado de Sera antes de acrescentar: — Não importa o que façamos.

As Irmãs Perigosas soltaram uma risadinha juntas.

— Do jeito que ele baba nas mulheres, era de se pensar que Lorde Babão fosse um pouco mais a favor do divórcio — Seleste comentou, um pouco alto demais, atraindo uma série de bufadas do piso da câmara por sua avaliação indecorosa e excessivamente correta do comportamento de Lorde Brabham. Ela também atraiu uma piscada e um sorriso de seu atraente marido. — Ah, sim. Eu gosto dessa peruca.

— Seleste!

Seleste baixou a voz para um sussurro.

— Bem, é verdade.

— Que parte? — Sera perguntou.

Todas as quatro irmãs viraram os olhos surpresos para Seleste, que demorou um instante para responder, com absoluta sinceridade.

— É tudo verdade.

A gargalhada coletiva delas ecoou pela câmara, e Sera percebeu que não ligava. Se o próprio Malcolm não se dava ao trabalho de aparecer para votar, ela podia passar a manhã se divertindo. Afinal, ele iria ganhar mesmo, certo?

Você também pode ganhar. Ela engoliu o pensamento, sem gostar do modo como a ideia a agitou por dentro.

— Meu Lorde Chanceler!

— Oh! Vejam! Lorde Patético vai dizer alguma coisa! — Sesily anunciou, baixando a voz. — Homem horrível.

Sera não discordou do comentário.

— O Chanceler reconhece Lorde Paterson — entoou o lorde que presidia os trabalhos.

— Humildemente solicito que as pessoas na galeria de assistência sejam lembradas de que estamos em um lugar de grave importância, decidindo uma questão com grave impacto em um de nossos membros, que pode muito bem ter uma influência no restante de nós que só pode ser descrita como...

— Grave? — Seline perguntou, a palavra caindo como chumbo no piso de votação. Lorde Paterson olhou para Seline com absoluta irritação.

— *Séria!* — ele exclamou.

O Lorde Chanceler reagiu com tédio absoluto.

— Silêncio na galeria, por favor.

As quatro irmãs fizeram o que lhes pediram, sentando-se em seus respectivos lugares em silêncio, de onde ficaram observando os membros da Câmara dos Lordes entrar e sair pelas portas para dar seu voto na questão, provavelmente acabando com a esperança de Sera de um futuro que não precisaria ser vivido à sombra do passado.

Depois de vários minutos de observação em silêncio, Sesily falou em voz baixa:

— Sera... há muito mais homens votando "sim" do que eu esperava.

— Eu estava contando — Seleste sussurrou, aproximando-se —, e, bem, não quero lhe dar falsas esperanças... mas acredito que você ainda tem chance, Sera.

Seraphina concordou, incapaz de desviar os olhos da porta do Salão da Conformidade, onde um fluxo aparentemente interminável de lordes – a maioria jovem demais para que ela se lembrasse deles em suas primeiras Temporadas – voltava à câmara após ter votado a favor do divórcio. O coração dela acelerou.

— Pode dar certo — ela disse com a voz contida, mais para si mesma do que para as outras, mas as irmãs Talbot sempre estavam conectadas por algum tipo de ligação inquebrável em momentos como esse.

Sophie pegou a mão dela e a apertou.

— Sera.

E foi então que ela viu o Marquês de Mayweather e uma lembrança a sacudiu, tão difusa que parecia ter acontecido décadas atrás, e não apenas há três anos. Na noite em que ela conheceu Malcolm, no terraço da Casa Worthington, ele estava com Mayweather, e lamentava a disposição das ladies em procurar maridos, censurando o marquês por se apaixonar. Ela olhou para as irmãs.

— O Marquês de Mayweather é casado?

O rosto das irmãs estampou a confusão que sentiam, até Sesily se pronunciar com a delicadeza que lhe era típica.

— Não seria melhor você estar de fato divorciada antes... — ela fez um gesto no ar — ... antes de escolher um alvo?

Sera sacudiu a cabeça.

— Eu não quero me casar com ele, Sesily. Só estou curiosa.

— Ah, então está bom.

— Ele é casado — Sophie informou. — A marquesa frequenta a livraria.

— Helen — Sesily disse. — O nome dela é Helen.

— Bem, eu só a chamo de Lady Mayweather — Sophie observou. — Mas sim, acho que esse é o nome dela. Você a conhece?

Sera meneou a cabeça, falando um pouco mais alto que um sussurro, distraída pelo homem lá embaixo:

— Eu sabia dela. Eu soube que ele estava apaixonado. — Ela estava confusa por que ele teria entrado no Salão da Conformidade. O Marquês de Mayweather votou pelo divórcio. Por quê? Ele não deveria se posicionar a favor do amigo? — Ela gosta de gatos — Sera disse, quase sem saber do que estava falando.

Se Malcolm queria o divórcio, ele não pediria aos amigos que votassem com ele?

— Eu também gosto de gatos — Sesily disse. — Alguém viu Lady Bettina depois que ela voltou à cidade? Fiquei tão feliz por ela ter me trazido Brummell. Alguém deveria convidá-la para jantar.

— Você deveria convidá-la para jantar – Seleste disse.

Sesily sacudiu a cabeça.

— Ninguém vai deixar a filha solteira ser minha amiga. Depois dos eventos na Cotovia, o nome de Sesily foi estampado em todos os jornais, e os pais dela ameaçaram mandá-la para longe de Londres, para restaurar sua reputação. Como se isso fosse possível.

— Sophie é quem deveria recebê-la. Ela é a mais respeitável de todas vocês.

— Ah, sim — Seleste debochou. — Ela nunca fez nada de escandaloso.

Enquanto Sera observava, outro homem saiu do Salão da Conformidade lá embaixo, parando para falar com vários outros em um grupo que parecia muito unido. Ela não conseguiu identificá-los, mas eram terrivelmente familiares.

— Sera? — Sophie disse, em voz baixa, como se pudesse sentir o que Seraphina estava pensando.

— Quem é aquele homem?

Sophie se virou para olhar.

— O grandalhão é o Duque de Lamont. O ruivo alto é o Conde de Arlesley. E o mais bonito é o Marquês de Bourne. Eles são proprietários de um clube.

Mas não de qualquer clube. Era o clube que Haven frequentava. E estavam votando pelo divórcio. *Alguma coisa estava acontecendo.* A respiração dela ficou apressada. Algo acontecia, e ela não conseguia entender. Onde estava Malcolm? Ele não viria dar seu voto? Por que não? Por que deixá-la sentada na galeria esperando o resultado como se esperasse a guilhotina?

Fazia três semanas que Sera o tinha deixado dormindo em Highley, e que ele a tinha deixado na Cotovia. Ela o tinha visto lá, na plateia. Foi impossível não ver, e não só porque ele e sua irmã se juntaram para destruir uma mesa e várias cadeiras da taverna, e mandar quatro homens machucados ao chão. Ela o tinha visto no momento em que ele entrou.

Mas Malcolm desapareceu, como se a noite nunca tivesse acontecido. O que, Sera imaginava, era o que ela sempre esperava que ele fizesse. Só que, quando ele fez, ela pareceu não querer aquilo. Ele tinha desaparecido e, de algum modo, tudo que ela queria era vê-lo. *Por que ele não estava ali?*

— Sera — Sophie disse o nome dela uma terceira vez. Quando Sera olhou, descobriu a irmã mais nova observando-a atentamente. — Você ainda quer?

A pergunta foi quase insuportável. Claro que ela queria, não? Fazia anos que ela queria. Foi isso que prometeu a si mesma nos anos em que não tinha nada. Depois que perdeu tudo – o casamento com o qual tinha sonhado, o marido que tinha amado, a criança que tinha parido, o futuro que tinha imaginado. E quando fugiu, perdeu aquelas mulheres, suas irmãs.

O divórcio era para deixar para trás todas essas perdas e dar a Sera uma chance de recomeçar.

— Tudo que eu amei virou pó. Tudo menos a Cotovia.

Por quase três anos, Sera só foi feliz quando estava no palco, primeiro em Boston como a Pomba, depois em Covent Garden como a Cotovia. Na música ela sempre conseguiu se encontrar.

Ainda que ela não tivesse mais nada, pelo menos teria isso.

— Não posso ser a Cotovia e a duquesa. Eu nunca quis ser as duas. Mas agora... — ela deixou as palavras no ar.

— Mas agora...? — Sophie sempre enxergou a verdade antes das outras.

Sera olhou para o piso de votação, sem sinal de Malcolm. Pensou nas três semanas anteriores, sem sinal dele. Onde ele estava? Tinha decidido não estar ali? Não a perseguir? Ele tinha passado os últimos três anos no encalço dela. Ele tinha viajado até o continente. Até Boston. Ele tinha procurado por ela.

Ele a tinha amado. Mesmo quando ela acreditava ter perdido tudo, ele a amava. E agora, tinha sumido. E a sensação foi de que ela estava perdendo tudo de novo, só que dessa vez não sabia se a Cotovia poderia salvá-la.

— Meus lordes, os votos foram computados — anunciou o Lorde Chanceler de seu lugar na extremidade da câmara. — E estou surpreso... e mais do que um pouco espantado... que o resultado seja empate. Oitenta dos meus lordes votaram sim, e oitenta votaram não.

Sera prendeu a respiração, chocada, quando os aristocratas reunidos hesitaram e bufaram, com vários manifestando em voz alta sua insatisfação com a situação.

— Uma porcaria de empate?

— Como se não fosse o bastante que tenhamos perdido um dia votando uma droga de divórcio!

— Esse homem deveria dar uma boa lição na mulher, isso sim.

— Quem disse isso? — Seline se debruçou sobre o guarda-corpo. — Quero convidar sua pobre esposa para um chá. Talvez nós possamos convencê-la de que a dissolução matrimonial é um objetivo válido!

Os homens bateram os pés e gritaram, desaprovando as mulheres ousadas na galeria.

— Por que será que Haven foi se envolver com essa laia? Como algum homem pode se envolver com esse grupo horrível?

O Marquês de Eversley, marido de Sophie, se colocou de pé, de robe e peruca e ainda assim intimidador.

— Repita! — ele trovejou.

Uma gritaria se seguiu, a câmara enlouquecendo com a loucura contida que emergia das excentricidades parlamentares. O tempo todo, Sera ficou atormentada pela votação.

— Como pode dar *empate*? — Ela olhou para as irmãs. — Asseguraram-nos de que eu não teria os votos necessários! — O olhar dela caiu sobre o Marquês de Mayweather, que parecia absolutamente calmo. Assim como os proprietários do clube que Malcolm frequentava e vários outros membros do Salão Contente.

Sesily Talbot, porém, não estava contente. Ela se levantou, agarrando no guarda-corpo que a impedia de cair sobre a multidão de lordes lá embaixo.

— Oh, pelo amor de Deus, Lorde Chanceler. Ande com isso! O que acontece agora?

O que acontece é que Malcolm entra. E, como se Sera o tivesse invocado com o pensamento, as portas enormes da extremidade da sala irromperam, o som ecoando pela câmara, fazendo o alarido cessar. Lá estava Malcolm, calmo e imperturbável, como se esse fosse apenas mais um dia de sua vida e sua esposa não estivesse sentada na galeria esperando a decisão sobre seu futuro.

— Posso, Lorde Chanceler?

Sera o admirou, espantando-se com como pôde passar anos sem vê-lo e agora três semanas a deixaram desesperada por ele.

— Está atrasado, Duque Haven — o Lorde Chanceler falou. — O que é bastante estranho, considerando a ordem do dia. Além do mais, sua vestimenta inadequada insulta o protocolo da Câmara dos Lordes.

Ele não estava usando o robe. Nem a peruca.

— Eu peço perdão — ele disse. — Eu estava conseguindo votos.

Sera ficou gelada ao ouvir aquilo, depois muito quente.

— Bem, seu trabalho não foi bom, pois a votação empatou.

Era um sorriso nos lábios dele? Ela não conseguiu desviar os olhos daquela expressão – nem feliz nem triste. O que estava acontecendo.

— Ah. Bem. Talvez, já que estou aqui, agora, eu possa dar meu voto verbalmente?

O Chanceler hesitou.

— Isso é pouco ortodoxo.

A sala irrompeu em um coro de punhos sendo batidos na madeira e gritos.

— Deixem o homem falar — veio o grito de algum lugar debaixo dela.

Então, Mayweather falou:

— Ele tem o direito de votar no próprio casamento, não?

— Ele tem — Sera disse em voz baixa, mas suas irmãs a ouviram. Sophie se virou para ela.

— Você quer que ele vote.

Sim. Um choque a sacudiu e ela concordou com a cabeça, o movimento quase imperceptível, tão contido que ninguém teria visto. Mas é claro que as irmãs viram, e começaram a gritar e vaiar, batendo as mãos no guarda-corpo, chamando a atenção de Malcolm para as galerias do Parlamento. Quando ele a encontrou, encarou-a sem hesitação, e ela viu tudo nos olhos dele. Amor. Paixão. Determinação. Ele a queria e faria qualquer coisa para tê-la. E naquele momento ela se deu conta de sentia o mesmo por ele.

— Acho que você não vai conseguir seu divórcio agora — Sophie disse, apertando a mão dela.

— Mas parece que você pode receber um gesto grandioso — Sesily comentou, alegre. — Eu disse para ele que nós, mulheres, gostamos de gestos grandiosos.

— Muito bem, Haven, ande com isso — o Lorde Chanceler disse com um tanto de irritação na voz. Ele parecia ter esquecido da formalidade parlamentar.

Haven andou até o centro da sala, o olhar fixo nela e, de algum modo, o Parlamento desabou, como se os dois estivessem em algum lugar particular e perfeito. O salão subaquático de Highley. O palco da Cotovia de manhã cedo. Algum lugar em que o mundo não pudesse vê-los.

Ela prendeu a respiração, esperando que ele falasse.

— Eu te amo — ele declarou.

Um coro de exclamações irritadas ecoou por toda a câmara quando nobres de toda a Inglaterra perceberam o que se passava, mas Sera descobriu que não ligava para eles. Ela levantou e apoiou as mãos no guarda-corpo da galeria, querendo estar o mais perto dele possível para tudo que estava para acontecer. Ainda mais quando ele continuou:

— Eu soube que queria casar com você desde o momento em que a conheci, quando você me deu um sermão por insultar as mulheres devido à motivação delas para o casamento. Você foi magnífica. — Ele observou. — Mayweather estava presente. Ele teria achado o mesmo, só que já estava apaixonado por Helen.

As irmãs todas soltaram pequenos suspiros de prazer, então Sera imaginou que o marquês tivesse feito algo encantador, mas ela estava ocupada demais observando o marido, que se dirigia em sua direção, como se ela não estivesse a mais de três metros de altura.

— Você lembra do que eu disse para você nessa noite?

— Você disse que amor é uma grande falácia.

Vários dos homens reunidos pareceram concordar.

— Isso mesmo. E menos de dez minutos depois, eu encontrei o amor.

O coração dela bateu mais forte. Ela também tinha encontrado. Sera estava planejando procurá-lo, aquele duque legendário e solteiro, quando o encontrou, e ele era perfeito. E quase ficou desapontada por ele ser o mesmo homem que ela tinha pensado em agarrar.

— Você lembra da primeira música que cantou para mim?

Claro que ela lembrava. E ele sabia disso. Ela a tinha cantado na última noite na Cotovia.

— Eu lembro.

Malcolm chegou à primeira de várias fileiras de assentos que os separavam, todas ocupadas por lordes em seus robes e com suas perucas.

— Cuidado, Haven — um deles grunhiu.

Ele pareceu não ouvir.

— *Ela nasceu nesse dia no coração de um garoto.* Sempre pensei que fosse a seu respeito. Que você se encontrou dentro de mim. — Lágrimas arderam nos olhos dela. — Mas conforme os anos passavam, eu percebi que foi um pensamento tolo. Porque... e ele? E o garoto que nasceu no mesmo dia, no coração de uma garota?

As palavras ficaram pesadas de emoção, e os nós dos dedos de Sera ficaram brancos com a força que ela empregou para segurar no guarda-corpo.

— E o garoto que não tinha visto o Sol até vê-la? A Lua? As estrelas? — Haven parou, encarando-a, seu olhar estudando cada detalhe do rosto de Sera, que fazia o mesmo, desejando que ele estivesse mais perto.

Ele deve ter desejado a mesma coisa, porque se colocou em movimento, subindo nos bancos do piso de votação, sem se importar com os veneráveis móveis nem com os venerandos aristocratas, que precisaram sair do caminho para não serem pisoteados pelo Duque de Haven. Ele parecia só se importar em chegar mais perto dela.

— É agora — Sesily sussurrou.

Sera se debruçou para observar quando ele segurou nos pilares abaixo e, sem hesitar, começou a escalar a parede.

O salão exclamou em choque coletivo, e uma dúzia de lordes irrompeu em censura furiosa, com dois deles logo abaixo tentando segurar Haven pelas roupas, como se pudessem detê-lo.

Não podiam. Ele era rápido demais, forte demais e perfeito demais, passando uma perna por sobre o guarda-corpo enquanto Seleste e Sophie se afastavam para abrir espaço para o duque, enquanto Sesily soltava um gritinho de empolgação a alguns passos de distância.

Pelo menos Sera pensou que fosse Sesily. Ela não iria desviar os olhos de Malcolm para ter certeza. E então ele parou diante dela, a respiração difícil devido ao esforço de... Bom Deus, ele tinha escalado a parede!

Ele estendeu a mão para ela, seus dedos tremendo enquanto prendia uma mecha atrás da orelha, deixando uma trilha de fogo no rastro de seu toque. Quando ele falou, a voz estava carregada de emoção:

— E quanto ao garoto que não podia deixá-la ir?

As lágrimas vieram, quentes e inesperadas.

— Esse sempre foi o problema — ela disse para ele. — Você não me deixar ir. Ou talvez o problema fosse que ele não a mantinha perto. Nada mais fazia sentido. Exceto isso. Ele, naquele momento, tocando-a.

— Eu fui um canalha. — Ele meneou a cabeça. — Não percebi que quanto mais eu queria trazê-la para perto, para mais longe você voaria. Eu não percebi que você podia voar. Eu era jovem e estúpido, e Deus sabe que fiz coisas estúpidas de jovem, e uma delas foi jurar que nunca a deixaria ir embora.

Ele fez uma pausa e ela sentiu saudade de quem eles tinham sido, dos jovens lindos e irrequietos que fizeram tudo errado.

— Mesmo quando você voltou, eu jurei que nunca a deixaria partir, Sera, porque nunca parei de desejar que você ficasse.

Mas ela precisou partir. Tinha destruído tanta coisa.

Foi como se ele pudesse ler os pensamentos dela.

— Eu sei que você acredita que nós fracassamos, meu amor, mas não é verdade. Eu fracassei. Eu falhei com você.

Ela meneou a cabeça, as lágrimas correndo, abundantes e rápidas.

— Não.

Claro que não era verdade. Os dois tinham falhado, e os dois tinham obtido sucesso. Eles tinham ficado melhores com as perdas, com os riscos que correram, com o mundo que deixaram para trás e com o mundo novo que construíram.

Eles não tinham fracassado. Eles tinham amado. *Amavam.*

Malcolm levantou a outra mão e segurou com firmeza o rosto dela, falando como se o mundo todo não estivesse assistindo.

— Eu pensava que se a perseguisse por muito tempo, e até muito longe, e a mantivesse muito perto, poderia convencê-la de que eu tinha mudado. De que poderíamos começar de novo. Mas eu não posso fazer isso e lhe dar sua liberdade, que é tudo que você sempre me pediu, e tudo que eu sempre lhe recusei. Porque fui um canalha desde o começo. Eu nunca a mereci.

— Não, Malcolm.

— Sim, amor. Não vou mais perseguir você. Vou ficar feliz em procurá-la nas estrelas, à noite. — Ele fez uma pausa e ela arfou, percebendo o que ele estava para fazer. — Nunca vai existir outra para mim, mas não é minha escolha que importa. É a sua. E se você não quer isso, então eu prefiro libertá-la, como você desejou desde o começo. Para que possa recomeçar. Encontrar sua felicidade em outro lugar, com... — ele hesitou, recomeçou: — ...com outra pessoa. Alguém em quem possa confiar. Acreditar.

Haven tinha roubado o coração dela; as lágrimas de Sera fluíam livremente, escorrendo pelas faces, e ela não conseguiu contê-las, assim como não conseguiu se impedir de dizer o nome dele. *Eu acredito em você. Isto é o bastante. Você é.*

— Nós ainda estamos casados — ele sussurrou e a beijou em frente às irmãs dela e ao Parlamento, provocando vivas e gritos de desaprovação que sumiram em meio à carícia demorada e lindamente suave. E triste. Porque parecia um último beijo. Parecia uma despedida.

Quando terminou, ele encostou a testa na dela.

— Eu só quero que você seja livre, amor. Só quero que seja feliz. Eu só quero que você escolha seu caminho e saiba que vou amá-la ainda mais por isso — ele disse, em voz baixa, como se pudesse soltá-la, igual a um pássaro, no céu. — Sempre vou amar você.

O que ele estava fazendo? E então ele a soltou, voltando-se para o Parlamento com plena convicção e erguendo a voz para a Câmara dos Lordes.

— Meu Lorde Chanceler, eu voto "sim".

E assim eles se divorciaram.

Capítulo 27

TODA DUQUESA TEM SEU DIA

* * *

Duas horas mais tarde, Malcolm entrou em seu gabinete no Parlamento para encontrar sua ex-mulher instalada ali.

Ele parou com a porta aberta, mão na maçaneta, e a admirou, encarapitada no assento embutido na janela com vista para a Catedral de St. Paul, joelhos encostados no peito, imóvel e linda sob a luz do dia perfeito de outubro.

E perto dele. Graças a Deus, ela estava ali.

Sera não tirou os olhos da cidade quando falou, o rosto um perfil dourado e perfeito.

— Imagino que os membros da Câmara dos Lordes não ficaram muito contentes com você hoje, duque.

Ele fechou a porta e apoiou as costas nela, com receio de que caso se aproximasse demais, ela poderia desaparecer, deixando-o sozinho de novo. Seraphina não estava mais presa a ele, afinal. Ela podia ir embora e nunca mais voltar.

— Muitos deles não ficaram, de fato. — Malcolm tinha passado as últimas duas horas lidando com a raiva e a desaprovação dos oitenta membros da aristocracia que tinham votado contra a dissolução do casamento. — Eles acreditam que nós desrespeitamos a instituição.

— A instituição do casamento? Ou a do Parlamento?

— Um pouco das duas.

A exclamação dela pode ter sido uma risada.

— Só um pouco? Vossa Graça estava impropriamente vestido para o piso de votação da Câmara dos Lordes.

— Interessante. Ninguém pareceu se importar com isso.

— Imagino que se importaram mais com o fato de você escalar a parede e me beijar.

— Isso mesmo — ele respondeu. — Mas você ainda era minha esposa, então acho que ficaram mais irritados porque, quando a notícia se espalhar, todos vão ter que fazer algo semelhante pela própria esposa.

— Eu não recomendaria — ela disse. — Esses gestos grandiosos com frequência terminam em divórcio.

— Com frequência? — Malcolm daria qualquer coisa para que Sera olhasse em sua direção. Para que o encarasse e dissesse tudo que estava pensando.

E então ela olhou para ele, capturando-o. Como sempre fazia.

— Cem por cento das vezes.

Haven precisou de toda sua força para não ir até ela. Ele tinha jurado parar de persegui-la. Jurado deixá-la fazer suas próprias escolhas.

— As chances são terríveis.

Ela sorriu então, contida e perfeita.

— Você é louco.

— E você não é a primeira a me dar esse diagnóstico hoje.

Seraphina se virou, levando uma mão até a janela, onde traçou um círculo no vidro. Ela ficou em silêncio por tanto tempo que Malcolm pensou que não fosse falar mais, mas ele percebeu que não se importava se os dois morassem ali, para sempre, em silêncio, desde que morassem ali juntos.

— Os marinheiros no navio em que fui para Boston me chamavam de Pomba. — Ele inspirou fundo ao ouvir essas palavras suaves, encantadoras, nebulosas. Ela sorriu, melancólica sob os raios de sol. — Eles gostavam de mim.

— Disso eu não tenho dúvida — ele disse, odiando aqueles homens por estarem com Sera em um momento que ele a procurava tão desesperadamente.

— Não era desse jeito. — Ela meneou a cabeça. — Eu estava... — A voz dela foi sumindo, enquanto ela procurava a palavra certa. Então: — Eu estava triste.

Ele não conseguiria ter se impedido de chegar perto dela, mesmo se tivesse a força de dez homens. Mas, como por milagre, quando chegou à janela, ele encontrou um modo de resistir a tocá-la, e sentou na cadeira ao lado dela, querendo puxá-la para si, sabendo que não devia. Sabendo que, se o fizesse, ela poderia parar, e ele faria qualquer coisa para evitar isso.

Ela não tirou os olhos da cidade além da janela.

— Eu estava triste e mal dormia, então caminhava. Nas primeiras noites, disseram para mim que eu não podia andar no convés porque era muito perigoso.

— Foi uma travessia do Atlântico em fevereiro. — Só de dizer essas palavras ele ficou nervoso. Ela poderia ter ficado muito doente. Pior. Ele detestou pensar nela durante essa jornada aterrorizante, jogada de um lado para outro pelo mar, ameaçada pelos elementos. Sozinha.

Haven deveria estar com ela, então. Para começar, ela nunca deveria ter viajado. Se ao menos ele tivesse sido menos idiota.

— Você está falando como eles. — Ela sorriu. — Não sou tão frágil.

— Não — ele concordou. — Você é linda e firme.

Ela retomou a história.

— O motivo de eles não me quererem no convés principal era eu ser mulher, e mulheres perto das velas dão azar.

— Imagino que você não tenha aceitado essa superstição.

Ela riu então, o som baixo e suave, e ele o sentiu nas vísceras.

— Não aceitei, é verdade. Eu queria o ar fresco, gostava do frio entorpecente. Assim, eu insisti.

Prazer vibrou dentro dele ao ouvi-la. É claro que sim. Corajosa e forte, como sempre.

— Também não tenho dúvida disso.

— E cantei.

— A Pomba. — O nome que os marinheiros lhe deram.

— Eles disseram que foi porque eu sempre cantava como se estivesse de luto.

Ele fechou os olhos, odiando as palavras e o conhecimento que veio com elas. Conhecimento, lembrança e arrependimento. Deveria ter estado lá para abraçá-la durante o luto. Para amá-la enquanto passava por isso. Eles deveriam ter amado um ao outro enquanto passavam por isso.

Ela continuou:

— Quando eu desembarquei em Boston... encontrei Caleb... devido à insistência de alguns dos marinheiros, que o conheciam e sabiam que nós daríamos um bom time. — Ele abriu os olhos e viu que Sera o encarava, o olhar hipnotizador e azul, brilhando com conhecimento e algo mais. Algo como promessa. — Você gostaria de saber por que mantive o nome?

— Sim. — *Mais do que qualquer coisa.*

— Porque pombos têm um só parceiro a vida toda, e eu sabia que nunca existiria outro para mim.

As palavras o deixaram fraco, fazendo com que se aproximasse dela, desesperado para estar junto a ela, mas ainda assim, teve receio de tocá-la. Receio de apressá-la. Ele crispou os punhos – o bastante para estirar o músculo dos dedos. Ele podia esperar. Malcolm esperaria uma vida se fosse preciso.

Sera não desviou o olhar, parecendo extrair força da verdade. Parecendo extrair liberdade.

— Quando fizemos a viagem de volta a Londres, eu estava... mais feliz. Mais confiante. Mais poderosa. E quando eu subi *naquele* convés, mais uma vez ignorando a superstição, e cantei, minhas músicas não eram mais tão melancólicas. E os marujos me ensinaram as cantigas *deles*. Quanto mais picantes, melhores.

— Eu gostaria de ouvir essas. — Verdade. Ele queria deitar na grama de Highley e deixar a brisa de verão acariciá-los e levar as músicas picantes dela até os confins da terra.

— Eu sei uma sobre um rapaz de Glasgow que vai fazer você corar. — Ela sorriu, sonhadora, e olhou pela janela. Depois de uma pausa, disse: — Também me deram um apelido no navio da volta.

— A Cotovia.

— Eles disseram que eu os fazia sonhar com as garotas de casa. Mas a cotovia não representa só a casa. — Ela olhou para Malcolm. — Os marinheiros jovens tatuam cotovias nos braços. Por liberdade. — A respiração dele parou na garganta. — Liberdade de ir aonde quiser, de ser quem você quiser. Liberdade para fechar uma porta e abrir uma nova, para tornar seu lar onde você aporta. — Ela fez uma pausa. Então, com a voz suave: — Liberdade para esquecer.

Ele esperou, mordendo a língua, recusando-se a falar, desesperado para que ela continuasse. Até que, finalmente, ela continuou:

— Bom Deus, Malcolm. Você não vê? Eu não escolhi a Pomba em vez de você. Nem a América, nem Caleb nem qualquer outra coisa. Eu escolhi tudo isso porque não tinha você. Porque eu pensava que nunca mais teria você. — Ele ouviu as lágrimas na voz quando Sera acrescentou: — Porque eu não acreditava que você conseguiria me perdoar, então tentei esquecer. — Ela soltou um suspiro comprido e trêmulo, como se a lembrança fosse dolorosa. — Eu tentei esquecer tudo. E só conseguia me lembrar de você. Eu disse a mim mesma que a Pomba era um vestígio do meu passado. E prometi a mim mesma que a Cotovia era meu futuro.

Ela olhou para ele então, os olhos brilhando com lágrimas não derramadas.

— Mas o tempo todo, eu era as duas.

Ele não conseguiu mais se segurar e estendeu as mãos para ela, puxando-a para seu colo, para seus braços. E ela foi sem hesitação.

— Malcolm — ela sussurrou contra o peito dele, quando ele a puxou para perto e deu beijos em seu cabelo. — Eu sinto tanto — disse. — Por tanta coisa.

Ela estava chorando e ele não podia suportar isso, e inclinou o rosto dela para si, beijando suas faces, bebendo suas lágrimas enquanto sussurrava:

— Não, Anjo. A tristeza é minha. O arrependimento. Eu nunca lhe disse o quanto amava você. Eu nunca lhe mostrei o quanto desejava conhecer você. Eu nem mesmo fiquei amigo das suas irmãs – de quem, aliás, eu gosto mais do que deveria.

Ela riu em meio às lágrimas ao ouvir isso.

— Elas crescem dentro da gente.

Ele recuou para encará-la, sério.

— Existe tanto que eu nunca disse. Tanto que eu gostaria de dizer agora. Sempre. — Malcolm disse então, sussurrando todas as coisas que queria dizer para Sera. Como ela era linda, perfeita, como ele a amava. Ele a beijava, doce e delicado, entre as palavras, recolhendo as lágrimas com os lábios e polegares, cobrindo-a de beijos até reencontrar a boca macia e deliciosa.

Haven se demorou ali, em beijos demorados entre as juras que afloravam nele.

— Eu te amo — ele sussurrava como uma oração. Um beijo. — Eu preciso de você. — Outro beijo. — Fique. — Outro, mais um, até as lágrimas de Sera sumirem e ela se agarrar nele, forçando beijos mais intensos, demorados, mais quentes.

Antes que as carícias consumissem os dois, contudo, Sera o deteve, a respiração pesada, afastando-se... o máximo que Malcolm permitiu.

— Você se divorciou de mim.

— Eu queria...

Sera o interrompeu com um beijo.

— Eu sei o que você queria. Conceder minha liberdade. Queria me dar a possibilidade de escolher.

— E agora eu quero ficar de joelhos e implorar que você me escolha.

Ela olhou no fundo dos olhos dele e sorriu, pura e honesta, fazendo-o vibrar de alegria e prazer.

— Essa é uma oferta linda, tentadora. Mas acontece que eu não quero escolher. Eu quero tudo.

— Você pode ter a Cotovia, Sera. É sua, agora. Calhoun tem os papéis. Você só precisa assiná-los.

— E quanto a você? — ela perguntou meneando a cabeça.

— Você não precisa de documentos para ser minha dona. Eu já pertenço a você. — Ele a beijou de novo, demorado e persistente, até que os lábios dela se abriram e seguraram os dele. — Você já me tem. Aqui. Agora. Sempre. Quando quiser.

— Você está dificultando muito para que uma garota o persiga.

Aquelas palavras – o que implicavam – agitaram Malcolm.

— Você quer me perseguir?

— Se não se importar, duque.

— Nem um pouco, duquesa.

Ela recuou no mesmo instante, assumindo uma expressão de falsa desaprovação.

— *Ex*-duquesa. Agora sou uma simples lady. E até essa alcunha é questionável. — Ela baixou a voz para um sussurro: — Sabe, sou uma divorciada agora. E tenho uma taverna.

— Ah — ele disse, aproximando-se, mordiscando o queixo dela enquanto Sera passava os braços ao redor do pescoço dele. — Parece algo terrivelmente escandaloso.

— Oh, com certeza. Ora, esta manhã mesmo eu escandalizei a Câmara dos Lordes.

— Que coincidência, eu também.

Ela abriu um grande sorriso.

— Você ficaria chocado se visse o que o divórcio faz com uma pessoa honesta, respeitável.

— Eu acho que ficaria mesmo — ele brincou, adorando o sorriso nos lábios dela. — Por que você não me mostra?

— Na hora certa eu mostro. Primeiro eu preciso lhe contar que tenho lido um pouco desde que você me abandonou.

— Você me abandonou primeiro — ele disse.

— Sim, mas você destruiu minha taverna e me abandonou.

— Eu tinha que convencer oitenta membros do Parlamento a apoiarem uma duquesa num processo de divórcio. Não é tarefa das mais fáceis. O número de memorandos que eu tive que escrever foi assustador.

Ela riu.

— E nós precisamos discutir isso demoradamente... mais tarde. Primeiro eu tenho que lhe contar o que aprendi.

Desde que continuasse em seus braços, no que dependia de Malcolm ela podia ler as minutas da última temporada parlamentar.

— Por favor, conte.

— Eu tenho me torturado lendo a respeito das Plêiades. — Com isso, ele ficou interessadíssimo. Ela brincava com os dedos no cabelo dele enquanto falava. — Mérope é a única das sete irmãs que não pode ser vista sem um telescópio. Você sabia disso?

O coração dele começou a acelerar.

— Sabia.

— É claro que sim. Primeiro, eu gostaria muito de conseguir um telescópio para dar uma olhada nela. — Ele compraria um telescópio para ela nesse mesmo dia. Construiria uma droga de observatório. — Dizem que ela está escondendo o rosto, envergonhada, porque todas as suas irmãs casaram-se com deuses e ela amava um mortal.

— Isso — ele disse.

— Eu acho que estão todos errados. Acho que ela está virada de costas porque está olhando para o lugar errado em busca da felicidade. Acho que ela está vasculhando o céu, à espera de que ele a encontre. E... — ela fez uma pausa, as palavras presas — ...se ela apenas se virasse, veria que Órion sempre esteve ali, esperando para fazê-la feliz.

— Ele só quer a felicidade dela — Malcolm concordou, as palavras grossas na garganta.

O olhar azul dela encontrou o dele. Sustentou-o.

— E o amor dela, espero — ela disse.

— Deus, sim. O amor dela.

Lágrimas brilharam nos olhos de Sera.

— Eu preciso dizer que estou aqui para mais do que isso.

Qualquer coisa. Ele lhe daria qualquer coisa.

Sera saiu do colo dele e Malcolm lamentou o movimento, até ela ficar de pé e ele perceber o que ela estava vestindo. Seu robe parlamentar. Como ele não tinha visto antes? E como é que depois de ver, ele teve certeza de nunca ter visto nada tão esplêndido em sua vida?

— Eu não queria ir até em casa para encontrar algo para vestir.

— Eu lembro que antes você estava usando um vestido bastante respeitável — ele disse, inclinando a cabeça para o lado. O que ela estava tramando?

Um sorrisinho tímido brincou nos lábios de Sera quando ela apoiou o dedo no fecho do robe.

— Sim, mas eu pensei que vermelho seria mais adequado.

Com isso Malcolm ficou desesperado por ela, estendendo suas mãos para ela, pegando-a pela cintura e puxando-a para perto, entre suas pernas, roubando-lhe os lábios mais uma vez, ao mesmo tempo que tentava abrir o robe.

— Acabei de lembrar — ele grunhiu — que estou muito bravo por você contar para outra mulher como eu adoro vermelho. Mais tarde você vai ter que se desculpar por isso.

Essas palavras tiraram o fôlego dela. Ou talvez tenham sido as mãos dele, tocando-a por cima do veludo do robe, puxando-a para si.

— Desculpe-me — ela sussurrou, levando as mãos ao rosto dele e o inclinando para si, beijando-o. Malcolm aceitou sua recompensa, acentuando-a com uma longa passada de mão por cima do veludo macio de seu robe. — Ajuda que, daqui para frente, eu quero ser a única mulher a usar vermelho para você?

A respiração dele falhou.

— Ajuda.

— É verdade — ela disse. — Eu quero ser a única mulher. Para sempre.

As palavras vibraram nos ouvidos dele.

— Para sempre como?

— Para sempre como companheira. Para sempre como sua igual. — Ela fez uma pausa. — Para sempre no amor. Para sempre casada.

— Tem certeza? — ele não conseguiu evitar de fazer a pergunta.

— Tenho — ela disse, rindo um pouco. — Eu tinha certeza esta manhã, mas você se divorciou de mim antes que eu pudesse falar. Mas... tudo vai dar certo. Se você me aceitar.

Ele também riu, incapaz de se conter. A ideia de que ele pudesse não aceitá-la era ridícula.

— Eu aceito.

Ela abriu um sorriso fugaz, que sumiu antes que ele pudesse se deleitar em seu calor.

— Tem certeza? Você não pode... nós não podemos... — Ela inspirou fundo, soltou o ar, e Malcolm notou as lágrimas na voz dela. — Você não vai ter um herdeiro.

— Eu vou ter você. — Ele pôs as mãos no rosto dela. — Vou amá-la. E vou envelhecer em seus braços.

Sera fechou os olhos e uma lágrima escapou. Ele a enxugou com o polegar. Eles se beijaram sem pressa e Malcolm desejou que ela acreditasse nele. Que compreendesse que ele não era nada sem ela – que era tudo que ele sempre desejaria.

Seraphina deve ter acreditado nele, porque quando o beijo terminou, ela se afastou, abrindo com os dedos o fecho do robe vermelho de veludo. Ela soltou o laço e o robe caiu aos seus pés, deixando Malcolm sem respirar. Estava nua por baixo. Ela estava nua, e no mesmo instante nos braços dele.

Malcolm a puxou para seu colo sem hesitação, adorando o modo como Sera montou nele, adorando a sensação da pele dela e o suspiro de prazer que ela soltou. Adorando-a.

— Lady Seraphina, você escandaliza este lugar.

— O que você me disse da última vez em que estivemos aqui? Que este era um lugar para homens com objetivos elevados?

Ele beijava o pescoço dela, descrevendo pequenos círculos com a língua no lugar em que ombro e pescoço se encontravam, fazendo-a suspirar com um simples toque. Ele sorriu ali, naquela pele impossível de tão macia, suas mãos encontrando o formato redondo das nádegas dela enquanto Sera retirava o paletó dos ombros dele.

— Parece que eu lembro de uma descrição assim.

O paletó caiu e a mão dele encontrou o seio dela, envolvendo-o, sentindo seu peso, e o toque fez Sera gemer com delicadeza.

— O que você tem a dizer sobre isso? — ela perguntou.

— Eu tenho um objetivo agora, não lhe parece?

Ela deu uma gargalhada, o som ecoando nas paredes antigas e veneráveis do Parlamento, deslocado e perfeito. Malcolm começou então a fazê-la rir sem parar, até Sera começar a emitir sons totalmente diferentes. E logo ele também começou a emiti-los.

Quando eles voltaram à terra, no chão do gabinete, envoltos no pesado robe de veludo – robe que ele nunca mais conseguiria envergar sem convocar sua esposa ao gabinete para ajudá-lo a despi-lo – ele deu um beijo na testa dela.

— Acredito então que preciso fazer circular a notícia.

Ela levantou a cabeça, franzindo o cenho, confusa.

— Que notícia?

Ele sorriu para sua ex e futura esposa.

— Nós precisamos anunciar nosso noivado, não é mesmo? O Duque de Haven e a Cotovia Canora?

Aquela risada de novo, linda, perfeita e dele.

— Com toda certeza. Não queremos que as pessoas comecem a fofocar.

BEBÊ BEVINGSTOKE: HAVEN NÃO PODE ESPERAR!

* * *

Cinco anos depois

— Vossa Graça, ainda não terminou!

Malcolm nem olhou para a parteira ao irromper no quarto, jogando suas luvas no chão e o paletó sobre elas, com olhos só para a esposa ao subir na cama.

Sua esposa parecia até serena demais, considerando que estava a poucos minutos de dar à luz.

— Você vai deixar a parteira nervosa.

— Ela está bem — ele respondeu, pegando a mão dela e levando-a até os lábios para um beijo firme. — Nunca mais vou encostar em você.

Ela riu como se eles estivessem no meio de um passeio.

— Foi o que você disse das outras vezes.

— Desta vez estou falando sério.

— Você disse *isso* da última vez.

Ele não lembrava, mas acreditava que tivesse dito. Três meses após o segundo casamento deles – um espetáculo magnífico a que metade de Londres compareceu –, Sera e Malcolm descobriram que ela estava crescendo, o que provocou medidas iguais de surpresa, alegria e medo.

Como por milagre, um parto fácil gerou um bebê saudável, Oliver, agora com 5 anos e doido por cavalos e tintas. Dois anos depois eles receberam Amelia, brilhante como a mãe, cheia de opiniões. Naquela manhã mesmo, durante o café, a menina encarou Malcolm nos olhos e afirmou:

— Se você e a mamãe podem ter um bebê, é justo que eu e Oliver possamos ter um gatinho.

Malcolm passou a manhã no estábulo selecionando o par ideal de gatos para viver na sede da propriedade. Afinal, Amelia tinha razão, o bebê devia receber um presente em sua chegada. Era o que mandavam as boas-maneiras.

É desnecessário dizer que o médico que tinha declarado Sera estéril após o primeiro parto estava errado. E a vida feliz que Sera e Malcolm começaram logo se tornou um caos igualmente feliz.

— Alguma notícia da Cotovia? — Sera perguntou, como se estivesse no jardim jogando bocha, e não se preparando para parir um bebê.

— Caleb chegou ontem — Malcolm respondeu. — Sua taverna está em boas mãos enquanto você cuida de outros assuntos.

A família vivia a maior parte do ano em Londres, perto o bastante da Cotovia Canora para que Sera administrasse a rotina diária do estabelecimento e para que a própria Cotovia encontrasse tempo para cantar – em ocasiões raras e maravilhosas, sempre com o Duque de Haven na plateia.

Mas todos os filhos deles nasceram em Highley e com este não seria diferente.

Uma onda de desconforto envolveu Sera.

— Está na hora! — ela exclamou.

Malcolm enrolou as mangas e se colocou atrás da esposa. Embora fosse apaixonado pelos filhos, e agradecesse a Deus todos os dias pela sorte que tinha, isso não mudava o fato de que ele não gostava do momento de recebê-los.

— Acabei de lembrar de que não gosto desta parte.

— Mas você gosta dos momentos que nos fazem chegar até aqui, marido — ela disse, seca. — E eu também.

A parteira emitiu um som de censura e Malcolm arqueou uma sobrancelha.

— Depois dizem que eu sou escandaloso! E você aí, escandalizando o quarto todo com essa conversa sobre os momentos que nos trouxeram até aqui.

Ela sorriu.

— Considerando meu estado atual, Malcolm Maluco, tenho certeza de que todo o quarto sabe dos momentos que nos trouxeram até aqui.

Ele riu, louco pela esposa, linda e corajosa como sempre.

Uma onda de dor a atingiu então, e Malcolm fez o possível para manter sua compostura. A parteira olhou para Sera.

— O bebê está vindo, Vossa Graça. — Ela olhou para Malcolm então. — Tem certeza de que deseja ficar aqui?

Sera apertou a mão dele.

— Ele tem certeza.

Como se existisse outro lugar onde ele ficaria. Malcolm ofereceu à esposa suas mãos e sua força enquanto ela fazia o trabalho imenso, magnífico, de trazer o filho dos dois ao mundo. Não que ela precisasse dele.

Na verdade, foi Malcolm quem precisou da força de Sera quando, minutos depois – o choro saudável do segundo filho ainda tomando o quarto e o coração de Malcolm –, ela deu à luz a mais uma filha deles.

Horas depois, quando o sol se punha à distância, conferindo ao quarto um tom mais dourado e quente, Malcolm entrou nos aposentos ducais e encontrou a esposa na cama, parecendo um verdadeiro anjo, os cabelos caídos nos ombros, rodeada pelos filhos deles.

Ela segurava um dos gêmeos nos braços enquanto o segundo dormia ao lado dela, os dois felizmente sem perceber a inspeção completa que seus irmãos mais velhos faziam. O olhar de Sera, azul e cheio de amor, encontrou o dele, um sorriso brincando em seus lábios antes que ela falasse, em um tom divertido e contido:

— Estamos avaliando nossas opções.

Ele se aproximou, sentindo como se o coração fosse saltar do peito diante daquela imagem, das crianças junto à mãe. Seus amores.

Amelia estava de quatro sobre a cama, estudando o bebê.

— Eu prefiro este.

Oliver meneou a cabeça, muito sério.

— Eu não. Irmãs podem dar muito trabalho.

— Isso é verdade — Sera concordou, falando com muita propriedade. — Mas também podem ser terrivelmente leais.

— E ótimas em combate — Malcolm acrescentou, piscando para a esposa.

— De qualquer modo — Oliver disse —, eu prefiro ficar com o garoto.

Malcolm arqueou as sobrancelhas.

— Como é?

Sera sorriu.

— Parece que eles só conseguiram escolher um nome, então temos que escolher com quem ficar.

Foi a vez de Malcolm sorrir.

— O nome ajuda na decisão?

— Receio que não. — Ela negou com a cabeça.

— Qual é? — Ele olhou para os filhos mais velhos.

— Peixe — Amelia disse.

Malcolm soltou uma gargalhada demorada antes de se colocar junto à cabeceira da cama, no lado oposto ao ocupado por sua filha mais velha.

— Bem, acho que nós vamos ficar com os dois, se vocês não se importam.

Oliver suspirou.

— Se for obrigatório.

Malcolm se inclinou para dar um beijo suave e demorado na esposa.

— Você é magnífica.

— Sou mesmo, não sou? — ela disse, feliz.

Ele riu e se abaixou mais, para dar um beijo na testa do bebê nos braços dela e outro na garotinha adormecida na cama.

— E eu! — Amelia exclamou, jogando-se nos braços dele. Ele a segurou no alto, junto ao peito, e também a beijou na testa, enquanto Oliver corria para o braço livre de Sera.

A família ficou assim até o sol dourado se dissolver em raios roxos e vermelhos e depois apagar até a escuridão, revelando estrelas e uma fatia da lua no céu noturno. Malcolm levou os filhos para seus respectivos quartos, acomodando os bebês no quarto ao lado – os aposentos antes reservados à Duquesa de Haven foram transformados em berçário, pois nem Sera nem Malcolm tinham vontade de dormir separados.

Depois que as crianças foram instaladas, Malcolm voltou para encontrar a esposa parada diante da janela aberta do quarto. Por trás, ele deu um beijo na pele macia que escapava da camisola, envolvendo-a com os braços.

Ela relaxou, entregando-se à carícia por minutos longos e demorados.

— Você vai ficar resfriada com essa janela aberta, esposa.

— Está vendo? — Ela apontou. — Ele está ali.

Ele olhou para onde ela indicava.

— Órion. Pobre camarada, sempre a perseguindo.

— Eu acho que você quer dizer pobre garota, nunca alcançada. — Sera se virou para ele, levantando o rosto, subindo a mão para puxá-lo para um beijo lento e apaixonado, cheio de amor. Quando se afastaram, ela acrescentou: — Ela mesma deveria resolver a questão. Ele nem saberia o que o atingiu.

— Bobagem. — Ele a ergueu nos braços e a carregou para a cama. — Se fosse ela quem o perseguisse, ele faria de tudo para se deixar pegar.

Ela sorriu com isso, aninhando-se nele.

— E o que vai acontecer quando ela o pegar?

Malcolm a beijou com delicadeza, maravilhado com a vida que tinham.

— Felizes para sempre, é claro.

Ela sorriu, os olhos fechados, o sono vindo com rapidez.

— Finalmente. Eles merecem.

A história de Haven e Sera tem me assombrado há mais tempo do que sei dizer – desde muito antes de os dois terem nomes e ocuparem as páginas iniciais de *Cilada para um marquês* como catalisadores do romance de Sophie e Rei. *Perigo para um inglês* é uma história de esperança encontrada na tristeza – em um casamento que talvez nunca dê certo e em uma perda que talvez nunca seja superada. Quando me sentei para escrever, eu não fazia ideia do que aconteceria com a história de tantas mulheres que eu conheço, mulheres que me espantaram com sua força e sua capacidade de enfrentar um futuro incerto. Eu não podia prever que, enquanto escrevia este livro, seria inspirada por tantas amigas, familiares, leitoras, desconhecidas – todas feitas de beleza e aço. Seraphina é para todas vocês.

Embora possa parecer que o divórcio de Sera e Haven tenha sido fácil demais, os eventos da minha história são um reflexo surpreendentemente fiel aos procedimentos de divórcio na Câmara dos Lordes no início do século XIX. Até 1857, as mulheres, de modo geral, não podiam pedir o divórcio, pois esposas não tinham personalidade legal. E mais, esposas não podiam testemunhar em seu próprio nome no Parlamento, o que dificultava o divórcio sob qualquer alegação que não adultério por parte da esposa. Desde o fim do século XVIII, contudo, começou a surgir uma mudança no modo como o Parlamento e a sociedade viam o casamento – menos uma exigência dos bons costumes e mais uma possibilidade de felicidade. Assim, o número de petições de divórcio cresceu de maneira significativa... acompanhado do conluio dos cônjuges. Basicamente, homens e mulheres presos em casamentos infelizes se uniam para alcançar um objetivo comum – e em geral arrastavam para a farsa um conhecido desavisado como testemunha do adultério da mulher. Uma votação parlamentar rápida (embora dispendiosa) resultava na dissolução do casamento, e todos ficavam livres para seguir em frente e casar com seus amados. Compartilho essa informação com vocês porque fiquei chocada pela facilidade com que um casal rico e poderoso podia conseguir o divórcio – e fascinada pela ideia de que maridos e esposas podiam trabalhar juntos para consegui-lo. Para uma história fascinante do divórcio na Inglaterra, recomendo *Road to Divorce* [Caminho para o divórcio], de Lawrence Stone, que foi minha companhia constante enquanto eu escrevia – para apreensão do meu marido. A extensa coleção parlamentar da Biblioteca Britânica também foi essencial para essa parte da história.

Uma observação sobre a música de Sera, "Mulheres espanholas" é uma velha canção de marinheiros, anterior ao século XVIII, quando foi enfim transcrita. Também usei "Na noite serena" e "A última rosa do verão" de Thomas Moore. "Ela nasceu nesse dia, no coração de um garoto" é minha, com um grande agradecimento para a parede de uma cafeteria francesa que há muito tempo forneceu a inspiração para o título.

Às vezes, uma história fica com você e não a abandona. Ao longo de muitos anos (e muitos livros), busquei um modo de colocar um salão subaquático em uma história. O salão é real! Existe um quase idêntico em Witley Park, em Surrey, uma propriedade imensa construída no fim do século XIX por Whitaker Wright, um milionário excêntrico e malandro. Embora o salão subaquático de Witley tenha sido construído na década de 1890, não existe motivo pelo qual ele não pudesse ter sido construído nos anos 1830, por um homem desesperado para erigir um monumento ao seu amor, pois submarinos de metal e vidro já existiam há mais de cem anos. Embora eu tenha trocado o Netuno de Witley pelo Órion de Highley, usei à vontade fotografias e relatos pessoais de visitas ao salão de Witley, que, por incrível que pareça, continua intacto. Sou devedora de Atlas Obscura e diversos usuários do Reddit por seu empenho em entender a física e a construção do salão subaquático.

Como sempre, sou eternamente grata a Carrie Feron, Carolyn Coons e à fantástica equipe da Avon Books, incluindo Liate Stehlik, Shawn Nicholls, Pam Jaffee, Caroline Perny, Tobly McSmith, Carla Parker, Brian Grogan, Frank Albanese, Eileen DeWald, e Eleanor Mikucki. Meus agradecimentos também a Steve Axelrod, que sempre tem as melhores histórias.

Sou feliz por ter um marido que nunca me fez querer invadir o Parlamento e amigos que são os melhores. Agradeço a Eric por sua calma imperturbável; a Lily Everett, Carrie Ryan e Sophie Jordan pela amizade inabalável; e a Bob, Tom, Felicity e todos na Krupa Grocery por reservarem uma mesa para mim.

E a vocês, leitoras maravilhosas, obrigada por confiarem em mim, e por compartilharem tanto de suas vidas comigo. Estes livros não são nada sem vocês. Espero que todas se juntem a mim em 2018 para minha próxima série, estrelando os Irmãos Desgraçados e algumas mulheres que vocês reconhecerão.

Oh, e quanto a Sesily e seu americano, fiquem ligadas!

Este livro foi composto com tipografia Electra Std e impresso
em papel Off-White 70 g/m² na gráfica Rede.